Detlef Rick
Fotografien von
Britta Schmitz

Melaten

Gräber erzählen Stadtgeschichte

emons:

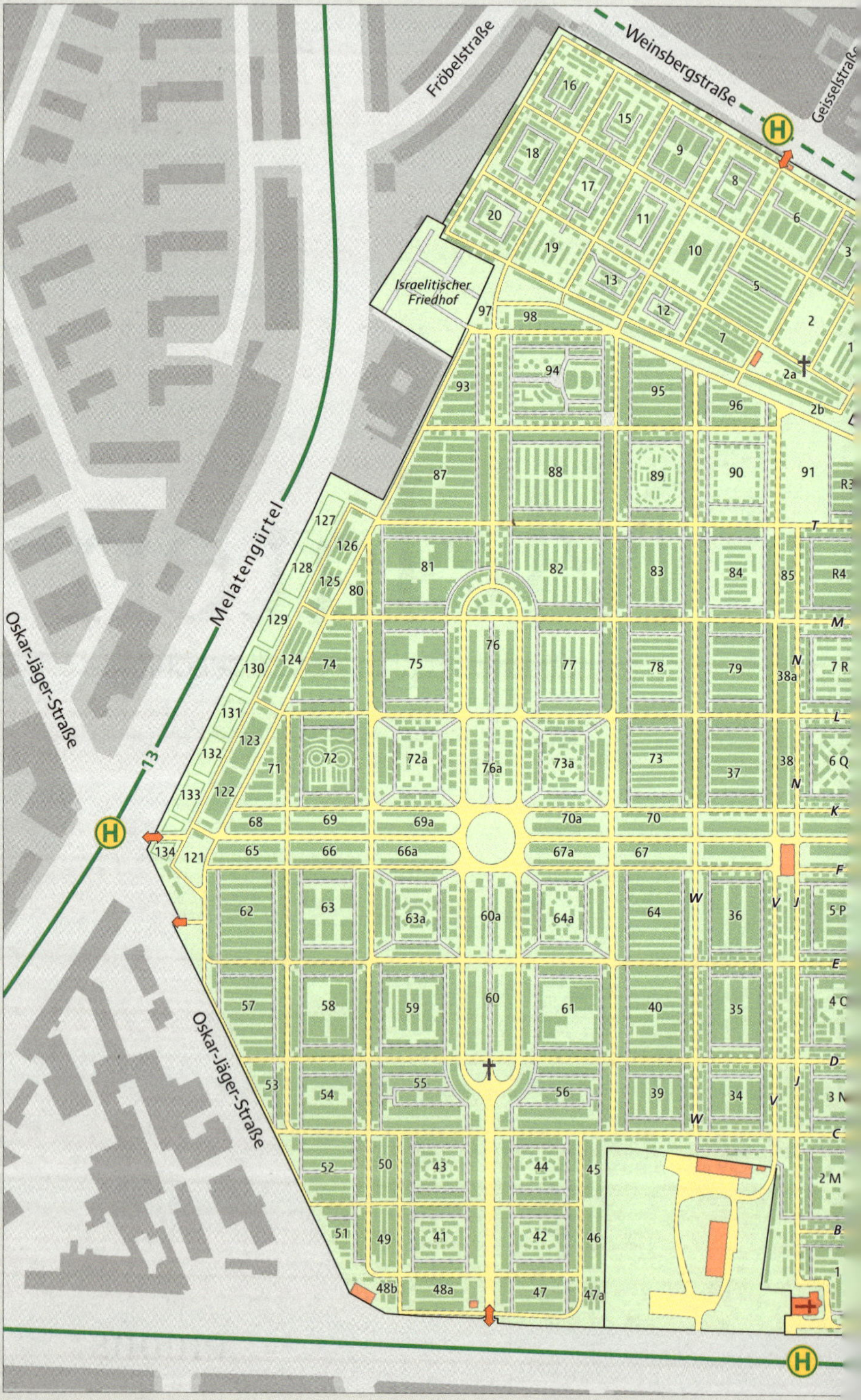

Fröbelstraße
Weinsbergstraße
Geisselstraße
Israelitischer Friedhof
Melatengürtel
Oskar-Jäger-Straße
Oskar-Jäger-Straße
13
H

Ein- und Ausgang
nur Ausgang
WC
Toiletten
90
Bezeichnung der Fluren
A
Bezeichnung der Wege
Straßenbahnlinie
Buslinie
0 25 50 75 100 125 150 m
Mechternstraße
Barthelstraße
Roßstraße
142
Weinsbergstraße
Piusstraße
Haselbergerstr.
Woensamstraße
Geleniusstr.
Hollarstraße
Haselbergerstraße
Aachener Straße
1
HWG
MA
116
115
114
113
112
111
110
109
108
107
106
105
104
103
118
120
119
117
R2
8 R1
V2
23 V1
V3
W1
9 S
22 V
24 W
10 T
21 U
25 X
X1
11 F
20 E
26 Y
102
101
12 G
19 D
27 Z
100
99
13 H
18 C
28
33
14 I
17 B
29
32
15 K
16 A
30
31

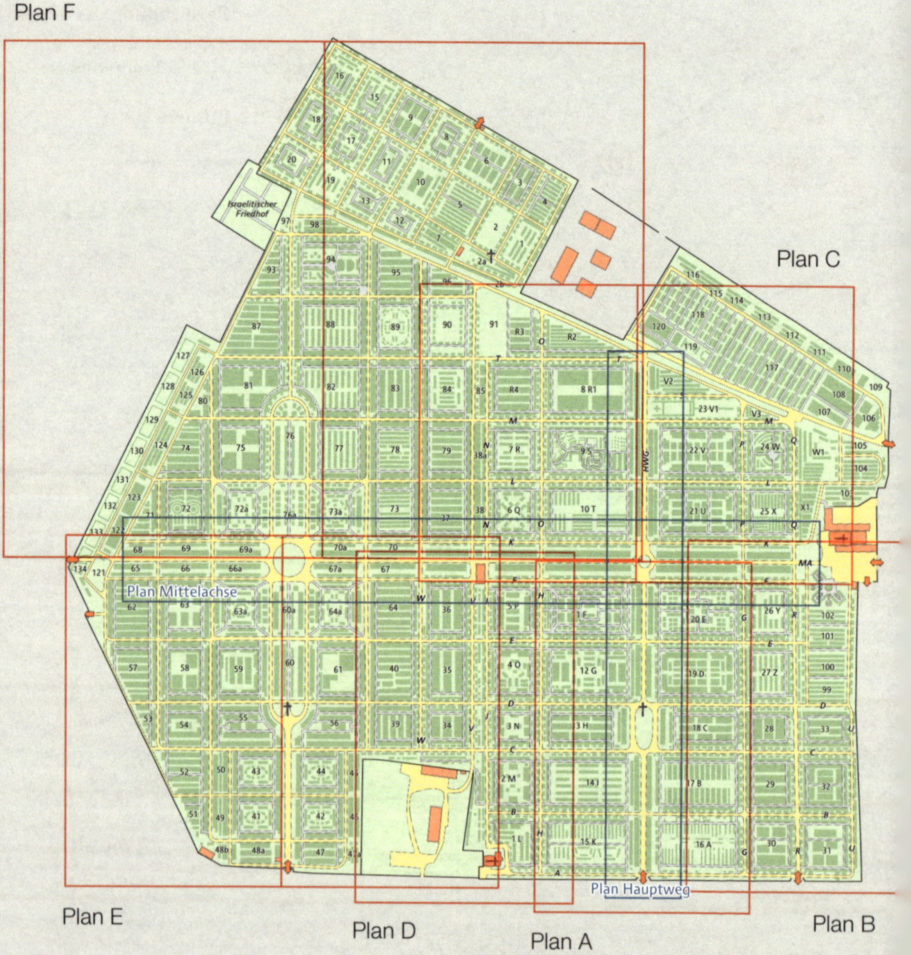
Plan F
Plan C
Israelitischer Friedhof
HWG
Plan Mittelachse
Plan Hauptweg
Plan E
Plan D
Plan A
Plan B

Inhalt

Vorwort

Kaum ein Friedhof in Köln fasziniert die Besucher so stark wie der Melatenfriedhof. Die weiten Achsen, Millionenalleen genannt, mit ihren bemerkenswerten Grabmalen und zum Teil weitläufigen Grabflächen sind meist die Hauptanziehungspunkte. Doch es ist die Vielfalt der großen und der kleinen Gräber von bedeutenden und weniger bedeutenden Menschen, die hier bestattet wurden, die den Friedhof in seiner Gesamtheit ausmacht.

Melaten bietet eine Fülle an Wissenswertem und Sehenswertem. Dieses Buch soll neugierig machen, den Friedhof zu entdecken, abseits der üblichen Wege die Flure zu durchstreifen und auch mal hinter die Grabsteine zu schauen.

Friedhofsgeschichte, Stadtgeschichte, der Wandel im Umgang mit den Toten sowie deren Beisetzung darf nicht zu kurz kommen. Oft gestellte Fragen auf Friedhofsführungen und -rundgängen werden aufgegriffen und hoffentlich zufriedenstellend beantwortet.

Ein kleiner Tipp: Gräber, die Ihnen besonders gut gefallen, können durch einen Eintrag in die Karten nicht ›verloren‹ gehen: So kann jeder dieses Buch persönlich nutzen.

Viel Spaß beim Lesen und Entdecken!

Detlef Rick

Einführung

»Funeribus Agrippinensium Sacer Locus« steht über dem Portal am alten Haupteingang von Melaten an der Aachener Straße: Den Verstorbenen der Agrippinenser – ein heiliger Ort. Diese Widmung macht deutlich, dass sich die Kölner zu Beginn des 19. Jahrhunderts mehr in der Tradition ihrer Stadtmutter Julia Agrippina sahen, die durch ihre Heirat mit Kaiser Claudius die Stadtrechte erwirkte, und sich weniger mit dem für römische Verhältnisse beliebigen Begriff »Colonia« identifizierten.

Tritt man durch das alte Tor, gelangt man auf den breiten ehemaligen Hauptweg, der von Süden nach Norden über den Friedhof führt. Es gibt noch einen westlichen Hauptweg in gleicher Himmelsrichtung – dieser Eingang liegt nahe der Oskar-Jäger-Straße – sowie die von Ost nach West verlaufende heutige Mittelachse, bis Ende der 1950er Jahre »Hauptquerweg« genannt. Diese Wege werden im Volksmund »Millionenallee« genannt.

Schon bald nach Passieren eines der Tore eröffnen sich einem die möglichen Dimensionen einzelner Gräber: Riesige Grabmale auf weitläufigen Grabflächen lassen so manchen Friedhofsbesucher staunend verharren. Hier liegen Menschen, die in Villen wohnten und nicht scheuten zu zeigen, wer sie waren – im Leben wie im Tode. Diese Menschen hatten einen ungebrochenen Willen zum Repräsentieren. Und die gewöhnlichen Bürger sollten sich, wenn sie über die Millionenalleen gingen, innerlich verneigen. Manch einer wird aber auch

Hauptweg vom Eingang Aachener Straße aus gesehen (Aquarell J. P. Weyer, 1838)

gedacht haben: »Wat ben ich ene ärme Deuvel; ich han kein Geld in d'r Täsch; ävver dä, dä do litt, dä hät jet an de Fööss gehatt«. Dabei wissen alle: »Et letzte Hemb hät keine Täsch.«

Der Melatenfriedhof hat aber noch mehr zu bieten als die beeindruckenden Millionenalleen. Spaziert man die schmaleren Wege entlang oder begibt sich in die Flure hinein, gibt es vieles zu entdecken. Ein Friedhof lebt nicht nur von den künstlerisch wertvollen und deshalb unter Denkmalschutz stehenden Grabsteinen, sondern auch von den privaten, persönlich gestalteten Gräbern. Hinzu kommt, dass gerade die großen Friedhöfe Kölns durch ihre parkähnliche Gestaltung der Natur großzügig Raum lassen und auch als Orte der Erholung Besucher anlocken.

Friedhöfe sind keine Nekropolen, keine Totenstädte, in denen die Düsternis des Nicht-mehr-Seins im Mittelpunkt steht. Sie sind Stätten des Lebens, auf denen wir der Toten gedenken. Der Melatenfriedhof eröffnet einmalige kulturelle und stadtgeschichtliche Einblicke in längst vergangene Zeiten.

Geschichte des Kirchhof Melaten

Der Kirchhof Melaten – so heißt es – sei der älteste Friedhof Kölns. Das stimmt einerseits, andererseits stimmt es auch nicht: Melaten ist der erste erhaltene, außerhalb der mittelalterlichen Stadtmauer angelegte Zentralfriedhof Kölns, jedoch nicht der älteste Friedhof der Stadt.

Innerhalb »vum hellige Kölle« durften nur katholisch gläubige Menschen beerdigt werden. Protestanten und jüdische Menschen mussten, wenn sie gestorben waren, außerhalb der Stadt auf den Friedhöfen ihrer Religionsgemeinschaft bestattet werden. Der evangelische Friedhof, der Geusenfriedhof, Ecke Weyertal/Kerpener Straße, sowie der alte jüdische Friedhof in Deutz sind somit älter als Melaten.

Der Melatenfriedhof entstand in Folge eines Dekrets von Napoleon aus dem Jahr 1804, in dem festgelegt wurde, dass innerhalb Frankreichs in Dörfern und Städten nicht mehr beerdigt werden dürfe. Das war eine sehr sinnvolle hygienische Maßnahme. Dieses Dekret galt auch für Köln, das zwanzig Jahre lang, von 1794 bis 1814, französisches Besatzungsgebiet war, eine Provinzstadt, die Hauptstadt eines Arrondissements. Der Rhein war die Grenze. »Op d'r schäl Sick« war das »Grand Duché de Berg«; die Aachener Straße hieß »Chaussée d'Aix la Chapelle«, nach der Hauptstadt des Departement de la Roer.

Der Stadtrat von Köln hatte kein Interesse daran, dieses Dekret umzusetzen. Man hoffte, die Franzosen baldmöglichst wieder los zu sein. Innerhalb der riesigen Stadtmauer war genug Platz für Begräbnisplätze. So drückte man sich, solange es eben ging, um die Planung und Anlage eines neuen Friedhofs. Erst 1808 kaufte die Stadt von der Hospizienkommission das 1767 geschlossene Leprosenhaus Melaten, die Kapelle, wie auch die dazugehörigen Grundstücke.

Melaten wurde am 29. Juni 1810 (Peter und Paul) von dem damaligen Dompfarrer Michael DuMont geweiht (HWG19) und eingeweiht von Ferdinand Franz Wallraf (HWG1), der auch den Friedhofsplan entworfen hatte.

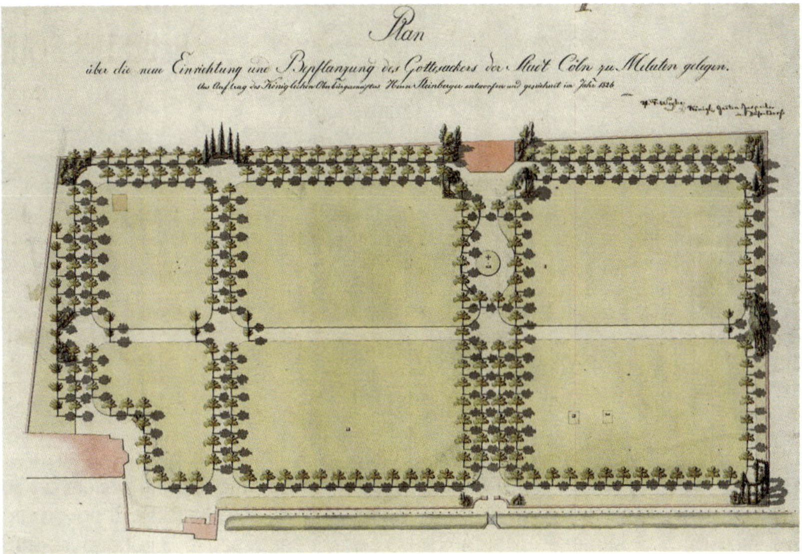

Bepflanzungsplan von M.F. Weyhe (1826)

»Vier Tage später wurde hier der ehemalige Kölner Stadtsoldat Engelsdorf bestattet«, schreibt Max-Leo Schwering in seinem Buch über die Stadtteile Braunsfeld und Melaten. Bei Jung und Ibach liest man, dass der Friedhof »am 10. Juli 1810 der Benutzung überwiesen wurde.« Dies ist wohl ein Schreibfehler, der auf »1. Juli 1810« korrigiert werden muss.

Die 19 innerstädtischen Kirchhöfe wurden geschlossen oder aufgehoben. Der Domherren-Friedhof, an der Ostseite des Kölner Domes, wurde erst 1925 angelegt. Ihn kann man heute noch besuchen. Auch innerhalb der Kirchen durfte nicht mehr beerdigt werden. Obwohl Melaten der erste Zentralfriedhof und somit der erste städtische – also säkulare – Friedhof Kölns war, blieben die Katholiken auch hier die ersten 19 Jahre unter sich. Erst 1829 wurde aufgrund einer Änderung der Begräbnisordnung der erste Mensch evangelischer Konfession – Christian Rhodius (A16) – auf Melaten bestattet.

Der Melatenfriedhof wurde von Beginn an auf Erweiterung angelegt. Durch die rechtwinklige, klassizistische Anlage der Wege war dies ohne Weiteres möglich und die Bodenbeschaffenheit und die Grundstückslage günstig.

Durch die Erweiterungen 1831, 1849/50, 1868 und 1875 wuchs Melaten von ursprünglich 12 Morgen auf 78 Morgen. Nach dem Fall

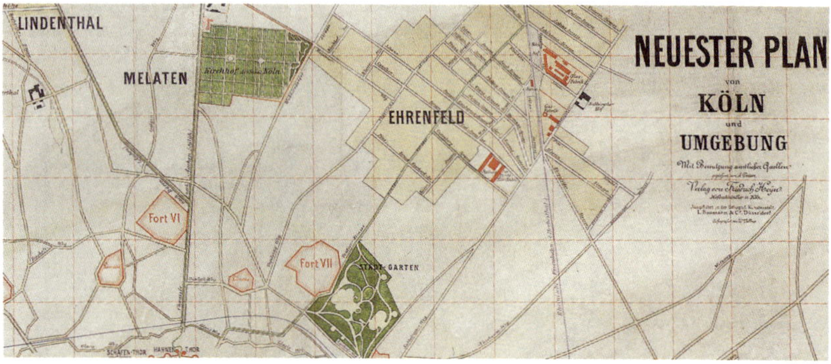

Neuester Plan von Köln und Umgebung (1878)

der mittelalterlichen Stadtmauer 1881 nahm die Zahl der Einwohner rapide zu. 1884 beschloss der Stadtrat, Land für eine weitere große Erweiterung westlich der damaligen Mechternstraße zu erwerben. Es kamen 70 Morgen hinzu, sodass der gesamte Friedhof bei seiner Fertigstellung im September 1886 eine Fläche von 148 Morgen, also 37 Hektar oder 370.000 Quadratmetern, bedeckte. Bei der Planung des neuen Teils wurde darauf geachtet, dass bei einem Wegfall der Mechternstraße die Wege und Flure zusammenwachsen konnten und sich durch die Bepflanzung ein einheitliches Gesamtbild ergibt. Durch eine letzte Erweiterung nach dem Zweiten Weltkrieg (Flur 99–134) und die Renaturierung der Mechternstraße im Jahr 1946 ist der Melatenfriedhof an seine Grenzen gestoßen: Heute misst die Gesamtfläche 43,5 Hektar.

Auf der Mittelachse kann man anhand der Daten auf den Gräbern erkennen, wo die Mechternstraße verlief. Die Gräber der Familien Funke-Kaiser und Madaus sind jünger als die sie umgebenden Gräber. Die alte Trauerhalle stand auf dem alten Teil. Die Grabstätte Langer/Waffenschmidt (MA45), der sogenannte »Ölberg«, auf dem neuen Teil. Auf einem Stadtplan aus den 1930er Jahren ist diese Doppelanlage noch zu sehen. In einem Stadtplan der 50er Jahre sind die beiden Hälften bereits vereint. Insgesamt stehen heute etwa 55.540 Grabstellen zur Verfügung.

Geht man außen an der Friedhofsmauer entlang, sind die Erweiterungsstufen an den unterschiedlichen Mauerstrukturen deutlich erkennbar. Die Worte »Funeribus Agrippinensium Sacer Locus« über dem alten Haupteingang hat Ferdinand Franz Wallraf einmeißeln lassen. Ihm sind auch die beiden lateinischen Sprüche links und rechts des Eingangs an der Mauer zu verdanken: »Have In Beatius Aevum Seposta Seges« – Gruß dir, auf bessere Zukunft gesäte Saat – und:

»Transi Non Sine Votis Mox Noster« – Geh nicht vorüber ohne fromme Gebete, du, bald der Unsrige.

Wie auf den konfessionellen Friedhöfen erhielten auch auf den städtischen Friedhöfen die Kirchen das Redemonopol. Unter preußischer Herrschaft wurde dies – aus Angst vor sozialdemokratischer Agitation und politischen Demonstrationen – durch § 6 der Polizeiverordnung geregelt: »Es bleibt auf den Friedhöfen das Halten von Reden durch Nichtgeistliche verboten.« Freie Grabredner hatten damals keine Erlaubnis, Reden zu halten, obwohl es 1913 hoch angesehene Herren waren, die von Johannes Ibach (D11), Friedhofsverwalter und späterer Friedhofsdirektor für alle städtischen Friedhöfe, bei der Polizei angezeigt wurden. Auf der Beerdigung des Geheimen Kommerzienrats Johann Nepomuk Heidemann (E74) hielt der spätere erste Rektor der Kölner Universität Prof. Dr. Christian Eckert (E35) eine Gedächtnisrede. Veranlasst war diese Rede von dem Geheimen Kommerzienrat Dr. h.c. Louis Hagen (MA48). Eckert hatte angenommen, dass eine offizielle Genehmigung für die Rede eingeholt worden wäre. Das war aus Zeitnot jedoch nicht geschehen. Ibach erhob Anzeige. Im ersten Verfahren der Anklage wurde Prof. Eckert freigesprochen. Das ließ die Justiz nicht ruhen. Eine Wiederaufnahme wurde eingeleitet. Die Verurteilung erfolgte prompt: »Das Halten einer Laienrede am Grabe bleibe immer etwas Ungewöhnliches: es müsse deshalb im Sinne des Gesetzes Bestrafung eintreten.« Da die gute Absicht und »die Schnelligkeit, mit der die Beerdigung stattgefunden habe« als strafmindernd angesehen wurden, entschied das Gericht auf die »geringste zulässige Geldbuße von 3 Mark«. (Abt/Vomm). Erst seit 1921 dürfen – selbst auf kirchlichen Friedhöfen – Reden von Laien gehalten werden.

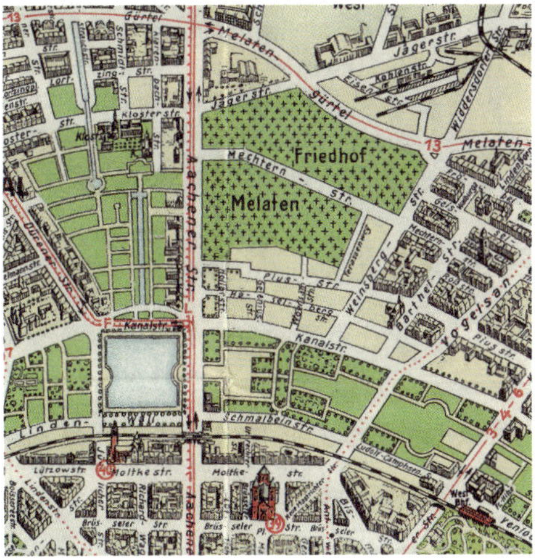

Plan der Stadt Köln für die Kunden des Kaufhauses Carl Peters (1932)

Ein weiteres Kuriosum: Mit der Erweiterung von 1849 sollte ein neues Leichenhaus errichtet werden. Der damalige Oberbürgermeister war der Meinung, dass dieses Haus nicht auf Melaten, sondern in der Stadt gebaut werden solle, und zwar aus Rücksicht auf mögliche Scheintote, die zu Zeiten großer Kälte beim Transport nach dem entfernten Ort tatsächlich den Temperaturen erliegen könnten.

Ehrenfelder Friedhof

Am 6. Februar 1867 bat die Gemeinde Ehrenfeld den Rat der Stadt Köln, ihre Toten auf dem Melatenfriedhof beerdigen zu dürfen. Der Rat lehnte ab. Die Begründung: Jede Gemeinde müsse selbst für ihre Beerdigungen aufkommen. Die Ehrenfelder wurden so gezwungen, ihren eigenen Friedhof anzulegen. Sehr wahrscheinlich erhoben sie deshalb – sozusagen als »Revanche« – Einspruch gegen die Erweiterung des Melatenfriedhofs. Sie versuchten, allerdings vergeblich, nachzuweisen, dass die geplante Erweiterung von Melaten gegen die noch aus napoleonischer Zeit geltende Regelung verstieß, dass Friedhöfe mindestens 35 bis 40 Meter von den Gemeinden entfernt liegen müssen.

Der Ehrenfelder Friedhof wurde im Jahr 1869 geplant. Am 11. Februar 1870 beschloss die Gemeinde das Reglement über die Einteilung des Begräbnisplatzes zu Ehrenfeld. Die Toten sollten nach der Konfession getrennt beerdigt werden. Am 31. Juli 1870 weihte der Ehrenfelder Gemeindepfarrer den katholischen Teil des Kirchhofs der Gemeinde Ehrenfeld. Der ursprüngliche Plan einer neuromanischen Leichenhalle war nicht in die Realität umgesetzt worden.

Trotz weitreichender Regelungen lief die Friedhofspraxis nicht immer reibungslos ab: Ein Anfang Dezember 1871 verstorbener Arbeiter katholischer Konfession, der keine Verbindung zur Kirche und die Sterbesakramente mehrmals verweigert hatte, sollte kein kirchliches Begräbnis erhalten. Der Totengräber begrub ihn deshalb ohne Rücksprache mit dem Pfarrer auf dem »nichtkatholischen Teil«. Das empörte die Kollegen des Verstorbenen. Der Ehrenfelder Bürgermeister Schult ließ die Leiche wieder ausgraben und auf dem »katholischen« Teil erneut beisetzen, »da der Verstorbene ›förmlich‹ nicht aus der Kirche ausgetreten sei.« (Abt)

Dass der Ehrenfelder Friedhof und Melaten nicht als Einheit geplant wurden, erkennt man auf der Straßenkarte. Die Wege von Melaten richten sich an der Aachener Straße aus, das Wegesystem des Ehrenfelder Friedhofs an der heutigen Weinsbergstraße. Früher verlief die damalige Widdersdorfer Straße an der Nordseite von Melaten und trennte die beiden Friedhöfe. Die Weinsbergstraße hieß bis zum 12. Februar 1903 Kirchhofstraße. Die von Köln kommende Widdersdorfer Straße, die später nur noch von der Piusstraße bis zur Mechternstraße reichte, wurde in Terrassenweg umbenannt. Hier

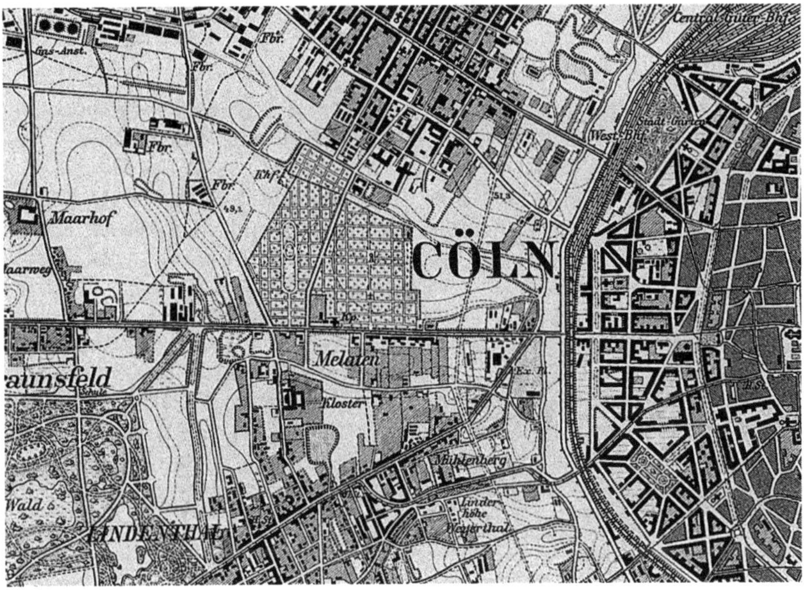

Preußische Neuaufnahme (1893/95)

standen kleine Villen, deren Terrassen zum Friedhof hin angelegt waren. Nach deren Zerstörung im Zweiten Weltkrieg war hier eine Zeit lang Rotlichtbezirk. Die Trennmauer zwischen den Friedhöfen und das etwa 1,5 Meter höhere Niveau des Ehrenfelder Friedhofs belegen ebenfalls die unterschiedlichen Anlagen.

Der Eingang des ältesten Teils des Ehrenfelder Friedhofs befand sich dort, wo heute in die Mauer an der Weinsbergstraße ein Eisengitter eingelassen ist. Blickt man hindurch, erkennt man am anderen Ende des Weges das alte Hochkreuz, 1868 gestiftet von dem Guts- und Ziegeleibesitzer Jacob Wahlen, gefertigt nach einem Entwurf von Dombaumeister Vincenz Statz, dem Ehemann seiner Schwester. 1993/94 wurde es durch die Bürgervereinigung Köln-Ehrenfeld restauriert. Beim Abbau stieß der Baggerführer auf eine mittelalterliche Grabplatte, über deren Ursprung sich leider nur spekulieren lässt.

Jüdischer Friedhof an Melaten

Die Tradition der jüdischen Gemeinde in Köln geht auf das Jahr 321 zurück. Bereits im 4. Jahrhundert, so wird vermutet, befand sich eine Synagoge im Bereich des heutigen Rathausvorplatzes. Wo die jüdischen Bürger Kölns ihre Toten bestatteten, ist nicht bekannt. Es wird vermutet, dass es im heutigen Gereonsviertel eine Begräbnisstätte gab.

Erst im 12. Jahrhundert wird ein jüdischer Friedhof vor dem Severinstor erwähnt, der 1922 bei Baggerarbeiten für die Erweiterung des Güterbahnhofs Bonntor südlich des alten Bischofsweges entdeckt wurde. Die im Volksmund für dieses Gebiet benutzte Bezeichnung »Am dude Jüd« fand hiermit Bestätigung. Nachdem der kleine Friedhof wegen der Bauarbeiten für die Großmarkthalle nach wiederholten Schändungen und unter dem Druck der Nazis aufgelöst werden musste, wurden die Gebeine 1936 exhumiert und auf den 1918 angelegten Friedhof in Bocklemünd umgebettet.

Was dies und die folgende Entwicklung für die jüdische Gemeinde bedeutete, wird nachvollziehbar, wenn man weiß, dass jüdische Friedhöfe als Grabstätten für die Ewigkeit gelten. Jedes Grab wird nur einmal belegt, die Totenruhe ist unantastbar und die sterblichen Überreste können nur unter bestimmten Umständen umgebettet werden. Deshalb ist es wichtig, dass die Grundstücke für Friedhöfe Eigentum der jüdischen Gemeinde sind. Gesetzlich müssen sie sich der kommunalen Bestattungsordnung anpassen. Wenn auf einem stillgelegten Friedhof beerdigt werden soll – was rein technisch kein Problem darstellt –, muss eine Ausnahmegenehmigung eingeholt werden.

Die jüdischen Bürger Ehrenfelds bemühten sich bereits seit 1893 um ein eigenes Grundstück für eine Beerdigungsstätte. Der Deutzer Friedhof lag zu weit entfernt. Nachdem die Synagogengemeinde 1895 unabhängig wurde, war das Anliegen umso dringender. Am 21. Juni 1899 genehmigte der Regierungspräsident in Köln einen Friedhof auf einem 2.577 Quadratmeter großen Gelände, das direkt an Melaten und den Ehrenfelder Friedhof grenzte. Nach der Vereinigung der Synagogengemeinde Ehrenfeld mit der Kölner ging der Friedhof 1913 an die Kölner Synagogengemeinde über.

Da im Laufe der Jahre die Beerdigungen häufiger gestört wurden und man auch vor Schändungen nicht sicher war, musste die hohe Mauer zum Schutz mit Glassplittern und Stacheldraht versehen werden. Während des Reichspogroms im November 1938 wurde die Friedhofshalle zerstört und nach dem Krieg nicht wieder aufgebaut. Die Metallbuchstaben aus Kupfer oder Bronze auf den Grabsteinen wurden von den Nazis entwendet und zu Rüstungszwecken eingeschmolzen. Heute erinnern die dunklen Befestigungspunkte an diese Schandtaten.

Ein Gedenkstein erinnert an die 1958 überführten Gebeine vom aufgehobenen Friedhof am Zülpicher Weiertor. Die Inschrift lautet:

»Am 5.2.1958–21.2.1958 ist der Zülpicher Friedhof, insgesamt 225 Gräber von 1800–1939, aus technischen Gründen umgebettet worden. Die Bestattung fand unter Beteiligung der Mitglieder der Synagogen-Gemeinde Köln statt. Mögen sie eingehen in den Bund des ewigen Lebens, ruhen in Frieden u. unsere Handlungen verzeihen«.

Bestattungsgärten und Ruhegarten

Man kann sagen: Die vier Bestattungsgärten und der Ruhegarten Eingang Piusstraße sind kleine Friedhöfe auf dem großen innerstädtischen Areal von Melaten, das im Laufe von über 200 Jahre mit der Stadt gewachsen ist. Überschaubar, fast schon idyllisch sind die Gärten angelegt. Strukturiert, mit Themen versehen, bilden sie ansprechende Flächen, die zum Hinschauen, Verweilen und Gedenken einladen.

Im Laufe der letzten Jahrzehnte hat sich die Bestattungskultur verändert. Wurden früher mehrheitlich Sargbestattungen vorgenommen, so hat sich das Verhältnis zur Urnenbeisetzung hin verändert. Flächen, die von der Stadt als Grabflächen vorgesehen waren, wurden, da ein Urnengrab kleiner ist, nicht mehr genutzt. Die Stadt war auch daran interessiert den rückläufigen Bestattungszahlen entgegenzuwirken. »Mehr als 1000 Verstorbene pro Jahr werden nicht mehr in Köln bestattet«, konstatierte 2008 der stellvertretende Amtsleiter des Grünflächenamtes. Auf diesen negativen Trend reagierten sowohl die Friedhofsgärtner Genossenschaft als auch die Steinmetz und Bildhauer Genossenschaft kreativ und entwickelten das Konzept der Begräbnisgärten und des Ruhegartens. Mit Erfolg, denn das Interesse an einem »Gartengrab« ist inzwischen so groß, dass es mittlerweile allein auf Melaten insgesamt fünf Flächen gibt, die unterschiedlich gestaltet sind und auf die Bedürfnisse der Menschen eingehen.

Bereits am Eingang Piusstraße gegenüber der Trauerhalle liegt der Ruhegarten. Ein Hingucker am Anfang der Mittelachse des Friedhofs. Klar gegliedert, harmonisch ist die Struktur des Areals, Grabsteine mit eigenständiger Formensprache, die die unterschiedlichen Begräbnisflächen erkennen lassen, so wird der Besucher empfangen. Die ansprechende Bepflanzung tut ihr Übriges. Ein etwas anderes stimmungsvolles Entree für eine historische Begräbnisstätte. Mit den Bestattungsgärten in den Fluren (Fl. 9 in S, Fl. 24, Fl. 94, Fl. 72) sind kleine überschaubare Landschaften entstanden: Die »Naturwiese« mit Wildblumenwiese und Obstbäumen oder die »Pfade der Erinnerung«, angelegt als grünes Band. Bemerkenswert der Weg mit den Gräbern der Sternenkinder, der Kindern, die tot geboren oder nur wenige Tage gelebt haben.

Dabei ist die Zusammenarbeit mit dem NABU Stadtverband Köln eine wichtige Komponente. Streuobstwiese, Insektenhotels und den Klimawandel berücksichtigendes Gehölz, die biologische Vielfalt mitten in der Stadt, erhalten das Leben der Zukunft. Der Melaten ist insgesamt Landschaftsschutzgebiet. Bestattungsgärten gibt es auch auf den anderen städtischen Friedhöfen.

Patenschaftsgräber

Der Melatenfriedhof ist 43,5 Hektar groß. Auf der Liste der denkmalgeschützten Gräber stehen etwa 2.800 historische Grabstätten. Das ist ein Problem. Die Stadt Köln hat nicht genug Geld, diese Gräber zu erhalten. Deshalb gibt es das Amt der Patenschaft. Jeder, der dazu bereit ist, kann für eine Grabstätte die Patenschaft übernehmen. Patenschaft bedeutet, dass das Grab restauriert wird, in einen möglichst ursprünglichen Zustand versetzt wird oder dass – wenn dies nicht mehr möglich ist – der jeweilige Zustand erhalten bleibt, sodass das Grab nicht weiter verfällt oder verwahrlost. Das kann einen hohen Betrag kosten. Aber Eigeninitiative und handwerkliches Geschick können die Kosten auch niedrig halten. Für jeden Geldbeutel gibt es das richtige Grab.

Die Paten haben dann das Recht, sich oder die Menschen, mit denen sie beerdigt werden wollen, dort bestatten zu lassen. Die Grabkosten fallen erst bei der Belegung des Patenschaftsgrabes an. Doppelter Vorteil: Man selbst weiß, wo man einmal begraben werden wird, und hat gleichzeitig ein Denkmal vor dem weiteren Verfall gerettet und für die Nachwelt erhalten.

In der Regel übernehmen Einzelpersonen oder Familien die Patenschaft für eine historische Grabstätte. Eine Ausnahme bildet die Wilhelm H. Pickartz-Stiftung, die in den letzten Jahren mehr als ein Dutzend denkmalgeschützte Grabstätten auf Melaten in Patenschaft übernommen und fachkundig restauriert hat. Dies erfolgte stets in enger Abstimmung mit dem Amt für Denkmalschutz und Denkmalpflege. Dabei kommt es dem Stifter und seiner Frau auf eine sanfte Restauration an: vor dem Verfall bewahren und gleichzeitig so restaurieren, dass der Charme der Vergänglichkeit erhalten bleibt. Das bedeutet: Die Gräber werden behutsam ihrem Urzustand angepasst. Das gilt auch für die Bepflanzung der jeweiligen Grabfläche. Bei manchen Gräbern kann man kaum erkennen, was zur alten Substanz gehört und was neu ist. Mit ihrem Engagement möchte die Wilhelm H. Pickartz-Stiftung andere Institutionen und Privatpersonen anregen, sich ebenfalls an dem Patenschaftsprojekt zu beteiligen. Denn nur durch verantwortungsbewusstes, bürgerliches Engagement ist das reiche kulturelle Erbe auf den Kölner Friedhöfen zu bewahren. Zu den Patenschaftsgräbern der Wilhelm H. Pickartz-Stiftung gehören unter anderem die Grabstellen von Kaesen (MA, zwischen HWG und Weg P), Weyers/Feith, (MA, zwischen Weg O und Weg N), Schellen (Weg V, an Weg C) und Knorr/Greven, (Weg K, fast an Weg Q).

Auch für die Instandsetzung der ehemaligen Siechenkapelle St. Maria Magdalena und Lazarus an der Aachener Straße hat die Wilhelm H. Pickartz-Stiftung einen finanziellen Beitrag geleistet. Die Kapelle, um deren Pflege sich seit 2014 der St.-Maria-Magdalenen-Verein e.V. kümmert, wird nun wieder für Ausstellungen, Konzerte und Trauerfeiern genutzt.

Bei Interesse an einer Patenschaft ist es sinnvoll, sich zunächst an das Amt für Landschaftspflege und Grünflächen der Stadt Köln zu wenden. Die dortigen Sachbearbeiter/innen wissen, welche Grabflächen in Patenschaft vergeben werden können. Auch geht Gärtnermeister Jürgen Zach von der Friedhofsverwaltung auf Anfrage mit Ihnen über den Melatenfriedhof und sucht mit Ihnen ein für Sie individuell passendes Patenschaftsgrab aus. Denn wer sich mit der Grabstätte identifiziert, setzt sich gewiss zuverlässig für deren Erhaltung ein und pflegt sie auch. Fachliche Beratung für die Restaurierungsarbeiten bekommt man dann vom Amt des Stadtkonservators, dem Amt für Denkmalschutz und Denkmalpflege sowie von den Fachbetrieben, die sich in Sachen Grabgestaltung und Steinmetzarbeiten auskennen.

Karten und Gräber

Kartenausschnitt

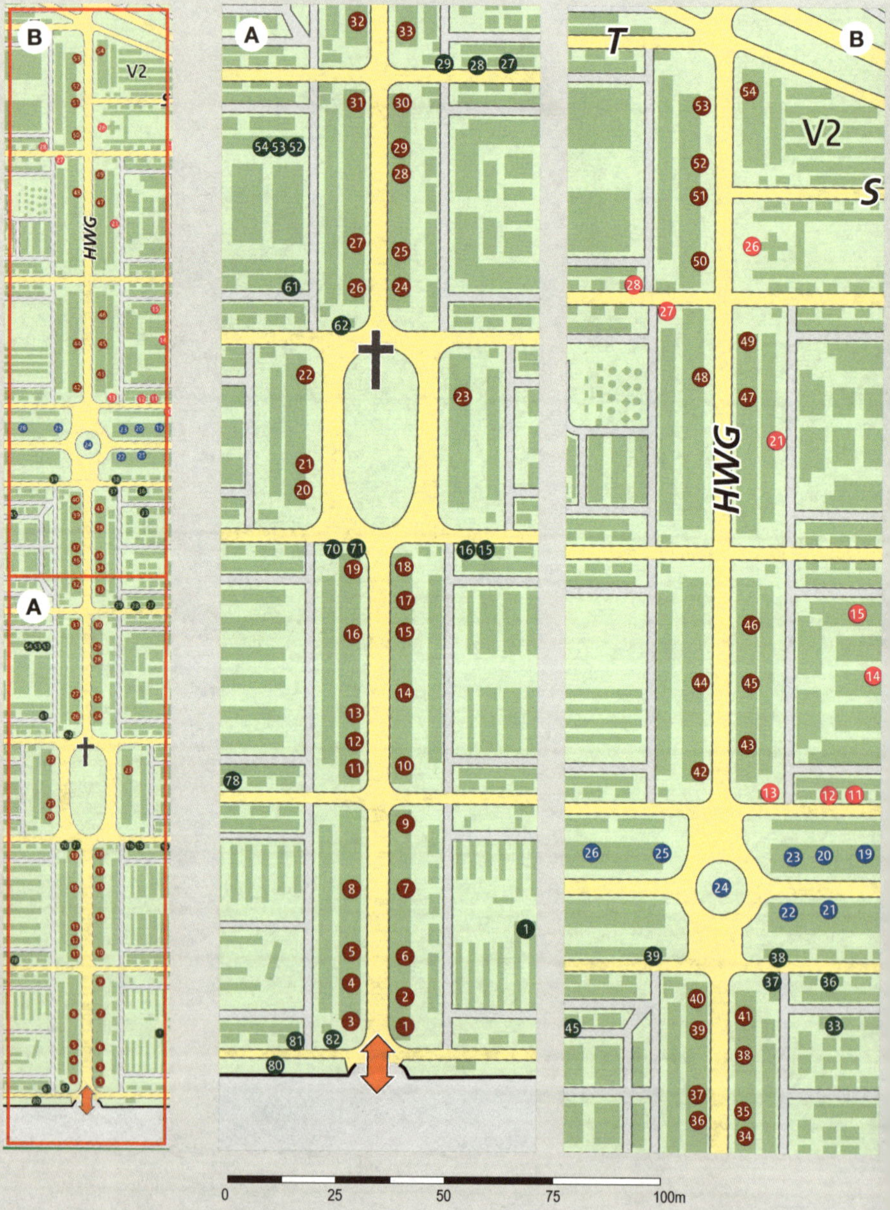

Plan Hauptweg (HWG)

1 Wallraf, Ferdinand Franz 1748–1824

HWG, zwischen Weg A und Weg B

In diesem Ehrengrab, dem ersten Grab rechts vom alten Haupteingang, liegen der Sammler und der Stifter des Wallraf-Richartz-Museums. Eine typisch kölsche Lösung, denn Ferdinand Franz Wallraf und Johann Heinrich Richartz kannten sich persönlich nicht. Natürlich wusste Richartz von Wallraf, aber umgekehrt ...? Da beide ehe- und kinderlos waren und das Museum ihren Namen erhielt, wurden sie in einem gemeinsamen Grab bestattet.

Ferdinand Franz Wallraf war ein umfassend gebildeter Mann. Er studierte Naturwissenschaften, Philosophie und Theologie und wurde im Kölner Dom zum Priester geweiht. Er war Professor am Montaner-Gymnasium; Doktor der Philosophie, Doktor der Medizin, Magister der freien Künste und der Weltweisheiten. Er war Kanonikus (Mitglied eines Kapitels oder Ordens regulierter Chorherren) an St. Maria im Kapitol und St. Aposteln. Von 1793 bis 1798 hatte er das Amt des letzten gewählten Rektors der alten Universität zu Köln inne. Er lehrte Botanik und war Mitglied der medizinischen Fakultät. 1797 verweigerte er den Amtseid auf die Republik Frankreich. Er wurde abgesetzt, die Universität geschlossen. Erst 121 Jahre später, im Jahr 1919, wurde sie wieder eröffnet. Während der preußischen Zeit war Köln keine Universitätsstadt. Da Wallraf ›arbeitslos‹ war, konnte er seinem Hobby frönen. In der damaligen Zeit gab es in Köln viel ›Sperrmüll‹. Die Franzosen hatten die Kirchen säkularisiert. Der ganze kirchliche Besitz fiel an den Staat. Kirchen und Klöster wurden ausgeräumt und weltlichen Bestimmungen übereignet. So war der Dom jahrelang ein Pferdestall. Da es in Köln Hunderte von Kirchen, Klöstern und Stifte gab und diese mit Kunstwerken gut bestückt waren, traten jetzt die Sammler auf und konnten diese vor der Zerstörung retten. Auch Wallraf sammelte, was ihm unter die Hände kam. Er deponierte alles in seinem Haus oder einem der Stadttürme. Und als die Franzosen gingen und die Preußen kamen, wurde er von der Stadt als erster Stadtkonservator eingesetzt. Eine seiner folgenreichsten Amtshandlungen war, dass er das erste städtische Museum der Welt gründete, das Wallrafianum im Kölner Hof, dem heutigen Deichmann-Haus in der Trankgasse. Als er starb, vermachte Wallraf seinen ganzen Besitz der Stadt Köln. Für seine Verdienste für die Stadt wurde er mit dem Titel »Erzbürger Kölns« geehrt.

1 Richartz, Johann Heinrich 1795–1861

HWG, zwischen Weg A und Weg B

Johann Heinrich Richartz war von Beruf Rauchwarenhändler: Er handelte mit edlen Pelzen, Fellen und Häuten. Er war der Erste, der den Fellhandel mit Südamerika aufnahm. Er war zu seiner Zeit der reichste Mann Kölns. Ihm gefiel die Wallraf'sche Sammlung so gut, dass er, um diese voll zur Geltung zu bringen, ein Museum bauen ließ. Er kaufte ein Grundstück neben der Minoritenkirche und beauftragte einen befreundeten Architekten mit dem Bau. Die Kirche selbst ließ er renovieren, sodass ein schönes Ensemble entstand, das im Zweiten Weltkrieg leider zerstört wurde. Drei Monate vor der Eröffnung des Museums starb Johann Heinrich Richartz. Man hätte ihm die Eröffnungsfeier gegönnt.

Zum 50-jährigen Bestehen des Museums verzeichnete Greven's Adreßbuch: »Am 8. August 1854 schenkte Johann Heinrich Richartz 100.000 Taler zum Bau eines Museums; später weitere 88.000 Taler sowie 30.000 Taler für die Wiederherstellung der Minoritenkirche. ... Grundsteinlegung 3. Oktober 1855.« In seinem Testament war »die Summe von 100.000 Thalern für den Neubau eines Irrenhauses« bestimmt. »Die Zinsen des Kapitals sollen aber 10 Jahre lang zum Ankaufe von Kunstwerken für das neue Museum verwandt werden.«

Geehrt wurden der Gründer und der Stifter des Museums durch zwei von Wilhelm Albermann geschaffene Denkmale. Diese beiden riesigen Skulpturen befinden sich vor dem Museum für Angewandte Kunst. Bis zur Zerstörung im Krieg stand auf dem Grab anstelle des derzeitigen sehr schlichten Steins ein Denkmal, das die beiden in Lebensgröße zeigte, und zwar in einem Alter, wie sie sich nie haben begegnen können. Es nahm Bezug auf das Weimarer Goethe-Schiller-Denkmal. Die Kunstliebhaber blicken sich an, geben einander die rechte Hand. Die Stifterurkunde hält Richartz in der freien Linken. Gemeinsam sind wir stark. In Greven's Adreßbuch von 1867 war zu lesen: »Das Seitens der Stadt den Ehrenmännern Wallraf und Richartz errichtete Grabdenkmal wurde im Oktober von dem Bildhauer Werres in durchaus künstlerischer Weise vollendet und aufgestellt.«

Die Inschrift auf dem Denkmal lautete nach Vogts: »Selig sind die Todten, welche in dem Herrn sterben denn ihre Werke folgen ihnen nach. Apoc. Joh. 12, 13. Ihren hochverdienten Mitbürgern Franz Ferdinand Wallraf (...) und Joh. Heinrich Richartz (...) die dankbare Vaterstadt.«

2 DuMont, Johann Marcus 1784–1831

HWG, zwischen Weg A und Weg B

Marcus DuMont, Spross einer angesehenen Ratsherren- und Tabakfabrikanten-Familie in Köln, absolvierte sein Jurastudium in Göttingen.

Am 10. Juni 1805 erwarb er von der Erbengemeinschaft Schauberg die Druckerei sowie die »Kölnische Zeitung« für 700 Reichstaler. Kaum acht Wochen später heiratete er die Haupterbin Maria Katharina Schauberg. Mit 250 Abonnenten übernahm Marcus DuMont die Kölnische Zeitung, deren Leserzahl durch sein Engagement stetig stieg. Der Druck der französischen Pressezensur war jedoch stark, und 1809 musste der Vertrieb ganz eingestellt werden. DuMont prozessierte auf zivilrechtlicher Ebene und konnte eine Entschädigung von 4.000 Franken durchsetzen. Er durfte anschließend sogar zweimal wöchentlich ein Anzeigenblatt herausgeben sowie die französischsprachige Halbmonatszeitschrift »Mercure de Roer«. Aus dem Anzeigenblatt entwickelte sich später der »Kölner Stadt-Anzeiger«.

Am 16. Januar 1814, bereits zwei Tage nach dem Abzug der Franzosen aus Köln, erschien das Blatt wieder. Und der unaufhaltsame Aufstieg der »Kölnischen Zeitung« begann. Als Marcus DuMont starb, hatte sie immerhin dreitausend Abonnenten und war eine überregional beachtete Zeitung, deren Berichterstattung anerkannt war.

Im Februar 1815 eröffnete DuMont mit seinem Freund Johann Peter Bachem eine Buchhandlung. 1818 trennten sie sich wieder. DuMont führte die Buchhandlung weiter, Bachem baute ein Verlagshaus auf.

Marcus DuMont war ein sozial denkender Mensch. Im Dezember 1815 gründete er eine Unterstützungskasse für Kranke und Invalide, Vorläufer der ersten Betriebskrankenkasse gewissermaßen. Denn er sagte sich, wenn meine Mitarbeiter im Krankheitsfalle abgesichert sind und wieder gesund werden, dann bleiben sie mir mit ihrer Kompetenz und ihrer Arbeitskraft treu erhalten.

Hinsichtlich der Pressezensur standen die Preußen den Franzosen in nichts nach. Texte wurden beanstandet, Artikel mussten geschwärzt erscheinen. Marcus DuMont reagierte mit Ironie: Am 4. Mai 1817, an einem Sonntag, erscheint die »Kölnische Zeitung« mit einem fast unbedruckten Titelblatt. Nur ein einziges Wort in dicken Lettern war zu lesen: »Deutschland«. Die Preußen waren blamiert und vorgeführt. Köln lachte.

3 Fischer, Peter Josef 1807–1833
Fischer, Wilhelm 1809–1835

HWG, zwischen Weg A und Weg B

»Familiengrab der Eheleute Fischer aus Cöln und Annae Mariae Fischer geb. Remy aus Wien, denen ihre beiden Söhne und einzige Kinder, Peter Josef (...) und Wilhelm (...) in der Blüthezeit ihrer Jahre zu einem besseren Leben vorangegangen. / Erblühen wird zu schönerem Looß / Was wir trauernd bargen in der Erde Schooß.«

Gruppe von sieben Steinen in Wegkreuzform mit zwölf Stationsbildern. »Kauf der Grabstelle durch Gerh. Ad. Fischer am 31.3.1835 ... Legat von 1000 Thalern zum Bau des Domes durch Witwe Gerhard Adam Fischer (gest. 14.12.1850).« (Vogts)
Eines der ältesten neugotischen Grabmale auf Melaten.

4 Farina, Johann Baptist 1758–1844

HWG, zwischen Weg A und Weg B

Johann Baptist Farina gehörte der dritten Generation der Dynastie der Eau-de-Cologne-Hersteller an. Er war der Großneffe von Johann Maria Farina, der kinderlos starb und dessen Name man auf dem mittleren Kopfstein des Familiengrabes liest: »Johann Maria Farina, Erfinder der Eau de Cologne, geb. 8. Decbr. 1685, gest. 25. Novbr. 1766«.

1766 gestorben und doch auf Melaten bestattet? – Dahinter verbirgt sich eine eigenartige Geschichte: Johann Maria Farina wurde ursprünglich auf dem Friedhof der Pfarrgemeinde St. Laurenz beerdigt. Die bevorstehende Schließung der innerstädtischen Friedhöfe durch die Franzosen bewog die Familie Farina, den „Stammvater" ihrer Parfümerie gegenüber dem Rathaus, zu exhumieren, in einen Steinsarg im Garten hinter der Parfümerie zu betten und nach Gründung des Friedhofs Melaten dort auf lange – und das bis heute – zu beerdigen.

Die Familie Farina avancierte zu den größten und bekanntesten Eau-de-Cologne-Produzenten. Mit der Herstellung von

Eau-de-Cologne konnte man sehr viel Geld verdienen. Das weckte Begehrlichkeiten, und so wurde mit dem Namen Farina Schindluder getrieben. Denn es gab findige oder besser windige Menschen, die nach Italien fuhren und dort werdenden Müttern Geld gaben. War das Kind ein Junge, musste er auf den Namen Johann Maria Farina getauft werden. Anschließend kauften sie den Eltern die Namensrechte ab und verwandten den Namen Johann Maria Farina für ein neues Eau de Cologne. Im Laufe des 19. Jahrhunderts gab es über 50 verschiedene Eau-de-Cologne-Fabrikanten, so genannte Pseudo-Farinas, in Köln. Natürlich waren die Original-Farinas darauf erpicht, dass diesem Unwesen Einhalt geboten wurde. So gehörten sie zu den Mitinitiatoren des Markenschutzgesetzes.

5 Fuchs, Johann Peter 1782–1857

HWG, zwischen Weg A und Weg B

Sekretär beim französischen Tribunal in Köln, Obersekretär und Stadtarchivar. Als Schüler Ferdinand Franz Wallrafs war er nach dessen Tod sein Testamentsvollstrecker. Ihm verdanken wir die gute Quellenlage über die ersten Jahrzehnte des Kölner Karnevals.

6 Boisserée, Bernhard 1773–1845

HWG, zwischen Weg A und Weg B

Bernhard Boisserée entstammt einer Kölner Familie, deren berühmteste Mitglieder die Sammler Sulpiz und Melchior Boisserée sind.

Bernhard Boisserée war von Haus aus Jurist und Kaufmann. Er hat die Wirtschaftsgeschichte der Stadt entscheidend mitgeprägt. Als Gründer der »Holzhandlung Bernh. Boisserée« betrieb er im heutigen Stadtteil Bayenthal die erste Dampfsäge am Rhein. Als Vertreter der Kölner Handelskammer und Hauptagent der Niederländischen Dampfschiffahrts-Gesellschaft verabredete er gemeinsam mit Peter Heinrich Merkens (HWG 27) eine Versuchsfahrt mit dem Dampfschiff »De Zeeuw« auf dem Nieder- und Mittelrhein, die zu einem Werbezug für die gesamte Dampfschifffahrt werden sollte. Er wurde Mitbegründer der Preußisch-Rheinischen Dampfschiffahrtsgesellschaft. In französischer wie in preußischer Zeit war er Mitglied im jeweiligen Rat und der Verwaltung der Stadt Köln.

7 Willing, Familie

HWG, zwischen Weg A und Weg B

Patenschaftsgrab, Rekonstruktion des ehemaligen Grabes von Johann Christoph Zehnpfennig (gestorben 1842). »Grabmal in Form eines schmiedeeisernen gotischen Tors mit Giebelarchitektur und Fialen von eigenartigem Reiz.« (Vogts)

8 Joest, Carl Wilhelm 1786–1848

HWG, zwischen Weg A und Weg B

Fragt man einmal nach, verbindet mit dem Namen Carl Joest kaum ein Mensch in Köln etwas. Man kennt zwar das Rautenstrauch-Joest-Museum an der Cäcilienstraße, aber Carl Joest ist den meisten ein Unbekannter. Dabei verdanken wir ihm die zur Herbstzeit durch Zuckerrüben schmierig-dreckigen Straßen im Rhein-Sieg- und Rhein-Erftkreis, die vor allem Auto- und Motorradfahrer immer wieder ärgern, nicht zuletzt, weil sie hinter den langsam dahertuckernden Traktoren, die die Rüben transportieren, Schritttempo nicht überschreiten können.

Im Rheinland wurde die Zuckerrübe seit Mitte des 18. Jahrhunderts angebaut, aber sie konnte nur in kleineren Manufakturen verwertet werden, da ihr Eigenzuckeranteil zu gering war. Joest hat auf seinem Versuchshof, dem Fronhof in Ossendorf, den Eigenzuckeranteil der Zuckerrübe derart hochgezüchtet, dass die Rübe industriell verwertbar und somit zur Grundlage der großen Zuckerraffinerien im Rheinland wurde.

Während der napoleonischen Zeit wurde der Zuckerrübenanbau sogar staatlich subventioniert. Die französischen Bauern hängen also streng genommen schon seit zweihundert Jahren am Tropf der Subventionen, Agrarsubventionen sind also keine Erfindung der EU in Brüssel. Die Kölner Zuckerbarone bekamen vor der Umstellung auf die Zuckerrübe ihre Rohstoffe aus Süd- und Mittelamerika sowie den Kanarischen Inseln. Dort hatten sie Zuckerrohrplantagen. Die Rohmasse kam über Antwerpen nach Köln und wurde hier verarbeitet.

Indirekt verdanken wir also Carl Joest das Klümpchen Zucker morgens im Kaffee oder Tee, die süße Marmelade und nachmittags das Cremeschnittchen.

Carl Joest stammte ursprünglich aus Solingen, war dort Stahlwarenhersteller und gründete mit seinem Schwiegervater Johann Schimmelbusch eine Firma, die Ware bis nach Brasilien lieferte. Von dort bezog er dann auch den Rohrzucker.

Carl Joest war zu seiner Zeit der reichste Mann Kölns. Er war doppelt so reich wie der zweitreichste Kölner, der Bankier Friedrich Peter Herstatt (HWG17). Carl Joest hatte 60.000 Taler zu versteuern. Wenn man bedenkt, dass der Wert eines Talers heute umgerechnet etwa 133 Euro beträgt, gleichzeitig den geringen Lohn der damaligen Arbeiterschaft mit einrechnet, dann kann man erkennen, wie unglaublich reich Joest war.

9 Molinari, Jacob Hermann Joseph Aloys ?–1831 (64 Jahre), Molinari, Maria Sybilla ?–1835 (61 Jahre)

HWG, zwischen Weg A und Weg B

Jacob Molinari war Stadtrat in Köln; Maria Molinari hat durch Stiftungen das städtische Waisenhaus unterstützt.

10 von Othegraven, Carl Thomas 1769–1844

HWG, zwischen Weg B und Weg C

Eine schöne gotische Stele. Von Othegraven war Königlich Preußischer Generalleutnant und wie auf dem Grabstein zu lesen ist: »Ritter vieler Orden«. Diese Fülle wird neben dem Familienwappen mit Helmzier dargestellt.

11 von Wittgenstein, Johann Franz Heinrich 1797–1869

HWG, zwischen Weg B und Weg C

Ein klarer Fall von Ämterhäufung: Landesgerichtsrat, Regierungspräsident, erster »Sprecher« und Vorsitzender des Festordnenden Comitees des Kölner Karnevals (1823–1835), Vorsitzender des Zentral-Dombau-Vereins, Stadtverordneter, Chef der Kölner Bürgerwehr, Präsident des Aufsichtsrates der Köln-Mindener-Eisenbahngesellschaft. Als Präsident der Kölner Armenverwaltung war er verantwortlich für den Verkauf von Maskenkarten an Karneval. Durch diese Karten wurde die Abgabe an die Armen, die Sozialhilfe, finanziert. Während seiner Amtszeit wurde der Rosenmontagszug gleich zweimal abgesagt: 1830 kam man einem Regierungsverbot zuvor; 1833, im Jubiläumsjahr, »wegen unüberbrückbarer Meinungsverschiedenheit der närrischen Räte«, wie es hieß. 1842 war von Wittgenstein auf Wunsch von König Friedrich Wilhelm IV. der Schlichter bei erneuten Querelen zwischen dem Festkomitee und einer abtrünnigen ›Fastelovendsgruppe‹.

12 Daniels, Heinrich Gottfried Wilhelm 1754–1827

HWG, zwischen Weg B und Weg C

1776 Kurkölner Advokat in Bonn, 1783 Juraprofessor an der Universität in Bonn, 1804 Generaladvokat am Kassationshof in Paris, 1817 Mitglied des Preußischen Staatsrats, 1819–1827 erster Präsident des Appellationsgerichtshofs in Köln. In dieser Grabstätte liegen auch Mitglieder der alten Kölner Patrizierfamilie von Groote.

⓭ Essingh, Johann Theodor 1789–1847

HWG, zwischen Weg B und Weg C

»Frührenaissance mit Urne von edeln Formen« (Vogts). Anfang der 1980er Jahre wurde dieses reich verzierte Grabmal restauriert.

⓮ Delius, Daniel Heinrich 1773–1832

HWG, zwischen Weg B und Weg C

»Dem Regierungs-Präsidenten Daniel Heinrich Delius die Liebe der Bürger – Von seinem Geiste zeugt der freie Rhein. Des Vaterlandes Wohl, der Bürger Glück trug er im treuen Herzen.«

In einem Brief an Bürgermeister Steinberger schrieb er 1828 über die Mentalität der Kölner: »Ew. Wohlgeboren erkennen Ihre Landsleute – die Alt-Kölner, welche so gut wie die Alt-Engländer etwas an Ueberschätzung laborieren ...«

⓯ Himmelseher, Erwin

HWG, zwischen Weg B und Weg C

Inhaber der Erwin Himmelseher Assekuranz-Vermittlung GmbH, Sportversicherung Weltweit in Köln; Förderer des Breitensports; Erwin-Himmelseher-Stiftung: Förderung von Bildung und Erziehung auf dem Gebiet der Naturkunde.

⓰ Fürth, Laurenz 1735–1812

HWG, zwischen Weg B und Weg C

Von 1762 bis 1795 Kölner Ratsherr, 1797 Colonell-Leutnant und Appellations-Kommissar. Er kaufte als Privatmann die Kirche St. Mariä Himmelfahrt und rettete sie so vor dem Abriss durch die Franzosen. Ab 1803 diente sie wieder als Pfarrkirche.

⓱ Herstatt, Johann David 1740–1809
Herstatt, Friedrich Peter 1775–1851

HWG, zwischen Weg B und Weg C

Der erste Herstatt, der sich in Köln ansiedelte, war der reformierte Kaufmann Isaac Herstatt. Er kam 1720 aus Eschweiler an den Rhein und arbeitete zunächst bei seinem Schwager. 1727 gründete er einen Seiden- und Florettbandbetrieb, der im Verlagssystem organisiert war. Als Protestant brauchte er dafür eine Genehmigung des Rates. Er hatte Erfolg, die Geschäfte liefen gut. Regelmäßig besuchte er die großen Messen in Deutschland. 1761 übernahm sein Sohn Johann

David Herstatt d. Ä. die Firma. 1770 erreichte sie ihren wirtschaftlichen Höhepunkt. Katholische Händler und die mittelalterlich organisierten Zünfte versuchten den lästigen Konkurrenten auszuschalten. Das Geschäft stagnierte. Das Kapital wurde umgeschichtet. 1792 wird Johann David Herstatt erstmals als Bankier erwähnt. Details über die Größe der Bankgeschäfte sind jedoch nicht bekannt. Seine Seidenweberei betrieb er weiter. Der vollständige Übergang zum Bankhaus vollzog sich 1812 unter Friedrich Peter Herstatt. Wie auch die anderen Kölner Bankhäuser begleiteten die Herstatts als Finanziers die aufstrebende industrielle Entwicklung Kölns und des Rheinlands im 19. Jahrhundert. Da es nach der vierten Bankiersgeneration keinen Nachfolger gab, wurde 1888 das Bankhaus Herstatt an das Bankhaus Stein übertragen.

18 de Latte, Louis 1799–1811, de Latte, Adolphe Francois Xavier Napoleon 1809–1811

HWG, zwischen Weg B und Weg C

»Jener starb für viele Gute beweinenswert, keinem beweinenswerter als dem Vater ... Denkmal, gewidmet der elterlichen Zärtlichkeit, den schönen Künsten und den Wissenschaften, denen er sich widmete, und zwar mit einem für sein noch kindliches Alter erstaunlichen Erfolg, welcher für die Zukunft zu den schönsten Veranlassungen Hoffnung gab. ... Diese beiden lieben Kinder, Opfer von Scharlach, der den Erstgeborenen in weniger als vier Tagen und den Jüngeren in 23 Tagen hinwegraffte, sind heute im gleichen Grab vereint. – Ludwig ... dem geliebtesten und liebenswertesten jungen Sohn, der den Eltern gegenüber Ehrfurcht zeigte, in jungen Jahren hoch begabt war und durch Glanz, Bescheidenheit und Begabung und nicht zuletzt durch Schönheit des Körpers und des Geistes ausgezeichnet war und Adolph, dem nicht weniger geliebten Sohn, ihrem besten Kind und dem Bruder an Aussehen und Begabung nicht ungleich, setzten die hochbetrübten Eltern dieses Denkmal des Schmerzes und der Liebe, 1812.« (Abt/Vomm)
Dies ist die älteste erhaltene originale Grabstätte auf Melaten.

19 DuMont, Michael Joseph 1746–1818

HWG, zwischen Weg B und Weg C

Auf der Vorderseite des Grabsteins ist zu lesen: »Hier waelte sein Grab der erste Einsegner dieses Gottesackers der ehrwürdige H(err) Michael Jos(eph) DuMont, Doc(tor) beyd(er) Rechte. Seit 1806 Hauptpfarrer am Dom in Cöln u(nd) Domherr zu Aachen, vorher ord(entlicher) Professor des geistl(ichen) Rechtes u(nd) der Reichs-Geschichte an unsrer Universität auch Dechant des S(anct) Apostel und Capitular des edl(en) S(anct) Gereo-Stiftes e.t.c. Ein Mann für jede Würde seines Standes. Vielseitig in Wissen, streng im Handeln, ein Priester, wie ihn Religion, Humanitaet, und seine Vaterstad binnen den Stürmen unserer Zeit erforderten. Er erlebte kaum die Morgenröthe des neuen Völkerfriedens hinieden, da nahm ihn Gott zum Genusse der ewigen Ruhe in seine Reiche d(en) 30ten Novemb(er) 1818 dem 77(ste)n seines Lebens, im 49(ste)n sein(es) Priesterthums. Allgemeine Trauer feierte seinen Leichenzug. Sein Andenken sei gesegnet.«

Auf der Rückseite steht: »Famil(ie) d(es) hier begrabenen H(errn) Dompfarrers Altern He(i)nrich Jos(eph) DuMont vornehm(er) Senator d(er) R(eichs)stadt Cöln, gest(orben) 1794 Fr(au) Mar(ia) Soph(ia) Dahlen gest(orben) 1768 beide begrab(en) zu S(anct) Alban«

Seite links: »J(ohann) Maria Nicolaus Dumont Bürgermeister d(e)r Stadt Cöln Praefecturrath und zuletzt Landdirectionsr(ath) in Achen gest(orben) u(nd) begr(aben) daselbst 1816 alt 74 J(ahre) / Musa labor pietasque virum ut patriae Cicero Fabrizius que foret«

Seite rechts: »M(aria) Christ(ina) Henr(iet)ta verehel(icht) mit A(?) Bene(dict) Reinier, gest. 1792. He(i)nr(ich) Jos(eph) Senator u(nd) Handelsm(ann) in C(öln) gest(orben) 1787 M(ari)a Anton(ia) v(on) Sandt. Nic(olaus) Jos(eph) Aloys Priest(er) und Canon(icus) zu S(anct) Cunibert, gest. 1799. – Alle begrab(en) zu S(anct) Alban.«

Zur Erklärung der Familienverhältnisse: Der 1794 gestorbene Heinrich Joseph DuMont und Maria Sophia Dahlen, korrekt »Daelen«, waren die Eltern des Dompfarrers. Heinrich Joseph DuMont stammte aus Soumagne bei Lüttich. 1740 erwarb er die große Bürgerschaft der Stadt Köln und etablierte sich als Tabakfabrikant. Ab 1747 war er Ratsherr.

Der Bruder des Dompfarrers, Johann Maria Nicolaus DuMont, Seifenfabrikant und Freund von F. F. Wallraf, war 1794 bis 1795 der letzte gewählte Bürgermeister Kölns. Bereits zur reichsstädtischen Zeit war er Ratsherr und Gebrechherr.

(Franz) Heinrich Joseph (DuMont) – ebenfalls Tabakfabrikant und Ratsherr – und Maria Antonia v. Sandt waren die Eltern des Verlegers Marcus DuMont.

20 Imhoff, Hans 1922–2007

HWG, zwischen Weg C und Weg D

1993, einen Tag vor Allerheiligen, wurde eines der schönsten Museen in Köln eröffnet: das Imhoff-Stollwerck-Schokoladenmuseum. Wie ein Schiffsbug ragt der Bau von Rheinauhafen und Rhein umgeben in Richtung Deutzer Brücke. Altstadtpanorama und Kölner Dom voraus. Ein wundervoller Platz zum Verweilen. Der Heilige Nikolaus – Patron

der Seefahrer, Kaufleute, Bäcker und der Kinder, Lieblingsheiliger der Holländer – grüßt (oder segnet) die vorbeifahrenden Schiffe.

In der Stadt stieß Hans Imhoff auf Skepsis, als er 1989 sein Projekt präsentierte, ein Schokoladenmuseum im Rheinauhafen zu bauen. Kurzerhand mietete er den Gürzenich und ließ einen Schokoladenbrunnen aufstellen. Fazit: Innerhalb von sechs Wochen kamen fünfmal mehr Besucher als erwartet. Das war überzeugend. 1991 begann die Planung des Museums. Hans Imhoff, als Stollwerck-Mehrheitsaktionär, kaufte das ehemalige Zollamt, die Halle 10 sowie den auf der anderen Hafenseite stehenden Malakoffturm samt Drehbrücke und damals noch Brückenwärter.

Die Karriere von Hans Imhoff war steil. 1948 gründete er in Bullay an der Mosel seine erste Schokoladenfabrik und avancierte (laut Spiegel) zu Deutschlands erstem Nachkriegsmillionär. 1972 präsentierte Alfred Herrhausen, Vorstandsmitglied der Deutschen Bank, Hans Imhoff auf der Hauptversammlung von Stollwerck. Für einen symbolischen Betrag übernahm er die Leitung des von der Deutschen Bank heruntergewirtschafteten Betriebs und baute ihn zu einem der größten Schokoladenhersteller Europas aus. »Seine Unternehmen führte er patriarchalisch wie ein Familienunternehmen. Die Hauptversammlungen der Stollwerck AG mit den Minderheitsaktionären verwandelte Imhoff in amüsante Veranstaltungen mit großzügiger Bewirtung und Naturaldividenden in Form von Schoko-Paketen.« (Wikipedia) Ende 1975 zog die Firmenzentrale aus der Kölner Südstadt nach Porz-Westhoven um.

Nach dem Verkauf des Stollwerck-Konzerns gründete Hans Imhoff die gemeinnützige Imhoff Stiftung. »Sein Wunsch war es, seiner Heimatstadt Gutes zu tun.« Gefördert werden Projekte aus den Bereichen Kunst und Kultur, Bildung und Kulturpädagogik, Wissenschaft und Forschung, Therapeutisches Reiten, Denkmalpflege und Heimatkunde. 2002 wurde Hans Imhoff zum Ehrenbürger der Stadt Köln ernannt.

21 Paas, Friedrich Wilhelm 1799–1868

HWG, zwischen Weg C und Weg D

Er war zusammen mit Joseph Stelzmann Besitzer einer Großwarenhandlung für »Farb-, Material- und Fettwaren« in der Großen Witschgasse; Patenschaftsgrab von Himmel und Ääd, einem Verein zur Förderung der psychosozialen Betreuung von Krebs-, Aids- und chronisch kranken Patienten.

22 Denkmal zum Andenken an die unter den Armeen Napoleons gefallenen Krieger der Stadt Köln

HWG, zwischen Weg C und Weg D

Um dieses Denkmal rankt sich eine kleine Legende. Es heißt, dass die in Napoleons Armee gedienten Kölner Veteranen ihren gefallenen Kameraden auf Melaten ein Denkmal setzen wollten und dieses Ansinnen dem zuständigen Kölner Regierungspräsidenten vortrugen. Dieser wollte keine Genehmigung aussprechen, da Preußen als Gegner Napoleons eine solche Gedenkstätte nicht zulassen konnte, zumal auf einem Friedhof wie Melaten. Die Veteranen versuchten einen Kompromiss zu erzielen. Sie baten, das Denkmal zu genehmigen, um es an einem späteren Termin außerhalb des Friedhofs, quasi auf freiem Feld, zu errichten. Dagegen war nichts einzuwenden. Die Genehmigung wurde erteilt. Der Ort wurde festgelegt. Es geschah nichts. Die Bevölkerungszahl stieg und somit auch die Zahl der Toten. Auf Melaten wurde es eng, der Friedhof musste erweitert werden. Und da lag das für das Denkmal festgesetzte Grundstück auf einmal wie durch Zufall an exponierter Stelle am Ende des verlängerten Hauptweges. Der Bau des Denkmals konnte beginnen. – Die Genehmigung zur Aufstellung des Denkmals wurde am 21. November 1843 erteilt, der Grundstein wurde am 6. Juni 1852 gelegt. Im Grundstein befindet sich ein Verzeichnis der gefallenen Soldaten; an der Seite die Namen der später gestorbenen Kriegsteilnehmer.

23 Kölsche Funke rut-wieß vun 1823

HWG, zwischen Weg C und Weg D

Die ehemalige Grabstätte der Familien Cron und Allert wurde 2016 von den Roten Funken als Grab- und Gedenkstätte in Patenschaft übernommen.

24 Domkapitel

HWG, zwischen Weg D und Weg E

Die Domkapitulare haben sich um alle Belange zu kümmern, die den Kölner Dom betreffen. Sie haben das Recht, den Erzbischof zu wählen sowie die Heiligtümer und Reliquien zu verwalten. Sie sind quasi der fromme Aufsichtsrat des Domes.

Die Mitglieder des hochherrschaftlichen Domkapitels mussten früher mindestens 16 adelige Vorfahren haben. Aus diesem Grund wurden sie auch »Domgrafen« genannt. Es gab wohl kaum einen echten Kölner, der diese Qualifikation erfüllen konnte. Sie kleideten sich standesgemäß in rote Talare und Pelze. Sie waren jedem weltlichen Reichsfürst ebenbürtig. Das Amt des Domkapitulars bedeutete standesgemäße Unterbringung und Versorgung von adeligen Söhnen. Damit der sakrale Kult und die Messen garantiert waren, mussten mindestens die Hälfte des Domkapitels geweihte Priester sein. Papst und Kaiser waren geborene Mitglieder. Ihnen wurden die ersten Plätze des Chorgestühls freigehalten, sodass sich die Gesamtzahl der Domkapitulare auf 50 addiert.

Das neue Metropolitankapitel besteht seit 1825. Seine Mitglieder sind der Dompropst, der Domdechant, zehn residierende und vier nichtresidierende Domkapitulare. Nichtresidierende Kapitulare sind Dechanten aus dem Erzbistum oder auch Professoren der Bonner Katholischen Theologischen Fakultät, die bei einer Erzbischofswahl zu dem zwölfköpfigen Kapitel hinzutreten. Residierende Domkapitulare sorgen für die würdige Gestaltung des Domgottesdienstes, den Erhalt des Domes und die Verwaltung seines Vermögens. Sie nehmen Aufgaben in der Leitung des Erzbistums wahr. Gemäß den Bestimmungen des Konkordates zwischen dem Heiligen Stuhl und dem Freistaat Preußen von 1929 ist das sechzehnköpfige Gremium bei der Wahl eines Erzbischofs an einen Dreiervorschlag gebunden, den der Papst unter Würdigung verschiedener Vorschläge dem Kapitel unterbreitet.

25 Syebertz, Johann Wilhelm ?–1855

HWG, zwischen Weg D und Weg E

Bei Vogts »Sybertz«, Geheimer Regierungsrath; Nachfahre des Privatbankiers »Johann Heinrich Syebertz wohnhaft in Cölln auf der hohen Pforte«.

26 Zimmer, Familie

HWG, zwischen Weg D und Weg E

Großes, aufwendig restauriertes Patenschaftsgrab.

27 Merkens, Peter Heinrich 1778–1854

HWG, zwischen Weg D und Weg E

»Wenn Schiffe Trauer tragen«, so hätte die Überschrift im Lokalteil der »Kölnischen Zeitung« lauten können. »Zweiundzwanzig Schiffe der ältesten rheinischen Dampfschifffahrtsgesellschaft setzen ihre

Flaggen für sechs Wochen auf Halbmast.« Am 14. Januar 1854 starb Peter Heinrich Merkens, Kaufmann und Begründer vieler Firmen und Gesellschaften, die das wirtschaftliche Bild der Stadt Köln bis zum heutigen Tag geprägt haben.

Geboren wurde er 1778 in Mülheim am Rhein; Konfession: evangelisch-reformiert. Die Eltern erkannten recht früh die Fähigkeiten von Peter Heinrich und meldeten ihn im protestantischen Isingschen Handelsinstitut an, das weit über Mülheim hinaus bekannt war. Er verließ es mit Erfolg noch vor der Vollendung seines 14. Lebensjahres. Nicht nur der Rhein trennte Mülheim von Köln, auch die konfessionelle Toleranz. Peter Heinrich Merkens ging als Kaufmann im katholischen Köln in die Lehre. Das kostete die Eltern Geld. Geld, das sich gelohnt hat auszugeben. 1794 kamen die Franzosen. Die einsetzende Religionsfreiheit eröffnete Merkens alle Chancen. Er trat in die Gewürz- und Weinhandlung von Everhard Caspar Schüll ein. Ihm und seiner Familie verdankte Merkens seinen Weitblick und die Grundlagen seines wirtschafts- und kommunalpolitischen Denkens, denn das allgemeine Kölner Denken hing dem verkrusteten und mittelalterlichen Zunftgedanken an. Merkens wurde ein Verfechter der Freihandelslehre, die er bis zu seinem Tod treu vertrat.

Seine freie Zeit verbrachte Merkens gern als Lehrer in einem Fräulein-Pensionat. Hier lernte er seine Frau Elisabeth von Coels kennen, die Tochter eines kurkölnischen Geheimrats, katholisch und 16 Jahre jung. Die Hochzeit war ein Eklat. Peter Heinrich Merkens entführte die Braut ins ›Ausland‹, nach Altena in Westfalen. Die katholische Kirche erkannte die Ehe nicht an. Eine Mischehe in der Oberschicht untergrub ihre Autorität, lud zur Nachahmung durch das gemeine Volk ein.

Noch keine 30 Jahre alt wechselte Merkens die Firma. Er wurde Teilhaber des Salz- und Kolonialwaren-Handelshauses Seydlitz, das er nach dem frühen Tod seines Freundes Seydlitz in Seydlitz & Merkens umbenannte. Die Firma besaß das Salzmonopol für Köln und Umgebung. Ein lukratives Geschäft. Anstelle des Kolonialwarenhandels baute er einen anderen Zweig auf, der sich Speditions-, Kommissions- und Bankgeschäften widmete. Diese Kombination war damals üblich. Das Bankhaus Seydlitz & Merkens fusionierte später mit dem Bankhaus Deichmann und wurde somit einer der Grundpfeiler der Deutschen Bank AG.

Peter Heinrich Merkens erkannte die Zeichen der Zeit. Auf seine und Bernhard Boisserées (HWG 6) Initiative unternahm die Niederländische Dampfschiffahrtsgesellschaft Probefahrten auf dem Rhein. Sie gründeten 1826 die Preußisch-Rheinische Dampfschiffahrtsgesellschaft, die heutige Köln-Düsseldorfer. Diese nahm im Mai 1827 den Betrieb zwischen Köln und Mainz auf. Merkens wurde Präsident der Gesellschaft, und man darf ihn mit Fug und Recht als Begründer der Personenschifffahrt auf dem Rhein bezeichnen. Bereits 1818 hatte Merkens die Rheinschiffahrts-Assecuranz-Gesellschaft gegründet, eine Transportversicherung. Ab 1845 hieß diese »Agrippina«, heute »Zurich Gruppe Deutschland«. Tradition vergeht. Das gleiche Schicksal widerfuhr der Kölnischen Feuerversicherungsgesellschaft Colonia, 1838 gegründet; heute AXA. Zwei namhafte Versicherungen gehen auf Peter Heinrich Merkens zurück. Köln wurde dank seiner Initiative als Standort für Versicherungsunternehmen attraktiv und ist bis zum heutigen Tage Versicherungsplatz Nummer eins in Deutschland.

Natürlich war Merkens auch im Rat der Stadt aktiv; er vertrat Köln im Landtag. Er war Mitbegründer der Kölner Handelskammer und ihr erster gewählter Präsident. Der Merkens-Saal in der IHK erinnert an ihn. Aber auch ein Bild im Stadtmuseum.

Peter Heinrich Merkens hat sich malen lassen: Er steht am Rhein, auf eine Brüstung gestützt. Auf dem Wasser ein Personenschiff, Symbol seines industriellen Erfolgs. Am anderen Ufer der Bayenturm als Zeichen für seine Verbundenheit mit der Stadt, Bürgerstolz. Aber: Das südöstlichste Festungswerk der mittelalterlichen Stadtmauer hat eine besondere Bedeutung. Denn es ist seit dem Mittelalter so: Wem der Bayenturm gehört, dem gehört die Stadt. Was will uns Merkens wohl sagen?

»Dem Protestanten, der in seiner frühen Jugend im katholischen Köln selbst die Diskriminierung Andersgläubiger erlebt hatte, kam es (...) sowohl auf die Beseitigung religiöser als auch daraus resultierender wirtschaftlicher Beschränkungen an.« (Schwank) Resultat dieser Gesinnung: Am 23. Mai 1843 traf ein Antrag auf »Gleichstellung der Juden mit den übrigen Staatsbürgern« am Sitz des Rheinprovinziallandtages in Düsseldorf ein. Antragsteller war der Kölner Abgeordnete Peter Heinrich Merkens. Der Antrag wurde angenommen.

28 Michels, Peter 1801–1870

HWG, zwischen Weg D und Weg E

Unter Peter Michels Führung wurde die von seinem Vater Mathias Michels als napoleonischer Heereslieferant 1800 gegründete Woll- und Tuchhandlung zur größten in Köln. Sie besaß in der Stadt fast schon eine Monopolstellung. Die Wolle für die Tücher wurde zunächst aus Sachsen und Spanien bezogen, später wurden weltweite Verbindungen aufgebaut, allerdings blieb der Bezug von Wolle aus den damaligen Kolonien vorrangig. Der Kundenkreis erstreckte sich bis nach Russland. Michels war von 1831 bis 1848 Mitglied im Stadtrat, ab 1833 Mitglied der Handelskammer und setzte den Bau des Marienhospitals durch.

29 Mülhens, Peter Joseph 1801–1873

HWG, zwischen Weg D und Weg E

Sohn von Wilhelm Mülhens (D30) und Bruder der Kölner Bankiers Franz und Johann Jakob Mülhens. Inhaber der Firma Franz Maria Farina (4711), Gold- und Politurleistenfabrik, Glockengasse 22–28. Er schuf durch die Kropf-Molanus-Flasche und das Blau-Gold-Etikett ein optisches Markenzeichen für sein Parfum. Er dehnte den Handel in die Überseegebiete, besonders nach Indien und Indonesien, aus. Erbauer des neugotischen Hauses in der Glockengasse, das heute als Stammsitz der Firma vermarktet wird. Wie andere Eau-de-Cologne-Hersteller (Farina, Zanoli zum Beispiel) war auch er im Karneval aktiv.

30 Jesuiten

HWG, zwischen Weg D und Weg E

Gemeinschaftsgrab

30 Svensson, Jon Stefan 1857–1944

HWG, zwischen Weg D und Weg E

Im Gemeinschaftsgrab der Jesuiten liegt der isländische Schriftsteller Jon Stefan Svensson begraben, bekannter unter seinem Schriftstellernamen Nonni. Er wurde am 16. November 1857 in einem Hof Möðruvellir im Hörgárdalur bei Akureyri geboren, wo er bis zu seinem siebten Lebensjahr aufwuchs. 1865 zog Svensson mit seinen Eltern nach Akureyri um, wo sein Vater vier Jahre später verstarb. Es waren schwere Zeiten, seiner Mutter war es nicht möglich, auf Dauer für sich und ihre Kinder zu sorgen. Nonni ging 1870 ins Ausland, da ein französischer Adliger anbot, ihm eine Ausbildung in Frankreich zu finanzieren. Wegen des Krieges, der in Europa tobte, hielt sich Nonni ein Jahr lang in Dänemark auf, wo er sich zum katholischen Glauben bekehren ließ. In Frankreich schrieb er sich an der Lateinschule Amiens ein. Nach Beendigung der Schule wurde Nonni 1878 in den Jesuitenorden aufgenommen und studierte fünf Jahre lang Literatur, Philosophie und Theologie in Frankreich, Belgien und Holland. In England studierte er vier Jahre lang Theologie und wurde zum Priester geweiht. Er kehrte nach Dänemark zurück, wo er 20 Jahre lang unterrichtete. Aus gesundheitlichen Gründen gab er 1912 die Lehrtätigkeit auf. Fortan arbeitete er als freier Schriftsteller. Svensson starb am 16. Oktober 1944 im Marienhospital in Köln. Sein bekanntestes Werk sind die Abenteuer von »Nonni und Manni«. Die meisten seiner zwölf Bücher schrieb er in deutscher Sprache. Das erste Buch wurde 1906 verlegt. Im Laufe der Jahre wurden seine Bücher in rund 40 Sprachen übersetzt.

31 von Stein, Familie

HWG, zwischen Weg D und Weg E

Bankherren in Köln. Das Bankhaus Stein gehörte zu den ältesten Bankhäusern in Köln, 1790 von dem erst 17 Jahre alten Johann Heinrich gegründet. Neben dem Bankgeschäft betrieb er eine Spedition, Kommission und Weinhandel. 1794 kam eine »Gerberei und Lederwarenhandlung« in Wesseling hinzu, die er gemeinsam mit zwei Kompagnons führte. Es wurden Rohhäute zu Schaftleder für Stiefel, aber auch Futter- und Sohlleder verarbeitet. Der Gewinn des Geschäfts blieb in der Firma. Kein Teilhaber durfte mehr entnehmen, als er für seine alltäglichen Lebensbedürfnisse brauchte! Das Bankhaus J. H. Stein in Köln beteiligte sich an diversen Handelsgeschäften, war in der Kreditvermittlung tätig sowie im Wechselgeschäft stark engagiert und behutsamer Begleiter des wirtschaftlichen Fortschritts in Köln. Die Bank gehörte bis in die 1970er Jahre zu den renommierten Privatbanken in Deutschland. Heute ist sie unter dem Namen »Marcard, Stein und Co« Teil der Großbank M.M. Warburg, die aber immer noch eine Geschäftsstelle in Köln hat.

32 Pfeifer, Emil 1806–1889

HWG, zwischen Weg E und Weg F

Zuckerfabrikant in der Severinstraße 112.

33 von Mallinckrodt, Gustav 1799–1856
von Mallinckrodt, Gustav 1829–1904

HWG, zwischen Weg E und Weg F

Die Familie Mallinckrodt, deren Ursprünge im Westfälischen liegen, handelte am Rothgerberbach 1a mit Wildleder sowie mit »überseeischen Häuten und Fellen« und brachte es zu einem beträchtlichen Vermögen.

34 Aidshilfe, ehemalige Grabstätte Joest

HWG, zwischen Weg E und Weg F

2007 wurde die Grabstelle der Familie E(duard) Joest als Patenschaftsgrab von der Friedhofsgärtner-Genossenschaft an die Aidshilfe Köln übertragen und 2009 eingeweiht. Mit dieser Grabstätte will die Aidshilfe Köln der an der HIV-Infektion und Aids-Erkrankung verstorbenen Menschen gedenken, damit ihre persönlichen Spuren nicht in Vergessenheit geraten. Hier können an Aids verstorbene Menschen ihre letzte Ruhestätte finden. Neben den Angeboten zur

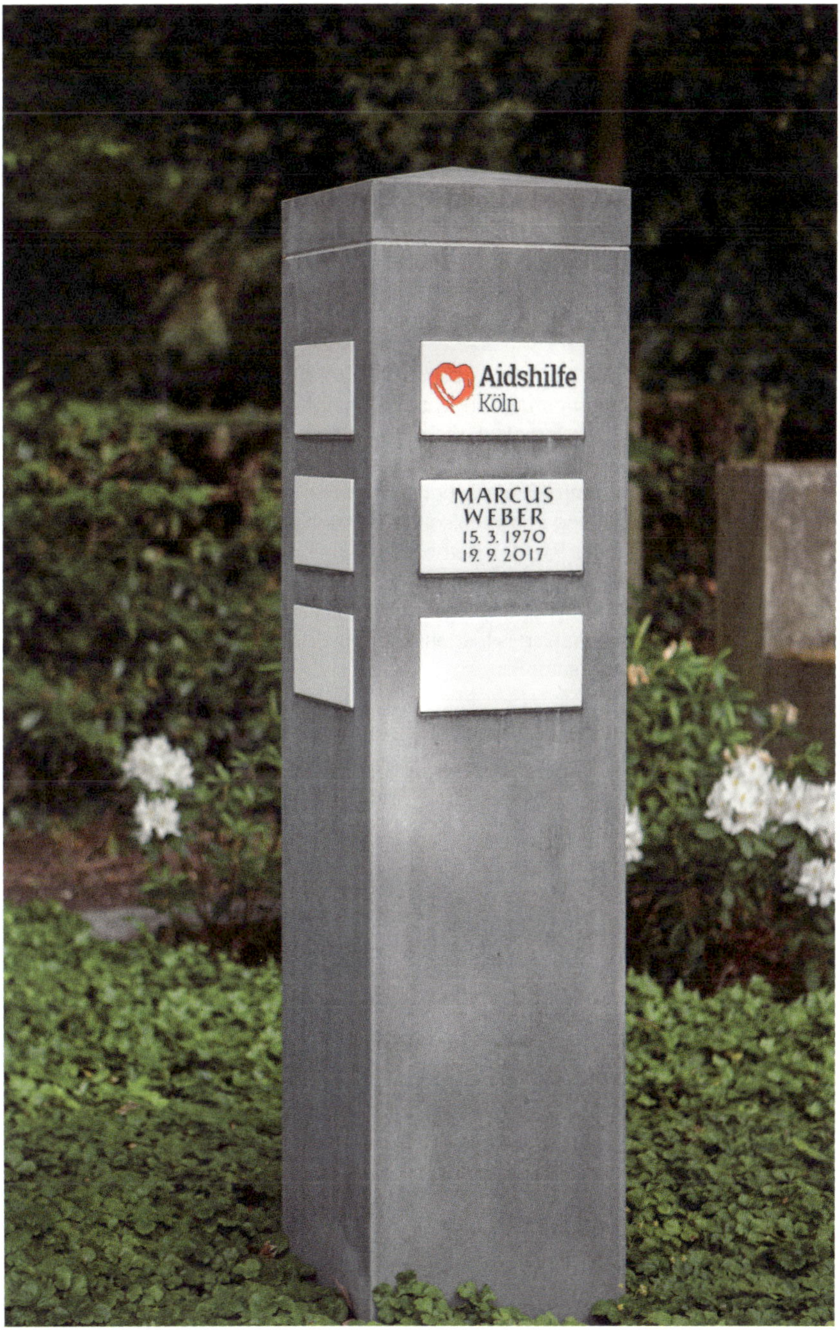
Aidshilfe
Köln
MARCUS
WEBER
15. 3. 1970
19. 9. 2017

Beratung und Prävention ist dies ein weiteres angemessenes Angebot, und gleichzeitig für die Angehörigen und Hinterbliebenen ein würdiger Anlaufpunkt für ihre Trauer. Grundsätzlich kann hier aber jeder, der den Wunsch hat, nach dem Tod einer Gemeinschaft verbunden zu bleiben oder ein Vergessenwerden in Anonymität fürchtet, künftig eine der 36 Urnengrabstellen in dieser denkmalgeschützten Grabstätte auf Melaten wählen.

35 von Mevissen, Gustav 1815–1899

HWG, zwischen Weg E und Weg F

Gustav von Mevissen, geboren in Dülken, war Ehrenbürger der Stadt Köln. Wenn es um Innovationen ging, war er mit von der Partie. Eisenbahn, Dampfschifffahrt, Versicherungswesen: Er war Finanzier, Gründungsmitglied, Präsident oder nur im Aufsichtsrat der verschiedenen Gesellschaften und Firmen. Beigeordneter in Köln, 35 Jahre lang im Preußischen Herrenhaus, Gründer der Handelshochschule. Ihn, den Katholiken, verband eine innige Freundschaft, inklusive verwandtschaftlicher Beziehung, mit dem Lutheraner Gustav Mallinkrodt. Dieser verschaffte ihm durch seine Beziehungen 1848 den Wahlkreis Siegen und somit den Einzug in die Frankfurter Nationalversammlung.

35 von Mevissen, Mathilde 1848–1924

HWG, zwischen Weg E und Weg F

Mathilde Mevissen war 1895 Mitbegründerin des Frauenbildungsvereins, Träger einer kaufmännischen Mädchen-Fortbildungsschule, sowie ab 1899 eines Gymnasiums für Mädchen. Sie kämpfte für das aktive und passive Wahlrecht für Frauen, allerdings nach Klassen differenziert.

35 von Stein, Familie (Grab von Mevissen)

HWG, zwischen Weg E und Weg F

Bankherren in Köln (siehe HWG 31).

36 Broelsch, Caspar 1812–1884

HWG, zwischen Weg E und Weg F

Kaufmann und Associe der Firma: Bleissem & Comp. Bayenstraße 51. Zwei sehr sehenswerte Todesgenien an einem Sarkophag sitzend, darüber in einem Medaillon ein Christuskopf mit Dornenkrone. Signiert von Wilhelm Albermann (C3).

37 Hagen, Gottfried Joseph 1829–1900
Hagen, Franz Ulrich Hubert 1857–1927

HWG, zwischen Weg E und Weg F

Franz Joseph Hagen gründete 1827 eine Metallhandlung. Aus ihr entwickelte sich 1839 eine Bleiröhrenfabrik, die international konkurrenzfähig war. Gottfried Hagen gliederte der Gießerei 1874 ein Bleiwalzwerk an. Er war Stadtverordneter, Handelsrichter und Mitglied der Handelskammer. Sein Sohn Franz gründete 1884 die Kölner Akkumulatoren-Werke und produzierte ›Kraftsammler‹ für die damaligen Automobile. Die Firma beschäftigte in ihrem Kalker Werk zu Beginn des Ersten Weltkriegs mehr als tausend Personen. Es wurden für die Bleiverarbeitung weitere Werke im Ausland, zum Beispiel in Antwerpen, errichtet. 1900 gründete er eine Gummifabrik mit einer Abteilung für Gummifäden.

38 Peill, Robert 1817–1877

HWG, zwischen Weg E und Weg F

Mitinhaber der Firma Peill & Comp., Handlung in roher Seide, Thurnmarkt 50 und 52; Stadtverordneter, Mitbegründer des Zoologischen Gartens und Aufsichtsratsvorsitzender.

39 vom Rath, Johann Jacob 1792–1868

HWG, zwischen Weg E und Weg F

Die Familie vom Rath stammte aus Duisburg. Dort gründete Johann Wilhelm vom Rath eine Seifen-, Tabak- und Zichorienfabrik, die Johann Jacob vom Rath 1823 übernahm und seiner Zuckerfabrik (1822 gegründet) angliederte. Vom Rath war Stadtrat in Duisburg, von 1831 bis 1835 Gründungspräsident der Handelskammer Duisburg. Im Jahr 1834 eröffnete er in der Machabäerstraße eine weitere Zuckerfabrik und siedelte nach Köln um. Vom Rath besaß Beteiligungen im Kölner Bank- und Versicherungsgewerbe.

40 vom Rath, Johann Peter 1795–1866

HWG, zwischen Weg E und Weg F

Kaufmann und Zuckerfabrikant in Duisburg und Köln.

41 Langen, Johann Jacob 1794–1869

HWG, zwischen Weg E und Weg F

Seine Karriere begann als Privatlehrer in der Familie von Carl Joest. Danach wurde er zunächst Handlungsreisender der Firma

Schimmelbusch & Joest, wechselte zur firmeneigenen Zuckerfabrik in Köln, erhielt dort Prokura und die kaufmännische Leitung. Als er genug Erfahrungen gesammelt hatte, machte er sich selbstständig und kaufte sich eine eigene Zuckerfabrik. Im Jahr 1848 wurde er als Nachfolger von Ludolf Camphausen Präsident der Kölner Handelskammer. Sein Sohn Eugen gründete ein Jahr nach seinem Tod mit Emil und Valentin Pfeifer die Firma Pfeifer & Langen mit dem Markennamen »Kölner Zucker« und den beiden Zuckerhüten als Domspitzen.

41 Langen, Eugen 1833–1895

HWG, zwischen Weg E und Weg F

Eugen Langen verdanken wir zum einen den Antrieb des unsichersten Verkehrsmittels und zum anderen das sicherste Verkehrsmittel der Welt. Der Antrieb des unsichersten Verkehrsmittels ist der Otto-Motor – wenn auch Rudolf Diesel mittlerweile stark aufgeholt hat. Das sicherste Verkehrsmittel der Welt ist die Schwebebahn: die Dresdener Schwebebahn und die Wuppertaler Schwebebahn, in dieser Reihenfolge.

Der Otto-Motor müsste eigentlich Otto-Langen-Motor heißen. Denn Eugen Langen ist der Miterfinder dieses Motors und das Denkmal auf dem Ottoplatz vor dem Deutzer Bahnhof ist dezidiert beiden Männern gewidmet. – Nikolaus August Otto war ein genialer Erfinder, er hatte einmalige Ideen, aber kein Geld, um diese umzusetzen. Das wiederum hatte Eugen Langen. Er, der Ingenieur, führte die Zuckerfabriken seines Vaters weiter. Eugen Langen erkannte das Potenzial, das in Nikolaus August Otto steckte. Dieser war damit beschäftigt, die Idee eines atmosphärischen Gasmotors von Jean Joseph Étienne Lenoir zu verbessern. Am 31. März 1864 gründeten Otto und Langen die erste Motorenfabrik der Welt: N. A. Otto & Cie. Zur Weltausstellung 1867 war der Motor so ausgereift, dass er eine Goldmedaille errang. Eine Serienfertigung wurde geplant. Aber das Geschäft war schwieriger als gedacht. Weitere Kapitalgeber waren nötig. Von der technischen Seite konnten Wilhelm Maybach und Gottlieb Daimler verpflichtet werden. Eugen Langen zog sich nach der Entwicklung des Viertakt-Motors aus der mit Otto gegründeten Firma zurück.

Die legendäre Bezeichnung für das sicherste Verkehrsmittel der Welt stammt von Eugen Langen selbst: »Ein System der hängenden Wagen. Ich habe das Ding ›Schwebebahn‹ getauft.«

Jetzt müssen die Dresdener und Wuppertaler nicht denken, dass die erste Schwebebahn bei ihnen fuhr. Nein! Die erste Schwebebahn fuhr – in Köln, und zwar auf dem Gelände der Firma van der Zypen und Charlier, zwischen Deutz und Mülheim. Dort wurde 1893 die Versuchsstrecke aufgebaut, und es wurden die ersten Probefahrten unternommen. Damals fuhr die Bahn noch zweispurig. Von ihr gibt es ein wunderschönes Foto: Die »Kölner Schwebebahn« vor der Silhouette von Sankt Kunibert und Dom! Die letzten 15 Meter der Teststrecke existieren noch. In den alten Hallen an der Deutz-Mülheimer Straße wurden sie entdeckt. Jetzt stehen sie unter Denkmalschutz. Eugen Langen hat die realisierten Schwebebahnen nie in voller Fahrt erleben können, da er bereits 1895 verstarb.

Die Schwebebahn in Dresden wurde am 6. Mai 1901, also zwei Jahre vor der Wuppertaler Einschienenbahn, eröffnet und verbindet die Stadtteile Loschwitz und Oberloschwitz. Als Bergschwebebahn konzipiert, überwindet sie eine Höhe von 84 Metern auf 274 Metern Streckenlänge. Damit ist sie zwar etwa 13 Kilometer kürzer als ihre Schwester in Wuppertal, aber durch die Steigung ein technisches Meisterwerk von Eugen Langen.

Doch auch das sicherste Verkehrsmittel ist nicht vor menschlichem Versagen geschützt: Am 12. April 1999 um 5.45 Uhr ereignete sich in Wuppertal der schwerste Unfall in der über 100-jährigen Erfolgsgeschichte dieses schönsten öffentlichen Verkehrsmittels der Welt. Nach Umbauarbeiten an der Schwebebahnstation Robert-Daum-Platz hatten Bauarbeiter vergessen, eine Metallkralle aus der Schiene zu entfernen. Die erste Fahrt wurde gegen die Vorschriften nicht mit einem leeren, sondern mit einem mit Fahrgästen besetzten Zug gemacht. Die Schwebebahn entgleiste. Fünf Tote und sechsundvierzig zum Teil schwer verletzte Menschen waren zu beklagen. Es war ein Bild der Trauer, den blau-orangefarbenen Lindwurm in der Wupper liegen zu sehen.

Ein weiterer legendärer Unfall ereignete sich auf einer Werbefahrt des Circus Althoff am 21. Juni 1951. Damals hatte der Zirkusdirektor einen Schwebebahnwagen gemietet. Als besonderen Gag nahm er eine junge Elefantendame namens »Tuffi« mit. Er hatte Gäste und Reporter eingeladen, um das geplante Zirkusereignis in der Stadt publik zu machen. Im Gegensatz zu heute quietschte die Schwebebahn früher laut und schrill. Und die großen Ohren eines Elefanten sind sensibel ... Tuffi geriet in Verzweiflung und Rage, brach durch die Tür und ab in die Wupper, die glücklicherweise Hochwasser hatte. Ein paar Schrammen am Elefantenpopo waren die Folgen. Mehr nicht! Zirkusdirektor Althoff jedoch und der Leiter der Verkehrsabteilung wurden der »fahrlässigen Transportgefährdung« schuldig gesprochen und zu Geldstrafen verurteilt.

42 Zwirner, Ernst Friedrich 1802–1861

HWG, zwischen Weg K und Weg L

Der Schinkel-Schüler trat nach seinem Studium in Breslau und Berlin als Hilfsarbeiter in die königliche Oberbaudeputation ein. 1833 wurde er nach Köln versetzt. Als Dombaumeister übernahm er die Leitung der Kölner Dombauhütte und 1842 begann unter ihm der Weiterbau des Doms. Dank seiner Stellung wurde er bei der Gründung des Zentral-Dombauvereins geborenes Vorstandsmitglied. Von König Friedrich Wilhelm IV. wurde er zum Geheimen Regierungs- und Baurat ernannt. Als evangelischer Dombaumeister errichtete er 1859/60 in der Glockengasse die jüdische Synagoge – ein Akt der gelebten Ökumene im 19. Jahrhundert. Neben seiner Tätigkeit für den Dom baute und restaurierte er etliche Schlösser und Kirchen am Rhein.

43 Guilleaume, Theodor 1812–1875

HWG, zwischen Weg K und Weg L

Sohn des Firmengründers Carl Franz Guilleaume. Er führte in der 1838 an den Kartäuserwall verlegten Seilfabrik die erste Dampfmaschine ein und nahm erstmals die Herstellung von Drahtseilen auf. Von 1846 bis 1850 war er Stadtrat in Köln.

44 von Oppenheim, Familie

HWG, zwischen Weg K und Weg L

Diese Familiengrabstätte wird nach Jung/Ibach der »Familie E. von Oppenheim« zugeschrieben. 1789 gründete in Bonn der 17-jährige Salomon Oppenheim ein Kommissions- und Wechselhaus. Zunächst widmete er sich dem Speditionsgeschäft, später handelte er mit Waren, tauschte Devisen, vergab Kredite. 1798 ließ er sich in Köln nieder und wandelte sein Geschäft in ein Bankhaus um. Er wurde 1822 Mitglied des Vorstandes der Kölner Handelskammer und war somit der erste Jude, der dieses Amt bekleidete. Salomon Oppenheim erkannte die Zeichen der Zeit. Er war einer der großen Finanziers der Rheinschifffahrt und Unterstützer des Eisenbahnwesens. Nach seinem Tod 1828 übernahmen seine Frau Therese, die bereits seit 1821 die Unterschriftsvollmacht über die Bank besaß, und seine Söhne Simon und Abraham die Geschäfte der Firma. Simon Oppenheim setzte Impulse im Kölner Wirtschafts- und Kulturleben. Er, wie auch sein Sohn Eduard, waren im Kölner Karneval aktiv. Simon war 1824 Darsteller der Venetia, die den Helden Karneval in seiner Stadt besucht.

44 von Oppenheim, Friedrich-Carl 1900–1978

HWG, zwischen Weg K und Weg L

1929 wurde Friedrich-Carl von Oppenheim Teilhaber des Bankhauses Sal. Oppenheim jr. & Cie. Er brachte langjährige Auslandserfahrung mit, da er bei Banken in New York und Sao Paulo gearbeitet hatte.

1931 trat Robert Pferdmenges als Teilhaber in das Bankhaus ein. 1936 wurden die jüdischen Teilhaber Chan und Leubsdorf wegen der Nürnberger Rassengesetze gezwungen, als Gesellschafter auszuscheiden. Im gleichen Jahr wurde das Bankhaus A. Levy mit allen Aktiva und Passiva übernommen. Zum 1. Juni 1937 musste die Bank eine »Betriebsordnung« erlassen, in deren Schlusswort angemahnt wird, »daß die nationalsozialistische Gesinnung in allen Teilen des Bankhauses vertieft und gepflegt wird, und dieser Geist als Gedankengut aller Betriebsangehörigen ungetrübt und unverfälscht erhalten bleibt.« Ab 1938 übernahm Robert Pferdmenges die Bank auf Druck der Gauleitung der NSDAP, da diese keine jüdischen Firmennamen duldete. 1947 erfolgte die Rückbenennung des Bankhauses.

1940 besorgte Friedrich Karl von Oppenheim für elf Mitglieder der jüdischen Familien Lissauer und Griessmann Visa, die es ihnen ermöglichten, aus dem von Deutschen besetzten Holland auszureisen. In den folgenden Jahren half er weiteren verfolgten Juden, vor allem aus Amsterdam auszureisen. Aus diesem Grund wurde Friedrich-Carl von Oppenheim am 6. April 1997 von der Yad Vashem Gesellschaft der Ehrentitel »Righteous amongst the Nations« – »Gerechter unter den Völkern« verliehen. Friedrich-Carl von Oppenheim war im Vorstand und Aufsichtsrat zahlreicher Industrie- und Handelsgesellschaften tätig. Er war Honorar-Konsul von Brasilien sowie auf politischer Ebene Präsident und Schatzmeister der Europa-Union Deutschland.
Bis zur Zerstörung im Krieg stand an der heutigen Grabstelle ein sehr aufwendig gestaltetes Grabmal.

45 Rossa, Kurt 1930–1998

HWG, zwischen Weg K und Weg L

Nachfolger von Heinz Mohnen als Oberstadtdirektor, von 1977 bis 1989.

46 Mohnen, Heinz 1914–2005

HWG, zwischen Weg K und Weg L

Nachfolger von Max Adenauer (A19) als Oberstadtdirektor, von 1965 bis 1977.

47 Uhlenbruck, Paul 1897–1969

HWG, zwischen Weg L und Weg M an Flur V

Zwei besondere Patienten hatte Paul Uhlenbruck, Professor der Inneren Medizin am Klinikum der Universität zu Köln: Evita Peron und Konrad Adenauer.

Kein Geringerer als der argentinische Staatspräsident Juan Peron bat 1952 den renommierten Mediziner zur Konsultation seiner kranken Frau Maria Eva Duarte, genannt Evita. Im Oktober 1945 hatte dieser die 24 Jahre jüngere Schauspielerin geheiratet. Ihrer Popularität verdankte er seinen Wahlsieg bei den argentinischen Präsidentschaftswahlen im Februar 1946. Als Präsidentengattin verfolgte sie eigene politische und soziale Aktivitäten. Sie gründete die Stiftung »Fundacion Eva Perón«, die sich unter ihrer Führung zum Mittelpunkt der Sozialarbeit der Regierung Peron entwickelte. Dies war der Grund ihrer großen Popularität im argentinischen Volk. Bei der Präsidentschaftswahl im November 1951 durften auf ihre Initiative zum ersten Mal in Argentinien Frauen wählen. Evita Peron erkrankte unheilbar an Krebs, was Paul Uhlenbruck nach einer abenteuerlichen Reise bestätigen musste. Im Alter von nur 33 Jahren erlag sie ihrem Leiden. Andrew Lloyd Webber und Tim Rice setzten ihr mit dem Musical »Evita« ein musikalisches Denkmal: »Don't cry for me Argentina«.

Der zweite Patient war Altbundeskanzler Konrad Adenauer. Uhlenbruck rettete ihn 1944 mit einem Attest über lebensbedrohliche

Herzbeschwerden vor dem Abtransport durch die Nazis in ein KZ. Einige Jahre später bestätigte er ihm die Politik-Tauglichkeit zum Bundeskanzler.

48 Wolff, Otto 1881–1940

HWG, zwischen Weg L und Weg M

1904 gründete Otto Wolff zusammen mit Ottmar Strauß in Köln eine Eisenhandelsfirma. Im Abstand von vier Jahren wurden Filialen in Leipzig und Berlin eröffnet. 1917 erwarb Wolff die Aktien an der Phönix AG für Bergbau und Hüttenbetriebe in Hörde. Der Aufbau seines Industrie-Imperiums begann. Als Mitbegründer der Deutsch-Russischen Handels-AG Berlin hielt er gemeinsam mit der Berliner Handelsvertretung der Sowjetunion je 50 Prozent des Stammkapitals. 1925 wurde die AG aufgelöst, da – wie es offiziell hieß, – der Handel mit der Sowjetunion zur volkswirtschaftlichen Aufgabe wurde. Ins Chinageschäft stieg Wolff 1934 ein. Die Firma Otto Wolff Far Eastern Branch, Shanghai, führte Eisenbahnprojekte durch. Während des Dritten Reichs spielte Otto Wolff eine zwielichtige Rolle. Nicht nur dass der Konzern durch Rüstungsaufträge profitierte. Ottmar Strauß, ein Jude, musste ihm im Zug der Arisierung seine Beteiligungen und Immobilien überlassen. Verarmt flüchtete Strauß in die Schweiz. Nach dem Tod von Otto Wolff übernahm 1940 sein Sohn Otto Wolff von Amerongen die Leitung des Konzerns.

48 Wolff von Amerongen, Otto 1918–2007

HWG, zwischen Weg L und Weg M

Unternehmer-Diplomat und Wegbereiter des Osthandels; Unternehmerlegende. Er bekam den Titel: heimlicher Osthandelsminister.

49 von Amerongen, Elsa 1887–1968

HWG, zwischen Weg L und Weg M

Elsa von Amerongen ist die Mutter von Otto Wolff von Amerongen, dessen leiblicher Vater Otto Wolff ist. Sie wurde jedoch nicht an der Seite des Vaters ihres Sohnes bestattet, sondern ihm gegenüber. Der Industrielle und ehemalige Präsident des Deutschen Industrie- und Handelstages, Otto Wolff von Amerongen, klärte das Rätsel um seine Herkunft in einem Gespräch mit dem »Kölner Stadt-Anzeiger« auf: »Wenn Sie mich nach meinem komischen Namen fragen, dann sage ich Ihnen, daß ich beinahe unehelich geboren wäre, wenn es mein Vater nicht geschafft hätte, einen Herrn von Amerongen zu bewegen, meine Mutter zu heiraten.«

50 Ulonska, Klaus 1942–2015

HWG, zwischen Weg M und Weg T

»Wer hat noch nicht, wer will noch mal – der Ulonska ist da!« Mit einem Spendenball in der Hand quetschte sich Klaus Ulonska durch die Tribünen des Südstadions in Köln-Zollstock. Er war nicht zu überhören, auch wenn das Spiel bereits lief. Der Präsident persönlich sammelt für die Jugendabteilung seines Vereins.

Engagement und Hartnäckigkeit waren typisch für Klaus Ulonska. Im Herbst 2005 wurde er von den Fans der Fortuna in seinem Zuhause überredet, den finanziell und sportlich maroden Verein zu retten. Sie konnten ihn überzeugen, das Amt des Präsidenten zu übernehmen: Ulonska krempelte die Ärmel hoch und baute den Verein neu auf. Er suchte und fand Sponsoren und Förderer, betreute die Mitglieder persönlich. Der Lohn: 2014 stieg Fortuna Köln in die 3. Fußballliga auf.

»Dabei hatte er bereits vor seinem Eintritt bei Fortuna Köln erfüllte Lebensabschnitte hinter sich: Klaus Ulonska war ein herausragender Leichtathlet des ASV, wurde 1962 Staffel-Europameister und organisierte später die großen Sportfeste in Müngersdorf. Er saß viele Jahre für die CDU im Kölner Stadtrat, wurde 1973 Jungfrau Claudia im Karneval, und von 1974 an war er Präsident des Kölner Eis-Klubs. Als Mitglied der kölschen Stadtgesellschaft gab es praktisch keinen Anlass, zu dem der Träger des Bundesverdienstkreuzes nicht geladen war.« (Köln.Sport). Ihm zu Ehren wurde 2019 der Fußweg am Südstadion in Köln-Zollstock in Klaus-Ulonska-Weg benannt.

An seiner Seite liegt seine Frau Helge, mit der er 53 Jahre verheiratet war. Sie hatte damals die Fortuna-Fans ins heimische Wohnzimmer gelassen – gegen den Willen ihres Mannes.

51 von Hiller, Ferdinand 1811–1885

HWG, zwischen Weg M und Weg T

Ferdinand von Hiller stammte aus Frankfurt am Main. Bereits mit zehn Jahren wurde er zur Ausbildung als Komponist zu Johann Nepomuk Hummel nach Weimar geschickt. Als 15-Jähriger lernte er auf einer Reise zusammen mit seinem Lehrer Ludwig van Beethoven kennen. Einige Jahre lebte von Hiller in Paris, Leipzig und Düsseldorf. Seine Werke wurden an renommierten Spielstätten Europas aufgeführt.

1849 nahm er die Stelle als städtischer Kapellmeister in Köln an. Im gleichen Jahr begann er mit der Reorganisation der Rheinischen Musikschule. Sein Ziel war es, jungen talentierten Menschen beiderlei Geschlechts eine fundierte musikalische Ausbildung zu ermöglichen. Köln entwickelt sich unter Ferdinand von Hiller zu einer Weltstadt in Sachen Musik. Durch seine hervorragenden Kontakte holte er die Größen der damaligen Musikwelt zu Konzerten nach Köln, so zum Beispiel den ungarischen Geiger Joseph Joachim oder die Pianistin Clara Schumann. 1867 gaben Johannes Brahms und Hector Berlioz im Gürzenich Gastspiele. 1873 gastierte Richard Wagner in Köln. Auf dem 54. Niederrheinischen Musikfest im Mai 1877 dirigiert Guiseppe Verdi persönlich sein Requiem. Zu Hillers Freundeskreis gehören Frédéric Chopin, Franz Liszt, Giacomo Meyerbeer und Vincenzo Bellini. Er selbst leitete nebenbei, von 1851 bis 1853, die italienische Oper in Paris, aber auch den Städtischen Gesangverein. Eines seiner Hauptverdienste ist, dass er die Oberen der Stadt dazu bewegen konnte, den Gürzenich zu einem glanzvollen Konzertsaal umzubauen und ihm ein eigenes Orchester zu geben. Das Gürzenich-Orchester sorgte von nun an für regelmäßige Unterhaltung. Nicht zu vergessen: Hiller war der Lehrer von Max Bruch. Ferdinand von Hillers Nachfolger als städtischer Kapellmeister wurde Franz Wüllner (F26).

Eine kleine Episode, die immer wieder gern erzählt oder beschrieben wird, soll auch hier nicht fehlen: Urjels Palm, das Kölner Original mit der Drehleier, wanderte bei schönstem Wetter durch die Stadt und kam so auch am Haus von Ferdinand von Hiller vorbei. Dieser saß am Klavier und war tief in eine neue Komposition versunken. Als Urjels Palm unter seinem Fenster zu spielen begann, schoss Hiller ans Fenster und forderte ihn brüsk auf, sofort zu verschwinden. Urjels Palm erwiderte in aller Ruhe: »Recht gern, Herr Kapellmeister, denn Künstler und Kollegen müssen sich gegenseitig gefällig sein.« Und zog seines Weges.

52 Becker, Hermann Heinrich 1820–1885

HWG, zwischen Weg M und Weg T

Hermann Becker, geboren in Krefeld, betätigte sich nach dem Studium der Rechts- und Staatslehre als Publizist und Volksredner. Aufgrund seiner Teilnahme an der revolutionären Bewegung 1848, wurde er 1852 im Kölner Kommunistenprozess zu fünfjähriger Festungshaft verurteilt. Nach Verbüßung der Haftstrafe zog er nach Dortmund. Als Mitarbeiter verschiedener Zeitschriften engagierte er sich auch in der Lokalpolitik. Er wurde Stadtverordneter für die Liberalen, Vorsitzender der Volksbank und des Gewerbevereins. Von 1871 bis 1875 bekleidete er das Amt des Oberbürgermeisters in Dortmund und war damit Vorgänger von Friedrich Wilhelm Becker, der später wie er Oberbürgermeister in Köln wurde.

In Hermann Beckers Kölner Amtszeit fiel die Niederlegung der mittelalterlichen Stadtmauer. Mit einigen Stadtverordneten reiste er nach Berlin, um im Kriegsministerium über den Ankauf des Festungsterrains – also der Stadtmauer und des dazugehörigen Geländes – zu verhandeln. Man einigte sich auf den Kaufpreis von 11.794.000 Mark, der in zwölf zinslosen, annähernd gleichen Jahresraten gezahlt werden sollte. Die Stadt musste dem Kriegsministerium ihr früher selbsterbautes Eigentum abkaufen, verzichtete dabei darauf, einen niedrigen Preis auszuhandeln, und feierte dies auch noch als historisches Ereignis. Der Grund des hohen Kaufpreises war rein kapitalistischer Natur. Die Kölner Grundstücksspekulanten bangten um die mittlerweile einträglich hohen Grundstückspreise in der Stadt, die bei einem Abriss der Stadtmauer ohne Abkauf derselben ins Bodenlose gefallen wären. Durch den teuren Erwerb blieben die Preise erhalten. Auch die Grundstücke außerhalb der Mauer, die man vorsorglich bereits gekauft hatte, erfuhren eine beträchtliche Wertsteigerung. Hermann Becker trug dazu bei, dass der Kölner Geldadel seine Pfründe behielt und auf Kosten der Allgemeinheit diese sogar noch vermehren konnte. Am Tag des Abrisses, dem 11. Juni 1881, hielt Hermann Becker auf den ersten Trümmern eine bewegende Rede und ließ den Kaiser, den Reichskanzler Bismarck und den Kriegsminister Kamecke dreimal hochleben. Hermann Becker wurde der »rude Becker« genannt, eher wegen seiner roten Haare als wegen seiner »roten« revolutionären Vergangenheit.

53 Heimsoeth, Heinrich Gisbert Maria 1811–1887

HWG, zwischen Weg M und Weg T

Von 1870 bis 1879 Erster Präsident des Rheinischen Appellationsgerichtshofes, von 1879 bis 1886 Präsident des Oberlandesgerichts in Köln, Mitglied des Staatsrates.

54 Gemeinschaftsgrab von Opus Dei

HWG, zwischen Weg M und Weg T

Ehemaliges Grabmal der Familie Bourgois, Kunsthändler in Köln.

Kartenausschnitt

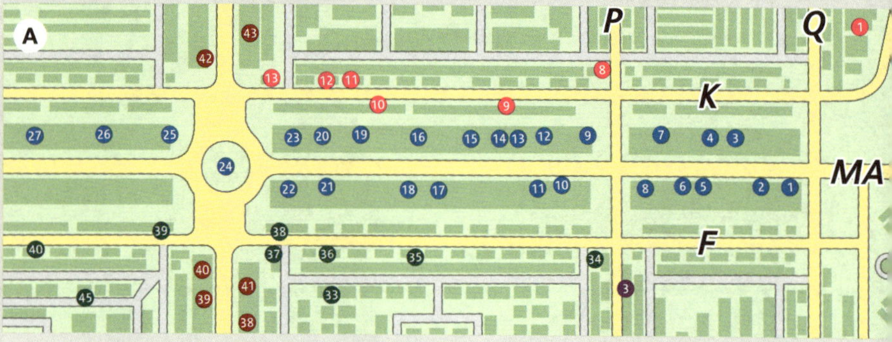

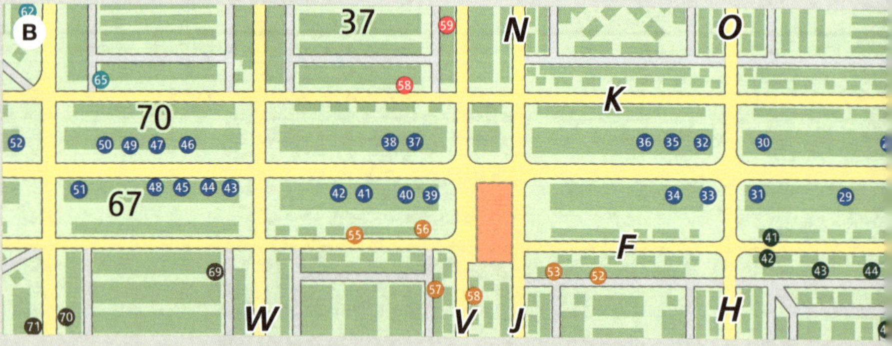

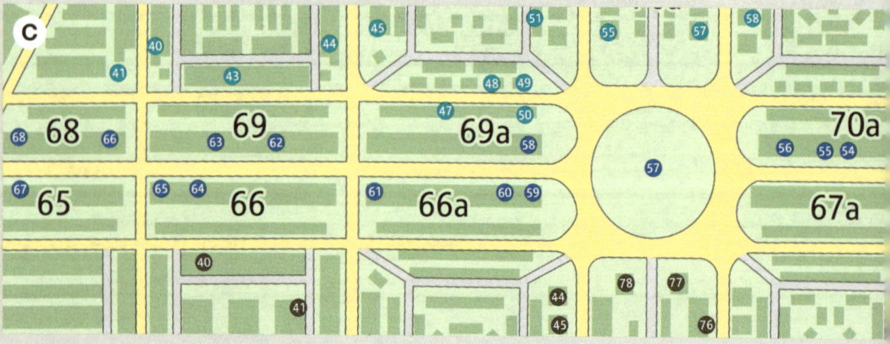

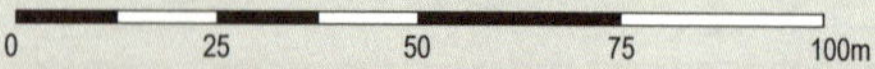

Plan Mittelachse (MA)

1 Schwestern des Bürgerhospitals

MA, zwischen Weg R und Weg G

Ehemaliges Gemeinschaftsgrab der Schwestern des Bürgerhospitals; Patenschaftsgrab.

2 Barmherzige Schwestern vom Heiligen Carl Borromäus

MA, zwischen Weg R und Weg G

Ehemaliges Gemeinschaftsgrab, Patenschaftsgrab.

3 Andreae, Otto Gustav 1833–1910

MA, zwischen Weg P und Weg Q

Die Familie Andreae war eine alteingesessene Händler- und Fabrikantenfamilie für Samt und Seide. Als Protestanten mussten sie aufgrund der intoleranten Religionspolitik des Kölner Rates 1714 die Stadt Köln verlassen. Ihnen wurde das Bürgerrecht genommen. Kommissions- und Speditionshandel wurde ihnen verboten. Sie siedelten nach Mülheim über. Otto Andreae wurde 1871 bis 1892 der erste Kammerpräsident der eigenständigen Handelskammer für den Kreis Mülheim. 1914 wird diese im Zuge der Eingemeindung Mülheims nach Köln unter seinem Neffen Franz Andreae in die Kölner Handelskammer integriert. 1888 stiftete er 400.000 Mark für die Errichtung des Gebäudes des Kunstgewerbe-Museums am Hansaring. Dieses wurde im April 1900 eingeweiht. Die Sammlung selbst stammte aus den kunstgewerblichen Abteilungen der Sammlungen von Ferdinanz Franz Wallraff (HWG1) und Mathias De Noël (A17).

4 Königs, Franz Wilhelm 1819–1882

MA, zwischen Weg P und Weg Q

Geboren in Dülken; Commerzienrath, Kaufmann, Teilhaber der Firmen: G. Mevissen in Dülken, Schöller, Mevissen & Bücklers in Düren, Mitglied der Rheinischen Eisenbahndirektion. Sein Sohn Ernst Königs war Direktor des Schaafhausenschen Bankvereins.

5 Burauen, Theo 1906–1987

MA, zwischen Weg G und Weg R

Oberbürgermeister der Stadt Köln von 1956–1973, 1973 zum Ehrenbürger ernannt. 1963 besuchte eine Kölner Delegation unter seiner und Max Adenauers Leitung die japanische Partnerstadt Kyoto. Bei einem Zwischenstopp in Hongkong fuhr das Bugrad der Lufthansa-Maschine nicht aus. Durch Geistesgegenwart und fliegerisches Können gelingt es dem Piloten, das Flugzeug zu landen. Wie durch ein Wunder überlebte Burauen auch 1968 in Ruanda, wo er sich auf Einladung der Regierung aufhielt, den Absturz in einer Sportmaschine. In seiner Amtszeit wird die Severinsbrücke gebaut; die Nord-Süd-Fahrt und die Unterpflasterbahn machen die Stadt befahrbar. Der Flughafen erhält ein neues sternförmiges Abfertigungsgebäude; die Hohestraße wird Fußgängerzone.

6 Guilleaume, Franz Carl 1789–1837

MA, zwischen Weg G und Weg R

Er gründete 1826 zusammen mit seinem Schwiegervater Johann Theodor Felten, Seilermeister zu Köln, die Firma Felten & Guilleaume. Der Firmensitz war am Kartäuserwall.

7 Vorster, Friedrich Julius 1809–1876

MA, zwischen Weg P und Weg Q

Julius Vorster, Kolonialwaren- und Chemikaliengroßhändler, bekam über den Verkauf von Bengalsalpeter Kontakt mit dem Chemiker Hermann Grüneberg, der in Stettin eine Fabrik für Bleiweiß und Salpeter betrieb. Dieser hatte ein Verfahren erfunden, aus unbrauchbaren Kalisalzen Kaliumnitrat (Kalisalpeter) herzustellen, das wiederum zur Herstellung von Düngemittel und Schwarzpulver dienen kann sowie als Pökelsalz (E 252) zur Haltbarmachung von Lebensmitteln. 1858 gründeten die beiden die Firma Vorster & Grünewald und errichteten auf dem Gelände einer stillgelegten Gießerei ihre Produktionsanlagen. Zwei Betriebe, in Nippes (seit 1869) und Raderberg (seit 1865), stellten aus Ammoniakwasser, einem Nebenprodukt der Kölner Gasanstalt, künstlichen Dünger her. 1870 entstand in Kalk die erste Anlage zur Produktion von Kalisulfat, ein Grundstoff zur Herstellung von künstlichem Dünger, Alaun und Glas.

8 Schäfer, Johann ?–1867

MA, zwischen Weg G und Weg R

Schöne gotische Hochstele mit Madonna. Patenschaftsgrab.

9 Kuckelkorn, Familie

MA, zwischen HWG und Weg P

Bestatter; ehemalige Gruft der Familie Leyendecker.

10 Dahmen, Heinrich 1818–1879

MA, zwischen HWG und Weg G

Weinhandlung und Weinbergbesitzer, Benesisstraße 55.

11 van Nes Ziegler, John 1921–2006

MA, zwischen Weg G und HWG

Unter Oberbürgermeister John van Nes Ziegler wurde Köln 1975 für ein Jahr Millionenstadt. Durch die kommunale Gebietsreform wurden Gemeinden im Umland Köln zugeschlagen. Für den 31. Dezember 1975 weist die Statistik für die Stadt 1.013.771 Einwohner aus. Doch dies währte nicht lange. Nach erfolgreicher Klage erlangte Wesseling

zum 1.1.1976 seine Selbstständigkeit zurück. Köln brauchte etwa 35 Jahre, bis die Einwohnerzahl wieder siebenstellig war.

John van Nes Ziegler zog bereits 1956 für die SPD in den Rat der Stadt Köln ein. Er war von 1973 bis 1980 Oberbürgermeister der Stadt Köln. Von 1966 bis 1970 sowie von 1980 bis 1985 war er Landtagspräsident von Nordrhein-Westfalen. In seine Zeit als Oberbürgermeister fielen für Köln wichtige städtebauliche Projekte: die Fußgängerzone von Hohe Straße und Schildergassse, die Philharmonie und das Museum Ludwig, die Umgestaltung der Domumgebung sowie der »Rheingarten« zwischen Hohenzollernbrücke und Deutzer Brücke.

12 Koerfer, Jakob 1875–1930

MA, zwischen HWG und Weg P

Architekt. Er entwarf das Hansa-Hochhaus, heute Saturn, das 1925 mit 65 Metern das höchste Haus Europas war. Innerhalb von nur 135 Tagen war der Rohbau errichtet. Die gesamte Bauzeit des Stahlbetonskelettbaus dauerte nur ein Jahr. Mit 23.000 Quadratmeter Fläche und 17 Geschossen war dieser »Wolkenkratzer« für die damalige Zeit ein gewaltiger Bau, vom Stil zeitlos elegant. Das Hansa-Hochhaus ist eines der wenigen Gebäude, die noch einen funktionierenden Paternoster besitzen.

13 Kaesen, Wilhelm 1816–1887

MA, zwischen HWG und Weg P

Wildhäutehändler, übernimmt 1851 das Geschäft von Johann Heinrich Richartz, 1862–1887 Stadtverordneter, Mitglied des Preußischen Provinziallandtags und Verwaltungsrats. Begründer des Volksgartens: Stadtbaumeister Stübben hatte einen zweiten Stadtgarten in der Neustadt geplant, aber die Verhandlungen über die Grundstücksverkäufe zogen sich hin. Kaesen kaufte kurzerhand preiswerte Grundstücke in der südlichen Neustadt und verkaufte sie zu einem angemessenen Preis an die Stadt. Seinen Gewinn stiftete er zur Verschönerung des Volksgartens. Daraufhin bewilligte die Stadtverordnetenversammlung die fehlenden Gelder. Der Teich mit Wasserfontäne und ein Restaurant mit Terrasse wurden das Wahrzeichen dieses beliebten Ausflugszieles. Diese Grabstätte befindet sich in der Patenschaft der »Wilhelm H. Pickartz-Stiftung«.

14 Brandt, Gustav ?–1907 (71 Jahre)

MA, zwischen HWG und Weg P

Mitinhaber einer Weinhandlung in der Benesisstraße 4C.

⑮ Becker, Heinrich 1946–2017
Pallenberg, Franz Jacob 1809–1895

MA, zwischen HWG und Weg P

Patenschaftsgrab Heinrich Becker, Mitbesitzer der Gaffel Brauerei, ehemals am Eigelstein. Franz Jacob Pallenberg war Mitbegründer der Möbelfabrik Heinrich Pallenberg.

⑯ Deichmann, Wilhelm Ludwig 1798–1876

MA, zwischen HWG und Weg P

Im Mai 1826 heiratete der lutherische Kaufmann Wilhelm Ludwig Deichmann, geboren in Rodenberg an der Deister, die Katholikin Lilla Schaafhausen, Tochter des vier Jahre zuvor gestorbenen Privatbankiers Abraham Schaafhausen. Eine in der damaligen Zeit bemerkenswerte Hochzeit, denn Mischehen waren nicht üblich. Die Kölner Oberschicht akzeptierte diese Ehen, da ihr nach der Etablierung der Religionsfreiheit durch die Franzosen viele evangelische Kaufleute und Handwerker angehörten, die sich durch Hochzeiten mit den alten Kölner Familien verbanden. Die katholische Kirche wetterte gegen die Mischehen, da ihre Autorität in höchsten Kölner Kreisen dadurch erheblich abnahm. Denn was die Oberschicht vorlebt, hat in unteren Schichten Folgen. Durch die Hochzeit mit Lilla von Schaafhausen wurde Deichmann Chef und verantwortlicher Teilhaber des Bankhauses Schaafhausen.

1848 kommt das Bankhaus wegen der damaligen politischen Unruhen sowie durch riskante Immobilienspekulationen in Zahlungsschwierigkeiten. Durch ein erfolgreiches Krisenmanagement und dank der Unterstützung des preußischen Ministerpräsidenten Ludolf von Camphausen, des Finanzministers David Hansemann sowie Gustav von Mevissens, konnte die Bank gerettet werden. Es erfolgte die Umwandlung in eine Aktiengesellschaft. Das war ein Novum im preußischen Bankgewerbe. Deichmann selbst blieb bis 1858 im Vorstand der AG.

Lilla Schaafhausen pflegte seit ihrer Internatszeit hervorragende Beziehungen zu den Damen des preußischen Hofs. Die Familie Deichmann verbrachte einen großen Teil des Jahres auf Gut Mehlemer Aue, ihrem Sommersitz bei Bonn. Dort empfing sie am 1. September 1853 den jungen Komponisten Johannes Brahms, der nach einer Rheinwanderung von Mainz kommend bei ihnen einkehrte. Brahms fühlte sich bei den Deichmanns – wie er selbst sagte – aufgehoben wie in »Abrahams Schoß«.

Dass innerhalb der Kölner Unternehmer- und Bankierclans heftig geklüngelt wurde, darf man mit Fug und Recht behaupten. Acht

Kinder von Wilhelm Ludwig Deichmann heirateten in wirtschaftlich führende Unternehmerfamilien aus unterschiedlichen Bereichen, was der gemeinsamen wirtschaftlichen und politischen Interessenswahrnehmung höchst förderlich war.

16 von Moltke, Freya 1911–2010

MA, zwischen HWG und Weg P

Auf der steinernen Einfriedung der Grabanlage der Familie Deichmann befindet sich auf der linken Seite die Inschrift zur Erinnerung an Freya Gräfin von Moltke.

Geboren wurde sie in Köln. Sie stammte aus der angesehenen Bankiersfamilie Deichmann. In Berlin studierte sie Rechtswissenschaften und promovierte in diesem Fach.

Freya Gräfin von Moltke war während des Dritten Reichs Widerstandskämpferin gegen die Nationalsozialisten, gegen Hitler. Auf dem Familiengut der Moltkes in Kreisau gründete sie mit ihrem Mann sowie Peter und Marion Yorck von Wartenburg den Kreisauer Kreis. Man diskutierte Gegenentwürfe zur NS-Herrschaft mit dem Ziel einer demokratischen Gesellschaft. Freya von Moltke organisierte die Treffen der Gruppe. Ihr Einsatz für den Kreis blieb der Gestapo verborgen. Sie war während dieser Zeit die engste Vertraute ihres Mannes, schrieb die Grundsatztexte des Kreises ab und rettete die Dokumente wie auch die Briefe ihres Mannes, versteckt in ihren Bienenstöcken auf dem Gut Kreisau. Auch der Briefwechsel zwischen den beiden aus den letzten Wochen vor dessen Hinrichtung ist vollständig erhalten! Nach der Ermordung ihres Mannes heiratete sie nicht mehr. Über Südafrika, wohin sie mit ihren Söhnen zog, siedelte sie 1960 nach Norwich, in Vermont, USA.

In Köln begegnet man ihr ein zweites Mal in der Innenstadt direkt neben dem Dom, Ecke Trankgasse-Bahnhofsvorplatz. An ihrem Geburtshaus, dem Deichmannhaus, in dem sie auch aufwuchs, wurde vor einigen Jahren ihr zu Ehren eine Gedenktafel mit ihrem Porträt an einer Stützsäule angebracht.

17 Becker, Heinrich 1905–1975

MA, zwischen HWG und Weg G

Hier ist der Werdegang des Menschen – eine Reliefarbeit – auf einer Bronzeplatte zu bestaunen.

18 Evers, Erich 1961–1984

MA, zwischen HWG und Weg G

Patenschaftsgrab; ehemals: Familie Marcus und Hanna Pauline Dobbs (1795–1872).

19 Rautenstrauch, Familie

MA, zwischen HWG und Weg P

Die Familie Rautenstrauch stammte ursprünglich aus Straßburg. Ludwig Theodor Rautenstrauch war Wildhäute-Importeur. Er betrieb sein Geschäft in der Weberstraße 43. Er erwarb sich die Titel des Kommerzienrats und General-Consuls von Belgien. Sein Sohn Eugen folgte ihm im Geschäft.

Zwei wichtige kulturhistorische Höhepunkte verdankt die Stadt Köln Mitgliedern der Familie Rautenstrauch: Adolf Rautenstrauch gründete am 6. März 1836 gemeinsam mit Eduard Oppenheim und anderen Mitgliedern bekannter Kölner Familien eine »Actien-Gesellschaft zur Anlage eines botanischen Zier- und Lustgartens«. Nach der erfolgreichen Eröffnung des zoologischen Gartens 1860 war schon bald die Idee geboren worden, einen botanischen Garten anzulegen, als Ersatz für den durch den Bau des Centralbahnhofs aufgegebenen ehemaligen Botanischen Garten an der Nordseite des Kölner Dom. Der König stimmt zu, die Königin Augusta übernahm die Schirmherrschaft. Am 14. August 1864 wird die nach Plänen von Peter-Joseph Lenné angelegte »Flora« feierlich eröffnet. Ein besonderes

Schmuckstück war der prachtvolle gläserne Wintergarten: 57 Meter lang, 22,5 Meter breit und 18 Meter hoch.

Am 12. November 1906 wird das Rautenstrauch-Joest-Museum, das Museum für Völkerkunde, feierlich eröffnet. Wir lesen in Greven's Adreßbuch: »Das Gebäude ist nach Plänen des Architekten Edwin Crones, (...), ausgeführt in den Barockformen des 17. Jahrhunderts; (...) 1899 schenkten Herr und Frau Kommerzienrat Eugen Rautenstrauch den größten Teil der ethnographischen Sammlungen, die ihnen der 1897 auf einer Südseeinsel (verstorbene) Weltreisende Prof. W. Joest, der Bruder von Frau Rautenstrauch, hinterlassen (hat); rund 3400 Gegenstände. 1900 überwies Frau Kommerzienrat Rautenstrauch zum Andenken an ihren kurz vorher gestorbenen Gatten 250 000 Mk. als Grundkapital zum Bau eines Museums für Völkerkunde und Ende 1903 erklärte sie sich bereit, das Gebäude ganz auf ihre Kosten ausführen zu lassen. Die Stadt stellte den Bauplatz zur Verfügung. Nach dem Tode der Frau Rautenstrauch nahmen die Kinder Theodor, der inzwischen auch gestorben ist, Eugen und Marie, Gräfin von Bernstorff, die Ausführung des Baues in die Hand.«

20 Wisdorf/Kolvenbach, Familie

MA, zwischen HWG und Weg P

Ehemalige Grabstätte der Familie Wilhelm Flammersheim und Johann Joseph Steinmann. Auf das Jahr 1790 führte sich die Firma Flammersheim & Steinmann zurück. 1843 besaß sie 35 Drucktische und war damit der größte Tapetenhersteller Kölns. 1859 wurde der mehrfarbige Maschinendruck erfunden und eingeführt, der den Übergang vom lohnintensiven Handdruck zur Serienfertigung ermöglichte. Die Papiertapete wurde erschwinglich für jedermann. Nach einem Brand in der Fabrikation zog die Firma 1890 aus der Lungengasse 15 in eine neu errichtete moderne Fabrik nach Zollstock um.

Die Familie Flammersheim kaufte 1835 die Bottmühle. Diese alte Mühle war 1587 an der Innenseite der alten Stadtmauer auf einer Wallplattform errichtet worden. Der Mühlenturm wurde um ein Stockwerk erhöht und mit einer Plattform abgeschlossen. Die erhaltenen Stadtmauerreste bekamen später zwei neugotische Ecktürmchen. Die Bottmühle wurde als Privatsternwarte genutzt. 1921 ging sie in den Besitz der Stadt über.

21 Clouth, Franz 1838–1910

MA, zwischen HWG und Weg G

Bei einer seiner zahlreichen Besuche auf der Isle of Wright stieß der Buchdruckersohn Franz Clouth bei einem Strandspaziergang auf eine

GRABSTAETTE
DER FAMILIEN
WISDORF
UND
HOLVENBACH

angeschwemmte Kiste Rohkautschuk, die er gewinnbringend verkaufte. Er erkannte, dass Naturkautschuk wertvoller Rohstoff war. 1860 übernahm er die Handelsvertretung einer englischen Gummiwarenfabrik. Am 10. September 1862 gründete er in der Sternengasse 3 die »Rheinische Gummiwarenfabrik«. Zweck des Unternehmens: der Verkauf von englischer Gummiware und die Herstellung von eigenen Gummiartikeln. Da eine Erweiterung der Produktion in der Stadt nicht möglich war, wurde die Fabrikation 1868 nach Nippes verlegt. Hauptprodukte waren Gummitreibseile, Treibriemen, Transportbänder, Gummiüberzüge für Walzen, Bodenbeläge und Schläuche für Säuren und Gase. Man produzierte aber auch Milchflaschensauger, Hosenträger, wasserdichte Kleidung, Bettunterlagen, Radiergummis und Gummiringe für Einmachgläser. Franz Clouth erhielt das Patent für »Franz Clouth´s unverschleißliche Caoutchuc-Copierblätter«, die bis zur Einführung von Kopiergeräten hergestellt wurden. 1884 richtete er zur Absicherung seiner Arbeiter und Angestellten eine Betriebskrankenkasse ein.

Clouth beschäftigte sich mit den Palaquium-Bäumen, der malaiischen Variante des Gummibaumes, und deren Milchsaft »Guttapercha«. Dieser war besser zu verarbeiten als der traditionelle Kautschuk und hatte vor allem eine sehr gute Isolationswirkung. Er eignete sich so hervorragend zur Umhüllung von elektrischen Drähten und Telegrafenkabeln. Am 11. Mai 1898 gliedert Franz Clouth die Kabelabteilung (Land- und Seekabelwerke) als eigenständige AG aus. An der AG waren zu 50 Prozent Berliner und Kölner Banken beteiligt. 1901 wurde dieser Anteil von Felten & Guilleaume übernommen; 1904 verkaufte Clouth seine Aktien und Felten & Guilleaume wurde Alleineigentümer.

Franz Clouth war sehr an der Luftfahrt interessiert. So unterstützte er bis zu seinem Tod Graf von Zeppelin und dessen Luftschifffahrt. 1907 wurde auf dem Betriebsgelände in Nippes eine eigene Ballonhalle errichtet. Zwei Jahre später ließ er ein lenkbares Luftschiff bauen. Am 7. Juli 1908 starteten Richard und Willy Clouth zusammen mit Willy Greven im Ballon »Clouth« zu einer 13,5-stündigen Fahrt vom Aachener Tor in Köln nach Paris. In der damaligen Zeit eine Sensation. Nach Franz Clouths Tod ging dieser Teil der Firma in eine neue Berliner Gesellschaft über.

22 Anheisser, Wolfgang 1929–1974

MA, zwischen HWG und Weg G

Mit einem tragischen Ereignis begann das Jahr 1974 für die Bühnen der Stadt Köln. Der Bariton Wolfgang Anheisser hatte für einen Kollegen in Vertretung die Rolle des »Jan Janicki« in der Operette

»Der Bettelstudent« übernommen. Es war vorgesehen, dass sich der Schauspieler aus 3,60 Meter Höhe an einem Drahtseil aus den Kulissen auf die Bühne gleiten lässt. Anheisser hatte schon vorher geäußert, dass er vor dieser Szene Angst habe. Tragischerweise wurde seine Furcht bestätigt. Ein Bühnenarbeiter hatte das Sicherungsseil nicht richtig geschlossen. Anheisser griff ins Leere, stürzte auf die Bühne und wurde tödlich verletzt. Bei der nachfolgenden Untersuchung wurde erst auf Druck der Staatsanwaltschaft ein Gutachter eingesetzt, was eine große öffentliche Diskussion um die technischen Sicherheitsvorschriften an den Bühnen der Stadt auslöste.

23 Wallraf, Max 1859–1941

MA, zwischen HWG und Weg P

Oberbürgermeister von Köln 1907 bis 1917 und Mitglied des preußischen Herrenhauses. – 1888 bis 1892 Landrat in Malmedy und 1896 bis 1899 in St. Goar, 1900 bis 1903 Polizeipräsident in Aachen, 1903 bis 1907 Oberpräsident in Koblenz, 1917 bis 1918 preußischer Staatsminister, 1921 bis 1923 Mitglied des Landtags und 1924 bis 1930 Mitglied des Reichstages für die DNP.

24 Kriegerdenkmal 1866

MA, Kreuzung HWG

25 Czory, Sofia 1930–1996

MA, zwischen HWG und Weg O

Diese schöne Grabkapelle ist das Patenschaftsgrab für eine Roma-Königin. Sie ist der Grabkapelle Fiévet nachempfunden. Diese stand bis zur Zerstörung im Krieg auf dem Nachbargrab an der Mittelachse.

26 Camphausen, August 1801–1883

MA, zwischen HWG und Weg O

Bruder von Gottfried Ludolf Camphausen; Mitinhaber des Bankhauses A. & L. Camphausen; Geheimer Commerzienrath.

27 Schaeben, Peter Gustav 1815–1885

MA, zwischen HWG und Weg O

Er war Mitarbeiter von Maria Clementine Martin. Nach ihrem Tod wurde er als Erbe Alleininhaber ihrer Firma. Die Schaebens produzieren bis zum heutigen Tage ihren Melissengeist.

㉘ Frese, Hans 1925–1993

MA, zwischen HWG und Weg O

Patenschaftsgrab. Ehemals Grab von Hermann The Losen; 1847–1889. Er stammte aus einer Eupener Tuchfabrikantenfamilie.

㉙ Westerwelle, Guido 1961–2016 Lempertz, Heinrich 1816–1898

MA, zwischen HWG und Weg H

Guido Westerwelle war Mitglied der FDP und von 2001 bis 2011 deren Bundesvorsitzender. Seit 1996 gehörte er dem Bundestag an. Im zweiten Kabinett von Bundeskanzlerin Merkel war er von 2009–2013 Bundesminister des Auswärtigen und bis Mai 2011 Vizekanzler.
Guido Westerwelle ist in einem Patenschaftsgrab bestattet. Ursprünglich wurde die Grabstele errichtet für Heinrich Lempertz (1816–1898). Von 1842 bis 1873 war er Inhaber des Auktionshauses Johann Mathias Heberle (gegründet 1807), Große Budengasse 4; als Buchhändler, Antiquar, Kunsthändler, Verleger, Forscher und Sammler machte er sich einen Namen.

30 Pfarrer der Altstadt

MA, zwischen HWG und Weg O

Gemeinschaftsgrab

30 Oepen, Franz 1867–1925

MA, zwischen HWG und Weg O

Erster Priester mit Stadtverordnetenmandat.

31 Engels, Hans-Horst 1938–2007

MA, zwischen HWG und Weg H

Hans-Horst Engels war von 1994 bis 2005 Präsident des Festkomitee Kölner Karneval von 1823. In seiner Amtszeit entstand das »Haus des Kölner Karneval« am Maarweg in Köln-Braunsfeld mit dem Kölner Karnevalsmuseum und der großen Wagenhalle. 1998 organisierte er das Jubiläum 175 Jahre Festkomitee mit zahlreichen großen Veranstaltungen. Bereits 1967 war er Mitbegründer der KG Kölsche Narren Gilde.

Wunderschön, der Lappenclown auf seinem Grab! Für mich der Ausdruck der karnevalistischen Seele.

32 Kierdorf, Hans-Gert 1939–2014

MA, zwischen Weg O und Weg N

»Der Möde Funk« in Bronze. – Schräg gegenüber Hans-Horst Engels befindet sich die Grabstätte eines weiteren enthusiastischen Karnevalisten. Für welche Gesellschaften sich der Leverkusener engagierte, erkennt man eingraviert auf einem der Grabquader. Sein zweites Hobby – neben dem Karneval – stellt die alte Zugschlusslampe als Grableuchte dar sowie der Titel »Ehrenlokführer«.

Die Statue, für die in der Tat Hans-Gert Kierdorf Modell gestanden hat, steht in einer größeren Version und mit Brille in der Kölner Straße (Fußgängerzone) in Opladen. Angefertigt wurde sie zum 100-jährigen Jubiläum der Altstadtfunken Opladen. Der Bildhauer Kurt Arentz legte, um die Originalität der Uniform darzustellen, eine echte Karnevalsuniform in die für die Fertigung vorgesehene Gussform. Neben der Brille noch ein kleiner Unterschied: Auf dem Helm des Funks in Opladen zeigt der Pfeifenkopf wie beim Rauchen nach oben. Auf Melaten ist er, original wie bei den Altstadtfunken, nach unten geneigt.

33 Groth, Uta-Maria 1966–2002

MA, zwischen Weg H und Weg J

Die wechselnde Bepflanzung in Grün und Weiß dominiert dieses schlichte Grab.

34 Robertz, Arnold 1848–1899

MA, zwischen Weg H und Weg J

Stehender Schmerzensmann nach Vorbildern des 16. Jahrhunderts.

35 Pallenberg, Franz 1834–1882 Pallenberg, Jakob 1831–1900

MA, zwischen Weg O und Weg N

Nach dem Tod des Vaters Johann Heinrich Pallenberg war Jakob Pallenberg Seniorchef des Unternehmens. Er machte sich durch seine herausragenden Geld- und Sachspenden für das Kunstgewerbemuseum verdient. Er stiftete als Privatmann – also ohne Beteiligung seines Unternehmens – das Versorgungshaus »Jakob Pallenbergs Arbeiterheim« für bedürftige, arbeitsunfähige alte Handwerker, die sich durch tüchtige Leistung ausgezeichnet hatten. Bis zum Ersten Weltkrieg entstanden 35 Wohnungen. Franz Pallenberg war mit seinem Bruder Teilhaber der Firma.

In Greven's Adreßbuch ist zu lesen: »Heinrich Pallenberg, (Franz u. Jakob), Decorateur, Stuckateur, Tapezierer und Vergolder; Möbel-, Billard- u. Tapetenleisten-Fabrik mit Dampfbetrieb, Handlung in Möbel- und Vorhangstoffen, Teppichen, Oefen u. Marmor-Cheminées, Kronleuchtern, Bronce-, Fayance- u. Porzellan-Gegenständen, am alten Ufer 41.«

36 Prümm, Theodor 1811–1898

MA, zwischen Weg O und Weg N

Er gründete 1839 in der Straße »Sandbahn 2« eine Decimal- und Balkenwaagenfabrik sowie eine Handlung für Sprungherde und Mantelöfen.

37 Ahn, Johann Franz 1796–1865

MA, zwischen Weg V und Weg W an Flur 37

Grabstätte der Verlegerfamilie Ahn. Ihr gehörten unter anderem die Zeitung Kölner Nachrichten sowie die Langensche Buchdruckerei, die 1895 mit der Kölner Verlagsanstalt verschmolzen ist.

38 Statz, Vincenz 1819–1898

MA, zwischen Weg V und Weg W

Dombaumeister in Köln und Linz an der Donau. Nach einer Schreinerlehre bei seinem Vater trat er 1845 in die Dombauhütte ein. Ab 1854 selbstständiger Architekt; ab 1863 Erzdiözesan-Baurat. Allein in der Erzdiözese Köln baute er über 40 neugotische Kirchen. Durch intensive Lobbyarbeit zusammen mit bekannten gleichgesinnten Persönlichkeiten konnte er Einfluss auf das kirchliche Bauwesen im Rheinland ausüben.

39 Burger, Norbert 1932–2012

MA, zwischen Weg V und Weg W

Norbert Burger war von 1980 bis 1999 Oberbürgermeister der Stadt Köln. 19 Jahre lang regierte er die Stadt und ist damit der am längsten amtierende OB Kölns.

In seinem Nachruf von der Stadt Köln ist zu lesen: »Bereits 1963 war er als Verwaltungsbeamter zur Stadt Köln gekommen

und konnte schon damals als Leiter des Schulverwaltungsamtes im Schul- und Bildungsbereich wichtige Entwicklungen und Neuerungen auf den Weg bringen, etwa die Gründung von zehn städtischen Gymnasien oder den Aufbau eines differenzierten Sonderschulwesens. Als Dezernent für Jugend und Soziales verdreifachte er die Anzahl der städtischen Kindergärten und strukturierte die Alten- und Pflegeheime um.

Während der Amtszeit Burgers als Oberbürgermeister entwickelte sich Köln immer mehr zu einer wichtigen Medienstadt. … Seit 1990 wurde das Gelände des ehemaligen Güterbahnhofes Gereon in den Mediapark verwandelt. …

Ein weiterer Schwerpunkt in Norbert Burgers Wirken als Repräsentant Kölns war sein Engagement für die Kölner Städtepartnerschaften. Während seiner Amtszeit konnte er die Zahl von zwölf auf 23 erhöhen und so die internationalen Beziehungen Kölns weiter ausbauen.« Köln hatte als erste Stadt eine Partnerschaft mit einer israelischen Stadt, Tel Aviv, und einer palästinensischen Stadt, Bethlehem.

Für sein Engagement im Arbeiter Samariter Bund (ASB) wurde ihm zu Ehren das ASB-Seniorenzentrum in Köln Mülheim in »Norbert-Burger-Seniorenzentrum« benannt.

»Und«, so stand es im Kölner Stadtanzeiger, »keiner wird so häufig zitiert, wenn es darum geht, einen urkölschen Begriff zu umschreiben: ›Klüngel‹, so formulierte es Burger, sei ›das Ausräumen von Schwierigkeiten im Vorfeld von Entscheidungen‹.«

40 zur Bonsen, Rudolf 1882–1952

MA, zwischen Weg V und Weg W

Zur Bonsen wurde im Familiengrab seiner Frau bestattet. Er war von 1919 bis 1934 im Regierungspräsidium Köln tätig, 1933 wurde er zum Regierungspräsidenten ernannt. Ein Jahr später wird er nach einer persönlichen Konfrontation mit Hermann Göring über die Kulturpolitik in den vorläufigen Ruhestand versetzt. Nach scharfer Kritik in der ausländischen Presse wird er acht Tage später als Regierungspräsident in Stettin eingesetzt. Nach weiteren Auseinandersetzungen und Amtsenthebungen wird er 1936 zum dritten Mal in den einstweiligen und 1940 in den endgültigen Ruhestand geschickt. Er lebte ab 1937 zurückgezogen in Grainau/Oberbayern.

41 Trimborn, Cornelius Balduin 1824–1889

MA, zwischen Weg V und Weg W

Justizrat, Mitglied des Preußischen Landtags und Mitglied des Reichstags.

42 Funke-Kaiser, Gerdrud 1906–1986 Funke-Kaiser, Karl 1900–1971

MA, zwischen Weg V und Weg W

Auf diesem Grab steht kein Grill, wie bei Führungen oft vermutet wird, sondern eine Edelstahlplastik des italienischen Künstlers Roberto Cordone: »Vertikale V 1.11.71«. Das Ehepaar stiftete die gemeinsame umfangreiche Sammlung dem Kunstgewerbemuseum.

43 Hospelt, Wilhelm Anton 1820–1893

Flur 67 (MA)

Nach seiner Ausbildung als Lehrling in einer Farbwarenhandlung eröffnete er auf dem Eigelstein ein Großhandels-Geschäft für Kolonial-, Material- und Farbwaren, das er 1844 um ein Einzelhandelsgeschäft auf der Apostelnstraße erweiterte. 1850 bis 1879 war er Stadtverordneter; 1854 gründete er eine Rußfabrik und Kreidemühle zur Herstellung von Farben in Ehrenfeld. 1869 bis 1893 Mitglied der Handelskammer; 1879 übernahm er die in Konkurs gegangene ›Actiengesellschaft für chemische Bleiprodukte und Farben‹ in Ehrenfeld. Ab dem 1. Januar 1880 werden seine Betriebe zusammengefasst unter dem Namen: »Fabriken für chemische Bleierzeugnisse, Ruß, Nitrit und Farben W. A. Hospelt«.

44 Agnes Roeckerath, geb. Schmitz 1846–1890

Flur 67 (MA)

Agnes Schmitz, geboren am 27. Oktober 1846, stammte aus einer Bauernfamilie am Eigelstein. Die Eltern starben 1848 bei der großen Cholera-Epidemie. Agnes wuchs bei einer Tante auf, die sie als Alleinerbin einsetzte. Das Erbe war immens, besaß sie doch eine nicht unbeträchtliche Fläche an Grund und Boden in exzellenter Lage: außerhalb der Kölner Stadtmauern, aber so stadtnah, dass bei der Erweiterung der Stadt dieser unbedingt in städtisches Gelände umgewandelt werden musste. Im wahrsten Sinne des Wortes ›Bauerwartungsland‹.

Agnes war also eine gute Partie. Das bemerkte wohl auch der Witwer und Gymnasiallehrer Dr. phil. Peter Joseph Roeckerath. Am 3. November 1867 heiratete er Agnes Schmitz. Aus der Ehe gingen 12 Kinder hervor, von denen zwei schon nach wenigen Tagen starben.

Nach der Erbschaft und mit dem Wissen, dass die mittelalterliche Stadtmauer abgerissen werden sollte, gab Roeckerath seinen Job als Pauker auf. Er widmete sich intensiv dem Immobilien- und Spekulationsgeschäft. Auch wenn im Kölner Stadtführer von Willehad Paul

Eckert steht, dass Roeckerath nichts mit dem Spekulantentum zu tun haben wollte. Die Grundstückspreise nahmen exorbitant zu. Kaufte die Stadt doch ihr eigenes Eigentum – die Stadtmauer – für viel Geld den preußischen Militärbehörden ab, damit die Grundstückspreise und somit die Spekulationsgewinne nicht abrutschen konnten. Ein genialer Streich auf Kosten des Steuerzahlers zugunsten des Kapitals. Die Familienchronik berichtet, dass Roeckerath zeitweilig der größte Steuerzahler Kölns war. Er hinterließ nach seinem Tod seiner Familie mehr als 150 Häuser! 1902 konnte man in der Rheinischen Zeitung lesen, dass der Familie Roeckerath die halbe Neustadt gehöre.

In einem Brief an das Generalvikariat vom 9. Juli 1895 kündigt Roeckerath an, er wolle die Überschüsse seines Jahreseinkommens aus fünf Jahren für eine Kirche stiften, wenn das Gotteshaus nach der Namenspatronin seiner Frau, der heiligen Agnes, benannt werden würde. Als nach langem Hin und Her an der Neusser Straße der geeignete Ort gefunden worden war, konnte am 20. November 1896 der Bau beginnen. St. Agnes wurde an der Einfallstraße in Nord-Süd-Richtung gebaut und somit in einer Achse mit der Eigelsteintorburg. Städtebauliche Aspekte gaben die Voraussetzung für diese Stelle.

Mit der Planung beauftragt wurde der Kölner Architekt und Maler Carl Rüdell (E19): auf Wunsch des Stifters als Hallenkirche mit einem Turm ohne Helm. Am 21. Januar 1902 wurde die vom Raum her zweitgrößte Kirche Kölns eingesegnet. Roeckerath war persönlich nicht zugegen. Er ließ sich wegen Krankheit entschuldigen. Waren ihm die hohen Ausgaben auf den Magen geschlagen?

45 Waffenschmidt, Friedrich Wilhelm (Fritz) 1925–2017, Waffenschmidt, Anni 1924–2017, Langer, Anton ?–1891 (61 Jahre)

Flur 67 (MA)

Bis zur Zerstörung im Krieg stand an dieser Stelle eines der größten und pompösesten Grabmale auf Melaten. Es gehörte der Familie des Steinhauermeisters und Bildhauers Anton Langer, die ihren Wohnsitz am Friesenplatz hatte. Dieses Grabmal zeigte Jesus betend im Garten Gethsemane zusammen mit einem Engel. Im Krieg zerstört, konnte es nicht wieder aufgebaut werden. Deshalb befand sich an dieser Stelle 50 Jahre lang eine Grasfläche. 1996 übernahm Fritz Waffenschmidt, der Gründer der Firma Saturn, die Patenschaft. Er ließ die ursprüngliche Szene abgewandelt mit über 80.000 Mosaiksteinchen großflächig nachempfinden und die neugotische Gruft restaurieren.

Er erzählte, dass er als kleiner Junge oft mit seiner Großmutter auf dem Melaten Friedhof war. Besonders gut gefielen ihm der

Sensenmann und der Ölberg. Eigentlich wollte er den Sensenmann als Pate übernehmen, aber für den hatte die Familie Steinnus bereits den Zuschlag erhalten.

Während der Restaurierung besuchte Fritz Waffenschmidt mit seiner Frau Anni den Friedhof, um sich über den Fortgang der Arbeiten zu informieren. Frau Waffenschmidt schaute in die Gruft, besah sich das Ganze und sprach: »Fritz, do unge will ich ävver nit bejrave weede.« – »Doch«, sagte Herr Waffenschmidt, »mer jon zesamme do unge eren.« – »Nä, Fritz, dat dun mer nit. Luur ens: 24 Löchelcher un zwei dovun verstopp. Du op d'r ein Sick, ich op der andern, ov nevven enander. Dat is mer zo anonym.« – »Doch, doch, dat mache mer schon.« – »Nä, Fritz, ich will nit!« – Wer hat sich durchgesetzt? Frau Waffenschmidt. Fritz Waffenschmidt war konsterniert, wusste nicht, was er machen sollte. Doch da kam ihm die Idee! Er kaufte das Nachbargrundstück, sodass seine Frau und er nebeneinander begraben werden konnten. Unter dem Deckel zwischen dem Ölberg und der Gruft von Louis Hagen befindet sich das Erdbestattungsgrab, als Gruft kaschiert. Die Frauenfigur, die dort sitzt, stellt Frau Waffenschmidt dar. Es ist die zweite Skulptur an dieser Stelle; die erste kann man an der Südseite der Kapelle an der Aachener Straße bewundern. Sie gefiel Fritz Waffenschmidt nicht mehr. Wenn er selbst gestorben sei, so sagte er mir damals, als ich ihn auf dem Friedhof traf, wird seine Bronzebüste, die er mir auf einem Foto zeigte, auf dem Grab zu sehen sein. Die Stele dafür ist bereits aufgestellt, seine Büste leider (noch?) nicht.

Anlässlich ihres 55. Hochzeitstags spendierte das Ehepaar dem Dom ein 12 Meter hohes Glasfenster in der Südturmhalle. Auf 28 Scheiben zeigt es farbige Szenen aus dem Neuen Testament wie beispielsweise das Abendmahl oder auch die Kreuzigung Jesu. Wenn man das Fenster betrachtet, entdeckt man in der untersten Zeile aber nicht nur das Kölner Wappen und die Initialen der Stifter, sondern auf der rechten Scheibe – tatsächlich – auch die Darstellung des Planeten Saturn.

46 von Oelbermann, Laura 1846–1929

Flur 70 (MA)

Es war immer wieder eine grandiose Schau, wenn Laura Oelbermann ihre Villa am Hohenstaufenring verließ. Regelmäßig machte sie mit Freundinnen und Bekannten Spaziergänge oder ließ sich mit der Kutsche, später im Auto, zu Verabredungen fahren. Die Passanten blieben stehen und staunten über die Pracht, die da an ihnen vorbeirauschte. Ihre Garderobe war Stadtgespräch. In ihren Salons traf sich die Prominenz aus Politik und Kultur.

Laura Oelbermann, Gattin von Emil Oelbermann, Großkaufmann zu Köln, war eine sozial überaus engagierte Frau. Er hatte durch den Handel mit Textilien in New York ein Vermögen verdient. Auf Drängen seiner Frau kehrte er zurück nach Deutschland, in ihre Heimatstadt Köln. Sie hatten gemeinsam fünf Kinder – alle starben früh.

Als konservative Protestantin erkannte sie die Nöte der arbeitenden Bevölkerung und der armen Schichten der Stadt. Frauen hatten kaum Rechte. Uneheliche schwangere Frauen, alleinerziehende Mütter hatten kaum Chancen, ein geordnetes Leben zu führen. Die Mütter- und Säuglingssterblichkeit war hoch.

Laura Oelbermann spendete viel Geld, gründete Stiftungen und Heime für Mütter und Kinder. Ihre Beziehungen zum Kaiserhaus in Berlin dokumentieren die Namen dieser Einrichtungen, Namen weiblicher Mitglieder des Hohenzollernhauses: Emilienhort in der Händelstraße, Auguste-Victoria-Krippe in der Overstolzenstraße, Charlottenhaus in der Severinstraße. Die Kölnische Zeitung schreibt: »Am 28. April (1913) fand die Einweihung des Charlottenhauses an der Severinstraße statt in Gegenwart der Schwester unseres Kaisers, der Prinzessin Charlotte von Sachsen-Meinungen, deren Namen die Anstalt trägt. Diese liegt auf dem großen Anwesen des früheren Wöchnerinnen-Asyls und hat den Zweck, hilfsbedürftigen Kindern das Elternhaus zu ersetzen, sei es, daß die Eltern mit oder ohne Schuld ihre Aufgabe nicht erfüllen können. Die Anstalt wird allein von Frau Oelbermann unterhalten, die für Gebäude, Mobiliar, Unterhaltung usw. eine Million zur Verfügung gestellt hat.« Sie legte den finanziellen Grundstock für das Evangelische Krankenhaus, Weyertal. In ihrem Testament legte sie fest, dass ihre Villa als Heim für berufstätige Frauen (»erwerbstätige Mädchen«) dienen solle, finanziell getragen durch eine Stiftung, die nach ihr benannt wurde. Bis in die 1970er Jahre lebten dort mehr als 60 junge Frauen. 1980 wurde die Villa Oelbermann in einer Blitzaktion abgerissen, da die Stadt befürchtete, dass nach dem Abriss der Schokoladenfabrik Stollwerck deren Besetzer das leerstehende Haus okkupieren würden. Laura Oelbermann wurde, nachdem ihr Mann gestorben war, in den Adelsstand erhoben.

47 Kohlmann, Günther 1933–2005
Gladbach, Wilhelm 1868–1931

Flur 70 (MA)

In Patenschaft übernommen von Günther Kohlmann, Rechtswissenschaftler und langjähriger Direktor des Kriminalwissenschaftlichen Instituts der Universität zu Köln.

48 Hagen, Louis 1885–1932

Flur 67 (MA)

Geboren als Louis Levy; Schwiegersohn von Gottfried Hagen; 1893 nahm er mit behördlicher Genehmigung den Familiennamen seiner Frau an; 1909 Konversion zur katholischen Kirche. Bankier; 1915 bis 1932 Präsident der Industrie- und Handelskammer zu Köln; Stadtverordneter; Mitglied des Preußischen Staatsrats und Rheinischen Provinzial-Landtags.

49 Scheibler, Carl Johann Heinrich 1852–1920

Flur 70 (MA)

Teilhaber der Firma C. Scheibler & Co. (gegründet 1885); Zusammenarbeit mit der Chemischen Fabrik Vorster und Grüneberg, ab 1902 auch dort Teilhaber. Schwiegersohn von Gustav von Mallinckrodt (HWG32).

50 Grüneberg, Hermann Julius 1827–1894

Flur 70 (MA)

Mitbegründer der Chemischen Fabrik Vorster & Grüneberg in Kalk, ab 1892 Chemische Fabrik Kalk GmbH (CFK). Man darf ihn durch seine chemischen Erfindungen als ›Vater der Deutschen Kali-Industrie‹ bezeichnen, als Wegbereiter der mineralischen Düngung in der Landwirtschaft.

51 Charlier, Max Karl 1854–1939

Flur 67 (MA)

Sohn von Franz Victor Albert Charlier, Mitbegründer der 1845 entstandenen »Waggonfabrik van der Zypen & Charlier« in Deutz, nach Fusionen in »Westwaggon« umbenannt, Hersteller von Waggons, Triebwagen und Straßenbahnen. 1959 von Klöckner Humboldt Deutz übernommen.

52 Ellscheid, Robert 1900–1985

Flur 70a (MA)

Ehemalige Grabstätte der Familie Theodor Eigel, Konditor auf der Schildergasse.

53 von Keitz, Hugo 1916–1998
Zakaria, Mohammad 1928–1969

Flur 70a (MA)

Die adlerähnliche Figur im Mittelteil des Grabmals stellt Ahura Mazda dar, die göttliche Verkörperung des Guten im Glauben der Zartoshti, der Anhänger Zarathustras. Diesem guten Gott wird gedient, indem man aus einem freien Willen heraus »gut denkt, gut spricht und gut handelt«.

Links außen lesen wir eine Variation der Geschichte der drei Weisen: ›Als Jesus geboren war, da kamen drei Weise aus Hamadan im Iran mit Namen Lavandad, Hormisdas und Goshnasp und fragten: Wo ist der neugeborene König der Juden? Wir haben nämlich im Morgenland seinen Stern gesehen und sind gekommen, ihm zu huldigen.‹ Rechts außen: Gedichtzeilen, geschrieben von Hafis, einem persischen Dichter und Mystiker des 14. Jahrhunderts. Frei übersetzt: ›Du Unsichtbarer / Ich überantworte dich an Gott / Du hast mein Wesen verbrannt / Aber von Herzen liebe ich dich.‹

54 Lietzmann, Udo 1856–1903

Flur 70a (MA)

Inhaber der Firma Leyensieffer & Lietzmann Mühlenwerk, Siegburger Straße am Deutzer Hafen. Die Weizenmühle wurde am 6. April 1942 bei einem Fliegerangriff zerstört. Es tauchte in der Kölner Berichterstattung zum ersten Mal der Begriff Totalschaden auf.

55 Franziskaner

Flur 70a (MA)

Gemeinschaftsgrab

56 Pflaume, Hermann 1830–1901

Flur 70a (MA)

Renommierter Architekt der rheinischen Neorenaissance; baute repräsentative Geschäftshäuser und Villen für die führenden Kölner Familien; Stadtverordneter.

57 Rondell (MA)

Steintor auf dem westlichen Rondell MA

Es gibt keinen besseren Platz für diese steinerne Plastik auf dem Friedhof Melaten als dieses Rondell. Hier kommt sie voll zur Geltung, besonders wenn man sich auf der Mittelachse nähert, gleich ob von Westen oder Osten. Eigentlich sollte sie im Jahr 2010 zur 200-Jahrfeier des Friedhofs aufgestellt werden, auf dem Platz neben der Trauerhalle. Zum Glück sprach sich der Kulturausschuss der Stadt dagegen aus. Dort hätte sie nie so gewirkt wie am jetzigen Standort.

Geschaffen wurde das »Steintor« von Hilarius Schwarz, Steinmetz in Köln-Worringen. Der Durchbruch zeigt die Form einer menschlichen Silhouette. Quasi in der Falllinie davor liegt die ›ausgeschnittene‹ steinerne Gestalt. Vieldeutig ist die Aussage dieser Konstellation. An den beiden Schmalseiten sehen wir auf der einen Seite den Flügel eines Vogels, auf der anderen Seite bodennah einen Raben hinter einem Totenkopf.

58 Wisplinghoff, Familie

Flur 69a (MA)

Große moderne Gruft. Der hohe Mittelbau ist der Eingang zur Treppe in den Gruftraum. Links und rechts des zentralen Raumes befinden sich jeweils fünfzehn Einschublöcher für Särge. Die niedrigeren Aufbauten lassen Tageslicht in die Gruft.

59 Eßer, Ferdinand 1865–1927

Flur 66a (MA)

Man sehe, staune und genieße.

60 Over, Familie

Flur 66a (MA)

Ehemalige Grabstätte der Familie von Emil Lammine (1854–1923). Mitinhaber der Firma Th. Lammine, Schönrather Straße 26 in Mülheim, Fabrik für Dampfkessel; Apparatebau, Schweiß- und Presswerk für nahtloses Hohlmaterial.

61 Neven Dumont, Alfred 1927–2015

Flur 66a (MA)

Neven DuMont: Mit diesem Nachnamen verbindet man die Kölner Dynastie, die seit 1805 beginnend mit Marcus DuMont (HWG) das Zeitungswesen in Köln beherrscht. Kölner Stadtanzeiger, Express und seit 1999 auch die Kölnische Rundschau werden täglich von den Menschen in Köln und im Umland gelesen. Alfred Neven DuMont hat dazu wesentlich beigetragen.

Nach seinem Studium trat er 1953 in den Verlag M. DuMont Schauberg ein. Ab 1960 leitete er mit seinem Partner Alfred Schütte den Verlag und formte diesen zur »Gruppe M. DuMont Schauberg« (MDS) um mit bundesweiter Bedeutung. Mitteldeutsche Zeitung, Frankfurter Rundschau, Berliner Zeitung als Beispiele. Mit der Gründung des »Express« gelang ihm 1964, der »Bild«-Zeitung einen Kölner Gegenspieler entgegenzusetzen. Er war »ein Verleger alter Schule,

der sich einmischte, Richtungen vorgab, souverän Entscheidungen fällte. Ob er für die immer Applaus bekam, steht auf einem anderen Blatt, aber auch das ist ja typisch. … Dass er sich dabei stets zwischen extremen Polen zu bewegen schien, war in seiner Person angelegt. DuMont stiftete Kunstpreise und ließ sich – als junger Mann – als ›Alfred I.‹ zum Karnevalsprinz krönen. Er war Vorsitzender des Verlegerverbandes, aber auch acht Jahre lang Präsident der IHK Köln. Er war studierter Philosoph, feingeistiger Kunstsammler und -Mäzen, aber eben auch Boulevard-affiner Verleger und knallharter Geschäftsmann.« (Spiegel)

61 Neven DuMont, Spiridon 1967–1995

Flur 66a (MA)

Nach dem Beginn des Studiums der Philosophie und Politikwissenschaft an der Universität zu Köln, begann Spiridon Neven DuMont sich entgegen der Tradition der Familie zunehmend für die Kunst zu interessieren und umfassend künstlerisch zu betätigen: Fotografie, Arbeit mit Video, Filmprojekte, Ausdruckstanz, die Symbiose zwischen Computer-Fotografie und Malerei. Er verband die verschiedenen Kunstrichtungen, Stile, Genres miteinander. Als er im September 1995 sein Studium an der Kunsthochschule für Medien Köln begann, hatte er bereits einen überaus großen Erfahrungsschatz gesammelt. Den Großteil seiner Werke hat Spiridon Neven DuMont in nur vier Jahren geschaffen. »Eine Zeit, die man wohl als Rausch ebenso beschreiben kann wie als enormen Leidensdruck.« (KStA) Nach seinem Tod stifteten seine Eltern 1998 den »Spiridon-Neven-DuMont-Preis«, für herausragende künstlerische Leistungen und zur Förderung junger Künstler der Kunsthochschule für Medien Köln.

62 Schwartz, Josef 1849–1906

Flur 69 (MA)

Zwei sehr schöne Genien: »Stilistisch gehören sie dem Neubarock an, das durch den Jugendstil bereits eine gewisse Abklärung erfahren hat.« (Abt/Vomm).

63 Steinmeyer, Nikolaus ?–1908 (63 Jahre)

Flur 69 (MA)

Kaufmann für Kunst- und Luxuswaren; Spezialität: erstklassige Gemälde alter Meister aller Schulen; Walraffplatz 4 und 6.

64 Vogt, Hermann 1844–1913

Flur 66 (MA)

Ein Erdenpilger findet in Jesus Christus eine Stütze. Die Inschrift darunter ist schwer zu lesen: »Des Todes rührendes Bild steht nicht als Schrecken dem Weisen und nicht als Ende dem Frommen. Beiden wird zum Leben der Tod.«

65 Rolff, Reni (Renate Elisabeth) 1906–1907
Rolff, Oscar, Juni 1913 bis November 1913

Flur 66 (MA)

Ein sehr aufwendiges Kindergrab aus dem beginnenden 20. Jahrhundert.

66 Kölner Pfarrer

Flur 68 (MA)

Gemeinschaftsgrab

67 Augustinerinnen Mutterhaus zu Cöln

Flur 65 (MA)

Gemeinschaftsgrab

68 Betzler, Otto ?–1918 (66 Jahre)

Flur 68 (MA)

Maler, Anstreicher und Farbenfabrikant, Dagobertstraße 90.

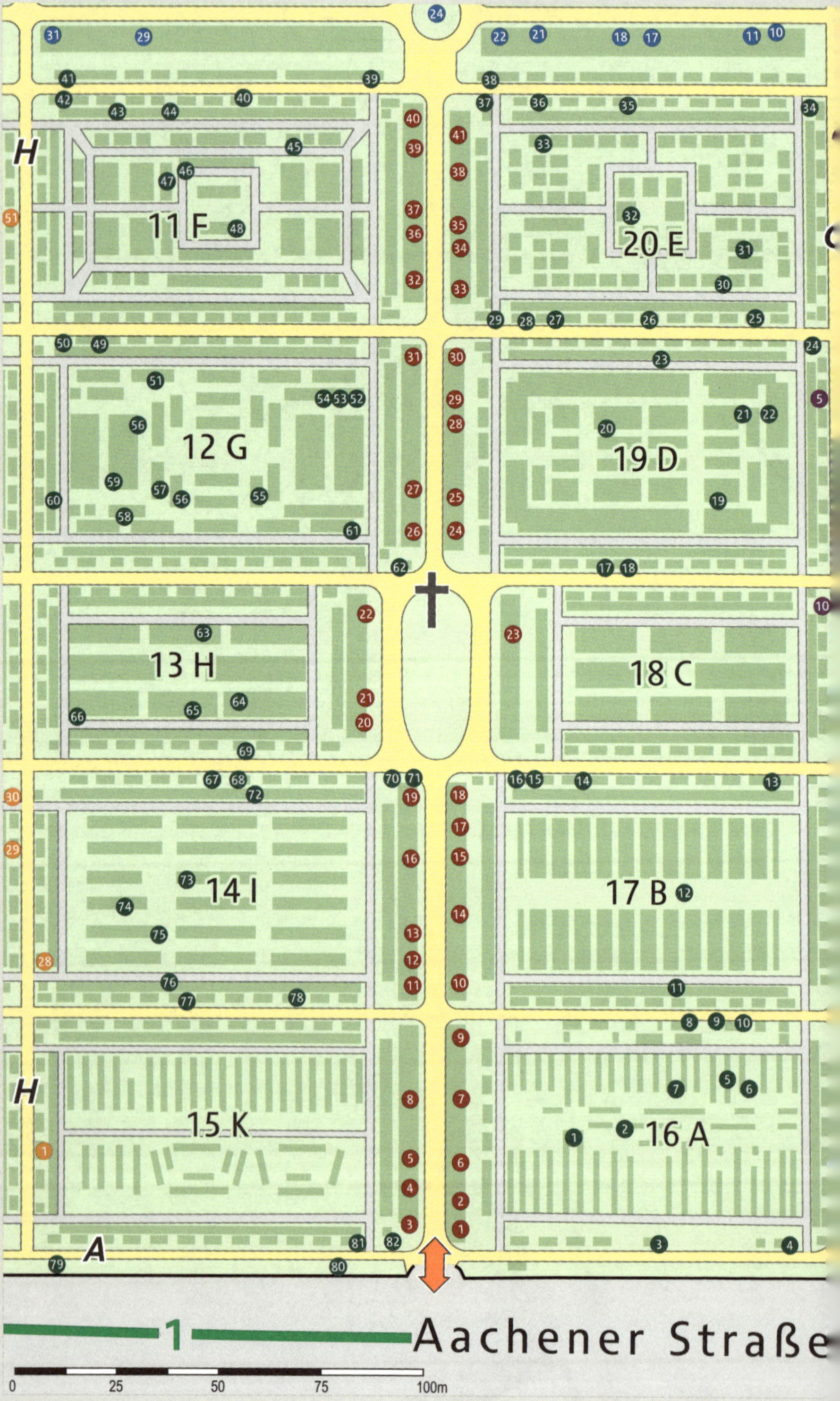

11 F
20 E
12 G
19 D
13 H
18 C
14 I
17 B
15 K
16 A
H
H
A
1
Aachener Straße
0
25
50
75
100m

Plan A

❶ von Monschau, Maria Franciska Angela Hubertina 1794–1818, von Monschau, Franz Rudolph Reichsritter 1760–1841

Flur 16 in A

Die Inschrift ist sehr schlecht zu lesen: »Maria Franciska Angela Hubertina Fräulein von Monschau, starb im 24. Jahre ihrer Blüthe den XX. May 1818 christlich seelig.

›Rose des Lebens an Seel und Herz,
Dich nahm uns der Himmel –
Seufzt Dich nicht Liebe zurück,
Sey uns ein tröstlicher Stern.‹

Franz Rudolph, Ursula Caroline von Monschau und von Erlenwein, die Aeltern im tiefsten Schmerz über den unvergeßlichen Verlust. –

Es folgte die Großmutter Maria Catharina Regina verwitwete Frau Geheimräthin von Monschau hochwohlgeboren, geborene Freyin von Benzel zu Sternau den 30. Dec. 1821 im 89. Jahr ihres Alters, wovon sie 37 in vergnügter Ehe und 27 im Wittwenstande verlebte.

Es folgte der Vater, der hochwohlgeborene Herr Franz Rudolph Reichsritter von Monschau, Ritter des Roten Adler-Ordens, den 8. April 1841 im 82. Lebensjahre, wovon er 9 in erster und 45 in zweiter vergnügter Ehe verlebte.« (H. Vogts)

Von Monschau war Kurfürstlicher Major und Beigeordneter Bürgermeister der Stadt Köln.

❷ Hamm, Caspar 1779–1818

Flur 16 in A

Eines der schönsten Grabmale auf Melaten, geschaffen von Peter Joseph Imhoff. Wenn man diesen Todesgenius vom Weg A aus der Ferne in Ruhe betrachtet, erkennt man erst einmal nicht, wie stark er beschädigt ist. Bei jedem Schritt auf ihn zu werden die Schäden sichtbarer. Die Nase ist ein Fragment; die rechte Hand hält nur noch die Stiele der Mohnkapseln; der rechte Fuß ist zum Glück von dem Rodenkirchener Steinmetz Stephan Kaiser wieder hergestellt worden; die ›Nähte‹ sind deutlich zu erkennen. Ursprünglich hatte dieser Genius auch von vorne betrachtet Flügel. Es lohnt sich, ihn von hinten anzusehen.

2
AD
FILIO
PIETAS
ET

Die Inschrift vorn: »Zum Himmel geht die Hoffnung … Frömmigkeit und dauerndes Verlangen«. Inschrift links: »Unberührt durch den Tod die Krone der mannhaften Bewährung«. (Abt/Vomm)

③ Etzweiler, Nikolaus 1791–1828

Weg A, zwischen HWG und Weg G

Tuchhändler in Köln, Unter Taschenmacher 17; »gewesener Kaufmann«.

④ Keller, Carl 1811–1839; Keller, Eduard 1807–1848

Weg A, zwischen HWG und Weg G

Kleiner Obelisk mit schöner Kursivschrift.

⑤ Scherer, Elisabeth 1914–2013

Flur 16 in A

Ihre Karriere startete Elisabeth Scherer in den 1930er Jahren, als sie vor dem Krieg zusammen mit Gustav Knuth und Heinrich George spielte. 1942 stand sie zum ersten Mal vor der Filmkamera. Während der Dreharbeiten zu »Dr. Crippen an Bord« lernte sie ihren späteren Mann René Deltgen (D76) kennen. Neben zahlreichen Engagements an verschiedenen Bühnen sprach sie Rollen in Hörspielen.

Mitte der 80er Jahre kam sie wieder nach Köln zum Theater der Keller. Dort gehörte sie nicht nur zum Ensemble. Sie war gleichzeitig Schauspiellehrerin in der Schauspielschule des Theaters, so auch von Til Schweiger. Im Alter von 86 Jahren stand sie mit zwei ebenfalls betagten Kolleginnen neben ihrem mittlerweile berühmten ehemaligen

Schüler Til Schweiger vor der Kamera. In der Gaunerkomödie »Jetzt oder nie – Zeit ist Geld«, die Schweiger auch produzierte, spielt das Trio ein Damenkränzchen, das beschließt, eine Bank zu überfallen, um mit dem erbeuteten Geld sich den Traum einer gemeinsamen Luxuskreuzfahrt zu erfüllen. »Eine Alten-Komödie mit melancholischen Zwischentönen.« (Kino.de) Für diese Rolle wurde sie mit dem Ernst-Lubitsch-Preis ausgezeichnet.

6 Kutzelnigg, Artur 1904–1984 Gonska, Irmgard 1938–1992

Flur 16 in A

Diese beiden Grabsteine sind sehr persönlich von Wolfgang Reuter gestaltet, dem wir auch das Denkmal von »Tünnes und Schäl« in der Altstadt verdanken. Das Grab befindet sich unter einer Eiche; Eichenlaub wie auch der Reiher der Wandervogelbewegung weisen auf die Liebe zur Natur hin. Der Stapel Bücher spricht für sich. Die Lieblingsblume der Familie war wohl die Tulpe, die auf beiden Gräbern, zum Strauß gebunden, zu erkennen ist. In der kleinen Nische von

Irmgard Gonskas Grabstein erkennt man Orpheus, der auf der Leier spielt. Mit seinem Gesang und Saitenspiel bewog er die Götter der Unterwelt, ihm seine verstorbene Gemahlin Eurydike zurückzugeben. Trotz des Verbots der Götter schaute Orpheus sich um, kurz bevor sie das Tageslicht erreicht hatten: Eurydike musste umkehren. Die Kutzelniggs stammten aus Österreich. Artur Kutzelnigg war Direktor des Institutes für Wirtschaftliche Warenlehre der Universität zu Köln.

7 Huppertz, Thea 1913–1982

Flur 16 in A

»Arabisch/jüdisch anmutende Palastarchitektur«, »himmlisches Jerusalem« – Kieselsteine als Erinnerungssteine. Sie verweisen auf die Tradition jüdischer Friedhöfe. Ein Grabmal zum Verweilen und Hinschauen.

8 Carstanjen, Emma 1814–1839

Weg B, zwischen HWG und Weg G

Dieses schöne Grabmal wurde 1990 restauriert.

9 Salber, Wilhelm 1928–2016

Weg F, zwischen HWG und Weg G

Wilhelm Salber war von 1963 bis 1993 dreißig Jahre lang Direktor des Psychologischen Instituts der Universität zu Köln. »Köln avancierte in der Ära Salber zu einem gallischen Dorf der Psychologie«. Salber entwickelte hier sein Konzept der Psychologischen Morphologie und damit gleichzeitig eine neue psychologische Denkrichtung. Grundlagen dafür waren Überlegungen Johann Wolfgang von Goethes, der Phänomenologie und der Psychoanalyse.

»Als unermüdlicher Streiter für den seelischen Zusammenhang in einer immer stärker auseinanderfallenden, fragmentierten Welt entwickelte Salber eine verstehende Psychologie, die durch die Beschreibung und Analyse des menschlichen Lebensalltags der geheimen Logik der Seele auf den Grund geht. … Der dunkle Kontinent der Seele ist von Wilhelm Salber in Köln morphologisch neu kartiert worden.« (Nachruf von Stephan Grünwald im KStA) Mit dem Enkel Sigmund Freuds, Ernest Freud, entwickelte er eine Kurzform der Analyse, die analytische Intensivberatung.

Angewandt wird Salbers Methode auch in der Marktforschung: »Unser Entwicklungsprozess setzt die wirklichen Träume, verlockenden Bilder und Mythen der Menschen direkt in die Gestaltung von Marken, Produkten oder Kommunikation um«, so Daniel Salber, der Sohn von Wilhelm Salber.

⑩ Lambotte-Frenger, Familie

Weg B, zwischen HWG und Weg G

Schlichtes Wandgrab mit zwei seitlichen Bänken zum Ausruhen und Gedenken.

⑪ Thewald, Karl Ferdinand 1833–1902

Flur 17 in B

Kunstsammler, Beigeordneter der Stadt Köln von 1865 bis 1901, Vorsitzender der Gürzenich-Kommission; 1889 mit Fritz Hönig (E3) Schlichter im Streit zwischen den Kölner Karnevalsgesellschaften.

⑫ Jambga ?–1898 (16 Jahre)

Flur 17 in B

Auf diesem Urnengräberfeld befand sich das Grab von Jambga. Ende Oktober 1898 starb Jambga, ein 16-jähriges Mädchen aus einer in Köln gastierenden Schaustellergruppe, im Kölner Bürgerhospital an Lungenentzündung. Die Schaustellerinnen kamen aus Afrika; ihre Gruppe wurde auf dem damaligen Werbeplakat als »Amazonencorps« angepriesen. Am 1. November 1928 war in einer Rückschau unter der Überschrift »Das seltsamste Begräbnis in Melaten« zu lesen:

»Lautes Schluchzen und Wehklagen entstand unter der Truppe, als der Tod des jungen Heimatkinds bekannt wurde. Es war gerade ein Samstagabend. Nach der letzten Vorstellung baten die Amazonen, am Abend die Totenfeier begehen zu dürfen. ... Nun hub auch wirklich in ihren Schlafsälen die Totenfeier der Amazonen an. Kein Weißer hat die seltsamen Zeremonien gesehen, gehört hat man aber viel. Unter wilden Trommelschlägen tanzten und marschierten die Kriegsweiber durch die Säle, wobei sie durch ohrenzerreißendes Schreien und Heulen in immer stärkere Ekstasen gerieten. Vorher hatte man sämtliche Fetische und Götzen in die Räume gebracht. Der Kriegstanz dauerte von 8–10 Uhr. Danach sah man die Amazonen vollständig erschöpft auf ihren Betten liegen. Am Tage nach Allerseelen wurde die Tote beerdigt. Die Oberkriegerin Yumma begab sich mit zwei Verwandten der Verstorbenen in vollem Kriegsschmuck zu der Leiche, die in der Totenkapelle des Bürgerhospitals würdig aufgebahrt war. Yumma erbat sich ein Tuch und verlangte wieder, daß die Weißen ausgeschlossen würden. Als nach einer halben Stunde die rätselhaften Handlungen noch nicht zu Ende waren, mußte man die Kriegsgesellschaft zum Aufbruch mahnen. Die Tote lag mit offenen Augen, den Blick nach oben gerichtet, so wie der

Amazonenbrauch es verlangt, da sonst die Tote unerlöst bleibt. Der Sarg wurde nun nach Melaten geschafft, die Amazonen folgten im Wagen. Eine ungeheure Menschenmenge hatte die Neugier zum Friedhof getrieben, so daß der Kutscher des Leichenwagens seine ganze Lunge aufbieten mußte, um durchzukommen. Hinter dem Sarg schritten die von Schmerz erschütterten Amazonen, deren farbige Kriegstracht seltsam und andersweltig von dem grauen Herbsthintergrund abstach.

Am Grab hielt Yumma die Totenrede, die ein Dolmetscher übersetzte: ›Yambga, teure Kriegerin unseres mächtigen Königs von Dahomey, teure Schwester, du bist von Hause ausgezogen gegen die Sonne, um dir und deiner Familie Geld zu verdienen und heimzukehren zu den Deinigen. Fetisch, dein Gott, den du verehrt hast, hat es anders gewollt und dich hier sterben lassen in fremder Erde, aber deinen Geist hat er mitgenommen nach Afrika, er ist jetzt wieder bei deinem Gotte. Schlafe wohl, auf Wiedersehen, teure Schwester.‹ Dumpf fielen kleine Ballen Erde auf den Sarg. Schluchzend und gebeugt verließen die Amazonen den Friedhof, wobei ein schier endloser Wall ›weißer‹ Menschen scheu und verständnislos zurückwich.«

Der Bericht endet mit einer Botschaft an die Leser: »So geschehen in der Epoche raubgieriger ›Zivilisations-Politik‹, deren Parole die Selbstzerfleischung ist. Möge die Asche des Afrikamädchens Jambga sich mit der deutschen Menschenerde in Melaten mischen und so das große Menschenbündnis gegen Haß und Krieg versinnbildlichen.« (Hist. Archiv, Sammlung Bayer)

⓭ Richartz, Johann 1764–1839

Weg C, zwischen HWG und Weg G

Weißgerbermeister; Vater des Museumsstifters Johann Heinrich Richartz. Sehr aufwendige spätklassizistische Stele. Oben eine doppelseitige Sphinx mit Urne. Ein weißes Relief hinter Glas zeigt eine Familie, die Abschied nimmt von einer verstorbenen jungen Frau, die von einem Genius in Empfang genommen wird. Die Inschrift: »Anima petit coelum« – ›Die Seele strebt zum Himmel empor.‹

⓮ Heimann, Friedrich Carl 1759–1835

Weg C, zwischen HWG und Weg G

Begründer der Industriellendynastie; Ratsherr, Kaufmann, Schießpulverfabrikant; Mitbegründer und bis 1802 erster Präsident des Handlungsvorstandes, der Vorläuferorganisation der Handelskammer in Köln.

⑮ Röthgen, Familie

Weg C, zwischen HWG und Weg G

Auf der Rückseite des Grabsteins befinden sich die Daten von Christina Lohr geborene Rhodius (1792–1847) und Peter Lohr (1784–1857); Christina Lohr ist die Tochter von Christian Rhodius, der im Nachbargrab bestattet wurde.

⑯ Rhodius, Christian 1757–1829

Weg C, zwischen HWG und Weg G

Durch die Änderung der Begräbnisordnung der Stadt Köln im Jahre 1829 öffnete sich der Melatenfriedhof allen Religionsgemeinschaften. Johann Christian Rhodius war der erste Verstorbene evangelischer Konfession, der auf Melaten beerdigt wurde.

Johann Christian Rhodius entstammte dem lutherischen Zweig seiner Familie. Er hatte neun Geschwister. Sein Vater, Johann Anton Wimar Rhodius, wurde in Altenkirchen/Westerwald geboren. 1749 heiratete dieser die Tochter einer alten Tuchmacherfamilie aus Lennep im Bergischen Land. Wie viele Kaufleute aus dem Westerwald handelte er auch mit Wein aus den Anbaugebieten entlang des Ober- und Mittelrheins.

Den vielfältigen internationalen Beziehungen der Lenneper Verwandtschaft hatte es Johann Christian Rhodius zu verdanken, dass er und zwei weitere Brüder bereits in ihren Jugendjahren nach Südamerika, nach Holländisch-Guyana (heute: Surinam) auswanderten. Als Plantagenbesitzer erlangten die drei beachtlichen Wohlstand. 1788 kehrte Rhodius wieder nach Deutschland zurück, heiratete und ließ sich in Mülheim am Rhein nieder. Hier betrieb er in der Tradition des Vaters eine bedeutende Weinhandlung. Das von ihnen errichtete Wohnhaus, gleichzeitig Firmensitz, wurde später als Mülheimer Rathaus genutzt. Die erfolgreiche Firmengeschichte setzten seine Söhne und deren Nachfahren fort. Heute hat die Firma »Gebrüder Rhodius GmbH & Co. KG« ihren Sitz in Burgbrohl.

Neben Rhodius' Grabstätte ist seine älteste Tochter bestattet worden. Auf der Rückseite des Patenschaftsgrabes der Familie Röthgen lesen wir den Namen von (Anna) Christina Lohr, geb. Rhodius, die noch in Lennep zur Welt gekommen war. Ihre sieben Geschwister wurden in Mülheim geboren.

17 DeNoël, Mathias Joseph 1782–1849

Weg D, zwischen HWG und Weg G

Man darf ihn – mit Joseph Klersch – als die »Seele des Kölner Karneval(s)« bezeichnen. Er ist »zugleich der echteste Kölner und nach dem Tode Schiers der Hauptdichter des Helden (Karnevals)«. Eigentlich wollte Mathias Joseph DeNoël Maler werden. Der Tod seines Vaters zwang ihn jedoch 1812, das elterliche Geschäft zu übernehmen. Als Mitglied der »Olympischen Gesellschaft« bekam er Kontakt zu Ferdinand Franz Wallraf, mit dem ihn eine tiefe Freundschaft verband. Als Mitbegründer des Festordnenden Kommitees des Kölner Karnevals im Jahr 1823 war er der erste Literat und Zugleiter des Rosenmontagszugs. Er war wohl auch der Einzige im Komitee, der »die Kölsche Sproch« beherrschte.

Aktiv setzte er sich für den Weiterbau des Doms ein. »Er führte viele Besucher zur halbfertigen Kathedrale und wirbt für die Wiederaufnahme der Bauarbeiten, die dann 1842 beginnen.«

Nach dem Tode Wallrafs übernahm er als Nachlassverwalter und Konservator des »Wallrafianums«, die Wallraf'sche Sammlung zu sichten und zu ordnen. »Der kreative Unrast kam erst im 60sten Lebensjahr zum Heiraten.« (Oelsner) Er wurde im Grab der Familie seiner Frau Anna Maria Brewer, geborene Haupt (1787–1861) beigesetzt, die hier zwischen ihren beiden Ehemännern begraben liegt. Seinen Namen lesen wir auf rechten Seite des Grabmals. Dort wird sein »thätiges Leben« das »der Kunst und der Althertumskunde, der Erhaltung der Kunstgegenstände seiner Vaterstadt« gewidmet war, gewürdigt.

18

⑱ Stephan, Josef 1904–1953

Weg D, zwischen HWG und Weg G

Verkleinerte Nachbildung des Grabmals von Josef Moest (E12).

⑲ Adenauer, Max und Gisela 1910–2004, 1919–1992

Flur 19 in D

Am 25. Februar 1948 wurde Max Adenauer, zweiter Sohn von Altbundeskanzler Konrad Adenauer, zum Beigeordneten der Stadt Köln gewählt. Er erhielt das Dezernat für Wirtschaft, Häfen und Verkehr. Von 1953 bis 1965 hatte er das Amt des Oberstadtdirektors inne; von 1969 bis 1975 war er Mitglied des Rates der Stadt Köln. Er war durch sein Engagement maßgeblich am Aufbau der Stadt Köln beteiligt. Er setzte sich für die Wiederherstellung der Altstadt sowie für den Erhalt des Grüngürtels als ›grüne Lunge‹ Kölns ein. Der schnelle Ausbau des Flughafens Köln-Wahn (heute Konrad-Adenauer-Flughafen) war ihm wichtig. Auch die Nord-Süd-Fahrt und mehrere Brücken wurden in seiner Amtszeit gebaut. Am Aufschwung der Kölner Wirtschaft war Max Adenauer dank seiner vielfältigen Beziehungen maßgeblich beteiligt. Auch nach seiner Pensionierung 1977 engagierte er sich in zahlreichen sozialen Institutionen und kulturellen Einrichtungen.

⑳ Jussenhoven, Servatius 1877–1950

Flur 19 in D

Gründer und Präsident der Karnevalsgesellschaft »Altstädter Köln 1922 e.V.«; Vater des Komponisten Gerhard Jussenhoven (A61).

㉑ Schwering, Ernst 1886–1962

Flur 19 in D

Ernst Schwering war von Beruf Rechtsanwalt. In den 1920er Jahren: Stadtdirektor, Beigeordneter, Stadtverordneter der Zentrumspartei. 1933 von den Nazis entlassen. 1945 Eintritt in die CDU, die sein Bruder Leo mitgegründet hatte; ab 1946 Stadtverordneter, seit 1950 Mitglied des Landtags; Präsident des deutschen Städtetages. Oberbürgermeister von 1948 bis 1956, in den Jahren 1948 bis 1951 im Wechsel mit Robert Görlinger als Bürgermeister. Nachdem er 1952 gewählt wurde, sah er seine wichtigste Aufgabe darin, die Stadtverfassung an die gültige Gemeindeordnung für NRW anzupassen.

㉒ Krekel, Hildegard 1952–2013

Flur 19 in D

Denk ich an Hildegard Krekel, habe ich sie in ihrer Rolle als Rita Graf, geborene Tetzlaff in »Ein Herz und eine Seele« vor Augen. Mit viel Verve und losem Mundwerk gab sie dem autoritären Familienpatriarchen Alfred reichlich Kontra. In der ersten Staffel spielte sie an der Seite von Dieter Krebs, Elisabeth Wiedemann und Heinz Schubert. Die Erstausstrahlung im Westdeutschen Fernsehen war am 15. Januar 1973!

Bereits mit sechs Jahren sprach Hildegard Krekel in Kinderserien des WDR-Hörfunks. Mit ihrer älteren Schwester Lotti Krekel büffelte sie dafür die Texte, die sie am Folgetag im Studio zu sprechen hatte. Später lieh sie als Synchronsprecherin Helen Mirren und Bette Davis ihre Stimme.

Bühnenerfahrung sammelte sie schon früh, mit neun Jahren, an den Bühnen der Stadt Köln. Mit 13 hatte sie ihr erstes Fernsehdebüt. Nach der Mittleren Reife nahm sie Schauspielunterricht und erhielt ein Engagement in Neuss am Rheinischen Landestheater. 1969, im Alter von 16 Jahren feierte sie an der Seite von Inge Meysel ihren ersten großen Erfolg in der Gerhart-Hauptmann-Verfilmung »Die Ratten«, produziert von der ARD.

Die zweite Serie, die sie unvergessen macht: In der Rolle der Kneipenwirtin Uschi Schmitz in den Fernsehserien »Die Anrheiner« und »Ein Fall für die Anrheiner« eroberte sie das Herz der Zuschauer. Sie war ihr quasi auf den Leib geschrieben. Die letzten Dreharbeiten der Serie fanden am 29. August 2013 statt – ohne Hildegard Krekel. Im Nachruf auf sie im Kölner Stadtanzeiger ist zu lesen: »Als echtes kölsches Mädchen war es ihr ein Anliegen, die Menschen mit ihrem

geerdeten Humor, einer lebensbejahenden Fröhlichkeit und burschikosen Herzlichkeit zu unterhalten. ›Wir haben einen Dienstleister-Beruf‹, hat sie diese pragmatische Haltung einmal beschrieben.«

23 Zimmer, Carl Friedrich 1814–1877

Flur 19 in D

Mietkutscher; wohnte in der Pfeilstraße 6. Schön restauriertes Patenschaftsgrab.

24 Müller, Heinrich Pius 1830–1893

Weg E, zwischen HWG und Weg G

Ein aufwendiges Grabmal für einen Handwerker kann Erstaunen hervorrufen. Wenn man aber bedenkt, dass durch den Bau der von Hermann Josef Stübben geplanten Neustadt viele Handwerker zu Wohlstand kamen, ist es verständlich, dass Heinrich Pius Müller sich ein solches Grab leisten konnte.

25 Kertész, István 1929–1973

Weg E, zwischen HWG und Weg G

Studium an der Franz Liszt Akademie in Budapest, von 1953 bis 1957 Dirigent der Staatsoper Budapest; von 1958 bis 1964 Generalmusikdirektor der Augsburger Oper, ab 1964 in Köln als Chef des Kölner Opernhauses tätig; von 1965 bis 1968 Chefdirigent des London Symphony Orchestra; 1973 übernahm er die Bamberger Symphoniker. Sein Grabstein stellt einen modernen Lebensbaum dar.

26 Scheben, Anton Hubert 1837–1903

Weg E, zwischen HWG und Weg G

Johann Heinrich Scheben und sein Sohn Anton Hubert Scheben waren beide Bierbrauer und Besitzer des Brauhauses »Zur Zweipann«, Breitestraße 17.

Anton Scheben ist bekannt als echtes Kölsches Original »Schäbens Tünn« und Retter der Abtei Knechtsteden. Nicht nur, dass er als hervorragender Brauer und tüchtiger Geschäftsmann galt, er war auch ein durch und durch frommer Mensch – ihn prägte der spätere Gesellenvater Adolf Kolping, Kaplan an der Minoritenkirche.

Das Kloster Knechtsteden war 1867 von der Armenverwaltung der Stadt Köln gekauft worden. Es sollte ein »Asyl für Irre« eingerichtet werden. Im Juni 1869 vernichtete ein Brand die Abtei. Davon erfuhr Anton Scheben. Er kannte die Abtei durch seinen Onkel Wienand Kayser, der sie 1810 mit Freunden erworben und mühsam wieder aufgebaut hatte. Scheben gründete einen »Bau- und Reparatur-Verein«, bat Kaiser Wilhelm I. um finanzielle Unterstützung, die auch prompt erfolgte. Aus seinem Hauptquartier in Versailles bewilligte der Kaiser am 11. Februar 1871 den Betrag von 5.000 Thalern. Die Stadt Köln gab nichts! Schebens Rettungsversuch wurde durch die Bauern oftmals rabiat gestört, die gar nicht böse waren, dass die Abtei abgebrannt war, da ihnen die Stadt die Pachtverträge – und damit die Lebensgrundlage – gekündigt hatte.

27 Schwarzhaupt, Wolfgang 1910–1991

Weg E, zwischen Weg G und HWG

»Abguß eines Reliefs vom Schlußstein des westlichen Vorkopfes der Hohenzollernbrücke. (...) Es stellt in der Mitte Albertus Magnus dar (...) Ein Ritter mit Lanze und Schild, als Zeichen der weltlichen Macht, und ein Mönch mit einem Buch, als Zeichen der geistigen Macht, stehen an seiner Seite.« (Abt/Beines, 221f)

28 Bleissem, Arnold Christian 1764–1846

Weg E, zwischen HWG und Weg G

Die gotische Fiale wurde 1982 von der Steinmetzinnung restauriert. Die Figuren sollen die heilige Margarete und den heiligen Martin darstellen. Anstelle des ursprünglichen Bettlers kniet heute ein Steinmetz.

29 Heimann, Johann Philipp 1779–1832

Weg E, zwischen HWG und Weg G

Kaufmann, Kommerzienrat; Mitbegründer der Preußisch-Rheinischen Dampfschiffahrtsgesellschaft – heute: Köln-Düsseldorfer –, Präsident des Kölner Handelsgerichts.

30 Schwartz, Anneliese 1930–1995

Flur 20 in E

Ihr verdanken wir, dass die Malzmühle als Familienbrauerei erhalten blieb. Nach dem Tode ihres Mannes Theo übernahm sie – mit dem dritten Sohn schwanger – die Brauerei. Um den Betrieb zu führen, machte sie, neben der Erziehung ihrer Söhne, die Lehre als Brauerin, die Gesellenprüfung und dann die Meisterprüfung. Sie war die erste Braumeisterin in Köln. Bis zu ihrem Tod führte sie die Geschäfte der Brauerei. Sie arbeitete in der Produktion, aber vor allem sah man sie in den letzten Jahren im Thekenschaaf, von wo aus sie das Brauhaus leitete und vor allen Dingen die Köbesse kontrollierte.

31 Flach, Karl 1905–1997

Flur 20 in E

Karl Flach übernahm 1931 den »Limonadenhersteller F. Blumhofer Nachfolger« (später: Bluna). Auf einer USA-Reise lernte er koffeinhaltige Cola-Getränke und das Franchisesystem kennen. Er entwickelte die Marke »afri-cola« mit dem Logo der weißen Palme. 1952 führt er die Marke »Bluna« auf dem Markt ein. Durch die Werbung von Charles Wilp verfiel Deutschland 1968 in den »afri-cola-Rausch«.

32 Adenauer, Hanna 1904–1978

Flur 20 in E

Kunsthistorikerin; von 1948 bis 1969 Stadtkonservatorin in Köln.

32 Adenauer, August 1876–1952

Flur 20 in E

Professor, Rechtsanwalt und Justizrat; Bruder von Bundeskanzler Konrad Adenauer. Die Inschrift am Hochkreuz lautet: »Aus Schatten und Schemen zur Wahrheit«.

33 Albermann, Max 1870–1927

Flur 20 in E

Von 1900 bis 1910 letzter Bürgermeister von Kalk, dann Beigeordneter der Stadt Köln.

34 Winters, Johann Christoph 1772–1868

Weg F, Ecke Weg G

Ein Denkmal für den Gründer des Hänneschen Theaters, ursprünglich in der Mauthgasse, heute am Eisenmarkt beheimatet. Als Vorlage diente ein Selbstporträt. Sehr sensibel gestaltet von dem Bildhauer Stephan Kaiser aus Rodenkirchen.

35 Steinberger, Johann Adolf Anton 1777–1866

Weg F, zwischen HWG und Weg G

Geboren in Dormagen; 1806 Notar in Aachen, 1809 Notar in Köln; Stadtrat von 1817 bis 1823; von 1823 bis 1848 Oberbürgermeister mit der bis heute längsten Dienstzeit, von 1823 bis 1831 Präsident der Handelskammer; Titel: Geheimer Regierungsrat. Der Name befindet sich jetzt auf der Rückseite der Stele. Patenschaftsgrab.

MARIE - LUISE
NIKUTA
25.07.1938
25.02.2020

36 Siefarth, Günter 1929–2002

Weg F, zwischen HWG und Weg G

Wenn Neil Armstrong der erste Mensch auf dem Mond war, dann war Günter Siefarth der erste Mensch, der versuchte, dieses Wunder der Menschheit der deutschen TV-Nation begreiflich zu machen. 27 Stunden lang moderierte der WDR-Wissenschaftsjournalist ohne Pause – aus dem »Mondstudio« am Kölner Wallrafplatz. So wurde die Übertragung zu einem Meilenstein der TV-Geschichte: Sie machte Siefarth zu »Mr. Apollo«.

Nach dem Studium und der Promotion im Fach Geschichte in Freiburg beginnt Günter Siefarth seine berufliche Laufbahn 1957 als Journalist bei der NWDR-Sendung »Hier und Heute«. 1961 begründet er mit Ernst Huberty und Addi Furler die ARD-»Sportschau«. In den 80er Jahren revolutioniert Günter Siefarth die Wahlberichterstattung, indem er ein Konzept entwickelt, wie man dem Publikum die Ergebnisse und Hochrechnungen durch bewegte Grafiken anschaulich illustrieren kann. Nach seinem Ausscheiden aus dem Berufsleben schrieb er Bücher und hielt Vorträge.

37 Nikuta, Marie-Luise 1938–2020

Weg B, zwischen HWG und Weg G

Den Kölnern etwas über Marie-Luise Nikuta zu erzählen, wäre Eulen nach Athen tragen. Sie war eine der bekanntesten Persönlichkeiten in Köln. Sie war die Motto-Queen, die seit 1977 bis zu ihrer offiziellen Verabschiedung vom Fastelovend am 11.11.2014 auf dem Heumarkt ihre Sessionslieder den Kölnern persönlich präsentierte. Kurz nach der Bekanntgabe des Karnevalsmottos der folgenden Session hatte sie bereits ein Lied komponiert und getextet. Alle Achtung! Ihr letztes Mottolied schrieb sie für die Session 2020: »Et Hätz schleiht im Veedel«.

Sie gehörte zu den Frauen, die sich in der Männerdomäne Karneval durchgesetzt haben. Ein besonderes Verhältnis hatte sie zur LGBT-Community in Köln. Sie trat regelmäßig bei schwul-lesbischen Veranstaltungen auf und fuhr beim CSD auf einem der Paradewagen mit. Die StattGarde Colonia Ahoj gedachte ihrer mit einem Plakat an der Severinstorburg und hat zugleich den Startschuss für den »Freundeskreis Marie-Luise-Nikuta« gegeben, »Leeve und leeve losse«.

Für mich schmückt ihr Grab einer der schönsten neuen Grabsteine auf dem Friedhof Melaten. Wer mehr über Marie-Luise Nikuta erfahren möchte, kann mit dem Smartphone den QR-Code scannen und sich überraschen lassen.

38 Hahn, Eduard 1906–1981

Weg F, zwischen HWG und Weg G

Dieses Patenschaftsgrab wurde in den Originalfarben restauriert!

39 Reichensperger, August 1808–1895

Weg F, zwischen HWG und Weg H

Geboren in Koblenz. Nach dem Jurastudium Promotion zum Dr. phil. Erste Stelle am Landgericht Trier, von 1849 bis 1879 Appellationsgerichtsrat in Köln. Seit 1848 führend im politisch-parlamentarischen Katholizismus engagiert. Als Mitglied der Frankfurter Nationalversammlung war er Gründer der katholischen Fraktion (Fraktion Reichensperger); 1870 Mitbegründer der Zentrumspartei; Mitglied im norddeutschen Landtag und im Reichstag bis 1884. Als Sekretär des Zentral-Dombauvereins setzte er sich für den Weiterbau des Kölner Domes ein; Begründer des Kölner Domblattes. Ehrenbürger von Oppenheim, Koblenz und Köln. Am 23.12.1897 wurde der Platz an dem heute das Oberlandesgericht Köln residiert nach ihm benannt.

40 Puntigam, Natalie 1969–1997

Weg F, zwischen HWG und Weg H

In einer Nische schlafende junge Frau mit einem Zweig in der Hand. Ehemalige Grabstätte der Familien Schmack und von Kaldenberg.

41 Wendel, Hans 1922–1997
Scherer, Adolph Joseph 1762–1854
Scherer, Carl Joseph 1803–1871

Weg F, zwischen HWG und Weg H

Die Inschrift auf der Rückseite des Grabsteins lautet: »Hier ruht Vereint im Grabe Vater und Sohn die wohlachtb.(aren) Herrn Ad.(olph) Jos.(eph) Scherer (...) und Carl Jos.(eph) Scherer (...) Beide Sous-Chefs in der III. Comp.(agnie) des Städt.(ischen) Pompier Corps und Senioren desselb.(en)«.

Vater und Sohn Scherer waren Mitglieder der freiwilligen Feuerwehr. Auf dem Rokokosockel befindet sich die Nachbildung des im 18. Jahrhundert erbauten Kettenhäuschens Im Laach. In den Kettenhäuschen wurden früher die Ketten aufbewahrt, mit denen man die Straßen der Stadt absperrte. Das war nötig bei Bränden, um der Feuerwehr ungestörtes Löschen zu ermöglichen, aber auch bei Tumulten, um das Überschwappen von Gewalt auf andere Straßen oder Quartiere zu verhindern.

42 Hahn, Peter Joseph 1781–1846

Weg F, zwischen HWG und Weg H

Patenschaftsgrab von »Himmel un Ääd«, einem Verein zur Förderung der psychosozialen Betreuung von Krebs-, Aids- und chronisch kranken Patienten.

43 Chargesheimer/Hargesheimer, Karl Heinz 1924–1971/72

Flur 11 in F

»Die Presse nannte ihn ›den größten deutschen Fotografen der Nachkriegszeit‹, einen ›ruhelosen wuchernd kreativen Geist‹, einen ›Künstler, der gerne provoziert‹, oder auch das ›böse Auge‹.« – Mehr braucht man über Chargesheimer eigentlich nicht zu schreiben. Wer sich seine Bildbände anschaut, wird jedoch gleichzeitig fasziniert sein von seiner Liebe zur Perspektive, zum Objekt oder Subjekt, das er fotografiert. »Wer ein guter Fotograf sein will, muss mehr sehen als die anderen und anders sehen als die anderen«, so sagte er es einmal selbst. Mein Lieblingsbuch von ihm: Unter Krahnenbäumen, Bilder aus einer Straße, von Chargesheimer mit einem Text von Heinrich Böll.

44 Zik-Friedriszik, Heinz-Walter 1953–2016

Flur 11 in F

Zik war der rasende Reporter von Köln. Deshalb arbeitete er ja auch für den »schnell. schneller – Express«. Er war bekannt in Köln wie ein bunter Hund. Ob im Fastelovend, bei Großveranstaltungen, bei politischen Ereignissen. Zik war immer zur Stelle. Die Rollschuhe, die Vespa: Er war früher vor Ort als alle anderen, Tag und Nacht. Niemand war vor ihm und seiner Kamera sicher. Und diese »seine geliebte Canon«, in Bronze gegossen, zierte auch seinen Grabstein. Im April 2018 war sie verschwunden, vom Sockel gerissen und geklaut worden. Ich hoffe, er bekommt eine neue.

45 Meistermann, Georg 1911–1990

Flur 11 in F

Maler, Glasmaler; Treppenhausfenster im WDR-Haus und Kölner Rathaus; Glasfenster in St. Gereon. Lehrte als Professor an der Frankfurter Städelschule, an der Akademie für Bildende Künste in München und an der Kunstakademie Düsseldorf. Die Darstellung auf seinem Grab ist nach seinem Entwurf gestaltet worden: »Schwebendes Kreuz mit Sonne«.

46 Hehn, Heinz 1921–1977

Flur 11 in F

Steht man dem Grabstein frontal gegenüber, kann man den Spruch nicht lesen. Geht man einige Schritte nach rechts und sieht erneut auf den Stein, ist der Text ohne Schwierigkeit zu erkennen.

47 Schleicher, Friedemann 1943–2000

Flur 11 in F

»Wenn einer eine Blume liebt, die es nur ein einziges Mal gibt auf allen Millionen und Millionen Sternen, dann genügt es ihm völlig, daß er zu ihnen hinaufschaut, um glücklich zu sein.« (Saint-Exupéry)

48 Schossig, Elmar 1950–2009

Flur 11 in F

Elmar Schossig war Architekt, Produktentwickler, Produktdesigner und Fotograf. Gemeinsam mit seiner Ehefrau Prof. Dörte Gatermann gründete er 1984 das Architekturbüro »Gatermann + Schossig«, heute: »Supergelb Architekten«. Bauten von ihm in Köln sind zum Beispiel die Rimowa-Kofferfabrik und »Kontor 19« im Rheinauhafen.

49 Heermann, Susi 1967–1989

Weg E, zwischen HWG und Weg H

Ein Frosch überbrückt den Spalt zwischen den zwei hellen Steinen, die an eine Flügeltüre erinnern können.

50 Roesberg, Joseph 1824–1871

Weg E, zwischen HWG und Weg H

Jedes Jahr legt hier die »Alte Kölner K.G. ›Schnüsse-Tring‹ 1901 e.V.« ihren Kranz nieder. Für sie wurde eines der bekanntesten Lieder von Joseph Roesberg zum Namensgeber: »Et Schnüsse Tring oder eine moderne Dienstmagd« (1859).

Joseph Roesberg, Wirt der Gaststätte Zum Hahnen an der Minoritenkirche, genannt »Dä keusche Jupp«, war »das wichtigste Zwischenglied in der Kette vom »Kölschprediger« DeNoël zum »Barden« Willi Ostermann. Er erzielte als Erster mit Karnevalsliedern »ansteckende Lacherfolge und Wirkung aufs Gemüt. Er bezog sich auf kölsches Milieu und vermittelte auch Zeitkritik, etwa wenn er ›Et Schnüsse Tring‹ besang, jene Ossendorfer Dienstmagd, die sich von ihrer Herrschaft partout nicht ausbeuten lassen wollte, sondern eher die Arbeitgeber ausbeutete.« (Schwering) Es ist ein Lied, in dem die Verhältnisse zwischen Herrschaft und Beherrschten auf höchst humorvolle Weise auf den Kopf gestellt werden. Wie bei den Saturnalien, dem alten römischen Fest, wenn Herren und Sklaven die Kleidung tauschten und die Zeichen der Knechtschaft aufgehoben wurden. »Wäre das Lied nicht durch den Karneval bereits besetzt, könnte die Frauenbewegung innerhalb der Gewerkschaften es glatt als ihr Vereinslied entdecken.« (Oelsner)

51 Keun, Irmgard 1905–1982

Flur 12 in G

»Eine schreibende Frau mit Humor, sieh mal an! (...) Hier ist ein Talent. Wenn die noch arbeitet, reist, eine große Liebe hinter sich und eine mittlere bei sich hat –: aus dieser Frau kann einmal etwas werden.« So schreibt 1932 Kurt Tucholsky in seiner Rezession über den ersten Roman von Irmgard Keun in der Zeitschrift »Die Weltbühne«.

»Gilgi, eine von uns«, eine junge Frau, die ihren Träumen nachhängt, die die Realität nicht verleugnen kann, ihr Leben anpackt. Irmgard Keun schreibt sehr intuitiv und scheinbar schlicht. Das gilt auch für »Das kunstseidene Mädchen«. Mit diesem Roman gelang ihr der Durchbruch; sie wurde berühmt. Die UFA verfilmte das Buch, was Keuns Popularität einen großen Schub gab. Jetzt konnte sie sich den Traum erfüllen, dem Doris, das kunstseidene Mädchen, nachhing. Sie konnte sich einen »Fee« leisten. Geld spielte keine Rolle. Sie verkehrte in der Halbwelt ebenso wie in feinen Kreisen, genoss das pralle Leben.

Geboren wurde Irmgard Keun in Berlin. Ihr Vater war Geschäftsführer der Cölner Benzin Raffinerie GmbH in der Eupener Straße, die bis zum heutigen Tage existiert. Nach dem Besuch des Gymnasiums machte sie in der Firma ihres Vaters eine Ausbildung zur Stenotypistin und lernte Schreibmaschine schreiben. Eine begonnene Schauspielausbildung und kurze Theaterengagements verfolgte sie nicht weiter. 1931 erscheint ihr erstes Buch, 1932 ihr zweites. Irmgard Keun beschreibt Frauen und Realitäten, die nicht in die Naziideologie passten. Sie wurde zwar gebeten, der Reichsschrifttumskammer beizutreten, aber sie weigerte sich, volksdeutsch zu schreiben. Ihre Bücher wurden auf den Index gesetzt und verbrannt. Sie floh 1936 vor den Nazis nach Paris, über die Stationen Ostende und Amsterdam. Irmgard Keun kam mit bedeutenden Exilschriftstellern zusammen, wurde die Geliebte von Joseph Roth, bis zu seinem Tod 1939.

1940 ›stirbt‹ Irmgard Keun, sozusagen ihr erster Tod: Mit dem Einrücken der deutschen Truppen in Paris wurde der Weltpresse kolportiert, Irmgard Keun hätte aus Furcht und Verzweiflung zusammen mit dem Dramatiker Hans Hasenclever im französischen Internierungslager Les Milles Selbstmord verübt. Die Nazis glaubten es. Sie wurde von der ›schwarzen Liste‹ der regimefeindlichen Schriftsteller gestrichen. In Amsterdam gelang es ihr, mit Hilfe eines deutschen Offiziers einen Pass zu erhalten. Unerkannt kehrte sie nach Deutschland zurück. Fünf Jahre lebte sie illegal in Bad Hönningen, Bad Godesberg, Berlin und Bayern.

Nach dem Krieg schrieb sie ihr letztes Werk »Ferdinand, der Mann mit dem freundlichen Herzen«. Der Erfolg blieb aus. Das bigotte Leben im Nachkriegsdeutschland setzte ihr zu: »Die Ruinen und das Elend hier wären noch zu ertragen, aber die Luft wird immer stickiger. Der Parteikampf um Köln ist albern und grotesk, die Kirche dominant. Alle Nazis strömen augenblicklich ernst und unbefangen in die Kirchen, als ob sie nie was anderes getan hätten: Wenn sie mit Leuten sprechen, behaupten sie, nie Nazis gewesen zu sein, und bedauern im gleichen Atemzug eifrig und naiv, den Krieg verloren zu haben. Leute, die angeblich früher keine Nazis waren, erklären dagegen offen, sie seien jetzt auf dem besten Wege, Nazis zu werden. Die Logik ist unklar. Wenn's mir schlecht geht, ist das schließlich keine Veranlassung, nachträglich mit einem entlarvten notorischen Lustmörder zu sympathisieren. Es hat nur wenig oder gar keinen Sinn, einen Weg zu diesen Hirnen zu suchen.« (Stankowski)

Keuns Alkoholproblem kam immer mehr zum Tragen. Die Jahre 1966 bis 1972 verbrachte sie im Landeskrankenhaus Bonn. Der Journalist und Theaterkritiker Wilhelm Unger fand heraus, wo sie lebte, und besorgte ihr eine Wohnung in der Kölner Südstadt, Trajanstraße 10. Er lud sie zu Lesungen ein, und die Schriftstellerin erlebte eine Renaissance. Ihre Werke wurden wieder aufgelegt. Irmgard Keun hatte am Ende ihres Lebens wieder Erfolg. Im Alter von 77 Jahren starb Irmgard Keun, die sich Zeit ihres Lebens gern fünf Jahre jünger machte.

52 Leisten, Ferdi(nand) 1914–1995

Flur 12 in G

Seine Verdienste für Karneval und kölsches Brauchtum sind offensichtlich: Er war Präsident der »EhrenGarde«, Zugleiter des Rosenmontagszuges, als Nachfolger von Thomas Liessem Vorsitzender des festordnenden Komitees, anschließend Ehrenpräsident. Auf seine Initiative gehen das ehemalige »Haus des Kölner Karnevals« in der Antwerpener Straße, die Einbeziehung der Kölner Werkschulen in den Rosenmontagszug, der Karl-Berbuer-Brunnen und das Jupp-Schmitz-Denkmal zurück. Köln wird unter seine Ägide zur fernsehtauglichen Karnevalshochburg. Wie auch sein Vater, der im gleichen Grab liegt, war er Prinz Karneval.

53 Candia, Hector Juan Cuelli 1955–1999

Flur 12 in G

Hier ist eine Szene aus dem Alten Testament zu sehen: Noah lässt nach der Sintflut die Taube zweimal ausfliegen, um zu erfahren, ob das Wasser abgeflossen sei. Beim zweiten Mal kehrt sie mit einem frischen Blatt von einem Ölbaum im Schnabel zurück. Die Taube: ein Zeichen für Hoffnung und Frieden.

54 Althoff-Williams, Carola 1903–1987

Flur 12 in G

Der Krieg war zu Ende, die Stadt zerstört, die Zeit für die Kölner war schwer. Aber ganz langsam kam wieder die Freude in die Gemüter der Menschen, die Lust zu leben, und damit die Freude am Karneval. Doch der Gürzenich lag in Trümmern. Wo sollte man jetzt feiern? Das Ehepaar Carola Althoff-Williams, Spross einer alten Artistendynastie, und Harry Williams hatte mit seinem Zirkus im Grüngürtel, in der Nähe des Aachener Weihers, das Winterquartier bezogen und dort einen halbfesten Zirkusbau, den »Williamsbau«, errichtet. Diese Arena stellten sie von 1948 bis 1955 den Kölner Karnevalisten für Sitzungen,

Bälle und Karnevalsrevuen zur Verfügung, ab 1949 für die Prinzenproklamation. Das erste Dreigestirn nach dem Krieg wurde hier von Oberbürgermeister Robert Görlinger proklamiert.

Am 31. März 1949 kündigte die »Kölnische Rundschau« in einem Artikel an, dass das Dreigestirn am 1. April zwischen 11 und 13 Uhr mit der Beseitigung der Trümmer im Gürzenich beginnen wolle. Aus diesem gelungenen Aprilscherz wurde tatsächlich Ernst. Pünktlich stand das Trifolium mit Spaten und Lastkraftwagen am alten Festsaal und fing mit der Arbeit an. Es hatten sich schon etliche Neugierige, Karnevalisten und Pressevertreter angesammelt. Durch den fröhlichen Enthusiasmus des Dreigestirns angesteckt, wurden die Ärmel hochgekrempelt. Alle halfen mit. Und man kann mit Fug und Recht sagen: Mit dieser Aktion begann der Wiederaufbau des Gürzenich.

55 Hennecke, Inge 1945–2004

Flur 12 in G

Hier lohnt es sich, zu verweilen und das Bild und den Spruch auf sich wirken zu lassen.

56 Sartory, Carl 1909–1953

Flur 12 in G

Carl Sartory betrieb vor dem Zweiten Weltkrieg die Repräsentanz der Bitburger Brauerei, den »Bitburger Hof« mit der Schänke »Bitchen« in Köln in der Apostelnstraße, Ecke Große Brinkgasse. Nach dem Krieg baute er aus den Trümmern des ehemaligen Vergnügungspalastes »Groß Cöln« die heutigen »Sartory Säle«, Friesenstraße 44–46. Das »Groß Cöln«, zur Zeit des Ersten Weltkriegs gegründet, war in Köln der erste große Saal für Varieté und Revuen und gehörte schon bald zu den führenden Häusern der Unterhaltungskultur. Gegenüber dem damaligen »Groß-Cöln« befindet sich bis heute die Nachtkneipe »Klein Köln«, geöffnet ab 21 Uhr. Im selben Grab liegt sein Schwiegersohn Hans Lindemann, Prinz im Dreigestirn 1976, Kopf an Kopf mit seinem Bauern aus der Karnevalsgesellschaft »Mer blieve zesamme«.

57 Burckhard, Hans 1925–1983

Flur 12 in G

1976 Bauer im Dreigestirn; an der Seite des Grabmals befindet sich dieser Spruch, der auch an der Eigelsteintorburg und in der Piazetta des Kölner Rathauses unter dem Kölschen Buur zu lesen ist: »Halt fass do Kölscher Boor, Bliev beim Rich es fall sös ov sor« – frei übersetzt: ›Halte fest zum Reich, du Kölscher Bauer, in guten wie in schweren Zeiten.‹

58 Reiners, Edgar 1934–1999

Flur 12 in G

Dieses Grabmal zeigt symbolisch, was Hermann Hesse in seinem Gedicht »Stufen« beschreibt.

STUFEN

(Hermann Hesse)
Wie jede Blüte welkt und jede Jugend
Dem Alter weicht, blüht jede Lebensstufe,
Blüht jede Weisheit auch und jede Tugend
Zu ihrer Zeit und darf nicht ewig dauern.
Es muß das Herz bei jedem Lebensrufe
Bereit zum Abschied sein und Neubeginne,
Um sich in Tapferkeit und ohne Trauern
In andere, neue Bindungen zu geben.
Und jedem Anfang wohnt ein Zauber inne,
Der uns beschützt und der uns hilft, zu leben.

Wir sollen heiter Raum um Raum durchschreiten,
An keinem wie an einer Heimat hängen,
Der Weltgeist will nicht fesseln uns und engen,
Er will uns Stuf' um Stufe heben, weiten.
Kaum sind wir heimisch einem Lebenskreise
Und traulich eingewohnt, so droht Erschlaffen;
Nur wer bereit zu Aufbruch ist und Reise,
Mag lähmender Gewöhnung sich entraffen.
Es wird vielleicht auch noch die Todesstunde
Uns neuen Räumen jung entgegensenden,
Des Lebens Ruf an uns wird niemals enden ...
Wohlan denn, Herz, nimm Abschied und gesunde!

59 Antoine, Jean-Claude 1946–1995

Flur 12 in G

Sprechende oder Redende Steine werden Grabsteine genannt, deren Inschriften vom oder aus dem Leben der Verstorbenen der Nachwelt berichten. So ein Grabstein steht auf dem Grab von Jean-Claude Antoine. Nur, dass auf diesem Grabmal hauptsächlich eingemeißelte Bilder zu sehen sind.

Jean-Claude Antoine stammte aus Haiti. Das liest man auf der linken Seite des Steins, links neben der Eck-Palme. Die Hütten seiner Heimat sind auf dieser Seite ebenso zu erkennen wie die Grenzen des Staates Haiti auf der Karibikinsel Hispaniola. Die Hütten gehen auf der Rückseite über in die Häuser Europas. Über diesen sehen wir Bücher, gestapelt oder aufgereiht im Regal. Sein Arbeitsplatz: Schreibtisch mit Leselampe, Computer und Monitor. Die Eule, Symbol der Gelehrtheit. Jean-Claude Antoine lebte in Deutschland als Übersetzer und Dolmetscher. Er sprach viele Sprachen und fungierte so als ›Botschafter‹ zwischen den verschiedenen Kulturen. Bei ihm informierten sich seine Landsleute über die aktuelle Situation in Haiti. Mit ihm diskutierten sie, über die Machtverhältnisse in Haiti und wie man die politische Situation dort ändern könnte.

Auf der Vorderseite über Namen, Geburts- und Sterbejahr sind Menschen dargestellt, das Volk der Haitianer, das auf Freiheit und Gerechtigkeit hofft. Dafür steht in der Mitte der Hahn als Symbol für Jean-Bertrand Aristide, dem 1993 ersten frei und demokratisch gewählten Präsidenten Haitis. Dazu passt der Text eines Freiheitslieds auf der rechten Seite, der das Volk der Haitianer auffordert, das Heft selbst in die Hand zu nehmen und nicht auf irgendeinen vertröstenden Gott zu vertrauen.

59
JEAN-
CLAUDE
ANTOINE
* 11. JULI 1946
† 14. JUNI 1995

Kamarad,
Kameraden,
souké kò nou, meté-n san-nou sou nou
steht auf, seid auf der Hut und seid bereit,
Pran sa-n bézouin, mété-n an rout
nehmt, was ihr braucht, um euch auf den Weg zu machen,
pa rété lan chimin,
bleibt nicht zurück,
an-n alé, an-n alé
lasst uns gehen, lasst uns gehen,
vaksin-n apé grondé
die »vaksin« ruft,

»Vaksin-n« bezieht sich auf ein flötenähnliches Instrument, das in Haiti genutzt wird, um Menschen zu versammeln.

Unter der strahlenden Sonne ist ein ›Vève‹ in den Stein gemeißelt. Vèves sind grafische Symbole, die einen jeweils bestimmten Voodoo-Geist (Loa) in einem Ritual repräsentieren. Sie werden mit staubförmigen Materialien wie Maismehl oder Kreide auf den Boden gestreut oder mit einem Stock in den Boden geritzt. Das hier gewählte Vève von Loa »Legba« steht an spirituellen Kreuzungen. Er spricht alle menschlichen Sprachen und ermöglicht Kommunikation, Rede und Verstehen.

60 Neumann, Maria Anna (65 Jahre)

Flur 12 in G

»Hier ruhen die irdischen Reste der Frau Maria Anna Neumann geborene Krevel aus Bonn, alt 65 Jahre, 27 Jährige Gemahlin des Rentners Franz Christoph Neumann in Cöln. Beispielslose Pflege mit Selbstaufopferung während 10 Jährigen Leiden ihres Gemahls kann nur da Oben Belohnung finden«

61 Jussenhoven, Gerhard 1911–2006

Flur 12 in G

»Dr. Gerhard Jussenhoven, promovierter Jurist, ist der deutschen Musikwelt bekannt als Komponist von unvergessenen Melodien wie ›Kornblumenblau‹ und ›Man müsste noch mal zwanzig sein‹, die zu den erfolgreichsten Titeln der deutschen Unterhaltungsmusik gehören. Am 29. Januar dieses Jahres (2006) gratulierte Köln mit einem großen Musik-Abend in der Philharmonie dem gebürtigen Kölner zu seinem 95. Geburtstag. Für sein außerordentliches Lebenswerk erhielt Dr. Gerhard Jussenhoven im November 2002 im Kölner Rathaus das

Bundesverdienstkreuz 1. Klasse. Die Stadt Köln ehrte den Komponisten mit einer Eintragung in das Goldene Buch der Stadt Köln.

Gerhard Jussenhoven wurde 1911 im Kölner Fringsveedel als Sohn eines Süßwarenherstellers geboren. Schon früh bekam er Kontakt zur Musik, nahm Klavierunterricht bei Georg von Bratzki, dem Kapellmeister des Reichshallen-Theaters. Mit 14 Jahren begleitete er bereits am Klavier die Kölner Musiklegende Willi Ostermann. Jurastudium und Promotion mit 26 Jahren waren die nächsten Stationen seines Lebensweges, der nach eigenen Worten mindestens 100 Jahre dauern sollte. Dr. Gerhard Jussenhoven bereicherte in unvergleichlicher Weise den Kölner Liedschatz, z. B. mit ›Ein Gruß, ein Kuss, ein Blumenstrauß‹, ›Die Hüsche bunt om Aldermaat‹, ›Dat Glockespill vum Rothusturm‹, ›Es gibt noch Liebe auf den ersten Blick‹.« (Stadt Köln – Amt für Presse- und Öffentlichkeitsarbeit, Inge Schürmann).

62 Ursulinen

Weg D, zwischen HWG und Weg H

Gemeinschaftsgrab

63 Seitz, Helma 1913–1995

Flur 13 in H

Helma Seitz war Schauspielerin. Nach ihrer Ausbildung arbeitete sie auf den Bühnen in Frankfurt am Main, Hannover und Oldenburg. Nach ihrem Aufenthalt in Kanada und 10 Jahren in New York, spielte sie in Linz, Kiel und München, ehe sie zum Fernsehen wechselte und dort in Mehrteilern und Serien vor der Kamera stand. Sie wurde mehrfach mit dem Goldenen und Silbernen Bambi ausgezeichnet. Im TV-Gedächtnis wird sie meist reduziert auf ihre Rolle als Kriminalassistentin Käthe Rehbein (»Rehbeinchen«) in der 70er-Jahre-Kriminalserie »Der Kommissar«, die ihrem Chef, dem ewig Zigarette rauchenden Kommissar Keller, den Kaffee bringen musste.

64 Glasmacher, Anna Catharina ?–1818 (67 Jahre)

Flur 13 in H

Dieses Grabmal stand ursprünglich am Chor der Kapelle, links neben dem heutigen Denkmal für die hundert Bombenopfer. Inschrift nach Vogts: »Hier ruhet die sterbliche Hülle der wohlachtbaren Frau Anna Catharina Glasmacher geborne Weiß. Sie starb den X. Sept. 1818 im 67. Jahre ihres Alters, wovon sie 22 in friedlicher Ehe und 24 im Witwenstand lebte.« – »Sie war die Witwe des Gastwirts Chrysanth Gl., am Laach und stammte selbst aus Odendorf.«

65 Dominikaner

Flur 13 in H

Gemeinschaftsgrab

66 Katzer, Hans 1919–1996

Flur 13 in H

Hans Katzer war von 1952 bis 1957 Mitglied im Rat der Stadt Köln, von 1957 bis 1980 Mitglied des Bundestages; von 1965 bis 1969 Bundesminister für Arbeit und Sozialordnung; von 1979 bis 1984 gehörte er dem ersten direkt gewählten Europäischen Parlament an.

67 Bach, Dirk 1961–2012

Weg C, zwischen HWG und Weg H

»Dirk Bach war der kleinste größte Entertainer im deutschen Fernsehen.« So stand es in einem Nachruf an das Allroundtalent, den Schauspieler, Vollblut-Komiker, Sänger, Synchronsprecher, Moderator. Er war nicht nur der Spaßvogel der leichten Musen. Seine erste Theaterrolle bekam er bereits 1978 durch Hansgünther Heyme, damals Intendant der Bühnen der Stadt Köln. Ab 1992 als Mitglied im Ensemble des Kölner Schauspielhauses.

Dirk Bach war ein sozial engagierter Mann. Er setzte sich für die Gleichstellung von Homosexuellen ein und unterstützte den Kampf

gegen HIV und AIDS. Das »Lebenshaus« der Aidshilfe Köln in Longerich, das er 1996 mit Rita Süßmuth, damals Präsidentin des Deutschen Bundestages, einweihte und dessen Mitstifter er war, wurde posthum in »Dirk-Bach-Haus« umbenannt. An seiner Seite liegt sein Lebensgefährte Thomas Geuskens, mit dem er 1999 in Key West die Ehe schloss.

68 von Seydlitz, Friedrich Anton Florian 1777–1832

Weg C, zwischen HWG und Weg H

»Ein schönes Beispiel für die eigenwillige Wirksamkeit der Natur auf dem von Menschenhand geschaffenen Friedhof.« (Vogts) Das Denkmal wurde ihm gesetzt von den Offizieren, die er in seiner Truppe befehligte.

69 von Kempis, Maximilian Joseph Maria 1757–1823

Weg C, zwischen HWG und Weg H

Als Kurkölnischer Hofrat trat er 1895 in die von den Franzosen eingesetzte Aachener Zentralverwaltung ein. In Köln war er Präsident des ersten zwölfköpfigen Magistrats, später Stadtverordneter.

Hier wurde auch Eberhard von Groote (1789–1864) beigesetzt. Er war Mitglied des Stadtrats, von 1831 bis 1850 Präsident der Armenverwaltung, fast 20 Jahre lang gehörte er dem Preußischen Herrenhaus an. 1839 wurde er zum Vizepräsidenten des Kölner Kunstvereins gewählt. Dem Dombauverein stand er von 1840 bis 1855 vor. Verdient machte er sich um die Rückführung des Bildes »Die Kreuzigung Petri«, das von Peter Paul Rubens gemalt und 1642 in der Apsis der Pfarrkirche St. Peter aufgestellt worden war. Das von den Franzosen geraubte Bild machte von Groote 1815 im Pariser Louvre ausfindig.

70 Remmertz, Johann Jacob 1749/1750–1831 (81 Jahre)

Weg C, zwischen HWG und Weg H

Kegelförmiges Grabmal, das an einen Meilenstein erinnert.

»Dem biedern Mann J.J.Remmertz, starb am 4. Sept. MDCCCXXXI im 81. Jahre. – Der wohledlen Juffer A.C.A.Remmertz. Sie starb am 8. Juny MDCCCXXXV im 69. Jahr.« (Vogts, 84)

Remmertz betrieb eine Eisenwarenhandlung am Alter Markt; vielleicht deshalb das im Kontrast zur Grundfläche hohe Gitter.

71 Otto, Nikolaus August 1832–1891

Weg C, zwischen HWG und Weg H

Nikolaus August Otto war auf dem Gebiet der Technik Autodidakt.

Nach dem Abbruch der Realschule absolvierte er ab 1848 eine Lehre als Kaufmann. Nach einem zweijährigen Aufenthalt in Frankfurt am Main kam er 1853 nach Köln. Hier arbeitete er als »Reisender« für zwei »Colonialwarenhandlungen en gros«. Neben dieser Tätigkeit interessierte ihn die Technik. Der 1860 erfundene Verbrennungsmotor von Etienne Lenoir faszinierte ihn. Otto baute den Motor nach. Dabei bemerkte er, dass der Motor für die Serienproduktion nicht geeignet war und zu viel Spiritus verbrauchte. Er konstruierte Lenoirs Motor so um, dass der Verbrauch auf ein Viertel sank. Sein Patentgesuch für einen Gasmotor mit innerer Verbrennung wurde abgelehnt. Nach weiteren Experimenten baute er einen Motor, der, um eine optimale Verbrennung des Kraftstoffs zu gewährleisten, das Luft-Kraftstoffgemisch in vier unterschiedlichen Takten ansaugt, verdichtet, zur Explosion bringt und darauf die Rückstände entlässt. »Ich glaubte mich meiner Sache so sicher, daß ich alle Vorsicht vergaß und anstatt eine einzylindrige Modellmaschine zu bauen gleich eine größere Vierzylindermaschine baute. (...) 1862 lief dieselbe und war auch im gleichen Jahr total ruiniert durch die heftigen Stöße, welche in derselben auftraten.« (Reuß) Es handelte sich dabei um einen 4-Zylinder-Boxermotor. Ottos großer Fehler war, dass er sich diesen 4-Takt-Motor nicht patentieren ließ – wie er auch um den Erhalt des ersten Patentes nicht gekämpft hatte. Das machte den Weg für Konkurrenten frei, die von seinen Versuchen und Entwicklungen, in der Fachliteratur ausgiebig diskutiert, kostenlos profitieren.

Um den eigenen Motor zur Serienreife zu bringen, benötigte Otto Kapital. Am 9. Februar 1864 wurde er von Eugen Langen (HWG 39) in seiner Werkstatt am Gereonswall aufgesucht. Sie gründeten gemeinsam die Firma N. A. Otto Cie, die erste Motorenfabrik der Welt, mit Sitz in der Servasgasse (Ecke Johannisstraße). Bereits 1867 erhielt der »Atmosphärische Motor« auf der Pariser Weltausstellung eine Goldmedaille. Zwei Jahre später lief die Serienproduktion an. 1872 zog die Firma nach Deutz in die Mülheimer Straße 60a. Im Frühjahr 1876 gelang Otto der endgültige Durchbruch. Die Entwicklung einer zuverlässigen Zündung und ein weicher Ablauf der Verbrennung war gewährleistet. Der erste Motor wurde bereits im Oktober 1876 an eine Mülheimer Brauerei ausgeliefert. Gottlieb Daimler, Karl Maybach, Ettore Bugatti arbeiteten damals in Deutz. Sie entwickelten später die Idee von Ottos Motor weiter und wurden so zu den Pionieren der Automobilindustrie. Eugen Langen verzichtete – wie er in einem Brief an Otto schreibt – auf die Nennung seiner Person in den Patenten, die Otto für seine Motoren beantragte.

Ottos Gruft lag ursprünglich am Hauptweg an Flur R1, zwischen Weg M und Weg T. 1935 wurde ihm und seiner Frau an der jetzigen Stelle ein Ehrengrab eingerichtet.

(72) Brüninghaus, Kaspar 1907–1971

Flur 14 in J

Schauspieler an den Städtischen Bühnen Köln; Tätigkeit in Fernsehen, Film und Rundfunk; Bekannt durch Lesungen und literarische Programme.

73 Jansen, Hans 1918–2002
Jansen, Maria Helene 1912–2003

Flur 14 in J

Für jede Person ein eigener individueller Grabstein.

74 La Nier, Roland 1921–2001

Flur 14 in J

Die Twin Towers in der Skyline von Manhattan. Das war vor dem 11. September 2001. – Ein Amerikaner in Köln: In New York aufgewachsen, hat er 1952 in Köln Wurzeln geschlagen. La Nier war Maler: »Über Bilder sollte man nicht zu viel reden. Man sollte sie aufnehmen wie Musik. Sie sollten Anstoß sein zum Nachdenken und Nahrung für die Seele. Sie sollen beruhigen, Fragen provozieren und weiterführen wie die Philosophie, das Bewusstsein bewegen.« Den Fall der beiden Türme hat La Nier nicht mehr erlebt. Der Grabstein wurde gefertigt von dem Bildhauer Sepp Hürten aus Köln-Hochkirchen, der unter anderem den Sarkophag der Kaiserin Theophanu in der Kölner romanischen Kirche St. Pantaleon gestaltet hat.

75 Weigle, Thomas 1954–2001

Flur 14 in J

Persönlich gestaltete Basaltsäule. Ähnlich dem Grabmal von Uwe Hensel (F10), fährt hier ein Sattelschlepper die steile Straße empor.

76 Johannes Evangelium op Kölsch

Flur 14 in J

Verweilen und lesen! Ehemaliges Grabmal der Familie Wilhelm Schwick.

77 Schier, Christian Samuel 1791–1824

Weg B, zwischen HWG und Weg H

»Hofpoet der Held Karneval«: Er war der Erste, der den Helden Carneval in der ersten Session 1823 begrüßen durfte.

Der Karneval soll leben, Zwei ganze Tage hoch,
Und wenn es sich will geben, Auch an dem dritten noch!
Ihr bunten Herrn und Damen, Vereint aus aller Zeit,
Die froh zusammenkamen, Seid uns willkommen heut!

Nur zwei Sessionen konnte der »Immi« aus Erfurt miterleben. Aber während dieser Zeit war er ganz bei der Sache. Nicht nur, dass er selbst eine Anzahl von Gedichten oder Veröffentlichungen in den Zeitungen schrieb, ihm verdanken wir durch seine ausführlichen Aufzeichnungen Kenntnis darüber, wie das Festordnende Komitee strukturiert war und der Rosenmontagszug ablief. Wie es hieß, hatte er gute Beziehungen nach Weimar, die vielleicht dazu führten, dass Johann Joseph Dilschneider 1825 den großen Dichter Johann Wolfgang von Goethe nach Köln zum Karneval einlud. Dieser antwortete mit einem kecken Gedicht, dessen bis heute geltender fünfter Vers am Fastnachtsbrunnen, Obenmarspforten, nachzulesen ist:

Löblich wird ein tolles Streben | Wenn es kurz ist und mit Sinn;
Daß noch Heiterkeit im Leben | Giebt besonnenem Rausch Gewinn.

77 Precht, Gundolf 1937–2015

Weg B, zwischen HWG und Weg H

Gundolf Precht war – wie auf dem Grabstein zu lesen – Bauforscher. Er widmete sich im Besonderen der Provinzialrömischen Archäologie. In Köln leitete er die Rekonstruktion und den Wiederaufbau des am Chlodwigplatz von ›Amateurarchäologen‹ gefundenen Grabmals des Lucius Poblicius. »Er war maßgeblich an der Ausgestaltung des Archäologischen Parks Xanten beteiligt, den er von 1973 bis zur Pensionierung 2002 als Landesbaudirektor leitete.« (Wikipedia)

78 Grabstätte der Benedictiner Abtei Maria Himmelfahrt zu Cöln

Weg B, zwischen HWG und Weg H

Gemeinschaftsgrab

79 Richrath, Franz Heinrich 1760–1823

Weg A, zwischen HWG und Weg H

Auf dem Mittelrisalit ein schönes Relief einer Maria Immaculata.

80 Fröhlich, Anna Maria 1834–1905

Weg A, zwischen HWG und Weg H

Die Grabinschrift auf diesem Stein zeigt, wie Frauen einst durch ihre Männer bestimmt wurden. »Die Frauen, so scheint es mir, sind ein Stück ›mehr tot‹ als ihre Männer, bei denen ich immerhin darüber spekulieren kann, wie sie gelebt, was sie gemacht haben.« (Franken/ Kling-Mathey)

81 Rougement, Joseph Claudio 1756–1818

Weg A, zwischen HWG und Weg H

Geboren in Santo Domingo, zum Arzt ausgebildet in Dijon und Paris; Leibwundarzt von Erzbischof und Kurfürst Max Friedrich von Königsegg-Rothenfels; 1777 Berufung an die Kurfürstliche Akademie in Bonn; 1797 zog er mit seiner Familie nach Köln.

82 Kaspar, Familie d'Hame, Constantin 1767–1838

Weg A, zwischen HWG und Weg H

Inschrift: »Sapienti medico amico amici« – ›Dem weisen Arzt und Freund von seinen Freunden‹.

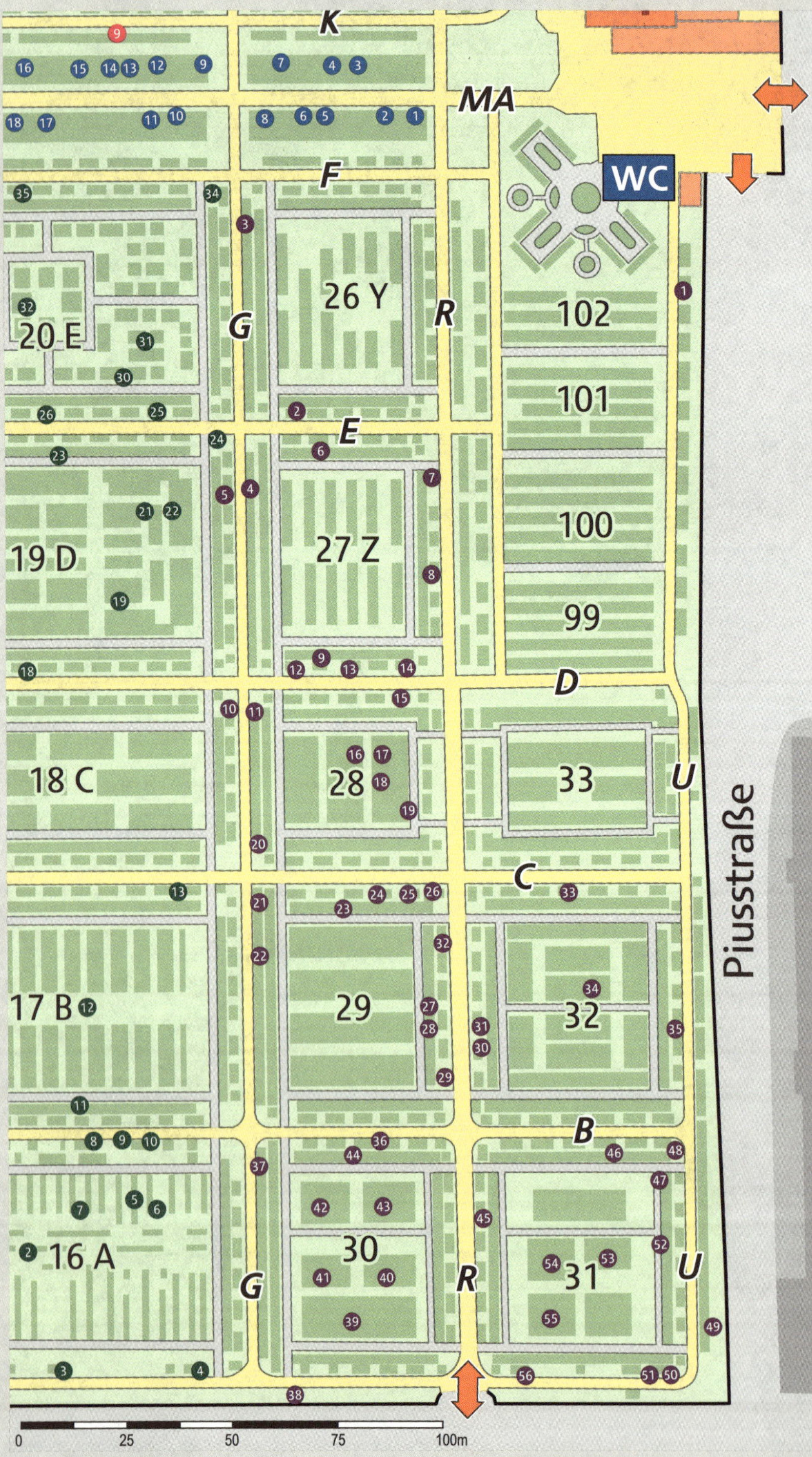
K
MA
F
G
R
E
D
C
B
U
WC
26 Y
20 E
102
101
100
99
27 Z
19 D
18 C
28
33
17 B
29
32
16 A
30
31
Piusstraße
0
25
50
75
100m

Plan B

❶ Tangermann, Wilhelm 1814–1907

Flur 102

Erster Pfarrer der altkatholischen Pfarrgemeinde Köln. 1870 spalteten sich die Altkatholiken von der katholischen Kirche ab, nachdem diese auf dem 1. Vatikanischen Konzil die Unfehlbarkeit des Papstes als Dogma verkündet hatte.

❶ Kestermann, Wolfgang 1952–2006

Flur 102

Pfarrer der Alt-Katholischen Pfarrgemeinde Köln, elf Jahre lang Präsident der K.G. »Kölsche Narren Gilde von 1967«.

❷ Steiger, Gustav Arnold 1825–1881

Weg E, zwischen Weg G und Weg R

Nach Greven's Adreßbuch war er der Inhaber einer Tapetenhandlung sowie Rouleaux- und Fahnenfabrik und eines Decorations-Geschäfts auf der Breitestraße.

❸ Schmits, Clemens 1783–1855
Meurer, Wilhelm 1808–1867

Weg G, zwischen Weg E und Weg F

Eintrag in Greven's Adreßbuch: »Wilhelm Meurer, (...) Metallwarenhandlg. en gros, Tafelblei u. Bleiröhren, Mennige und Glätte, Bergwerksprodukte, Niederlage von Zinkblechen und Zinkweiß d. Vieille Montagne, Commission, Fabrik von Spiegeleisen, Mühlenbach 54–58«. »Historisch gesehen war Spiegeleisen die Standardform, in der Mangan gehandelt und in der Stahlherstellung verwendet wurde.« (Wikipedia)

❹ Pilartz, Heinrich 1899–1968

Weg G, zwischen Weg D und Weg E

Münzhändler; die Athener Eule war sein Firmenzeichen.

5 Grashof, Carl August Friedrich 1770–1841

Weg G, zwischen Weg D und Weg E

Inschrift auf dem Grabstein: »Hier ruht ein Königlicher Consistorialrath, Schulrath und Direktor des ehemals staatlichen Friedrich-Wilhelm-Gymnasiums.« In der evangelischen Kirche war das Konsistorium eine landesfürstliche Behörde für die kirchliche Gerichtsbarkeit und kirchliche Aufsicht; heute vergleichbar dem Landeskirchenamt.

6 Pilartz, Gottfried 1885–1958

Flur 27 in Z

Der leidende Christus, der Schmerzensmann. Diese ruhige, in sich gekehrte Figur erinnert an die Plastiken von Ernst Barlach.

7 Kaufmann, Familie

Weg R, zwischen Weg D und Weg E

Eine schöne kleine Skulptur!

8 Baum, Anton 1792–1839

Weg R, zwischen Weg D und Weg E

»Gewesener Bierbrauer« der Brauerei Zum alten Thurm (Rheinberg 5).

9 Stephan, Johann 1795–1855

Flur 27 in Z

Vergolder und Dekorateur. Im Vierpass erkennt man einen Bienenkorb.

10 Mendelssohn Bartholdy, Edith 1882–1969

Weg G, zwischen Weg C und Weg D

Ehefrau des Bankiers Ludwig Mendelssohn Bartholdy, der 1918 im Ersten Weltkrieg starb. Er war ein Enkel des Komponisten. Bis 1905 war Edith Mendelssohn-Bartholdy Lehrerin an einer höheren Töchterschule: Sie war an der Gründung zahlreicher Wohlfahrtsvereine beteiligt. Von 1918 bis 1928 Stadtverordnete; von 1921 bis 1954 Kunsthändlerin. 1938 emigrierte sie nach England und kehrte 1953 zurück. Ab 1957 war sie freie Mitarbeiterin des WDR, Redakteurin der Sendung »Der Lebensabend«.

11 Gade, Johann Joseph 1765–1834

Weg G, zwischen Weg C und Weg D

Ein sehr schönes Kreuz mit einem geflügelten Engelsköpfchen in der Kreuzmitte. Gade war königlicher Justizrath und Advocat-Anwalt. Er liegt zusammen in einem Grab mit seiner Schwester Josepha Stör (70 Jahre), die drei Monate nach ihm starb.

12 von Schiller, Maria Magdalena 1781–1853

Weg D, zwischen Weg G und Weg R

Maria Magdalena von Schiller war die Ehefrau von Ernst von Schiller, Friedrich von Schillers Sohn. Sie heirateten im Jahr 1823. Ernst Schiller war ihr zweiter Ehemann, er wurde in Bonn im Grab seiner Mutter begraben.

13 Herstatt, Friedrich Johann David 1831–1888
Herstatt, Johann David 1887–1955
Herstatt, Iwan David 1913–1995

Weg D, zwischen Weg G und Weg R

Friedrich Johann David Herstatt war der letzte Bankier der alten Herstatt-Dynastie. Das Bankhaus Herstatt wurde 1888 an das Bankhaus Stein verkauft. Sein Sohn Johann David, genannt Iwan, kam als Nachfolger nicht in Betracht. Er wurde ein Jahr vor dem Tod des Vaters geboren. Als Dr. jur et rer. pol. war er Direktor einer Versicherung.

Iwan David Herstatt wollte die Tradition des Bankhauses Herstatt wieder aufleben lassen: Er machte 1931, nach seinem Abitur, eine Lehre bei der Deutschen Bank. Von 1940 bis 1944 leitete er die Kreditabteilung einer Bank in Metz, die von der Deutschen Bank im Zuge der Besetzung Frankreichs übernommen worden war. Nach dem Krieg führte er in Köln die Niederlassung der Bank für Gemeinwirtschaft. Mit Unterstützung seines Jugendfreundes Hans Gerling kaufte er 1955 die kleine Privatbank Hocker & Co, die er in I.D.Herstatt KGaA umbenannte. 1957 eröffnete die Bank ihre neuen Räume in der Innenstadt unter der renommierten Adresse Unter Sachsenhausen 6.

Der Sturz erfolgte am 26. Juni 1974: Das deutsche Bundesaufsichtsamt für Kreditwesen untersagte dem Privatbankhaus Iwan D. Herstatt die Fortführung der Geschäfte wegen eines Defizits von 1,2 Milliarden Deutsche Mark. Ungenügend abgesicherte Devisenspekulationen in großem Ausmaß unter der Federführung des angestellten Devisenhändlers Danny Dattel waren die Ursache des Zusammenbruchs. Betrügerische Bilanzfälschungen flogen auf. Köln stand unter Schock. Tausende von Kunden standen einen Tag später vor den Türen der Bank und forderten ihre Sparguthaben zurück.

Dies hatte Folgen für den Hauptaktionär der Bank, den Versicherungskonzern Gerling, Inhaber von 81,4 Prozent der Herstatt-Aktien. Hans Gerling musste wegen Verletzung der Aufsichtsratspflicht in seinem eigenen Konzern seinen Stuhl als Vorsitzender räumen. Noch schlimmer, 51 Prozent seines Unternehmens musste er verkaufen. Er hatte nicht mehr die Mehrheit in seinem eigenen Konzern. Er verpflichtete sich zu einer Zahlung von 210 Millionen Mark; für die gleiche Summe wird der Rest des Konzerns verpfändet. Damit können die rund 40.000 Kunden 80 Prozent ihrer Einlagen zurückerhalten. 20 Jahre lang dauert die Abwicklung. Ein Konkurs selbst konnte im Endeffekt vermieden werden. Am 16. Februar 1984 wurden die Verantwortlichen verurteilt. In der Revision 1987 sind die Haftstrafen in Bewährungsstrafen umgewandelt worden. Anfang 1990 wurde Iwan D. Herstatt die Strafe erlassen.

⓮ Bender, Elisabeth 1924–2001

Weg D, zwischen Weg G und Weg R

Zwei Menschen, die einander sehr nahestehen.

⓯ Polke, Sigmar 1941–2010

Weg D, zwischen Weg G und Weg R

Sigmar Polke war einer der bedeutendsten Künstler in der zweiten Hälfte des 20. Jahrhunderts. Geboren wurde er 1941 in Oels, dem heutigen **Oleśnica**, Niederschlesien. Die Familie wurde nach

Thüringen vertrieben, floh 1953 aus der DDR nach West-Berlin. Von dort führte der Weg nach Willich, an den Niederrhein.

Sigmar Polke machte eine Lehre als Glasmaler von 1959 bis 1960 in Düsseldorf-Kaiserswerth. Sein letztes großes künstlerisches Projekt war die Erneuerung der Glasfenster des Züricher Großmünsters, die November 2009 fertiggestellt wurden. Dazwischen ein grandioses künstlerisches Leben. Nach dem Studium an der Kunstakademie Düsseldorf, das er 1967 beendete, hatte er bereits 1970 bis 1971 eine Gastprofessur an der Hochschule für bildende Künste in Hamburg; 1977 bis 1991 folgte eine ordentliche Professur.

Während der Studienzeit gründete er 1963 mit seinen Kommilitonen Gerhard Richter, Konrad Lueg und Manfred Kuttner den »Kapitalistischen Realismus«: »Der Begriff, als Gegenpol zum Sozialistischen Realismus gewählt, sollte den von Konsum und Freizeit gekennzeichneten westdeutschen ›realen‹ Kapitalismus der 1950er und 1960er Jahre ironisch entlarven.« (Wikiwand) In den 1970er Jahren reist Polke viel und arbeitet zunehmend mit Fotografie. Aufnahmen, die er in Pakistan und Afghanistan machte, dienen ihm als Vorlage für spätere Gemälde. (artnet)

»Woher Polke seine Energien auch bezog, sie entluden sich in einem Werk, das seinesgleichen sucht und scheinbar schwer zusammengeht. In seinem ironischen Frühwerk nahm Polke die kleinbürgerliche deutsche Gemütlichkeit mit poppigen Rasterbildern aufs Korn und machte sich mit gemalten Kalauern über die auf Ernsthaftigkeit erpichte Moderne lustig. Später wurde er zum Alchemisten, der mit seltenen Farben experimentierte, und zuletzt, am Anfang seines langen Sterbens, schuf er ein gläsernes Glaubensbekenntnis im Zürcher Großmünster.« (KStA)

»Der Sigmar Polke«, schrieb er einmal über sich in einem Brief an einen Galeristen, der »verschwindet, weiß von nix und bringt's noch fertig, dass man ihn nicht vergisst.« (KStA)

16 Niedieck, Charly 1930–1992

Flur 28

1960 trat Charly Niedieck als Bassist im Eilemann-Trio die Nachfolge von Horst Muys (C6) an. Im Trio gab es streng vorgegebene Rollen, die äußerst diszipliniert eingehalten werden mussten, aus denen keiner ausbrechen durfte. Günter Eilemann war der ›Kopf‹, Willy Schweden (vorher Karl-Heinz Nettesheim) war der ›Musikant‹, Charly Niedieck war der ›Komiker‹. An genau kalkulierter Stelle konnte jeder der drei seine ihm zugewiesene Rolle nach Herzenslust ausspielen. Neben seinem enormen Talent als Spaßmacher war Niedieck auch ein exzellenter Musiker. Er bearbeitete seinen Kontrabass nicht nur akrobatisch, sondern vermochte ihn hervorragend zu spielen. Kostproben davon gab er, wenn er unter anderem bei den »Cologne Antik-Swingers« mal außerhalb des Karnevals jazzen und swingen konnte. Diese ›Schwäche‹ teilte er übrigens mit Günter Eilemann. Niediecks tragisches Schicksal: Er wurde von einer Straßenbahn überfahren.

17 Schweden, Willy 1928–2002

Flur 28

Er war der Gitarrist, der ›Musikant‹ im Eilemann-Trio.

18 Götting, Hermann 1939–2004

Flur 28

Hermann Götting war ein leidenschaftlicher Sammler und eine einzigartige Erscheinung dazu, ein Unikum. Beseelt und besessen von der Idee, das aufzubewahren, was andere nicht mehr haben wollten und wegwarfen, zog er durch die Straßen. In einem Nachruf in Stadtrevue (12/04) heißt es: »Mit dem Instinkt des Jägers und Sammlers lief er durch Köln und rettete alles, was ihm der Rettung wert erschien. Dabei war er sich weder zu schade, in Containern zu wühlen, noch ließ er sich von Geld-, Transport- oder Unterbringungsproblemen abschrecken. Hermann Götting war nicht nur beharrlich und im Besitz einer Sackkarre, sondern fand in Köln auch immer Leute, die ihn unbürokratisch unterstützten. Zu den bekanntesten Rettungsaktionen gehören die zweier prominenter Neonreklamen Kölns: Der ›Klosterfrau Melissengeist‹-Schriftzug, der seit 1940 am Dachgeschoss des Hansahochhauses (heute: Saturn) angebracht war sowie das ›4711/Köln‹-Neonobjekt, das mehr als vier Jahrzehnte weithin sichtbar am Kölner Messeturm leuchtete.«

Göttings Sammlung reichte »vom Hausrat samt Butterdose, Ondulierstab und Tapetenrollen über komplette Interieurs von Bäckereien und Friseurläden bis zu Einrichtungs- und Beleuchtungsobjekten aus Kölner Kinos und Gaststätten. Margot Schmidt-Reichart ...: ›Hermann Götting verwirklicht eine Sammlerstrategie, die sich isoliertem Ausstellungsdenken verweigert, die am lebendigen Alltagsgeschehen anknüpft, individuelle und kollektive Geschichte zu verbinden sucht.‹« Einen Teil seiner Sammlung erwarb das Museum für Angewandte Kunst in Gera in Thüringen.

19 Röder, Franz 1916–1999

Flur 28

Er trat als »Amadeus Gänsekiel« in den Sitzungen auf. Einer der letzten wirklich großen Büttenredner des Kölner Karneval.

20 Cremer, Wilhelm 1794–1847

Weg G, zwischen Weg C und Weg D

»Schlag nach bei Vincenz, denn da steht was drin.« Aus dem Musterbuch für »Gotische Einzelheiten« von Vincenz Statz konnte jeder, der es sich leisten konnte, sein persönliches Grabmal puzzeln. Vorgegebene Formen und Ornamente, die beinahe serienmäßig gefertigt wurden, machten ein eigenes Grabmal erschwinglich. Die Familie Cremer orderte gleich zwei fast identische Grabsteine. Ob es dafür Rabatt gab?

21 Weyer, Johann Peter Joseph 1794–1864

Weg G, zwischen Weg B und Weg C

Stadtbaumeister, Immobilienhändler, Grundstücksspekulant, Kunstsammler, guter Gastgeber. In seinem Wohnhaus Ecke Rothgerberbach/Waisenhausgasse befand sich eine »grandiose Privatgalerie«, die wie ein Museum für das Publikum öffentlich zugänglich war. Er veröffentlichte einen Katalog zu seinen 600 Kunstwerken, noch bevor

21
KATHARINA WEYER
MARIA WEYER
PAULA WEYER
* 7.5.1883. + 31.12.1962.

es einen Ausstellungskatalog für städtische Museen gab. Nach großen Spekulationsverlusten musste seine Sammlung Ende August 1862 versteigert werden. Heinrich Lempertz (MA29) brauchte mehrere Tage dafür. Interessenten kamen aus ganz Europa. Für die Stadt Köln ein herber Verlust.

22 Cornille, Carl 1780–1813

Weg G, zwischen Weg B und Weg C

Einer der ältesten Grabsteine auf Melaten.
Die Inschrift lautet: »Hier ruhet Carl Cornille. Er starb unverehelicht XXXIII Jahre alt am XXIX November MDCCCXIII / Ein Opfer seines Mitleids gegen pestkranke Krieger / Mutter, Bruder, Schwestern bestatteten ihn mit den schmerzlichsten Thränen.«

23 Greven, Wilhelm 1875–1939

Weg G, zwischen Weg B und Weg C

Beigeordneter der Stadt Köln von 1905 bis 1933. Er war zunächst zuständig für die Armen- und Waisenpflege, ab 1918 Dezernent für Wohnungswesen und die Rechtsabteilung. Gründer und erster Vorstandsvorsitzender der GAG, der Gemeinnützigen AG für Wohnungsbau. Im März 1933, nach der Machtübernahme der NSDAP, sollte er als dienstältester Beigeordneter die Absetzung von Oberbürgermeister Konrad Adenauer bestätigen. Als er sich weigerte, wurde er wie auch Ernst Schwering (A21) amtsenthoben.

24 Eickenberg, Wilhelm 1904–1944

Flur 29

Kann man auf dem Grab Wendel/Scherer (A39) das Modell eines Kettenhäuschens bewundern, so sind auf diesem Patenschaftsgrab die passende Kette und entsprechende Befestigungsringe im Original zu sehen. Es heißt, dass ein Fräulein Braun diese Ringe in einem Prozess gegen die Stadt eingeklagt habe. Sie hatte in der Hohestraße das Kettenhäuschen gekauft und eröffnete ein Galanteriewarengeschäft mit Fotografiealben. Im Laufe der Zeit entwickelte sie ein Faible für die beiden Kettenbefestigungen an der Außenseite des Häuschens. Als das Nachbarhaus abgerissen wurde, demontierte die Stadt auch die Kettenringe, um sie dem Stadtmuseum zu übergeben. In dem darauffolgenden Prozessurteil sprach das Gericht der rechtmäßigen Besitzerin diese jedoch zu. Fräulein Braun legte in ihrem Testament fest, dass sie ihr Grab schmücken sollten. Diesem Wunsch kam später ihr Bruder nach.

25 Schlösser, Jupp 1902–1983

Weg C, zwischen Weg G und Weg R

Jupp Schlösser und Gerhard Jussenhoven (A61) lernten sich bei einer Straßenbahnfahrt kennen. Schlösser war Straßenbahnfahrer auf der »Ringbahn«, Jussenhoven Fahrgast. Als die Bahn über Heu- und Alter Markt zuckelte, sprach Schlösser mehr zu sich selbst als zu den Fahrgästen: »Die Hüsjer bunt om Aldemaat, sin Zeuge kölscher Eigenaat.« Für diese Zeilen komponierte 1937 Gerhard Jussenhoven eine Melodie. Das Lied wurde ein Hit, bis heute immer wieder gern gesungen.

In diesem Lied, in der dritten Strophe, klingt Kritik an der Politik der nationalsozialistischen ›Stadtväter‹ an. Die Strophe beginnt mit den Zeilen: »Dröm Väter vun der Stadt – paßt beim Sanieren op! – Mer Kölsche sin üch dankbar, – do verloht üch drop« Mit diesen Zeilen spielt Schlösser auf die Sanierung des Martinsviertels an. Die Nationalsozialisten ›sanierten‹ das Martinsviertel so intensiv, dass daraus die heutige »Altstadt« wurde. Das Martinsviertel war das Hafenviertel, deftig proletarisch, auch Rotlichtbezirk. Seine Kinder ließ man dort nicht spielen. Bei den umfangreichen Sanierungsarbeiten wurden Häuser abgerissen, enge Gassen verschwanden, Fassaden und Dekorationsteile von anderwärts abgerissenen Häusern vor neue Bauten transplantiert. Die Nazis wollten eine Altstadt errichten, die so aussah, wie sie dachten, dass eine Altstadt aussehen müsse. Nur mit Ariernachweis bekam man damals eine Wohnung. Heute erscheint uns die Altstadt pittoresk und historisch, aber vieles dort ist »nur geklaut, nur gestohlen, nur gezogen und geraubt«. Weitere Lieder von Jupp Schlösser: »Dat Glockespill vum Rathuusturm«, »Sag ens Blotwoosch«, »Schau nicht auf die Uhr«, »Kornblumenblau«.

25 Jonen, Hans 1892–1958

Weg C, zwischen Weg G und Weg R

»Von Zoten frei die Narretei« ist das Motto der Karnevalsvereinigung der »Muuzemändelcher«, zu deren Mitbegründer Hans Jonen 1948 gehörte. Er war Mundartdichter, schrieb Liedertexte (»Am Aschermittwoch ist alles vorbei«), Karnevalsrevuen für die großartige Grete Fluß, die von Gerhard Jussenhoven (A61) vertont wurden, zum Beispiel »Petronell vun der Damenkapell«.

26 Reuter, Christian 1899–1970

Weg C, zwischen Weg G und Weg R

Christian Reuter war als »Hofkapellmeister Seiner Tollität« und Kapellmeister aller Kölner Traditionskorps, vor und nach dem Zweiten

Weltkrieg die musikalische Instanz in den Karnevalssitzungen. Sein Improvisationstalent half so manchem Sitzungsleiter aus der Patsche, wenn dieser einen Hänger hatte. Sein Nachfolger war Hardy von den Driesch (D57).

27 Steingass, Toni 1921–1987

Flur 29

Hört man heute die Lieder oder Sendungen von Toni Steingass, kommen sie einem ein wenig verstaubt vor. Schöne heile Welt. Er wollte den Menschen Freude bereiten, sie unterhalten. »Steingass war ein Meister des Lebenszuspruchs, der immer in einer direkten Gemeinschaft mit seinem Publikum lebte.« (Schmid) Das drücken auch die Titel seiner Lieder aus: »Der schönste Platz ist immer an der Theke« (1950), »Hurra, hurra, der liebe Jung ist wieder da« (1959), »De Haupsach es, et Hätz es good« (1952), »Leckerschen, Zückerschen« (1960). Da seine Lieder zunächst von den Musikverlagen abgelehnt wurden, es hieß, sie seien zu wenig anspruchsvoll, gründete er seinen eigenen Verlag.

Eine gute musikalische Ausbildung war die Basis seines Schaffens. 1946 gründete er das Steingass-Terzett, das bis 1972 in unterschiedlicher Besetzung zu hören war. Von 1972 bis 1987 trat er mit seinem Sohn Heli als die »Lustigen Steingässer, die Lebenskünstler aus Köln« auf. Durch Funk und Fernsehen war er über die Grenzen Kölns hinaus vielen Deutschen bekannt. Zur Erinnerung: In den Kindersendungen des WDR spielte er kleine kölsche Couplets ein. Mit Camillo Felgen führte er ab 1958 auf RTL seine musikalischen Wechselreden. Die Unterhaltungssendungen »Kölsche Leedcher – Kölsche Verzällcher«, »So klingt's bei uns im Rheinland« waren sein Podium. Die Nippeser Bezirksvetretung beschloss 2000 ihm zu Ehren eine namenlose Grünfläche im Norden von Nippes »Toni-Steingass-Park« zu benennen.

28 Welsch, Johann Joseph 1833–1906

Flur 29

»Drei mol null es null, bliev null, denn mer woren en dr Kaygass en dr Schull.« Ob dies der besungene Lehrer Welsch ist? Eher nicht. Der originale Lehrer Heinrich Welsch liegt auf dem Kalker Friedhof und war Hilfsschullehrer. Er lehrte die Kalker ›Pänz‹ nicht nur das Schreiben und Rechnen. Er holte die Kinder der Arbeiter von der Straße in die Schule und bewahrte sie so vor der sozialen Verwahrlosung. Der Lehrer Johann Joseph Welsch, der hier beerdigt wurde, war Rektor der Volksschule St. Gereon.

29 Ostermann, Willi 1876–1936

Weg R, zwischen Weg B und Weg C

Willi Ostermann gehört zu den bekanntesten Nicht-Kölnern. Er wurde 1876 in Mülheim am Rhein geboren. Und Mülheim war eine eigene Stadt und Sitz des Kreises Mülheim am Rhein. Dort wurde er am Piccolonischen Weg Nr. 1 geboren. An der Feuerwache 9 an der Bergisch Gladbacher Straße befindet sich eine Gedenkplakette, die auf Willi Ostermann und sein Geburtshaus hinweist. 1914 wurde Mülheim eingemeindet und Willi Ostermann mit offenen Armen als Kölner aufgenommen. Er liegt in seinem Grab gemeinsam mit seiner Frau Käte, eine geborene Palm.

Der Name »Palm« kommt in einem seiner Lieder vor: »Kutt erop! Kutt erop! Kutt erop! Bei Palms do es de Pief verstopp. Et hätt die ärm Frau Palm de janze Stuff voll Qualm.« Dieses Lied erzählt von Kindern, die in das Ofenrohr der Familie Palm »naaße Söck jedäut han« – nasse Socken gestopft haben – wodurch die Wohnstube der Palms voller Qualm ist. Die Kinder freuen sich natürlich, dass der Streich geglückt ist und dass die Feuerwehr unter großer Anteilnahme der Nachbarschaft in der Achterstraße den »Brand« löscht. Drei Dinge sind hier zu bemerken: Zum einen weiß man, dass Willi Ostermann in seinen Liedern Begebenheiten und Situationen besingt, die er selbst erlebt oder von denen er gehört hat. Wunderbare Milieuschilderungen und Personenbeschreibungen haben sich so bis in die Gegenwart erhalten. Zum anderen weiß man, dass sich Willi Ostermann mit der Mutter seiner Frau Käte nicht so gut verstanden hat. Zum Dritten ist es nicht vorstellbar, dass Frau Palm irgendwelche dahergelaufenen Straßenkinder in ihre Wohnung, geschweige denn in ihre gute Stube, gelassen hat. Damals war das Wohnzimmer ein heiliger Ort. Es durfte nur an hohen Feiertagen betreten werden. Und vorher musste man sich die Finger waschen, damit es keine Flecken gab. Das Sofa, die Ohrensessel und die Chaiselongue waren mit Decken vor Staub und Licht geschützt. Was sagt das über das verstopfte Ofenrohr aus? ... Sehr wahrscheinlich war es Willi Ostermann selbst, der diesen Streich verübt hat, um eine Grundlage für ein neues Lied zu erhalten.

Mit seiner Schwiegermutter kam er nicht aus, dafür aber mit deren Tochter und Sohn. Der Bruder von Käte war Emil Palm, von Beruf Kapellmeister. Ihm verdanken wir das Lied: »Regentropfen, die an mein Fenster klopfen – Sonnenstrahlen, die in mein Fenster fa(h)llen ...«. Emil Palm hatte die schwere Aufgabe, das, was Willi Ostermann sang, in die fünf Notenlinien und zwischen Taktstriche zu pressen. Denn Willi Ostermann spielte kein Instrument und konnte auch keine Noten lesen. Er war ein genialischer Sänger; er sang so wie er fühlte. Sein Schwager musste die Melodien spielbar machen. Darüber

WILLI OSTERMANN
1. 10. 1876 6. 8. 1936
KÄTE OSTERMANN
GEB. PALM
22. 9. 1884 15. 4. 1959

haben sich die beiden oftmals zerstritten, aber bei einem leckeren Kölsch oder Wein immer wieder vertragen.

Als engster Freund von Willi Ostermann saß Thomas Liessem (D69) an dessen Sterbebett. Dort schrieb Ostermann ein letztes Lied: »Heimweh noh Kölle«. Auf seiner Beerdigung stellte Thomas Liessem es zum ersten Mal in der Öffentlichkeit vor. Ob er selbst zu diesem Lied beigetragen hat, bleibt ein Geheimnis.

30 Blum, Heribert 1939–1997

Weg R, zwischen Weg B und Weg C

Als Büttenredner im Karneval verkörperte er die Figur »Ne ärme Deuvel«.

31 Greven, Anton 1793–1870

Weg R, zwischen Weg B und Weg C

Wie sein Vater war Anton Greven Beamter. 1807 trat er den Dienst in der Armenverwaltung der Stadt Köln an, wechselte 1811 in die Finanzverwaltung. Während der preußischen Zeit wurde er zunächst Angestellter der Kreisdirektion, ab 1817 »erster Polizei-Kanzlist« im Amt für Pass- und Fremdenwesen des Polizeipräsidiums. Seine Aufgabe war die exakte Registrierung aller Fremden, die Köln besuchten. Im Oktober 1818 war eine polizeiliche Verordnung erlassen worden, die das »Verhalten bei Ankunft und Abgang der Fremden« regelte. Die »genaueste, unausgesetzte polizeiliche Controlle aller Reisenden« war zwingend vorgeschrieben. Innerhalb einer Stunde musste für jeden angereisten Fremden bei der Polizeibehörde ein detaillierter Meldezettel ausgefüllt werden, egal ob dieser privat wohnte oder in einem Hotel. Durchreisende, die nur wenige Stunden in der Stadt verbrachten, wurden registriert. Es ging sogar so weit, dass prominente Persönlichkeiten und, wie es hieß, »aktive Offiziere fremder Mächte« der königlich preußischen Kommandantur angezeigt werden mussten. Abreisende waren innerhalb vierundzwanzig Stunden nach Verlassen der Stadt abzumelden. Das täglich erscheinende »Fremden-Blatt der Stadt Köln« veröffentlichte diese Daten. Jeder Interessierte konnte nachlesen, wer sich in der Stadt aufhielt und wo die betreffende Person wohnte. Das »Fremden-Blatt« bestand aus zwei Teilen. Im ersten Teil wurden die Besucher nach Name, Beruf, Herkunftsort und Unterkunft in Köln aufgelistet. Anschließend wurden die Durchreisenden benannt. Der zweite Teil, der »Kölner tägliche Anzeiger«, widmete sich dem Klatsch und Tratsch in Stadt und Land. Und wie bei jeder Tageszeitung – denn dazu entwickelte sich das »Fremden-Blatt« zunehmend unter Anton Greven – gab es den Anzeigen- und Annoncenteil mit

Fahrplänen und Pegelstand des Rheins. 1827 gründete Anton Greven den Greven's Adreßbuch-Verlag und etablierte eine Buchdruckerei. Ab 1828 übernahm er das »Fremden-Blatt« in voller Verantwortung als Verleger. Nach dem Ausscheiden aus dem Polizeidienst konnte er nicht mehr auf amtliche Quellen für seine Adressbücher zurückgreifen. Mit eigenen Erhebungsbögen bemühte er sich um Aktualität.

31 Greven, Wilhelm 1820–1893

Weg R, zwischen Weg B und Weg C

Als gelernter Kaufmann führte er die verlegerische Tätigkeit seines Vaters Anton Greven fort. Unter seiner Leitung wurde der Verlag ausgebaut. Klassik, Früh- und Spätromantik, Unterhaltungslektüre sowie Karnevalslieder wurden in das Angebot aufgenommen. Als Herausgeber des »Kölnischen Anzeigers« und des »Rheinischen Handelsblattes« machte er sich in der Verlagswelt einen Namen. Von 1882 bis 1892 erschien in den Greven's Adreßbüchern das komplette Telefonbuch. Danach wurden die Telefonnummern im alphabetischen Einwohnerverzeichnis veröffentlicht. 1858 vereinigte Wilhelm Greven die Greven'sche Buchdruckerei mit der Druckerei Bechtold, die bis 2001 im Besitz der Familie blieben.

32 Fries, Pit 1882–1938

Weg R, zwischen Weg B und Weg C

Pit Fries gründete die »Lustige Kölner Zeitung«, die eigentlich weniger lustig als humorvoll war. Sie hatte nichts mit Karneval zu tun. Sie war auch auf Kölsch geschrieben, aber mit Rücksicht auf die überregionalen Abonnenten waren die meisten Artikel Hochdeutsch oder zumindest auch für Nicht-Rheinländer verständlich. Es erschienen kleine Fortsetzungsromane, ›Rühmcher un Verzällcher‹, humorige Kreuzworträtsel, Witze, und – für die damalige Zeit erstaunlich – kleine Comics. Mit der Machtübernahme durch die Nazis gab Pit Fries die Leitung ab. Die Zeitung wurde gleichgeschaltet. Sie entwickelte sich zu einem üblen Propagandapamphlet, das sich treu deutsch auf unterstem Niveau über andersdenkende Menschen ›lustig‹ machte.

33 von Frankenberg, Robert Januarius 1807–1873

Weg C, zwischen Weg R und Weg U

Ein Unikat auf Melaten, das den Verstorbenen in voller Körpergröße zeigt: Da steht ein gemütlicher älterer Herr, etwas füllig, in Uniform. Er ist pensioniert und hat anscheinend den autoritären Habitus des befehlenden Soldaten abgelegt. Denn er war immerhin General der

Infanterie und Gouverneur von Köln und hat sich bei manchem Kölner gewiss nicht beliebt gemacht:

»Aus Gründen, welche die Zeitgenossen zu würdigen wissen, sei hier der Feier eines andern, des Abgeordnetenfestes, nur kurz erwähnt. Aehnlich wie am 18. und 19. Juli 1863 sollte zu Ehren der liberalen Mitglieder des Abgeordnetenhauses am 22. Juli ein Festessen auf dem Gürzenich und am 23. eine Fahrt nach Rolandseck Statt finden. Nachdem die Absicht bekannt geworden war, wurde unter dem 11. Juli den Mitgliedern des Fest-Comites durch die Polizeibehörde eröffnet, daß das Fest auf Grund der Bestimmungen des Gesetzes vom 11. März 1850 nicht geduldet werden würde, und einige Tage vor dem Feste erfolgte die Auflösung des Fest-Comites als ›politischer Verein‹. Nun ergingen die Einladungen Seitens eines Mitgliedes des Comites, welches auf seinen Namen die Verträge über die Miethe des Gürzenichs, der Dampfschiffe u.s.w. früher bereits abgeschlossen hatte. Am 22. Juli langten zahlreiche auswärtige Gäste hier an – der Gürzenich aber war seit früher Stunde durch die Polizeibehörde geschlossen. Die Gäste versammelten sich am Nachmittage im zoologischen Garten – aber die Versammlung wurde Seitens des Vertreters der Gemeinde Longerich aufgelöst und der Garten durch Militairmannschaften geräumt. Aehnliches begab sich am Abende bei einer Versammlung in einem Gasthofe zu Deutz. Am 23. Juli sollte die Rheinfahrt Statt finden – aber die geschmückten Dampfschiffe waren seit dem frühen Morgen mit Militair besetzt. Nun ging die Fahrt auf der Eisenbahn nach Oberlahnstein. Auch dort drohte die Auflösung, allein der größte Theil der Gäste hatte bereits den Ort verlassen. Die Stimmung der Bürgerschaft über all diese Vorgänge ist schwer zu beschreiben – jedoch nirgendwo fand auch nur die geringste Unordnung statt.« (Klara v. Eyl)

Trotz dieser Vorkommnisse stifteten Bürger der Stadt ihm dieses Denkmal. Sogar von Frankenbergs damaliger Gegner, der Industrielle und Stadtverordnete Claaßen-Kappelmann, stiftete für das Denkmal 5 Thaler.

34 Berger, Brigitte 1933–2004

Flur 32

Ein persönlich gestaltetes Grab mit der Figur einer Blockflöte spielenden jungen Frau.

35 Löhr, Franz 1874–1918

Weg U, zwischen Weg B und Weg C

Es ist wirklich erstaunlich, dass eine so erotische Darstellung einer Trauernden auf einem Friedhof zu finden ist. Das pralle Leben und das Sterben finden hier zusammen.
Eine ähnlich schöne wie erotische Plastik befindet sich auf dem Grabmal Ferdinand Esser (MA59).

36 Gronewald, Johannes Joseph 1804–1873

Weg B, zwischen Weg G und Weg R

Eines der bemerkenswertesten Grabmale auf Melaten. Gronewald war Direktor der Taubstummen-Anstalt. Das Relief zeigt die Szene der Heilung eines taubstummen Kindes durch Jesu: »Und sie brachten zu ihm einen, der taub und stumm war, und baten ihn, dass er die Hand auf ihn lege. Und er nahm ihn aus der Menge beiseite und legte ihm die Finger in die Ohren und berührte seine Zunge mit Speichel und sah zum Himmel und seufzte und sprach zu ihm: Hefata!, das heißt: Tu dich auf! Und sogleich taten sich seine Ohren auf, und die Fessel seiner Zunge löste sich, und er redete richtig.« (Mk 7,32–35)

37 Pauli, Familie

Weg G, zwischen Weg B und Weg A

Zwei verträumt blickende Engelchen gemütlich an eine Kreuzstele gelehnt.

38 Kreuser, Johann Peter Balthasar 1795–1870

Weg A, zwischen Weg G und Weg R

Kunstfreund und Professor am Marzellengymnasium. Durch seine Kontakte wurde er 1823 zum ›Paten‹ des romantischen Karnevals. Das Grabmal wurde ihm von seinen Freunden und Schülern gestiftet.

Gemeinschaftsgräber kirchlicher Orden auf Flur 30:

39 Augustinerinnen Severinstraße

40 Vincentinerinnen

41 Schwestern Congregation Divini Cordis Jesu

42 Jesuiten

43 Schwestern vom Guten Hirten

44 Delcour, Familie

Flur 30

Das Grab einer Schaustellerfamilie.

45 Meynen, Henriette 1816–1868

Weg R, zwischen Weg A und Weg B

Diese schöne Skulptur erinnert an die Personifizierung der römischen »Spes«, der ›Hoffnung‹.

46 Scheeben, Matthias Joseph 1835–1888

Flur 31

Lehrer am Kölner Priesterseminar; Professor für Dogmatik und Moral.

47 Erzbischöfliches Priesterseminar

Flur 31

Gemeinschaftsgrab

48 Weise, Familie

Weg U, zwischen Weg A und Weg B

Ein Grabstein, der zum Interpretieren einlädt.

49 Keppeler, Otto 1877–1920

Weg U, zwischen Weg A und Weg B

Grabstein mit zwei schönen Mosaiken. Auffallend ist der radschlagende Pfau im oberen runden Bild.

50 Auer, Jacob 1814–1874

Weg A, zwischen Weg R und Weg U

Jacob Auer entwickelte die Brennerei seines Vaters Heinrich Friedrich Auer, Ehrenstraße 67, zu der angesehenen Kurkölner Brennerei Jacob Auer Söhne. Bruder von Heinrich Auer, dem Gründer der Auermühe in Nippes.

51 von Othegraven, August 1864–1946

Weg A, zwischen Weg R und Weg U

Professor für Chorgesang am Konservatorium in Köln, anerkannter Volksliedbearbeiter. So bearbeitete er unter anderem als Komponist das Volkslied »Ein Jäger aus Kurpfalz«. Dieses Grabmal widmete die Kreissängervereinigung Köln ihrem unvergesslichen Komponisten.

52 Pabst, Johanna 1884–1937

Flur 31

Schlichte Stele mit Brustporträt eines jungen Mannes

Gemeinschaftsgräber kirchlicher Orden auf Flur 31:

53 Schwester v. Guten Hirten, Lindenthal

54 Dominikaner

55 Ursulinen

56 Schultze, Wilhelm Ferdinand 1814–1880

Weg A, zwischen Weg R und Weg U

Prokurist bei der »Kölnischen Zeitung«, Stellvertreter von Carl Joseph DuMont, ab 1862 Verlagsleiter.

FAMILIE
PAULI

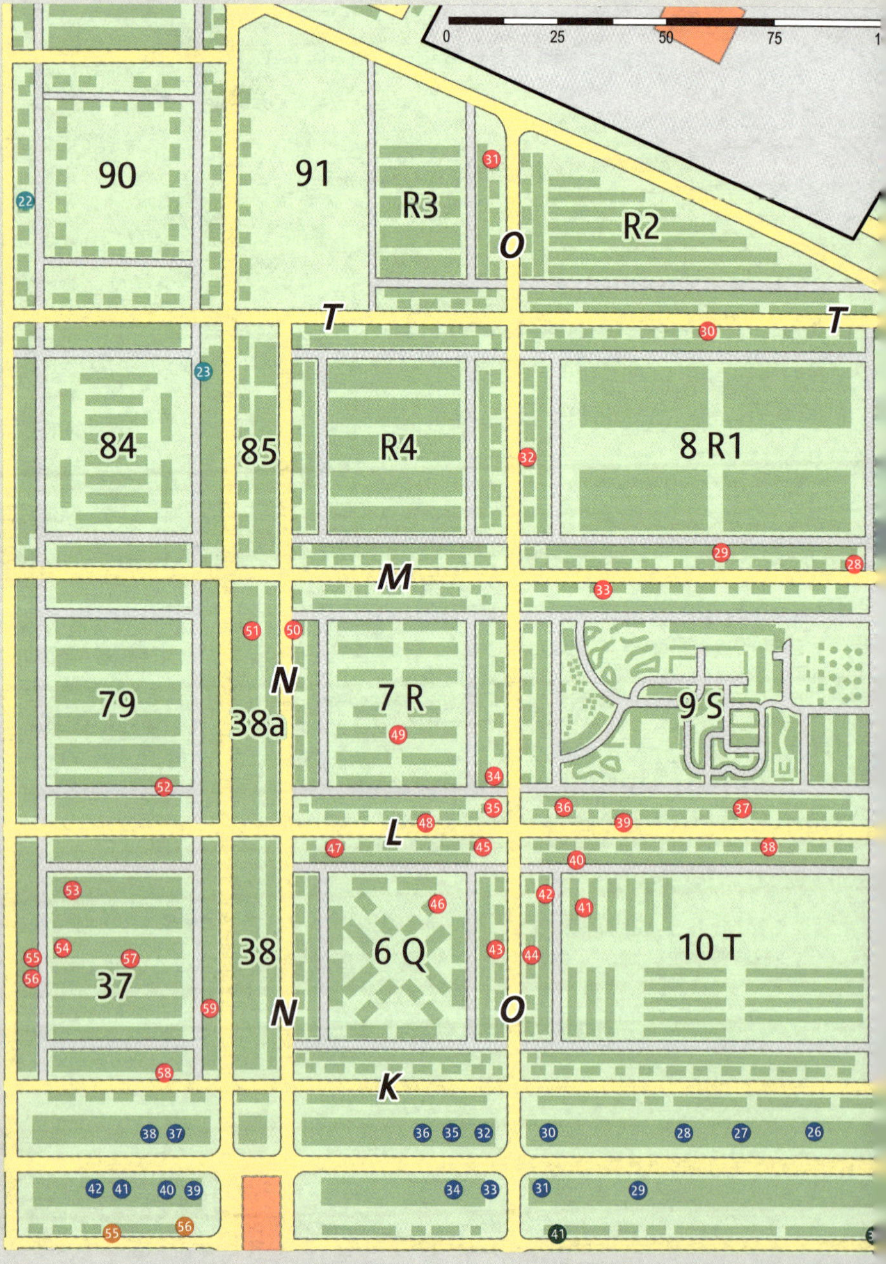
0
25
50
75
90
91
R3
R2
O
T
T
84
85
R4
8 R1
M
79
38a
N
7 R
9 S
L
37
38
6 Q
10 T
N
O
K

Plan C

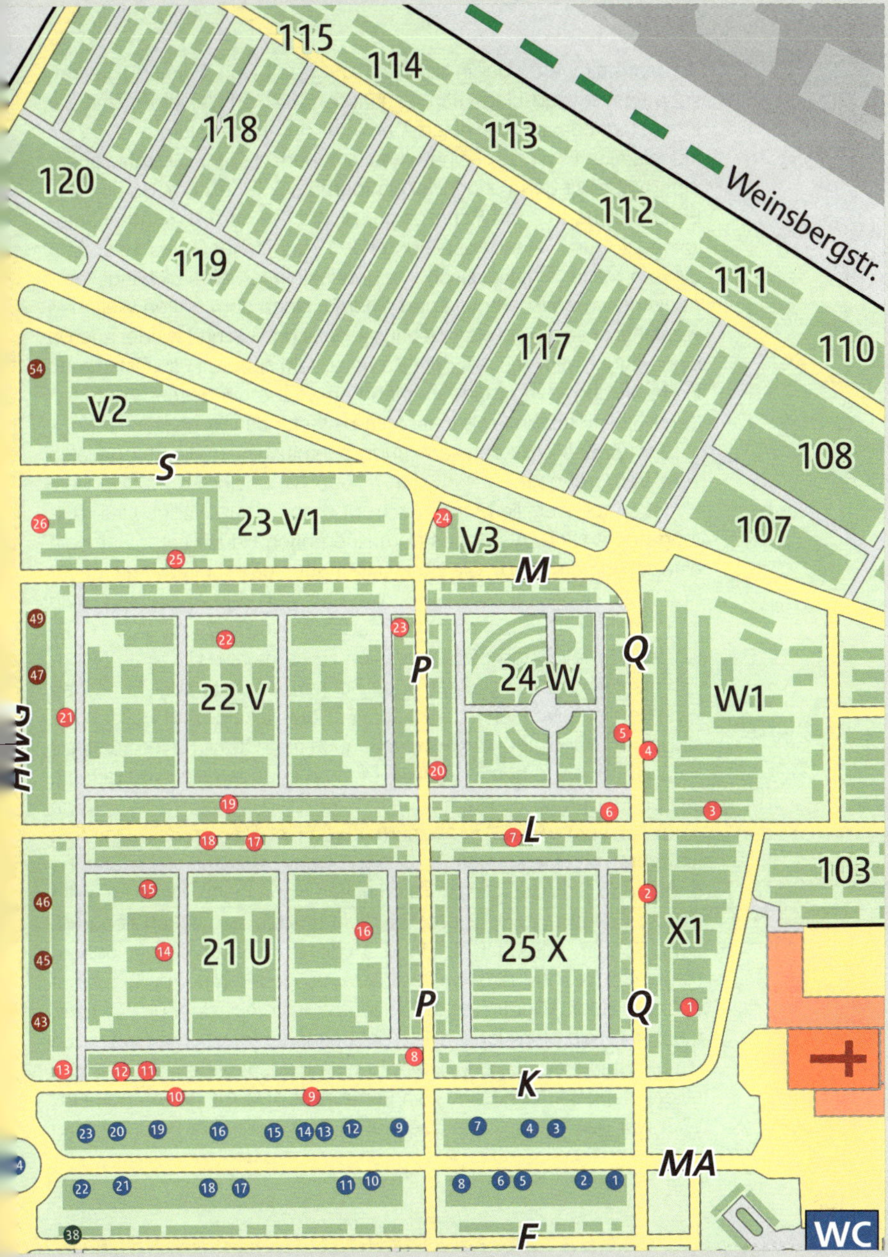

Weinsbergstr.
115
114
113
112
111
110
118
120
119
117
108
107
V2
S
23 V1
V3
M
24 W
W1
22 V
P
Q
L
103
21 U
25 X
X1
K
MA
F
WC

Plan C

❶ Schmitz, Jupp 1901–1991

Flur X1

90 Jahre alt wurde der in der Nachkriegszeit wohl bekannteste kölsche Fastelovend-Liedersänger. Nach ihm ist ein kleiner Platz in der Innenstadt benannt, mit einem Denkmal, das ihn mit Narrenkappe am Flügel zeigt. Er sitzt auf einem Klavierschemel. Ganz Grandseigneur unterhält er singend und jovial plaudernd sein Publikum. So war er! Eigentlich hatte Jupp Schmitz gar nichts mit dem kölschen Fastelovend zu tun. Seiner Ausbildung nach klassischer Pianist, war er in diesem Metier ein ›klassischer‹ Quereinsteiger. Seine Lieblingskomponisten waren Beethoven und Chopin. Nach dem Ersten Weltkrieg verdiente er sein Geld als Caféhaus-Pianist und hin und wieder auch in einem Stummfilmkino. Mit dem Karneval kam er durch Willi Ostermann in Berührung, den er eine Zeit lang am Piano bei dessen Auftritten begleitete. Er arbeitete als freier Mitarbeiter für den Reichssender Köln.

Der Zweite Weltkrieg kam, Jupp Schmitz ging in die Etappe, also zum Versorgungsnetzwerk der Truppe hinter der Front. Wie viele Künstler sollte er die Moral der Truppe durch kurzweilige Unterhaltung hochhalten. Als er aus dem Krieg nach Hause kam, war Köln eine zerbombte Stadt. Die Bewohner hatten es sehr schwer, Hunger und Kälte nagten an der Substanz. Das gab den Ausschlag: ›Wie kann man den Menschen eine Freude bereiten?‹, fragte er sich. Die Kölner Karnevalisten begannen sich zu sammeln. Die erste Nachkriegssession wurde geplant. Jupp Schmitz war mit dabei. Er schrieb zwei herrliche Nonsens-Liedchen: »Fitzlafutzlakaja« und »Ölldi sölldi sippdisa, ribbedi ribbedi knoll«, aber auch eine Ode an seine zerstörte Vaterstadt: »Ming herrlich Kölle«. Die Leute fanden sich verstanden. Der große Durchbruch kam dann mit dem Lied, mit dem jede Session verabschiedet wird: »Am Aschermittwoch ist alles vorbei«. Der Text stammte von Hans Jonen (B22). Jetzt war er ein Star: Keine Sitzung ohne Jupp Schmitz. Die Literaten rissen sich um ihn. Dann kam der Bruch: Es kam die Session 1964. Die Fastelovendjecken fieberten Jupp Schmitz entgegen. Er stand auf der Bühne: kurze krachlederne Hose mit Hosenträgern, weißes kurzärmeliges Hemd und Seppelhut auf dem Kopf: »Der Hirtenknabe von St. Kathrein, der hütet Schafe, tagaus, tagein.« Ein Nonsenslied der besonderen Art. Ironie war noch nie die Stärke der Karnevalisten. Er wurde ausgepfiffen, beschimpft, etliche verließen den Saal, wenn er auftrat. »Dä Ahl hät en Eck aff!« Was war geschehen? Die 50er-Jahre-Fresswelle war vorüber; man

lehnte sich in den 60ern zurück, war zufrieden; man fuhr in Urlaub in die Berge, man war satt. Die damit verbundene Tümelei in Leben, Film und Fernsehen wollte Jupp Schmitz spitzfindig parodieren. Was ihm auch gelang; nur das Publikum machte nicht mit. Eigentlich hatte er mit diesem Stück das provoziert, was man im Fastelovend eine Litsch-Nummer nennt. Der Künstler versucht das Publikum so zu reizen, dass er lautstark ausgepfiffen wird. Wenn er das Gepfeife und Gejohle bis zum Ende des Stückes aushält, winkt ihm als Belohnung frenetischer Applaus. So hätte es bei dem Hirtenknaben auch sein können. Aber die Kölner wollten es nicht: Jupp Schmitz hatte dem Publikum den Spiegel vorgehalten, doch es wollte sich nicht erkennen. Jupp Schmitz' Stern begann zu sinken. Noch einige Sessionen stand er auf der Bühne. Aber er zog sich immer mehr zurück. Das klassische Klavier, zu Hause in der Wohnung in Klettenberg gespielt, bekam seinen Stellenwert wieder zurück.

1983 holte ihn Ralf-Bernd Assenmacher, damaliger Präsident des Festkomitees, auf die Bühne zurück. Er sollte bei der Prinzenproklamation auftreten. Die Kölner dachten womöglich: Wat will dä alt widder he? Der Hirtenknabe war nicht vergessen. Es kam anders: »Der Auftritt war sensationell. Als ob die Jahre ihm nichts angetan hätten, unterhielt er souverän über eine halbe Stunde lang sein Publikum, plauderte aus dem Leben, ließ den Saal seine alten Lieder singen und sang selbst ganz neue. Sie zeigten den alten, weisen Liedermacher, der die stimmungsträchtigen wie die leisen Töne beherrschte: ›Feinsinniges und Hintergründiges entspricht ja auch mehr dem Kölner Humor.‹« Besser als Gérard Schmidt (E69) kann man es nicht beschreiben.

Der letzte Höhepunkt in Schmitz' Leben war der Auftritt im Senftöpfchen von Alexandra Kassen (F41) am 20. Januar 1991. Der WDR zeichnete als Hommage und zu seinem 90. Geburtstag eine Sendung auf, die an seinem Geburtstag im Fernsehen ausgestrahlt wurde. Es war Unterhaltung der allerbesten Art. Entspannt plaudernd – wie sein Denkmal es nachahmt – konnte man ihn bewundern. Er brauchte nur ein Lied anzuspielen. Das Publikum folgte seinem Einsatz. Frotzeleien, Anspielungen auf die Vergangenheit. Das Publikum lachte Tränen. Das war einer der großen Abende auf der Bühne, wie auch im Fernsehen. Wenige Wochen später erfuhr ganz Deutschland durch eine Meldung in der Tagesschau, dass Jupp Schmitz gestorben sei. In aller Stille wurde er beigesetzt. Seine Frau Bärbel starb dreieinhalb Jahre später. Beider Grab ziert ein Notenschlüssel aus Blumen; auf dem Grabstein sind die Noten und der Text eingraviert: »Am Aschermittwoch ist alles vorbei«.

2 Landmann, Johann Jacob 1787–1851
Anheisser, Wilhelm 1819–1895

Weg Q, zwischen Weg K und Weg L

Johann Jacob Landmann war Steinmetz und Bildhauer. Wilhelm Anheisser war Kaufmann in der Byardsgasse 3; verwandt mit Wolfgang Anheisser (MA22).

3 Albermann, Wilhelm 1835–1913
Albermann, Willy (Wilhelm) 1873–1967

Weg L, an Flur W1

Wilhelm Albermann war Bildhauer. Von 1865 an war er in Köln bei Baurat Hermann Pflaume (MA51) tätig. Als Professor unterrichtete er an der Gewerblichen Zeichenschule die Modellierklasse. Politisch engagierte er sich von 1893 bis 1900 als Stadtverordneter in Köln.

Albermanns bekannteste öffentliche Werke sind die Standbilder von Wallraf und Richartz vor dem Museum für Angewandte Kunst – früher war dort der Standort des Wallraf-Richartz-Museums –, der Hermann-Joseph-Brunnen am Waidmarkt und der Jan-von-Werth-Brunnen auf dem Alter Markt. Nach dem Zweiten Krieg widerfuhr der Figur des Jan von Werth eine besondere Verwandlung. Der Kopf war nicht mehr da und musste neu gestaltet werden. Es heißt aber, dass das Original wohl noch existiert. Später wurde der Mantel verlängert. Der Original-Jan hatte einen kurzen Reitermantel; heute sieht man einen langen Mantel, der zum Reiten eher ungeeignet ist. 1899 erneuerte Albermann an der Rathauslaube die zerfallenen Reliefs und Medaillons.

Seine Söhne Willy und Franz (C57) arbeiteten, bevor sie sich selbstständig machten, in der Werkstatt ihres Vaters mit. Willy widmete sich mehr der Sakralkunst; Franz der Profankunst. Er nannte sich Kunstbildhauer.

4 Opfer einer Gasexplosion im Jahre 1851

Weg Q, zwischen Weg L und Weg M

Inschrift: »Hier ruhen die am 31. März 1851 durch die Explosion im hiesigen Laboratorium verunglückten Kameraden.«

5 Feith, Anton 1786–1852

Weg Q, zwischen Weg L und Weg M

Fischhändler. Dieses Grabmal ziert das Relief eines Segelschiffes. Vergleiche Grab C20.

6 Muys, Horst 1925–1970

Weg L, zwischen Weg Q und Weg P

Horst Muys, »Der liebe Jung aus Köln am Rhein«, wurde in Mülheim geboren – nicht am Rhein, sondern an der Ruhr; aufgewachsen ist er in Duisburg. Kurz nach dem Krieg kam er nach Köln, spielte im Ensemble des Volkstheaters Millowitsch. 1951 wurde er für neun Jahre Bassist und Komiker im Eilemann Trio.

Seine Stärke war es, auf der Bühne das zu thematisieren, was sich das Publikum der 1950er und 60er Jahre insgeheim wünschte. Er überschritt mit Worten die Grenzen des Schicklich-Manierlichen, und man durfte glauben, dass er das, wovon er sprach, auch im eigenen Leben tat. »Was beide (Publikum und Muys) miteinander verband, war die Heuchelei. Sie ist die offiziell geleugnete Lust auf das, was jenseits des Erlaubten liegt. Muys war der Mann, diese Lust zu kitzeln und zu befriedigen. Er selbst war kein Heuchler, aber er spekulierte geradezu auf die Heuchelei der anderen. Damit provozierte er nicht nur stürmische Zustimmung, weil er vielen gab, wonach sie sich sehnten, sondern auch heftige Kontroversen, weil er gegen alle Regeln verstieß.« (Schmidt) Oberbürgermeister Theo Burauen (MA 5) stand demonstrativ auf, wenn Muys die Bühne betrat. Und es kam innerhalb der Kölner SPD zum Skandal, als sein Nachfolger im Amt, der damalige Landtagspräsident John van Nes Ziegler (MA11), Horst Muys zur Weihnachtsfeier der Düsseldorfer Landtagsabgeordneten verpflichtete.

Horst Muys schöpfte im Leben aus dem Vollen, und Geld gab er mit ebenso vollen Händen aus. Das Finanzamt war ihm ständig auf den Fersen. Deshalb wurde er hinter der Bühne schwarz in bar bezahlt und war verschwunden, wenn die Beamten auftauchten. »Gestern nacht ist auf dem Ring ein Feuerwerkskörper explodiert. – Sagt einer: Hür ens, do es dem Muys ald widder ne Wechsel jeplatz.«

»Ich ben ene Kölsche Jung, wat wells de de maache« – man kennt die sentimental-schmalzige Version dieses Liedes gesungen von Willy Millowitsch. 1968 wurde es bereits von Horst Muys eingespielt, in einer für ihn sehr unprätentiösen, authentischen Weise. Denn kurz vor der Einspielung des Liedes war sein zehnjähriger Sohn durch einen tragischen Unfall ums Leben gekommen.

Horst Muys starb an einem Magendurchbruch. Um seine Gesundheit hatte er sich nie gekümmert. Thomas Liessem hielt auf seiner Beerdigung die Trauerrede – gegen den Willen von Festkomiteepräsident Ferdi Leisten; am offenen Grab spielte die Kapelle von Hardy von den Driesch (D57) den Hit »Ene Besuch im Zoo« in Moll. Und man kann sich vorstellen, mit welchem Lied auf den Lippen er vor Petrus am ›Himmelspöözge‹ steht. Aber ob der ihm das wirklich glaubt?

7 Wagenknecht, Artur 1911–2003

Weg L, zwischen Weg Q und Weg

»Trost«, ein Gedicht von Ina Seidel.

8 Heun/Bein, Familie

Weg P, zwischen Weg K und Weg L

Sitzende Figur einer hübschen jungen Frau.

9 Roentgen, René 1959–1997

Weg K, zwischen Weg P und HWG

Ein Wal, der aus den Fluten steigt. – Ein origineller Grabstein, eine Bereicherung für den Friedhof.

10 Scheben, Wilhelm 1812–1895

Weg K, zwischen Weg P und HWG

Wilhelm Scheben war gelernter Brauer und Besitzer des Brauhauses »Auf Rome« an der ›Wurfelpforte‹. Bis zum heutigen Tage ist er für die Kölner Brauer der wichtigste Vertreter ihrer Zunft.

Die Würfelpforte war ein Stadttor der zweiten Stadterweiterung. 1106 verlieh Kaiser Heinrich IV. den Bürgern Kölns die Wehrhoheit. Die Stadt wurde im Süden, Westen und Norden erweitert. Der nördlich der römischen Stadtmauer gelegene Bezirk »Niederich« wurde durch eine Befestigungsanlage, mit Wall und Graben geschützt, ins Stadtgebiet eingegliedert. Den Verlauf dieser Mauer kann man auf dem Stadtplan heute noch erkennen: Am Kattenbug, Kardinal-Frings- Straße, Eintrachtstraße, Unter Krahnenbäumen; sie schloss St. Kunibert gerade noch mit ein. Am Übergang von Unter Sachsenhausen und Gereonstraße, dort wo die Kardinal-Frings-Straße nach Norden abzweigt, stand die »Wurpilporcen«. Gut erkennbar auf dem Mercator-Plan von 1571.

Zusammen mit seiner Braut Clara Loosen kaufte Wilhelm Scheben 1841 das Gasthaus und die Brauerei »Auf Rome«. Zwei Jahre später tritt er der Petrus von Mailand-Bruderschaft bei und übernimmt im Laufe der Zeit das Amt des Präses, des Präfekten, des Rendanten in Personalunion. Wichtig war ihm die Tradition der kölschen Brauer und deren Geschichte, die er akribisch erforschte, aufarbeitete und durch seine Bücher der Nachwelt nahebrachte. 1872 musste er Brauerei und Gasthaus schließen. Die Würfelpforte wurde aus verkehrspolitischen Gründen abgerissen. Fortan widmete er sich, neben der Erforschung der Brauerhistorie, der Politik. Als Zentrumsabgeordneter zog er für den Landkreis Mayen-Cochem in den Preußischen Landtag ein. Dieses Mandat behielt er bis zu seinem Tode. Jedes Jahr am 29. April treffen sich die kölschen Brauer in St. Andreas zur kölschen Brauermesse. Diese Patronatsmesse geht auf eine Stiftung Wilhelm Schebens zurück, die er anlässlich der Silbernen Hochzeit mit seiner Frau Clara im Jahr 1869 erneuerte. Für den Kölschfreund und den Bierfreund im Allgemeinen ist es wichtig, dass Scheben ein vehementer Verfechter für die Reinheit des Bieres war: Nur aus Malz, Wasser, Hopfen, Hefe soll Bier gebraut werden. Somit ist er einer der Väter des so genannten Deutschen Reinheitsgebotes, das im Juni 1906 vom Finanzministerium in Berlin erlassen wurde. – Nicht weit von Wilhelm Scheben liegen mehrere Generationen seiner Familie in einem Grab (A26). Unter anderem sein Bruder Johann Heinrich und dessen Sohn Anton Hubert Scheben.

11 Gottschalk, Andreas 1815–1849

Weg K, zwischen Weg P und HWG

Andreas Gottschalk war einer der großen sozialpolitischen Kämpfer in Köln, in eine Reihe zu stellen mit Robert Blum und August Bebel. Furore machte er, als er zusammen mit Freunden am 3. März 1848 dem Rat der Stadt die »Sechs Forderungen des Volkes« übergeben wollte. Die Ratsherren, verunsichert durch die politischen Ereignisse in Deutschland, dachten, dass jetzt auch in Köln die Revolution Einzug gehalten hätte. Als die Demonstranten durch das preußische Militär weiter in das Rathaus hineingetrieben wurden, sprangen einige Ratsherren vor Angst aus dem Fenster. Sie waren die einzigen Verletzten, die die Revolution in Köln forderte. Gottschalk wurde vier Monate später verhaftet und zu fünfeinhalb Monaten Festungshaft verurteilt.

Andreas Gottschalk war Armenarzt. Er pflegte an der Cholera erkrankte Menschen und kam so in die schäbigen Unterkünfte der untersten Klassen. Das prägte ihn. Die Menschen konnten weder lesen noch schreiben. Sie kannten ihre Rechte nicht, wurden klein gehalten, waren Spielbälle für die Mächtigen. Gottschalk gründete am 13. April 1848 den »Kölner Arbeiter-Verein«. Dessen Ziel war es, die »Forderungen des Volkes« umzusetzen: 1. Gesetzgebung und Verwaltung durch das Volk, allgemeines Wahlrecht; 2. unbedingte Pressefreiheit; 3. Aufhebung des stehenden Heeres und Einführung einer allgemeinen Volksbewaffnung mit den vom Volk gewählten Führern; 4. freies Vereinigungsrecht; 5. Schutz der Arbeit und Sicherstellung der menschlichen Bedürfnisse für Alle; 6. vollständige Erziehung aller Kinder auf öffentliche Kosten. Rechte, die für uns heute selbstverständlich sind. Dieses Engagement wurde von den Menschen honoriert. Innerhalb weniger Monate wuchs die Mitgliederzahl auf etwa 8.000, ein Zehntel der Bevölkerung Kölns. Während seiner Haftzeit übernahm Karl Marx die Leitung des »Kölner

Arbeitervereins«. Er wandelte ihn in ein politisches Agitationsorgan um. Das war nicht Gottschalks Intention. Er gründete nach der Entlassung den »Arbeiter- und Leseverein«, der in »Arbeiter-Bildungsverein« umbenannt wurde. Die Menschen folgten ihm. Obwohl durch die Zeit der Festungshaft gesundheitlich stark geschwächt, ging er seiner Tätigkeit als Arzt weiterhin nach. Er infizierte sich mit Cholera. Am 8. September 1849 starb Andreas Gottschalk im Alter von nur 34 Jahren. Viertausend Menschen begleiteten ihn auf seinem letzten Weg nach Melaten.

Der DGB sieht sich in der Tradition des Kölner Arbeitervereins und zählt Andreas Gottschalk zu den Gründervätern der Kölner Arbeiter- und Gewerkschaftsbewegung.

12 Heller, Hubert 1947–2010

Weg K, zwischen HWG und Weg P

»Hubert Heller – Gastronom und Baumeister«, so steht es auf seinem Grabstein. Als BierfreundIn liest man gerne ein »r« mehr: Braumeister. »Hellers Brauhaus«, Brauerei Heller in der Roonstraße, so läuft die Assoziationskette. Die dort gebrauten Biere sind die ersten in Köln hergestellten Biere, für die nur ökologisch angebaute Zutaten verwendet werden.

»Gastronom und Baumeister« – Hubert Heller hatte zwei rechte Hände. Und die brauchte er auch, als er sich entschloss, eine Kneipe zu eröffnen. Er mietete als erstes in der Kyffhäuserstraße ein leeres Ladenlokal, um von den Kölner Brauereien unabhängig zu sein. Vier Monate brauchte er für den eigenhändigen Umbau. Im Dezember 1969 eröffnete er das »Hatsch«. Es sollte nicht seine letzte Kneipe sein: Das »Museum«, »Rottweiler«, »Deutsches Brauhaus«, als Beispiele. 1976 konnte er im Volksgarten Kölns ersten Biergarten eröffnen. 1978 kaufte er das 1888 erbaute Gebäude in der Roonstraße von der Firma Flimm, die hier 24 Jahre lang ihren Kräuterlikör »Kabänes« herstellte. Jedes Mal gab es für Hubert Heller baulich etwas zu tun. 1991 hat er dann seine Brauerei eröffnet. Die Stadt Köln hatte kurz vorher genehmigt, dass sich kleine Brauereien in Mischgebieten ansiedeln dürfen. Hubert Heller nutzte diese Chance als Erster für seine Brauerei. Drei Jahre später legte er auf dem ehemaligen Gelände des Riehler Schwimmbads seinen Rhein-Sommergarten an.

Hubert Heller hatte ein Faible für Stelen. Deshalb haben ihm seine Frau und seine Tochter zwei Stelen aus Stein und Holz für sein Grab ausgesucht, Werkstoffe, die auch seine Bautätigkeit symbolisieren. Der hölzerne Balken stammt aus einem alten Fachwerkhaus.

13 von Paczensky und Tenczin, Gerd 1925–2014

Weg K, zwischen HWG und Weg P

»Was heute selbstverständlich ist, fanden damals noch viele Menschen unerhört: Mit »Panorama« trat ein Fernsehmagazin den Mächtigen auf die Füße. Einer der Köpfe des damals neuen journalistischen Selbstverständnisses war Gert von Paczensky. Er zählt zu den herausragenden Begründern des kritischen Fernsehjournalismus in Deutschland«. Das schreibt der ehemalige NDR-Intendant Lutz Marmor in seinem Nachruf über Gert von Paczensky.

Zu diesen Mächtigen gehörte unter anderem Franz Josef Strauß. Fibag- und Spiegel-Affäre erhitzten damals die Gemüter. 1963 forderte die Bild-Zeitung: »Der Spitzbub muß weg!« Von Paczenskys Vertrag beim NDR wurde nicht verlängert.

Er war ein Vertreter der schreibenden Zunft: Zwischen 1947 und 1960 arbeitete er für die »Welt« als Korrespondent in London, Paris und als Ressortleiter Außenpolitik in Hamburg. Von 1963 bis 1964 war von Paczensky stellvertretender Chefredakteur beim »Stern«. Zusammen mit Bernd Engelmann gründete er in Hamburg einen Verlag, Zwischenzeitlich war er bei Radio Bremen neben Marianne Koch und Wolfgang Menge einer der Co-Moderatoren der Talkshow »3 nach 9«.

In den 70er Jahren veröffentlichte er mehrere Bücher, vor allem über Dritte-Welt-Probleme, über Kolonialismus und wirtschaftliche

Ausbeutung. Wohl ein Grund, dass er 1984 in den Vorstand des Verbandes Deutscher Schriftsteller gewählt wurde. Er war auch Mitglied des deutschen PEN-Zentrums.

Gert von Paczensky war auch Genussmensch. Er half tatkräftig, »die Esskultur in den deutschen Landen nicht nur von ihren bis dato typischen angedickten Soßen zu erlösen«. 31 Jahre lang schrieb er für die Zeitschrift »essen & trinken« Restaurantkritiken und berichtete aus der französischen und deutschen Spitzengastronomie. 1985 wurde er für seine Verdienste zum Ehrenbürger der Stadt Cognac ernannt.

14 Woithe, Gertrud 1904–1982

Flur 21 in U

Ein dekoratives Grabmal aus Holz.

15 Korruhn, Wolfgang 1937–2003

Flur U: 313

»Mit der ihm eigenen unverwechselbaren Interviewkunst hat er Maßstäbe gesetzt, die unvergessen und vielen jungen Kolleginnen und Kollegen Vorbild sind.« So würdigt ihn der Intendant des WDR Fritz Pleitgen. Für das Polit-Magazin »ZAK« rückte Wolfgang Korruhn

seinen InterviewpartnerInnen im wahrsten Sinne des Wortes auf den Leib. Für großes Aufsehen sorgte das Interview mit dem stockkonservativen damaligen Fuldaer Erzbischof Johannes Dyba, dem er auf der Couch sitzend immer näher kam und den er in eine heikle Diskussion über Homosexualität verstrickte. (YouTube)

Wolfgang Korruhn war Vollblutjournalist. Er arbeitete für den Schweizer Rundfunk (SRF), das ZDF, den WDR, ab 1973 dort als Redakteur. Ob im Hörfunk (Kritisches Tagebuch) oder Fernsehen (ARD-Ratgeber Recht, Brennpunkte), er war in beiden Sparten zu Hause. Als bekennender Vegetarier produzierte er kritische Fernsehproduktionen über die Massentierhaltung.

Für die im ARD-Morgenmagazin ausgestrahlte Reihe »Taxi-Talk« interviewte er neugierig und einfühlsam nach dem Zufallsprinzip in ein Taxi zugestiegene Gäste.

16 Sartory, Petronella 1870–1924

Flur 21 in U

Großes Wandgrab mit dem Relief einer Christusfigur.

17 Leibl, Karl 1784–1870

Weg L, zwischen HWG und Weg P

Karl Leibl war ein Mann, der zu den Größen des Kölner Musiklebens gehörte. In seiner Person verschmolzen ernste und Unterhaltungs-Musik miteinander auf das Allerfeinste. Als Domkapellmeister war er der Musikszene des Kölner Karnevals überaus verbunden.

Geboren wurde er in Fußgönheim, einem Dorf in der Kur-Pfalz. In München studierte er ab 1806 Musik. Dort war er am königlichen Hof als Musiklehrer tätig. 1826 trat er sein Amt als Domkapellmeister an. Kaum in Köln angekommen, schloss er sich dem Festordnenden Komitee an. Ihm widmete er spontan sein »Lied ohne Text Nr.1« (nicht zu verwechseln mit dem »Lied Nr. 1« von Samuel Schier). Das Lied wurde ein Hit, die Melodie aus dem närrischen Treiben nicht mehr wegzudenken. Daraufhin wurde er ebenso spontan zum »Hofkomponisten des Helden Karneval« und »General-Musikdirektor des Komitees« ernannt. Das Besondere an diesem Lied war, dass das Publikum die Melodie lautmalerisch und mit Gesten unterstützen musste, um dann in den Refrain einzufallen: »O, jerum, jerum, jerum, jerum, – Trallala, trallala, trallala«. Große Zufriedenheit und ein Wir-Gefühl war die Folge. Es war das erste und für lange Zeit einzige Lied im Kölner Karneval, das im Walzer-Takt komponiert wurde.

Erzbischof August von Spiegel hatte nichts dagegen, dass sein Kapellmeister solcherart tätig war. Denn die Domkapelle wurde unter

Leibls Leitung schon bald als »Fundament aller Musik in Köln und ihr Kulminationspunkt« gelobt. Leibl gelang die Reorganisation der Domkapelle, die – und das war neu – die Messen instrumental begleitete. Er übernahm zusätzlich die Leitung des Singvereins und der Familienkonzerte. Karl Leibl verstand es, in der Öffentlichkeit durch seine hervorragenden Werke aufzufallen. Zum Dombaufest 1842 komponierte er eine Kantate. Das Wallraf-Richartz-Museum wurde mit seinen Kompositionen eingeweiht.

Aber es gab auch Ärger. Undogmatisch stellte Karl Leibl evangelische Musiker ein. Er hielt an Musikern fest, die die Grenze zum Rentenalter erreicht hatten. 1854 ließ Erzbischof Johannes von Geissel in der Messe alle Instrumente außer der Orgel verbieten. Leibl verstand es, trotz dieser Attacken bis zu seinem Tod, die Dommusik auf hohem Niveau zu erhalten.

18 Gesell, Christiane 1964–1998

Flur 22 in V

In den Stein ist eine Kristallkugel eingelassen, die manchmal magisch leuchtet.

19 Wickert, Erwin 1915–2008

Weg L, zwischen HWG und Weg P

Erwin Wickert war ein deutscher Beamter, Diplomat (unter anderem Gesandter in London, Botschafter der Bundesrepublik in Bukarest und Peking) und Autor verschiedener Sachbücher und Hörspiele. Er ist der Vater von Ulrich Wickert.

20 Hölzken, Johann 1775–1849

Weg P, zwischen Weg L und Weg M

Rheinschiffer. Hier erkennt man das Relief eines Rheinschiffes. Vergleiche Grab C5.

21 Heininger, Karl 1924–1992

Flur 22 in V

Ein modernes Grabmal, das Raum lässt für eigene Interpretationen.

22 Esch, Peter 1863–1927

Flur 22 in V

Schwarzes Grabmal in der Form eines Sarkophags.

23 Bachem, Lambert 1789–1854
Bachem, Joseph 1821–1893

Flur 22 in V

Lambert Bachem war der zweite Sohn von Wilhelm Bachem, Schultheiß zu Erpel, dem letzten »Kellner des Hohen Domkapitel«. Von 1785 an lebte er in Köln, betrieb aber weiterhin eine Weinhandlung in Bad Honnef. Sein ältester Bruder, Johann Peter Bachem, gründete 1818 ein eigenes Verlagshaus mit Buchhandlung, Bibliothek und Buchdruckerei, das Lambert sieben Jahre später, nach dem Tod des Bruders, übernahm. Als strenggläubiger Katholik versucht er 1837 ohne Erfolg, eine katholische Volkszeitung zu etablieren. Ein zweiter Versuch scheiterte 1849. Die »Rheinische Volkshalle«, getragen von einer Aktien-Kommanditgesellschaft, hatte gegen die »Kölnische Zeitung« keine Chance. Aller guten Dinge sind drei: 1854 übernahm Joseph Bachem den Verlag. Als ›Privatvergnügen‹ mit bescheidenem Anfang erschienen am 1. April 1860 die »Kölnischen Blätter«, später in »Kölnische Volkszeitung« umbenannt. Diese Zeitung kam zwar in die Krise, konnte sie aber bestehen. Auf dem 1. Vatikanischen Konzil wurde die Unfehlbarkeit des Papstes als Glaubenssatz verkündet. Dies spaltete die Geister. Bachem und die »Kölnische Volkszeitung« standen fest auf der Seite von Papst Pius IX. Zwei Redakteure lehnten sich gegen dieses Dogma auf und verließen den Verlag. Fridolin Hoffmann, einer der beiden Redakteure, gründete daraufhin den »Rheinischen Merkur« als liberalen Gegenpol und scharfe Konkurrenz zur konservativen »Kölnischen Volkszeitung«. Retter in der Zeitungskrise war Julius Bachem, ein entfernter Verwandter. Er brachte mit der Übernahme der Redaktionsleitung die Zeitung in ruhigeres Fahrwasser. Julius Bachem, Justizrat, Stadtverordneter, Mitglied des preußischen Landtags, war geistiger Führer der Zentrumspartei im Rheinland. Er forderte 1906 in einem Artikel in der »Kölnischen Volkszeitung«, das Zentrum müsse für eine interkonfessionelle Politik stehen, um zu einer »Staatspartei«, einer Volkspartei, zu werden. Die »Kölner Richtung« setzte sich gegen die rein katholische Fraktion durch. Julius Bachem wurde auf dem Melatenfriedhof (Flur 82) bestattet. Sein Grab ist aber nicht auffindbar.

24 Löcher, Kurt 1932–2018

Weg P, zwischen Weg M und Weg S

Vorbildlich restauriertes neugotisches Grabmal; auf der Rückseite befinden sich zwei Tafeln mit den Daten der vormals Bestatteten. Von 1978 bis 1998 war Kurt Löcher Leitender Museumsdirektor am Germanischen Nationalmuseum in Nürnberg. Verheiratet war er mit unserer ehemaligen Dombaumeisterin Prof. Dr. Barbara Schock-Werner. Wenige Meter weiter liegt in Sichtweite in Feld 23 in V1 ihr Vorgänger, Dombaumeister Arnold Wolff mit seiner Frau Gerta Wolff.

25 Weber, Franz 1805–1876

Weg M, zwischen HWG und Weg P

Ab 1833 Domorganist, seit 1842 Dirigent des Kölner Männer-Gesang-Vereins.

26 Kriegerdenkmal 1870/71

Flur 23 in V1

27 Fremerey, Bruno 1804–1866

Weg M, zwischen HWG und Weg O

Agenturgeschäft und Weinhandlung in der Schildergasse 98; Generalagentur des Hauses Moët & Chandon in Epernay.

28 von Bothmer, Hans Friedrich Ernst 1817–1873

Weg M, zwischen HWG und Weg O

Königlicher Generalleutnant und 1. Gouverneur von Köln.

29 Stollenwerk, Therese 1882–1914

Flur 8 in R1

Ein sehenswertes Grabmal mit einer Fotografie der Verstorbenen.

30 Kriegerdenkmal 1870/71 für französische Soldaten

Weg T, zwischen HWG und Weg O

31 Lübeck, Heinz 1910–2000

Flur R3

Dieses Grabmal lässt Raum für eigene Interpretationen.

32 Sester, Gerhard 1908–1985

Weg O, zwischen Weg M und Weg T

»Trink Sester, mein Bester!« Wer erinnert sich nicht an die herrlichen Kaltblüter, die das schwere Fuhrwerk mit den großen Fässern rumpelnd durch die Straßen zogen. Leider ist die Ehrenfelder Brauerei 1992 durch den Verkauf an Brau- und Brunnen im großen Dr. Oetker-Konzern untergegangen. 1995 wurden die Brauereigebäude abgerissen. Mit jeder kleinen Brauerei, die aufgelöst wird, geht Geschmack, Tradition, ein Stück weit Heimat verloren.

33 Degen, Johannes 1848–1916

Weg M, zwischen HWG und Weg O

Bildhauer, Schüler von Wilhelm Albermann; fertigte diverse Figuren an öffentlichen Gebäuden in Köln.

34 Hüllenkremer, Marie 1943–2004

Weg O, zwischen Weg L und Weg M

Im Jahr 1967 wurde Marie Hüllenkremer bei den »Aachener Nachrichten« Redakteurin in der Kulturredaktion. Von 1970 bis 1978 arbeitete sie als Ressortleiterin der Kultur- und Wochenendbeilagen-Redaktion. Marie Hüllenkremer wechselte 1979 zum Kunstmagazin »ART«; ab 1982 Mitglied der Kulturredaktion des »Kölner Stadt-Anzeigers«, seit 1985 gemeinsam mit Rainer Hartmann an der Spitze des Ressorts. Im Jahr 1989 wechselte Marie Hüllenkremer in leitender Funktion zum »ZEITmagazin«, kehrte jedoch 1992 als stellvertretende Chefredakteurin zum »Kölner Stadt-Anzeiger« zurück. Am 1. Oktober 1998 wurde sie zur Kulturdezernentin der Stadt Köln gewählt.

35 Hannig, Helmut und Uschi

Weg O, zwischen Weg L und Weg M

Dieses sehr schöne Grabmal hat zum dritten Mal den Besitzer gewechselt. Erstbelegung durch Franz Xaver Richartz (1773–1863); Zweitbelegung durch Theodor Feuser (1850–1905). Das Vesperbild soll aus dem 15. Jahrhundert stammen.

36 Welter, Johann Burghard 1803–1856

Flur 9 in S

» …, tüchtiger Maler und Dekorateur (u.a. mittätig bei Tempelhaus in der Rheingasse, Gürzenich, Wartburg)« (Vogts)

37 Prior, Margarete 1860–1911

Flur 9 in S

Margaretes Grabstein ist mit stilisierten Margeriten geschmückt. Die Inschrift lautet: »Blümlein traut, sprecht für mich.«

38 Tuckermann, Eduard 1847–1912

Weg L, zwischen HWG und Weg O

Wandgrab in der Form eines geschlossenen Tores. Eduard Tuckermann war Lederwarenfabrikant, Zeughausstraße 7.

39 Müngersdorff, Familie

Weg L, zwischen HWG und Weg O

Der Name Müngersdorff steht seit 1847 für Erfahrung mit Bienen und Honig.

40 Schnorrenberg, August 1889–1973

Flur 10 in T

August Schnorrenberg setzte sich mit seinen Liedern für den Wiederaufbau der Stadt nach dem Krieg ein. »Am Dom zo Kölle, zo Kölle am Rhing, do klinge de Glocke su prächtig un fing.« Willy Schneider, Sänger volkstümlicher Weisen, machte diese Zeilen Schnorrenbergs 1948, im Jahr des 700-jährigen Dombau-Jubiläums, weltbekannt. 50 Jahre später waren es die Bläck Fööss, die das Lied einem Millionenpublikum nahebrachten. Die Große Kölner KG von 1882 hat ihm diesen Stein gestiftet. Do freut sich et kölsche Hätz!

41 Czukay, Holger (Holger Schüring) 1938–2017

Flur 10 in T

»Das Messer« – »Spoon« – »Can«! – Der Straßenfeger-Krimi – die Titelmelodie – die Gruppe! Meine Erinnerungen an die Krimiserie von Francis Durbridge Ende 1971: Spannung pur und »Spoon« für mich (und meine Freunde) ein betörendes Intro.

Holger Czukay und Jaki Liebezeit; zwei Musiker, die die Musikszene in Deutschland der 70er Jahre und darüber hinaus prägten, haben hier nahe beieinander ihre letzte Ruhestatt gefunden.

Holger Czukay (Bass) gründete 1968 zusammen mit seinem Kommilitonen Irmin Schmidt (Keyboards) die Krautrockband »Can«. Beide waren Schüler von Karlheinz Stockhausen an der Musikhochschule Köln. Hinzu kamen der Sänger Malcolm Mooney, Michael Karoli (Gitarre) und Jaki Liebezeit (Schlagzeug).

Krautrock: Eine Definition findet sich bei »blog.zeit.de«: »Mit ihm entstand eine dem Jazz und Rock'n'Roll zwar verwandte, aber doch unabhängige Ästhetik. Bands aus Deutschland fanden im Krautrock eine eigene Sprache. Die Improvisationslust des Jazz und die Durchschlagskraft des Rock verbanden sie mit elektronischen Klangexperimenten, die Stücke – oft Sessions genannt – wurden länger und länger.« Wichtige Krautrockbands waren zum Beispiel »Kraftwerk«, »Amon Düül«, »Faust«.

Holger Czukay wurde 1938 in Danzig geboren. Sein bürgerlicher Nachname war Schüring. Der Großvater hatte, damit er seine Stelle als Schuldirektor behalten konnte, den Stammbaum der Familie gefälscht und den Familiennamen in »Czukay« geändert. Bei einem Auftritt in Duisburg erfuhr er von zwei polnischen Sängerinnen, dass »Czukay« ›Suche‹ bedeutet: »Ich bin eine lebende Suchmaschine«, so sagte er in einem Interview. Suchen und finden, sein Lebensmotto; Neugierde: Basis seiner Musik.

»Sich selbst bezeichnete Czukay als universellen Dilettanten, jemanden, der alles, aber nichts richtig konnte – und gerade deshalb fündig wurde.« »Sein Verfahren, aus der Situation der Aufnahme heraus auch vermeintliche Sound-Unfälle in seine Stücke zu integrieren, etwa durch die Verwendung von zufällig gefundenen Radiowellen, schuf musikalische Assoziationsketten, die das sprunghaft Visuelle der Post-Moderne zu Klang brachten, wie man es sonst nur aus dem experimentellen Kino kannte.« (spoonrecords.com)

Nach der Auflösung von Can (1978) ging Holger Czukay erfolgreich eigene Wege und blieb seinem Grundsatz der ewigen Suche treu. Als gefragter Musiker arbeitete er zusammen mit zahlreichen bekannten Kollegen: Brian Eno, Eurythmics, Peter Gabriel, Annie Lennox.

Das Aufnahmestudio von Can, ein ehemaliges Kino in Weilerswist, baute sich Holger Czukay zu seiner Wohnung um. Hier wohnte und arbeitete er bis zu seinem Tod.

2019 stiftete die Stadt Köln erstmals einen Preis für herausragende Leistungen im Bereich der Popmusik: »Mit dem Holger Czukay Preis für Popmusik sollen Künstlerinnen und Künstler geehrt werden, die in ihrem Wirken Spuren in Köln hinterlassen haben oder aktuelle Entwicklungen beeinflussen und mitprägen. Der Preis ist in seiner Namensgebung sowohl Bekenntnis zur bedeutenden Pop-Tradition Kölns als auch Wertschätzung und Stärkung dieser Sparte mit Blick auf die Zukunft.« So ist es in der offiziellen Verlautbarung zur Preisverleihung zu lesen. Der erste Ehrenpreisträger war Irmin Schmidt, Mitbegründern von Can.

41 Schüring, Ursula 1962–2017

Flur 10 in T

Ursula Schüring hatte sich unter ihrem Namen Ursula Kloss als Illustratorin und Designerin bereits einen Namen gemacht, als Holger Czukay sie Anfang der 90er Jahre kennenlernte. Als U-She und Ursa Major schrieb sie Texte und Songs, auch gesanglich arbeitete sie mit ihm zusammen. Sie gestaltete die Cover der Platten. Als sie erkrankte, pflegte Holger Czukay sie bis zu ihrem Tod. Sie starb an ihrem 55. Geburtstag. Er folgte ihr 6 Wochen später.

42 Liebezeit, Jaki (Hans Heinrich) 1938–2017

Flur 10 in T

Jaki Liebezeit, 1938 in Dresden geboren, war der Schlagzeuger von Can. Er kam vom Freejazz zum Krautrock. Er begleitete Chet Baker und gehörte in den 60er Jahren zum Ensemble um den Jazztrompeter Manfred Schoof. Aber so recht glücklich war er nicht: »Freejazz machte für mich keinen Sinn. Das war reine Kopfmusik, nicht körperlich. Rhythmus war verboten«, benennt er seine Vorbehalte. »Als es dann mit Can losging, habe ich die Dinge gemacht, die ich wirklich machen wollte: Rhythmus spielen und Rhythmen erfinden. Ich habe versucht, ganz einfach zu spielen mit Wiederholungen, zirkular, und außerdem aufs i-Pünktchen genau.« (christophwagnermusic.blogspot.com)

Aus dieser Zeit stammt der Spruch von Holger Czukay: »Jaki spielt wie eine Maschine. Bloß besser!«

Anfang der 90er Jahre stand für den erfolgreichen Studiomusiker Jaki Liebezeit wieder ein Stilwechsel an. Er erfand sich neu: Bass Drum und Hi-Hat schaffte er ab: »Ich trommle jetzt wie ein Trommler trommelt, nur nicht auf den Becken, sondern auf Fellen.« Zu seiner rhythmischen Auffassung sagte er: »Du musst monoton spielen, also immer wieder das Gleiche, den gleichen rhythmischen Zyklus wiederholen, wiederholen, wiederholen. Dann entsteht Groove.« Einen Eindruck gewinnt man durch einen Mitschnitt bei YouTube: Friedmann & Liebezeit »182-11« Live.

Die Titelmelodie »Spoon« machte Can bekannt. Einer der Protagonisten des Krimis liegt ebenfalls auf Melaten: René Deltgen (D76).

43 Eichhorn, Carl Friedrich 1781–1854

Weg O, zwischen Weg K und Weg L

Jurist und Professor der Rechtswissenschaften (deutsches Recht, Kirchen- und Staatsrecht) in Frankfurt (Oder), Göttingen und Berlin. Carl Friedrich Eichhorn lebte in Ammern bei Tübingen. Eichhorn gilt zusammen mit Friedrich Karl von Savigny als Gründer der historischen Schule der deutschen Rechtswissenschaft. Mit ihm begründete er 1815 die Zeitschrift für geschichtliche Rechtswissenschaft; ab 1838 Mitglied des preußischen Staatsrats, 1842 der Gesetzgebungskommission. Er starb bei einem Besuch seines Sohnes, dem Appellationsgerichtsrat Otto Eichhorn, in Köln.

44 Weidenbrück, Wilfried 1943–1986

Weg O, zwischen Weg K und Weg L

Patenschaftsgrab. Sehenswert, aber fast schon ein wenig kitschig wirkt dieses alte farbige, gusseiserne Kreuz.

45 Pallenberg, Johann Heinrich 1802–1884

Weg L, zwischen Weg O und Weg N

Er gründete 1830 die Möbelfabrik Heinrich Pallenberg, Am alten Ufer 41. Mit ihm begann in Köln der Übergang von der handwerklichen Schreinerei zur maschinellen Möbelindustrie. Heinrich Pallenberg war gelernter Schreiner und Möbelzeichner. Als wandernder Schreinergeselle bereiste er Belgien und Frankreich, Länder, die industriell bereits besser entwickelt waren als Deutschland. In Paris lernte er zwei Kölner kennen. Bei Jacob Ignaz Hittdorf, Hofarchitekt Ludwig XVIII., nahm er Unterricht im Möbelzeichnen. Bei dem anderen Kölner lernte er das maschinelle Schneiden von Furnier.

1835 führte er die erste Furnierschneidemaschine in Westdeutschland ein. Diese Technik war lukrativ, da billiges Innenholz mit dünnen teureren Deckhölzern optisch verfeinert werden konnte. Glatte Oberflächen, wie im Biedermeier modern, waren für ein solches Verfahren optimal.

46 Toi & Moi

Flur 6 in Q

Du und ich vereint in einem Grab. Auf dem Medaillon ist eine trauernde Frau zu sehen, die vor einer Urne mit Velum kniet. Die Urne als Gefäß zur Aufbewahrung der menschlichen Asche, Zeichen der Vergänglichkeit: Asche zu Asche; das Velum als Trauertuch oder Tränentuch. In der katholischen Messe ist das Velum eine mit einem Kreuz bestickte, überbreite Stola. Es wird zum Anfassen der Monstranz verwendet und ist ein Ehrfurchtszeichen vor dem Leib Christi.

47 Reinecke-Steegmann, Ursel 1935–1970 Steegmann, Tessa 1936–1984

Weg L, zwischen Weg O und Weg N

Diesen Grabstein hat der Bildhauer Ernst Thomas Reimbold für seine Nichten gestaltet. Das mit einem Dornenkranz umwundene blutende Herz mit einer Flammenkrone, aus der sich ein Kreuz erhebt, stellt das Heiligste Herz Jesu dar, das Zeichen des Ordens Sacre Cœur. Es ist sowohl das Zeichen des Todes als auch der Liebe, die den Tod überwindet. Die beiden Rosenpilaster an der Seite sollen Symbol sein für das Leben, die Liebe und im Blühen und Vergehen für die Auferstehung. Unter dem Herz der Spruch: »Cor meum jungatur vobis« – ›Mein Herz soll Euch verbunden sein‹. Die Wolke zwischen Spruch und Herz ist ein Zeichen, das sich auf der Marienmedaille des Ordens wiederfindet. (Informationen aus Cornelius/Geiecke und der Homepage des Ordens)

48 Camphausen, Gottfried Ludolf 1803–1890

Weg L, zwischen Weg O und Weg N

1825 gründete er mit seinem Bruder August (MA25) das Handlungs- und Bankhaus A. & L. Camphausen. Seine Vision war der »Eiserne Rhein«. Er wurde Initiator und Mitbegründer der Rheinisch-Preußischen- wie auch der Köln-Mindener-Eisenbahngesellschaft. Eine Eisenbahnverbindung nach Belgien war für ihn eine handelspolitische Alternative gegenüber den Niederlanden. Belgien selbst suchte eine verkehrspolitische Anlehnung an Preußen und machte deshalb bereits 1831 den Vorschlag einer Eisenbahnverbindung zwischen Antwerpen und Köln. Die Strecke nach Minden schloss Köln an die preußischen Kerngebiete und die Hauptstadt Berlin.

Politisch war Camphausen der führende Kopf der gemäßigten rheinischen Liberalen: ab 1831 Stadtverordneter; von 1839 bis 1848 Präsident der Handelskammer; ab 1842 Mitglied des

Provinzial-Landtags; ab 1847 Mitglied des Vereinigten Landtags; 1848 für einige Monate preußischer Ministerpräsident; von 1848 bis 1849 Bevollmächtigter preußischer Minister beim Reichsverweser in Frankfurt am Main; von 1849 bis 1850 Mitglied der preußischen Ersten Kammer und weiterhin ständiges Mitglied des Herrenhauses; »Wirklicher Geheimer-Rath«.

49 Schnurawa, Paul & Margarethe

Flur 7 in R

Irritierend ist, dass die Grabfläche selbst nicht abgegrenzt ist; man kann sie nur erahnen. Sie geht nahtlos in die Rasenfläche über. Eine Linde, ein kleines modernes Metallkreuz, winzige Namenplatte und Laterne. Der Mensch kehrt in den Schoß der Natur zurück.

50 Wagner, Martha 1893–1916

Weg N, zwischen Weg L und Weg M

Auf der schlichten Stele besticht das Porträtrelief der jungen Frau.

51 Miercher, Josef 1935–2001

Flur 38a

Zwei Deutungsversuche: Die geflügelte Gestalt des Ikarus, der durch seinen Übermut dem Tod entgegenfliegt, der Sonne zu nahe kommt und abstürzt. Oder die von irdischen Fesseln befreite Seele, die abhebt, um der Ewigkeit entgegenzufliegen.

52 Wrede, Adam 1875–1960

Flur 79

Wer Kölsch lernen will, kommt um ihn nicht herum. Sein Werk – das Standardwerk, wenn es um die »Kölsche Sproch« geht – ist der »Neue Kölnische Sprachschatz«. Er hat sich um das kölsche Brauchtum und die wissenschaftliche Volkstumsforschung im Rheinland verdient gemacht. Als Professor hatte er einen Lehrstuhl für deutsche Sprach- und Kulturgeschichte sowie deutsche und allgemeine Volkskunde inne.

53 Cellitinnen, Sankt Maria in der Kupfergasse

Flur 37

Gemeinschaftsgrab

54 Amelunxen, Elisabeth 1887–1973

Flur 37

Ein wenig versteckt, auf dem Boden liegend, findet man die ausgehfein gekleidete Figur von Elisabeth Amelunxen.

»Das Reisen war der Lisbeths Lust« ... Venedig, Capri, Rom: Reiseführer, Regenschirm und Rosenkranz, Mantel und festes Schuhwerk. Eine Frau, die bis in ihr hohes Alter mitten im Leben stand und neugierig in die Zukunft blickte, hat hier ihre letzte Ruhestatt gefunden. Als Fürsorgerin in Köln hat sie gewiss die Höhen und Tiefen des Lebens gekannt. Der erste Ministerpräsident von NRW, Rudolf Amelunxen, war ihr Bruder.

55 Schorn, Anton 1934–1995
Strauß, Anton 1828–1888

Flur 37

Anton Schorn war 30 Jahre lang bis zu seiner Pensionierung der Gärtnermeister von Melaten. Er liegt jetzt unter dem Grabstein einer seiner Vorgänger, Anton Strauß, Stadtgärtner und verantwortlich für die große Erweiterung des Melatenfriedhofs 1884 bis 1886.

56 Söderberg, Renate 1938–1992

Flur 37

Dieses Grabmal lädt zu eigenen Gedanken ein.

57 Albermann, Franz 1877–1959

Flur 37

Kunstbildhauer; Sohn von Wilhelm Albermann (C3).

58 Bong, Maria 1908–1989

Flur 37

Ein schlichtes modernes Grab.

59 Gruyters, Jochem Joachim Jacob 1971–2016

Flur 37

Großzügig eingebettet in den Baumbestand wirkt die Grabfläche mit den Basaltstelen wie eine eigene Landschaft auf Melaten.

GRABSTÄTTE DER
FAMILIE HÜRTGEN
HIER RUHT IN GOTT
UNSERE LIEBE UNVERGESSLICHE
MUTTER
SIBILLA HÜRTGEN
GEB. GIESEN
GEB. 26. FEBR. 1826 – GEST. 21. APR. 1899
FAMILIE HERING
KURT
HERING
∘ 18.9.1925
† 27.7.2003
URSULA
HERING
GEB. MORIAN
∘ 20.6.1926
† 5.2.2002

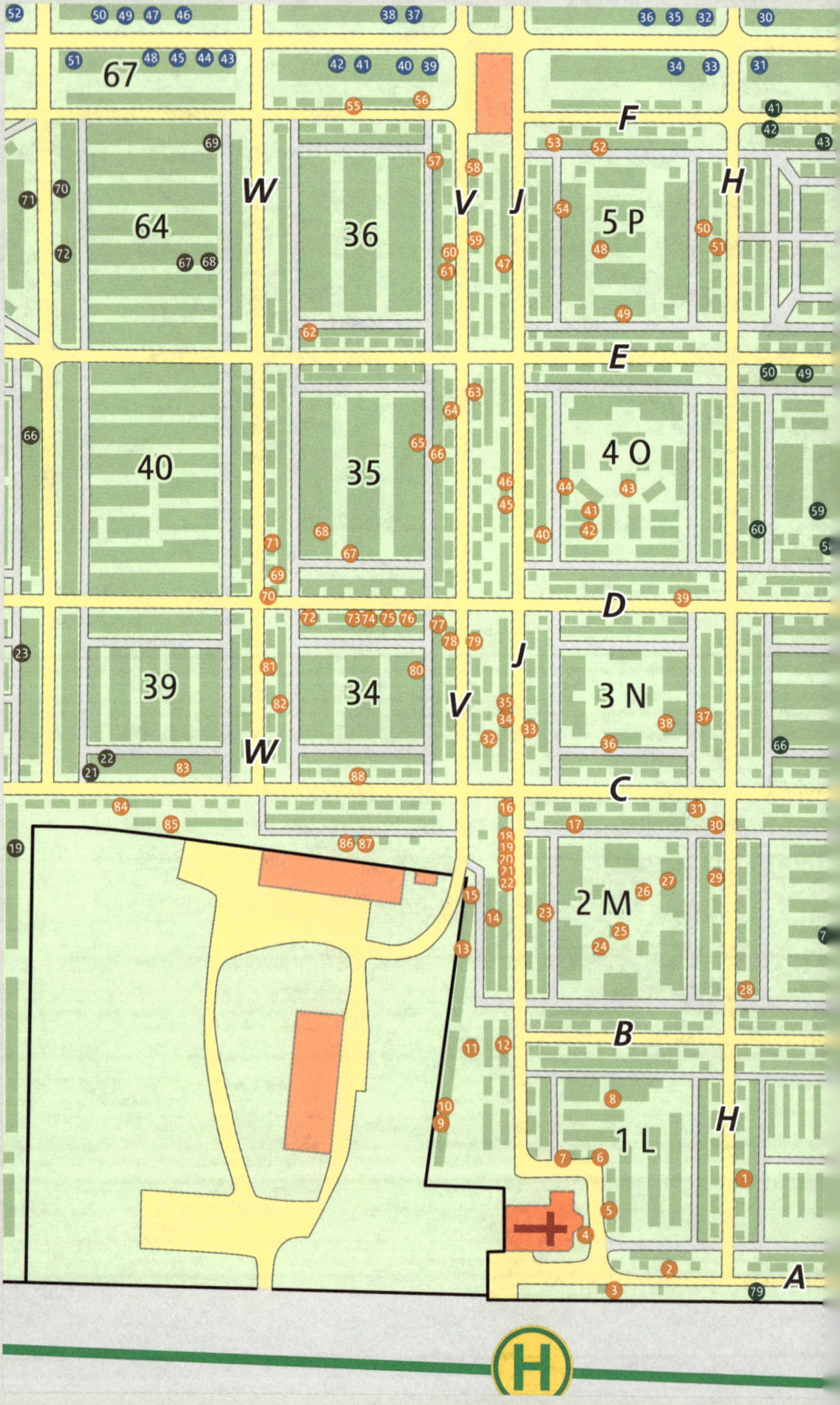

67
64
36
5 P
40
35
4 O
39
34
3 N
2 M
1 L
F
E
D
C
B
A
W
V
J
H

Plan D

1 Schmitz, Theodor Lambert 1777–1843

Weg H, zwischen Weg A und Weg B

»Schöne gotische Säule in Form einer Kirchhofslaterne«. (Vogts)

2 Urbach, Maria Catharina 1794–1819

Weg A, zwischen Weg H und Weg J

Verweilen und lesen! Maria Catharina Urbachs Gatte Caspar Josef Urbach (1777–1838) war von Beruf Weinhändler und Mitbegründer des Kölner Zivilkasinos.

3 Broichschütz, August 1822–1874

Weg A, zwischen Weg H und Weg J

Humor auf Melaten: Dieses Grabmal gibt dem Betrachter viel Anlass zur Spekulation. Auf einem einfachen Steinsockel erkennt man einen Säulenstumpf aus Metall, etwas verwahrlost. Die Verzierungen sind golden bemalt.

Lange Jahre gab es keinen sichtbaren Hinweis, wer an dieser Stelle begraben wurde. Bis eines Tages im Sommer 2005 auf der Vorderseite auf einer Folie zu lesen war, dass hier die »ehrenwerthe Petronella Schmitz« ruhe, geboren 1836, gestorben 1895. »Der Kanonenofen diente ihr zeitlebens zur Erwärmung ihrer kleinen bescheidenen Wohnung.« Der Name Petronella Schmitz erinnert die Kenner des Kölner Fastelovend an die großartige Grete Fluss, die in den 50er Jahren in einer Karnevalsrevue von Gerhard Jussenhoven die bejubelte »Petronell vun der Damenkapell« spielte.

Wiederum eines Tages war diese Folie entfernt worden und eine weitere, der heutigen ähnlich, war aufgeklebt worden, mit der Überschrift: »Nach neuester Ahnenforschung laut D.R. und I.P. liegt hier: August Broichschütz … Die meiste Zeit seines Lebens verbrachte er in einer Kneipe neben diesem neoklassizistischen Säulenofen, worauf der Wirt dieses Denkmal errichtete.« 2007 wurde die derzeitige Platte am Grabstein befestigt. Und siehe da: Im November 2012 stand unvermittelt die auf historischen Bildern abgebildete historische Tafel an die Friedhofsmauer gelehnt. Wer mag sie entfernt und wieder gebracht haben?

Hier ruhen
Aug. Broichschütz
Hier ruht
in Frieden
August Broichschütz
* 1822
† 1874

Die Frage, wer hier bestattet liegt, ist einfacher zu beantworten als die Frage nach dem denkwürdigen Grabmal selbst: Im Buch über den Friedhof Melaten von Josef Abt und Wolfgang Vomm sind mehrere Anekdoten aufgeführt. Das Gerücht, dass der Ofen aus einer Kneipe stammen soll, hält sich hartnäckig, und vielleicht ist an dieser Version tatsächlich etwas dran. In einem Artikel im »Kölner Stadt-Anzeiger« vom 14. Juni 1931 liest man: »Da ist zunächst ein alter Ofen zu einem Gedenkmal umgearbeitet. Er hat seine eigne Geschichte dieser Ofen. War und ist noch heute ›Unter Taschenmacher‹ eine kölsche Kneipe und Brauerei. Da hat einst dieser Ofen gestanden und ein um das andre Jahr treue Dienste getan. Die Herrin des Hauses saß, ob Sommer oder Winter, stets an diesem Ofen und konnte sich schlecht von ihm trennen. Da sie hohen Alters das Zeitliche segnete, beschlossen die Stammgäste Herrin und Ofen auch im Tode zu vereinigen. Der Wärmespender wurde entsprechend umgebaut und kündet – an der Mauer in der Nähe der Friedhofskapelle – wer hier zur letzten Ruhe gebettet wurde.«

Eine ganz ähnliche Version stand 1978 im »Kölner Stadt-Anzeiger« als Leserbrief veröffentlicht: »Ein verfrorener Wirt habe sich im Winter immer in der Nähe des Ofens aufgehalten. Zu seinen Gästen äußerte er: ›Wenn ich ens dud ben, stellt ehr mer dä Ovven op et Grav, domet ich kein kahl Föß krigge.‹ Die Gäste hätten ihm den Wunsch nach seinem Tod erfüllt.« Dazu muss man jedoch sagen: Die Füße sind immer noch kalt, denn der Ofen steht am Kopfende des Grabes.

Meine Version, angelehnt an einen Bericht im Kölner Local-Anzeiger vom 23. Juli 1893 (in Abt/Vomm): Es war so traurig, es war so schwer, der Erbonkel August war gestorben. Die ganze Familie Broichschütz war in tiefe Depressionen versunken. Man heulte und zähneklapperte. Aber während des Heulens und Zähneklapperns überlegte man sich gleichzeitig, wie man das Erbe von Erbonkel August möglichst wenig dezimiert und ihm trotzdem ein würdiges Grabmal auf sein Grab setzt. »Echte Pfründe hält man zusammen.« – Eines Tages lief der Schwager von August Broichschütz, von Beruf Schlosser, sinnierend durch seine Werkstatt, und da fiel sein Auge auf den verstaubt in der Ecke stehenden ausrangierten Säulenofen. Schwager Broichschütz rief: »Heureka!« Das heißt: »Ich han et jefunge!« Er holte den Ofen aus der Ecke, flexte Knauf und Beinchen ab, schweißte ein Kreuz drauf, ersetzte die Ofentür durch eine Platte, ging mit dem Trumm zum nächsten Steinmetzbetrieb und kaufte sich dort einen Steinsockel Marke »Einfach-billig-billig«. Ofen und Sockel wurden nach Melaten gebracht, miteinander verbunden, einheitlich mit Farbe gestrichen. Schon war das würdige Grabmal für Onkel August fertig. Das ersparte Geld konnte man anderweitig ›nutzbringend‹ verwenden. – Eine Geschichte mehr oder weniger an diesem Grab ist doch wohl erlaubt.

4 100 Bombenopfer

Weg J, zwischen Weg A und Weg B an Kapelle

»Zur Erinnerung an die mehr als 100 Teilnehmer einer Hochzeitsgesellschaft, die am 31. Oktober 1944 Opfer der Bomben wurden.«

Ein Denkmal für die Toten eines sinnlosen Krieges; ein Mahnmal, gerade in der heutigen Zeit, in der in vielen Ländern dieser Erde Menschen unter der Dummheit von Machthabern, Militärs und Terroristen zu leiden haben und ermordet, zu Kollateralschäden degradiert werden. Auch wir in Deutschland sind 1933 der verquasten Ideologie eines – wie Irmgard Keun schreibt – »notorischen Lustmörders« aufgesessen, sind den braunen Rattenfängern hinterhergelaufen und haben nach ihrer Pfeife getanzt. Ein Mahnmal, wachsam zu sein. Wehret den Anfängen!

5 Weyres, Willy 1903–1989

Weg J, zwischen Weg A und Weg B

Er war verantwortlich für den Wiederaufbau des Doms nach dem Zweiten Weltkrieg: Dombaumeister von 1944 bis 1972 und Diözesanbaumeister von 1945 bis 1955.

6 Martin, Maria Clementine 1775–1843

Weg J, zwischen Weg A und Weg B

Viele Besucher des Friedhofs erinnern sich am Grab von Maria Clementine Martin an Großmütter oder Tanten, die zu jeder passenden oder unpassenden Gelegenheit ihren »Klosterfrau Melissengeist«, 79-prozentig, auf einem Esslöffel mit einem Klümpchen Zucker einnahmen. Er hat ihnen immer gute Dienste geleistet und bei allen Beschwerden geholfen. Und liest man die Zusammensetzung des altehrwürdigen Klosterfrau Melissengeistes, begibt man sich auf eine Wallfahrt durch den Heilkräutergarten.

Maria Clementine Martin wurde 1775 in Brüssel geboren. Im Alter von 17 Jahren ging sie in das Annunziaten-Kloster St. Anna im westfälischen Coesfeld. Sie lernte dort den Beruf der Krankenschwester und in der Klosterapotheke die Fertigung von Naturheilmitteln. Zur Vertiefung ihrer Kenntnisse über das Carmeliter- und Melissenwasser wurde sie von ihrem Orden nach Brüssel entsandt. 1803 wurde das Kloster als Folge der Säkularisation aufgelöst. Sie zog in ein Kloster in der Nähe von Gronau, dem acht Jahre später das gleiche Schicksal widerfuhr. Sie verdiente daraufhin ihren Lebensunterhalt als Krankenschwester. In der Schlacht von Waterloo im Jahr 1815 pflegte sie Soldaten beider Parteien und erhielt als Belohnung vom preußischen

König Friedrich Wilhelm III. eine Leibrente von 160 Goldmark per Anno. Damit ließ sich sorgenfrei leben.

1825 kam sie nach Köln, eröffnet zuerst einen kleinen Destillationsbetrieb »Auf der Litsch«, dann in exponierter Lage, »gegenüber dem Süd-Portale des Domes zu Cöln am Rhein«, Domhof 19. Eines Tages erhielt sie ein Rezept zur Herstellung von bestem Kölnisch Wasser. Es gehörte damals zur Legitimation oder besser zur Legendenbildung etlicher Kölnisch-Wasser-Hersteller – inklusive der Familie Mülhens von 4711 –, dass irgendwelche edlen Geister wertvolle und gewinnbringende Rezepturen selbstlos verschenkten. Um sich von der Konkurrenz abzuheben, bat sie den preußischen König in einem Brief vom 7. November 1929 um die Erlaubnis in ihrem Logo das Wappen, den Adler des Königshauses, zu führen. Die königliche Bestätigung wurde prompt zum 31. Dezember 1829 erteilt. Fortan lief ihr Geschäft noch besser. Denn was der Königin und dem König im Notfall hilft, ist für Frau und Herr Jedermann obligatorisch. Maria Clementine war eine überaus geschäftstüchtige Frau. Sie wurde sehr reich. Nach ihrem Tode vermachte sie ihren Besitz und die Rezepturen ihrem Gehilfen Peter Gustav Schaeben (MA 27), der das Geschäft in ihrem Sinne führte und weiter ausbaute. Seine Gruft befindet sich an der Mittelachse.

7 Meister, Simon 1796–1844

Weg J, zwischen Weg A und Weg B

Historienmaler, Porträtmaler; Werke von ihm befinden sich im Wallraf-Richartz-Museum. Die verwitterte liegende Platte wurde ihm von seinen Freunden gewidmet.

8 Haar, Rainer 1948–1988
Orth, Ferdinand 1944–1994

Flur 1 in L

Schöne Einbeziehung des alten Grabsteins. Von rechts nach links zu betrachten: Maria mit Jesus auf dem Schoß, Maria und Jesus am Kreuz, Pieta: Maria mit dem vom Kreuz herabgenommenen Sohn auf dem Schoß.

9 Hennes, Yvonne 1974–1997

Weg J, zwischen Weg A und Weg B an der Mauer

Patenschaftsgrab mit kleiner skurriler Figur. Ehemaliges Grabmal von Heinrich Franssen (1830–1881). Er war Mitglied des Preußischen Abgeordnetenhauses und Reichstagsabgeordneter. (Tafel auf der Rückseite)

10 Schneider-Wessling, Erich 1931–2017

Weg J, zwischen Weg A und Weg B

Erich Schneider-Wessling liegt im Grab seiner Tochter Daniele, die 1994 gestorben ist. Nach seinem Studium der Architektur in München, USA und Venezuela fand er in den 60er Jahren in der Fluxus-Bewegung eine neue Heimat.

Er hatte eine unkonventionelle Vorstellung von Wohnen und Arbeiten. So machte er sich als junger Architekt mit den flexiblen Grundrissen, den gestaffelten oder fließenden Räumen, bald einen Namen. Seine Werke bezeichnete er als ›Reale Architektur‹.

Zwei seiner Gebäude, die wir in Köln finden können, sind die Musikhochschule (Unter Krahnenbäumen/Unter Kahlenhausen) sowie das Haus Josephstraße 32.

11 Ibach, Johannes 1856–1940

Weg J, zwischen Weg A und Weg B

Johannes Ibach hatte einen besonderen Bezug zu Melaten: Der Friedhof war seine Arbeit. Ab 1890 hatte er als Friedhofsverwalter Einfluss auf die Gestaltung gerade des neuen Teils von Melaten. 1910 wurde er Gartenbau-Direktor; ab 1915 bis 1922 war er als Friedhofsdirektor für sämtliche Kölner Friedhöfe zuständig. Während seiner Amtszeit wurden der Nord-, Süd- und Westfriedhof sowie rechtsrheinisch der neue Deutzer Friedhof geplant und angelegt. Ehrenamtlich war er als Vorstand eines Waisenbezirks in der städtischen Waisenpflege aktiv.

12 Schmitz-Gohr, Else 1901–1987

Weg J, zwischen Weg A und Weg B

Erfolgreiche Konzertpianistin, Professorin an der Kölner Hochschule für Musik.

13 Heister, Jakob 1780–1815

Weg J, zwischen Weg B und Weg C

Patenschaftsgrab der Familie Kramm. – Eine bereits 1929 entstandene Kopie des Originalgrabsteins, der im Zweiten Weltkrieg zerstört wurde. Der Entwurf geht auf Ferdinand Franz Wallraf zurück. Jacob Heister war Naturwissenschaftler, Professor. »Darstellung eines von Sternen umgebenen großen Zirkels, dessen Gelenk als eine sich in den Schwanz beißende Schlange ausgebildet ist. Sie umschreibt ein gleichseitiges Dreieck (die Dreifaltigkeit?). Vom Gelenk gehen pfeilförmige Strahlen aus. Zwischen den Schenkeln des Zirkels ein vom Quadrat umgebener Kreis. Darin Anker, Kreuz und Ring als Symbole für Hoffnung, Glaube und Treue.« (Abt/Beines)

14 Brach, Paul ?–1815 (75 Jahre)

Weg J, zwischen Weg B und Weg C zwischen Weg und Mauer

Das Grabmal von Paul Brach ist ein ›Recyclingstein‹: Auf der Rückseite lesen wir Daten des 18. Jahrhunderts: »Ao. 1767 d. 19. Decb. starb Adolph Bungartz des repective Loh-Ampts Mitmeister, seines Alters im 84. Jahre. Ao 1769 d. 15. July starb die ehrsame Frau Maria Bachems alters 69 Jahre. Eheleuthe.« Die Begräbnisse fanden – nach Hans Vogts – am 1. Januar 1768 und am 17. Juli 1769 auf dem Friedhof St. Mauritius statt. Der Grabstein wurde von der Familie nach Auflassung des innerstädtischen Kirchhofs abgetragen und auf Melaten wieder verwendet.

15 Becker, Joseph ?–1812 (67 Jahre)

Weg J, zwischen Weg B und Weg C an Mauer

Dieses Grabmal, wie auch das Grabmal von Paul Brach (D33) gehören zu den ältesten auf Melaten und liegen dicht beieinander: Joseph Becker war Kartäuser-Mönch. Er wurde »Tulpenkönig von Köln« genannt, da er sich mit Leidenschaft der Zucht von Tulpen gewidmet hat. Die Genossenschaft der Kölner Friedhofsgärtner hat wegen seiner Liebe zu den Blumen und Pflanzen seit 1895 (!) die Patenschaft über das Grab übernommen. Sie stellt die Grabfläche dem Institut für Rechtsmedizin zur Verfügung. Hier wird in einer Urne die Asche von Körperteilen Verstorbener bestattet, die aus wissenschaftlichen und rechtlichen Gründen

im Institut untersucht wurden. Sechs Urnen wurden hier seit 2009 beigesetzt, die letzte Beisetzung fand im Jahr 2020 statt.

16 Wahlen, Jakob 1788–1845

Weg J, zwischen Weg B und Weg C

Mitglied der Guts- und Ziegeleifamilie Wahlen. Er wurde »Der Goldene Wahlen« genannt, sein Bruder Johann Peter Wahlen (1781–1862) »Der Professor Wahlen«. Der dritte Bruder Johann Wahlen (1792–1866) gehört zu den Gründervätern von Ehrenfeld.

17 Placidi, Paul 1927–1995

Flur 2 in M

Das letzte Abendmahl: Jesus in Marmor.

18 Böhle, Lis 1901–1990

Weg J, zwischen Weg B und Weg C

Ihr vollständiger Name war Gertrud Elisabeth Frederica Böhle. Bereits mit zehn Jahren begann sie mit dem Schreiben von Gedichten und kurzen Geschichten in kölscher Mundart. In der Pionierzeit des Radios arbeitete sie bei der Westdeutschen Rundfunk GmbH und beim Reichssender Köln. Als ihr Mann Hans Schmidt-Rost unter den Nazis Schreibverbot erhielt, veröffentlichte sie Verzällcher und Gedichte und ernährte so die Familie. Nach dem Krieg schrieb sie regelmäßig für die Kölner Tageszeitungen. Sie gehörte zu den beliebtesten Mundartautorinnen, da sie ihre Verzällcher im normalen Leben ansiedelte. Nach dem Tod ihres Mannes zog sie sich fast völlig aus dem öffentlichen Leben zurück.

18 Schmitt-Rost, Hans 1901–1978

Weg J, zwischen Weg B und Weg C

Journalist; vor dem Zweiten Weltkrieg Mitarbeiter der »Kölnischen Zeitung« und des »Kölner Stadt-Anzeigers«; von 1945 bis zu seiner Pensionierung 1966 Leiter des Nachrichtenamtes der Stadt Köln. Er schrieb Bücher, erarbeitete Sendereihen für den WDR (Tünnes und Schäl-Dialoge) und schrieb für den Express als »Schmitz der Ubier«.

19 Lanckard, Conrad Joseph ?–1814 (78 Jahre)

Weg J, zwischen Weg B und Weg C

Kaufmann für Wollen- und Seidenwaren, Alter Markt 33.

20 Faust, Aloys 1899–1985

Weg J, zwischen Weg B und Weg C

Antiquitätenhändler; das Grabmal stellt einen stilisierten Phönix dar.

21 Feldenkirchen, Toni 1907–1982

Weg J, zwischen Weg B und Weg C

Kunsthistoriker und Zeitungswissenschaftler, stellvertretender Direktor des Verkehrsamtes der Stadt Köln; leitete von 1947 bis 1972 den Kölner Kunstverein.

22 Vordemberge, Els 1902–1999

Weg J, zwischen Weg B und Weg C

Wer in den 50er Jahren geboren wurde und im Sendegebiet des WDR aufwuchs, wird sich vielleicht noch an sie oder zumindest an ihre Stimme erinnern: Els Vordemberge. – Sie war es, die den Kinderfunk im NWDR, später WDR, leitete und gestaltete. Ich persönlich erinnere mich an die Karnevalssendungen, in denen auch Toni Steingass seine

Liedchen sang, an den Kinderbriefkasten und das Hörspiel »Immer dieser Fizzibitz«.

Nach ihrer Ausbildung am Schauspielhaus in Düsseldorf schlug ihr ein Bühnenkollege vor, sich beim Rundfunk zu bewerben. So kam sie zum Kölner Sender WERAG, damals ansässig in der Dagobertstraße, zuerst als Sprecherin in Hörspielen für Erwachsene, und dann, als eine Kollegin absprang, auch für Kinderhörspiele. Hier entwickelte sie ihr Konzept der Kinderstunde, das später im WDR wieder auflebte. Wichtig war ihr, dass die Kinder »als Subjekte der Handlung« (WDR) mit einbezogen wurden. Sie legte Wert auf altersgemäße Besetzung, nahm die Kinder ernst und achtete darauf, dass die mitwirkenden Kinder ihre Natürlichkeit behielten.

Als Jüdin war sie bereits ab 1932 den Nazis ein Dorn im Auge. 1933 gehörte sie zu den ersten Mitarbeiterinnen und Mitarbeitern des Westdeutschen Rundfunks, die entlassen wurden. Durch ihren Ehemann, Friedrich Vordemberge, den sie 1926 heiratete und mit dem sie so in einer »privilegierten Mischehe« lebte, war sie zunächst vor der Verfolgung der Nazis geschützt, jedoch nicht vor deren Repressalien. Friedrich Vordemberge ließ sich trotz mehrmaliger Aufforderungen durch die Nazis nicht von ihr scheiden. Mehrmals mussten die beiden ihre Aufenthaltsorte wechseln. 1949 kamen die Vordemberges wieder nach Köln. Und obwohl sie nie wieder zum WDR zurückwollte, wurde sie von demselben Kollegen, der sie damals zum Rundfunk holte, wieder gewonnen. Zum Ende ihrer Rundfunkkarriere war sie noch maßgeblich am Aufbau des Kinderfernsehens beteiligt. Nachlesen kann man ihre Geschichte in dem Aufsatz von Birgit Bernard auf der Website »Portal Rheinische Geschichte«.

22 Vordemberge, Friedrich 1897–1981

Weg J, zwischen Weg B und Weg C

Kunstmaler; 1947 Berufung an die Kölner Werkschulen; 1959 übernimmt er deren Direktion; 1961 Professur und Gründung eines Studios in Vinci; nach seiner Emeritierung 1974 Dozent für Malerei an der Fachhochschule für Kunst und Design in Köln. Sein Grabstein zeigt die Vergrößerung eines seiner Werke.

23 Ritte, Heinz 1931–2000

Flur 2 in M

Eine schlichte weiße Stele, deren oberer Teil ein Segelboot darstellt.

24 Scholl, Rudolf Alfons 1931–2018

Flur 2 in M

Eine ganz besonders gestaltete Grabfläche. Ein Kunstwerk auf Melaten von Rudolf Scholl. Er war Bildhauer, Grafiker und Maler. Stein, Metall, Holz waren seine Materialien, mit denen er experimentierte. »Er weitet seine Formuntersuchung auf die Begründung neuer räumlicher Rhythmen aus und erkundet Verhaltensweisen seiner Materialien neu. Er findet eigene Lösungen im Schnittpunkt von Skulptur und Bewegung, Statik und Dynamik.« Ein überaus gelungenes Beispiel für Kunst am Bau ist sein Werk, die »Aufgerollte Treppe«, am Kunstmuseum Solingen.

25 Adenauer, Konrad 1906–1993
Adenauer, Carola 1922–1983

Flur 2 in M

Sohn und Schwiegertochter des Altbundeskanzlers Konrad Adenauer.

26 Schmitt, Wilhelm 1922–2009

Flur 2 in M

Sehr schöne Plastik einer Trauernden, Patenschaftsgrab.

27 Dreesmann, Maria 1903–1916

Flur 2 in M

Kind mit Schutzengel; die Inschrift: »Von einem Tage, den die Menschen leben, / erblickt ich nur das Morgenrot./ Vor Stürmen, die der Menschen Brust durchbeben, / bewahrte mich ein früher Tod. / Verweile, Wanderer, nicht mich zu beweinen. / Geh hin und tröste mir die lieben Meinen.« (Abt/Vomm, 151)

28 Jüsgen, Josef 1835–1895

Weg H, zwischen Weg B und Weg C

Die Familie Jüsgen hatte ihre Brauerei Unter Taschenmacher 5 auf dem Grundstück der späteren Sion Brauerei. Auf der Rückseite sind die alten Grabplatten der Familie Adam Jüsgen (1809–1887) zu sehen.

29 Strohe, Familie

Weg H, zwischen Weg B und Weg C

Dieses Grabmal ist ein Werk der Dortmunder Bildhauerin Liesel Bellmann (1920–2000). Formal knüpft sie in ihrem Wirken an die informelle Kunst der 1950er Jahre an, die durch Abstraktion und Abkehr vom Gegenständlichen geprägt ist.

30 Mülhens, Wilhelm 1762–1841

Weg H, zwischen Weg B und Weg C

Kaufmann und später Destillateur. Vater von Peter Joseph Mühlens (D30). Er bekam am 8. Oktober 1792, an seinem Hochzeitstag, gemeinsam mit seiner Frau Catharina Josepha, von dem selbstlosen Kartäusermönch Franz Carl Gereon Maria Farina die Rezeptur von Eau de Cologne geschenkt. Er machte mit diesem Rezept ein Vermögen. – Wenn man in die alten Adressbücher schaut und die Farinas – ob Johann Maria, Johann Baptist, Johann Carl oder Johann Franz Farina, zählt, dann drängt sich der Verdacht auf, dass damals Legenden gestrickt wurden, die wir heute als Wahrheit ansehen. Denn ob es den Soldaten wirklich gab, der hoch zu Ross in der Glockengasse die Hausnummer 4711 an die Wand schrieb, darf man bezweifeln und als gelungenen Gag der Werbeabteilung verbuchen.

31 Claasen, Johann Wilhelm 1770–1839

Weg C, zwischen Weg H und Weg J

Gutsbesitzer und Kirchmeister der Pfarre Sankt Severin.

32 Wiethase, Heinrich 1833–1893

Weg J, zwischen Weg C und Weg D

Architekt in Köln; spezialisiert auf neuromanische und neugotische Formen. Mitarbeiter von Vincenz Statz, Julius Raschdorff und Friedrich von Schmidt.

33 Pünder, Hermann 1888–1976

Weg J, zwischen Weg C und Weg D

Herrmann Pünder war von 1926 bis 1932 Staatssekretär und Chef der Reichskanzlei; 1932 bis 1933 Regierungspräsident in Münster; von 1945 bis 1948 Oberbürgermeister von Köln; 1948 bis 1949 Oberdirektor der Bizone (amerikanische und britische Besatzungszone); von 1949 bis 1956 Mitglied des Bundestags; Mitglied des Europarats, Präsident des Zentral-Dombauvereins; er war in zahlreichen Gremien und Ehrenämtern tätig.

34 Statz, Johann 1790–1860
Statz, Sophie 1793–1861

Weg J, zwischen Weg C und Weg D

Grabmal der Eltern von Dombaumeister Vincenz Statz (MA 35) und gleichzeitig Grabstätte seines Sohnes Franz Anton Hubert (1848–1930), Diözesanbaumeister in Köln und Dombaumeister in Linz. Die beiden etwas verwitterten Reliefbilder zeigen die Namenspatrone der Eheleute.

35 Casdorf, Claus-Hinrich 1925–2004

Weg J, zwischen Weg C und Weg D

»Hier und heute«, »Report«, »Weltspiegel«, »Monitor« und natürlich: Vater der »Aktuellen Stunde« im WDR-Fernsehen. WDR-Intendant Fritz Pleitgen: »Claus Hinrich Casdorf verkörperte in angelsächsisch-lakonischer Manier den Typ des unabhängigen Journalisten. Er kannte wahrlich keine Furcht vor Fürstenthronen. Seine Kreuzfeuer-Interviews zusammen mit Rudolf Rohlinger waren legendär. Claus Hinrich Casdorf ließ sich nie mit Ausflüchten abspeisen oder gar von den Größen unseres Staates einschüchtern.«

36 Hans-Jürgen Wischnewski 1922–2005

Flur 3 in N

Willi Brandt verlieh ihm den Spitznamen »Ben Wisch« – »Es ist für mich ein angenehmes Markenzeichen«, wie Wischnewski selbst sagte.

»Ich glaube, ich war meiner Partei nie ein guter Ideologe, aber ein Pragmatiker bis dorthinaus, der eine Aufgabe angenommen hat und sie gelöst hat.« Seine Stärke war, sich in die Interessenlage der Verhandlungspartner einzuarbeiten. So verblüffte er diese bereits meist bei Verhandlungsbeginn und wurde von ihnen sehr ernst genommen.

In seinem kleinen »Privatmuseum« stand neben der alten Kalaschnikow eines Partisanen aus El Salvador ein Modell der »Landshut«, das ihm die Lufthansa nach der Befreiung der Geiseln von Mogadischu schenkte.

37 Becker, Gustav 1890–1915

Flur 3 in N

Grab für einen im Ersten Weltkrieg »gefallenen« jungen Soldaten. Das vaterländische Pathos wirkt heutzutage aufgesetzt wie eine Hülse, war aber damals anscheinend nötig, um die tiefe Trauer um den unsinnigen Tod eines Kindes zu vertuschen. – Ähnlich: gegenüber das Grabmal für die Brüder Max und Hans Masch sowie Ferdinand Fröbus auf der gleichen Flur.

38 Fröbus, Ferdinand 1888–1915

Flur 3 in N

Er starb den »Heldentod« bei Dünaburg; »im Dienste der Barmherzigkeit traf ihn das tödliche Geschoß des Feindes«.

39 von Klespe, Reiner Joseph Anton 1774–1818

Weg D, zwischen Weg H und Weg J

Am 6. Oktober 1794 verliert Köln seine Unabhängigkeit, seinen Status als Freie Reichsstadt. Die kaiserlichen Truppen hatten sich über den Rhein abgesetzt. Vor den Toren der Stadt steht die französische Revolutionsarmee unter der Führung von General François Championnet. Der Rat beschließt, die Stadt ohne Widerstand zu übergeben, in der Hoffnung, dass die alte Stadtverfassung erhalten bleibt. Am Schlagbaum vor dem Hahnentor übergibt Bürgermeister von Klespe die Stadtschlüssel, die bis zum heutigen Tage im Pariser Nationalarchiv aufbewahrt werden. Mit dieser Übergabe bewahrt er Köln vor einer Belagerung und militärischen Einnahme. Die französische Herrschaft kratzte stark am Selbstbewusstsein der Kölner. Die ehemals freie Reichsstadt Köln bekam innerhalb des französischen Reiches keine herausragende Stellung, sondern wurde zu einem Provinznest degradiert, zu einer unbedeutenden Verwaltungsstadt über ein Arrondissement innerhalb des Departement de la Roer, dessen Hauptstadt

Aix-la-Chapelle (Aachen) war. Mit der Eingliederung in das Preußische Reich erhofften sich die Kölner, wieder in alte reichsstädtische Pfründe eingesetzt zu werden. Daraus wurde nichts! Die Preußen – erzkonservativ protestantisch – mochten die Kölner – erzkonservativ katholisch – überhaupt nicht. Köln wurde erneut degradiert und damit demoralisiert: Die Kölner Universität, 1798 von den Franzosen geschlossen, wurde nicht wieder eröffnet. Den Zuschlag bekam Bonn. Die Verwaltung über die Rheinprovinz wurde nicht in Köln etabliert, sondern in Koblenz. Der Provinziallandtag bekam seinen Sitz nicht etwa in Köln, sondern in: ...!

Von Klespe war ein flexibler Mann. Er hatte unter drei Regimen eine Vielzahl von Ämtern inne. Um nur einige zu nennen: Für die freie Reichsstadt Köln war er Rats- und Gebrechherr, Mittwochsrentkammerbeisitzer, Gewaltrichter. Unter den Franzosen diente er als Unterpräfekt des Arrondissements Köln. 1814 wurde er Mitglied der Bezirkskommission.

Kirchenpolitisch bewies er schon früh Weitblick. Bereits 1789 trat er als Katholik im Rat für die Wiederzulassung eines Bethauses der Protestanten in Köln ein. Sein Herz schlug für den Kölner Dom: Er setzte sich auch finanziell für die Wiederherstellung des Domkranes auf dem Südturm und Weiterbau des Doms ein sowie für die Rückführung von Stephan Lochners »Altar der Kölner Stadtpatrone« in den Dom.

40 Kunert, Heinz 1927–2012

Flur 4 in O

»Wer kennt Colani – wer Dr. Kunert? Dr. Kunert ist es, der Autodesign à la Colani möglich machte.« So liest man es in seinem Nachruf. »Dr. Heinz Kunert stellte sein Können in den Dienst der

Verkehrssicherheit sowie der Verwirklichung sicherer Automobile. Die heizbare Heckscheibe und die außenhautbündige Autoverglasung (Autoglas) zählen zu den prominentesten seiner zahlreichen Erfindungen. Aufgrund seiner breit gefächerten Kompetenzen als Geisteswissenschaftler, Physiker und Volkswirt schuf er Patente und Lösungen für die unterschiedlichsten gesellschaftlichen Bereiche zur Verbesserung der Lebensqualität Einzelner und Vieler: Dazu zählen u.a. Lebenshilfen für behinderte Menschen wie der Kölner Lichtschreiber und revolutionäre umwelttechnische Innovationen wie das Kölner-Solar-Dioden-Fenster.«

Eine Innovation auf dem Friedhof Melaten kann er auch für sich verbuchen. Sein Grab ist das erste Grab, das mit einem QR-Code versehen ist. Dort erfährt man Auszüge aus der Lebensgeschichte des Erfinders.

41 Berger, Erika 1939–2016

Flur 4 in O

Erika Berger war Autorin bei der »Bild«-Zeitung und »Neuen Revue«. Bei RTL moderierte sie die Sendung »Eine Chance für die Liebe« und wurde so dem Publikum als Sexualberaterin und Expertin für Liebesgeschichten bekannt.

41 Mahkorn, Richard 1943–2007

Flur 4 in O

Richard Mahkorn war Journalist und Medienberater. Er war bei der Bild-Zeitung tätig, ehe er Chefredakteur der »Neuen Revue« und später der Illustrierten »Quick« wurde. Als Kommunikationsdirektor bei RTL war er Mitbegründer des Deutschen Fernsehpreises.

42 Paxmann, Familie

Flur 4 in O

Das nationale Pathos des Spruchs für die bei Ypern im Ersten Weltkrieg gestorbenen jungen Männer ist heutzutage schwer zu ertragen, jedoch typisch für Kriegszeiten. Konnten die Eltern – und nicht nur diese – mit dem Gedanken an den Heldentod ihrer Söhne die Trauer besser ertragen? Nach dem verlorenen Krieg waren sie allein.

43 Müller, Joseph 1845–1921

Flur 4 in O

»Hier ruhen in Gott / se. Bischöfliche Gnaden / der Hochwürdigste Herr Dr. Theologie / Joseph Müller Weihbischof von Köln / Titularbischof von Sarepta / Thronassistent Sr. Heiligkeit / des Papstes. Dechant der Metropolitankirche zu Köln ...« (Abt/Vomm)

44 Mertens, Familie

Flur 4 in O

Ehemalige Grabstelle Emil Ulrich (1858–1914); qualitätsvolle Galvanoplastik aus dem WMF-Katalog. Emil Ulrich war Fabrikant für Kölner Spiegel- und Fenstergalerien.

45 Stupp, Hermann Joseph 1793–1870

Weg J, zwischen Weg D und Weg E

Stupp war von 1851 bis 1863 der erste – wenn auch nach dem Dreiklassenwahlrecht – gewählte Oberbürgermeister Kölns und erfreute sich als Geheimer Regierungsrat allgemeiner Achtung und Anerkennung. Ab 1855 Mitglied des preußischen Herrenhauses.

46 Stoops, Louise

Weg J, zwischen Weg D und Weg E

Auf einem Sockel steht eine Frau mit Kind, das Kreuz in ihrer Hand betrachtend: »Gewiß, er wird kommen zu beten an meinem Grab.« So lautet die Inschrift.

47 Schönen, Gerhard 1842–1893

Weg J, zwischen Weg E und Weg F

Auf einem Sockel befindet sich die Büste des verstorbenen Regierungs- und Schulrats in Köln.

48 Dormagen, Hubert August 1806–1886

Flur 5 in P

Arzt, Wundarzt und Geburtshelfer; praktizierte und wohnte in der Johannisstraße.

49 Augustinerinnen/Antonsgasse und Gleueler Straße

Flur 5 in P

Gemeinschaftsgrab

50 Roleff, Barbara 1875–1929

Flur 5 in P

Zwei Figuren in einer: In der linken Hand die nach unten zeigende, verlöschende Fackel in der Art eines Todesengels, bzw. Todesgenius; in der anderen Hand hält die Figur einen Kranz, ganz so, als wolle sie ihn auf das Grab legen. Ein bemerkenswertes Grabmal. (›Covergirl‹ des Einbandes)

51 Kowalla, Gabi 1947–1976

Weg H, zwischen Weg E und Weg F

In diesem Grab liegen Mutter und Kind, die beide bei der Geburt verstorben sind.

52 Guilleaume, Emil 1855–1921

Flur 5 in P

Vetter von Franz Carl Guilleaume. Generaldirektor von Felten & Guilleaume; Mitbegründer des Carlswerk in Köln-Mülheim; Mitbegründer und Aufsichtsratsmitglied der Osteuropäischen, Deutsch-Atlantischen, Deutsch-Südamerikanischen und Deutsch-Niederländischen Telegraphen-Gesellschaft. Kommerzienrat, Stadtverordneter im Rat der Stadt Köln.

53 Duve, Paul 1945–2016

Flur 5 in P

Plastik eines Engels im Stil des Art déco.

54 Wichert, Carl-Valery 1981–1999

Flur 5 in P

Ein persönlich gestaltetes Grab für einen jung verstorbenen Menschen.

55 Marx, Wilhelm 1863–1946

Weg F, zwischen Weg V und Weg W

Ein bescheidenes Grab für einen Mann, dem eigentlich ein Ehrengrab gebührt, denn er war immerhin der erfolgreichste und mit 38 Monaten am längsten im Amt befindliche Reichspräsident Deutschlands der Weimarer Republik. Während seiner Regierungszeit trat Deutschland dem Völkerbund bei, ein erster Schritt zur Demokratisierung. Er scheiterte nur knapp bei der Wahl zum Reichspräsidenten gegen Paul von Hindenburg. Als bekennender Katholik und Zentrumspolitiker hat ihn diese Niederlage besonders getroffen, da jener ausgerechnet mit der Unterstützung der bayerischen Volkspartei und anderer katholischer Gruppen gewählt wurde.

56 Findeisen, Britta 1937–2010 Findeisen, Ulrich 1939–2020

Flur 36

Britta Findeisen studierte an der Hochschule der Künste in Berlin und machte später ihr Diplom im Bereich Garten- und Landschaftsplanung an der Technischen Universität Berlin. Bis 1985 wirkte sie in ihrer Geburtsstadt. 1986 zog sie gemeinsam mit ihrem Mann Ulrich Findeisen nach Köln. Hier arbeitete sie als freie Künstlerin und eröffnete ein eigenes Atelier Tür an Tür mit dem Büro ihres Mannes.

Ulrich Findeisen, Architekt und Stadtplaner, war nach seinem Studium Mitglied einer Architektengemeinschaft in Berlin. 1985 erhielt er einen Ruf der Fachhochschule Köln an die Fakultät für Architektur für die Lehrgebiete Entwerfen und Konstruieren. Diese Professur hatte er bis 2014 inne. Im Jahr 1987 gründete er zudem sein eigenes Architekturbüro in der Innenstadt von Köln mit den Schwerpunkten Wohnungs-, Bildungs-, Verwaltungs- und Städtebau.

2007 gründete das Ehepaar die »Stiftung für Kunst und Baukultur – Britta und Ulrich Findeisen«. Das Forum der Stiftung befindet sich Venloer Straße 19 in Köln-Ehrenfeld. Als Förderin der Bildung, Denkmalpflege, Kunst und Baukultur setzt sich die Stiftung für die gebaute Umwelt sowie die künstlerisch-gestalterische Bildung und Arbeit ein, mit regelmäßigen Ausstellungen und Kulturprogramm.

Der Engel auf dem Grab des Stifterehepaares ist ein Werk des Berliner Bildhauers Joachim Schmettau. Mit ihm hatte Britta Findeisen studiert. Er kam mit dieser Skulptur dem Wunsch nach, dass ein Engel auf dem Grab stehe. Die Form der Figur, die Ornamente und Reliefs entstammen seiner Phantasie. Sie sollen an die Natur erinnern und spielen so darauf an, dass Britta Findeisen auch Gartenbau und Landschaftsbau studiert hatte.

57 von den Driesch, Hardy 1916–1979

Flur 36

Im Fastelovend Kölner Kapellmeister und ›Stabstrompeter‹ fast aller großer Gesellschaften: Seine Kapelle wurde von Matthes Dick übernommen.

58 Landwehr, Heinrich Joseph 1807–1878

Weg V, zwischen Weg E und Weg F

Notar und Justizrat, hatte seine Kanzlei in der Allerheiligenstraße 12. Zwei kindliche »Liegefiguren mit Waage und Schwert, den Attributen der Justitia« (Abt/Beines) auf einem Sockel an einem Kreuz.

59 Ungers, Oswald Mathias 1926–2007
Ungers, Lieselotte 1925–2010

Weg V, zwischen Weg E und Weg F

Oswald Mathias Ungers war ein international bekannter Architekt. Sein Markenzeichen waren die Initialen OMU. Mit Gebäuden wie dem Alfred-Wegener-Institut in Bremerhaven, dem Wallraf-Richartz-Museum in Köln oder der Kunsthalle Hamburg hat Ungers sich in die Baugeschichte eingeschrieben.

Lieselotte Ungers und er bildeten gemeinsam ein Team, darauf legte sie großen Wert. Als studierte Betriebswirtschaftlerin war sie Prokuristin der Architekturfirma, verantwortlich für die Mitarbeiterfragen und Öffentlichkeitsarbeit. Als leidenschaftliche Buchsammlerin und Autorin von mehreren Büchern baute sie gemeinsam mit ihrem Mann ab den 50er Jahren eine der größten privaten Buchsammlungen für Architektur und Architekturtheorie auf. Untergebracht ist diese im Bibliothekskubus ihres Hauses in Köln-Müngersdorf, Belvederestraße 60, heute der Sitz der Stiftung Ungers Archiv für Architekturwissenschaft (UAA). Der Gesamtkomplex dort wurde 2019 in die Liste national wertvoller Kulturdenkmäler aufgenommen. Ein weiteres Haus von Ungers befindet sich im Kämpchensweg 58, das ›Haus ohne Eigenschaften‹.

60 Riphahn, Wilhelm 1889–1963

Weg V, zwischen Weg E und Weg F

Riphahn entstammte einer Kölner Architekten- und Bauunternehmerfamilie. Nach dem Studium an der Baugewerkschule Köln sowie in München, Dresden und Berlin und nach etlichen Praktika ließ er sich als privater Architekt in Köln nieder. Städtebauliche Akzente setzte er mit den architektonisch einmaligen Siedlungen in Bickendorf, Mauenheim (Grüner Hof), Zollstock und auf dem Kalker Feld in Buchforst (weiße Stadt). Hier eine Auswahl seiner Bauten: die wunderschöne Wohnhausgruppe Ecke Deutzer Freiheit/Justinianstraße, das britische Kulturinstitut »Die Brücke«, das französische Kulturinstitut am Sachsenring, die WiSo-Fakultät der Universität zu Köln, die Kirche Petrus-Canisius in Buchforst, die Neumarktpassage, der ehemalige UFA-Palast am Ring, das Schauspielhaus. Riphahn galt in der damaligen Zeit als Theaterspezialist. Das Opernhaus wurde bei seiner Eröffnung als »das schönste Theater Deutschlands« gefeiert.

Köln verdankt Riphahn die Gestaltung der Hahnenstraße, die von den Nationalsozialisten als Aufmarschstraße für das Gauzentrum in Deutz vom Aachener Weiher ohne Rücksicht auf gewachsene bauliche Strukturen quer durch die Stadt geschlagen worden war. »Durchbruchstraße« nannten die Kölner sie. Riphahn engte die weite Flucht der hohen Häuser mit vorgebauten einstöckigen Flachdachbauten ein. Direkt am Rheinufer entstand ein wahrlich architektonischer Leckerbissen, die Bastei. Über den Sockel eines alten preußischen Festungsturms von 1891 ragt ein sternförmiger Pavillon mit einem Zeltdach hinaus. 1924 wurde dieser expressionistische Bau von Riphahn vollendet. Der Dichter Joachim Ringelnatz hat der Bastei in einem Gedicht ein Denkmal gesetzt:

Köln von der Bastei gesehen

Es schlägt der Leuchtturm durch die Nacht
Seine unermüdlichen Strahlen.
Es schleichen Schiffe überwacht,
Die lassen sich bezahlen.

Wie Perlenreihen und Geschmeid
Lichtern die Ufer am Rheine.
Ein Mädchen weint ihr Herzeleid
Am Kai auf steile Steine.

Sie trägt ein helles Wiesenkleid
Und steht sonst ganz im Dunkel.
Das Wasser spiegelt kein Herzeleid,
Es spiegelt nur Gefunkel.

Ich rufe schmatzend den Ober herbei.
Er will mich nicht verstehen.
Ich wünsche: Es möchte sich die Bastei
Jetzt karussellartig drehen.

61 Räderscheidt, Anton 1892–1970

Flur 16 in A

Kölner Maler, Vertreter der neuen Sachlichkeit, Zusammenarbeit mit Johannes Theodor Baargeld (F59), Heinrich Hoerle, Hans Arp und Max Ernst. Anton Räderscheidt emigrierte 1934 nach Frankreich, dann in die Schweiz. 1949 kehrte er nach Köln zurück, wo er bis zu seinem Tod lebte. Sein Atelier hatte er in der Landsbergstraße in der Südstadt. Zum ersten Mal wurde er 1970 im Familiengrab auf dem Südfriedhof beerdigt. 1984 kam er auf Wunsch seiner Frau nach Melaten, Urnenfeld 16 in A. Doch wurde 2010 sein Grab versehentlich eingeebnet. Das wurde zum Glück entdeckt. Seine Urne wurde geborgen und an dem jetzigen Platz ein drittes Mal beigesetzt, in würdiger Nähe zu Oswald Maria Ungers und Wilhelm Riphan.

Ich male den Mann mit steifem Hut
und die Hundertprozentige Frau

Dieses Zitat stammt aus dem Katalog einer Gruppenausstellung in der Kölner Richmod Galerie. Es bringt Räderscheidts künstlerisches Schaffen in den zwanziger Jahren auf den Punkt.

62 Mandelkow, Dietrich 1941–2020

Flur 36

Ich wäre beinahe an diesem Grabmal vorbeigelaufen – auf dem Weg zwischen Flur 35 und 36. Es ist die Rückseite des Grabsteins, die meinen Blick angezogen hat. Das bunte Relief mit einem Spruch, den ich vom Weg nicht lesen konnte. Auf der metallumrandeten Grabfläche stehen zwei urige naturbelasse Steinstelen. Ein stimmiges Ensemble.

Denn die Liebe siegt im Kampfe,
ist fest in der Verteidigung.
Wen der Himmel retten will,
den schützt er durch die Liebe.
(Laotse 700–600 v. Chr.)

63 von Thimus, Freiherr Albert 1806–1878

Weg V, zwischen Weg D und Weg E

Von 1862 bis 1878 Appellationsgerichtsrat; von 1852 bis 1861 Mitglied des preußischen Abgeordneten-Hauses, Mitglied der katholischen Fraktion; von 1870 bis 1878 für das Zentrum Mitglied im Reichstag. Widmete sich der »Harmonikalen Symbolik des Altertums«, über die er ein musikwissenschaftliches Standardwerk schrieb.

64 Stoffel, Michael 1929–2005
Stoffel, Eleonore 1929–2007

Weg V, zwischen Weg E und Weg F

Das Ehepaar Stoffel waren Kunstsammler. Ihnen verdanken wir den Skulpturenpark nahe der Zoobrücke. Die beiden hatten bereits in den 60er Jahren begonnen, zeitgenössische deutsche und amerikanische Kunst zu sammeln. Ihre Sammlung gehörte zu den bedeutendsten Privatsammlungen in Deutschland. Zu ihren Künstlern gehörten unter anderen Marlene Dumas, Jörg Immendorff, Martin Kippenberger, Per Kirkeby, Markus Lüpertz, A. R. Penck, Rosemarie Trockel, Georg Baselitz, David Hockney. Ihre umfangreiche Sammlung wollte Eleonore Stoffel zu ihren Lebzeiten der Stadt Köln übergeben – allerdings als ganze. Da das Museum Ludwig nur einen Teil übernehmen wollte, wurde sie als unbefristete Dauerleihgabe nach München an die dortige Pinakothek der Moderne gegeben.

Die Plastiken im Skulpturenpark, der von der Gesellschaft der Freunde des Skulpturenparks Köln betreut wird, sind als »ewige Leihgabe« der Stadt erhalten geblieben.

65 Senger, Josef 1914–2003

Flur 35

Moderner Grabstein: eine Brücke überspannt einen tiefen Fluss.

66 Adeneuer, Sibilla ?–1877 (67 Jahre)

Flur 35

Kleiner schlichter Stein mit Relief von zwei ineinandergelegten Händen, Zeichen der Hoffnung auf ein Wiedersehen im Jenseits.

67 Müller, Friedrich ?–1924, Caspers, Hubert ?–1966 Querbach, Joseph ?–1984

Flur 35

Drei Pfarrer in einem gemeinsamen Grab.

68 Klompen, Wilma 1928–2000

Flur 35

Der auferstandene Christus umringt von den Pflanzen, Fischen, Vögeln. Man muss genau hinschauen, da nur die Umrisse zu erkennen sind. Eine ganz andere Art, ein Grabmal zu gestalten.

69 Liessem, Thomas 1900–1973

Flur 35

Thomas Liessem verkörpert den Kölner Karneval sowohl vor als auch nach dem Krieg. Er war die prägende Figur in dieser Zeit mit ihren Tiefen und Höhen.

70 Schacht, Heinz 1909–1987
Schacht, Else 1909–2000

Weg D, zwischen Weg W und Weg V

Ein einfacher Sandsteinquader in der Form eines sich schließenden Theatervorhangs: Der letzte Vorhang ist gefallen. Heinz Schacht wirkte in vielen Filmen mit, war Schauspieler am Schauspielhaus in Köln und Sprecher beim Hörfunk.

71 Sarrazin, Manfred 1951–2013

Weg W, zwischen Weg D und Weg E

Denk ich an Manfred Sarrazin, denk ich an die Samstagabende, die ich vor dem Radio saß und »Die telefonische Mord(s)beratung« hörte. Er gehörte zum Krimikompetenzteam, dem er durch seine Sicht auf die Kriminalliteratur immer wieder eine neue Facette hinzufügte: Er war die »Blutgrätsche«, ein Liebhaber des Krimigenres ›Noir‹.

Denk ich an Manfred Sarrazin, denk ich an die Alibi Buchhandlung in der Limburger Straße in Köln, die mit dem Sofa, die ich viel zu wenig

besuchte. Aber die von ihm empfohlenen Bücher da wie dort stehen in meinem Bücherregal. Wer Manfred Sarrazin erleben möchte, trifft ihn im Internet: manfredsarrazin.wordpress.com

Möge diese Website noch lange Zeit im Netz stehen.

72 Wordel, Ria 1894–1992

Weg D, zwischen Weg W und Weg V

Sie hat das Buch der Psalmen aus dem Alten Testament ins Kölsche übersetzt:

Psalm 23

Dr joden Heet
Dr Här es mingen Heet, mir jeit nix av.
Hä hät mich op en jröne Wees jefoht.
Do han ich Foder, Wasser och ze baaschte,*
Un keine Hunger bruch ming Siel ze ligge.
Weil Hä et will, kann ich do jrase jon.
Un stupp hä mich och en e dunkel Loch – –
Ich ben nit bang, denn Hä, Hä es je do.
Du decks mr dr Desch, un die Ööster künne zoluure.
Du deis Pomad op ming Hoore un schötts mr noch e Jlas en.
Loß kumme, die mir Unjods welle.
Die künne mir nix dun. Hä well et nit.
Dr janzen Dag noch darf ich bei im blieve.
Hä hät mich jään, un dat es mingen Trus!

* mehr als genug haben

73 Weng, Jardena 1980–2011

Weg D, zwischen Weg V und Weg W

Eine schon fast lyrische Synthese von Stein, Glas und Metall. Eines der schönsten Grabmale auf Melaten.

74 Uhlen, Gisela 1919–2007

Weg D, zwischen Weg V und Weg W

Gisela Uhlen war eine deutsche Schauspielerin, Tänzerin und Drehbuchautorin. Sie spielte ab 1936 in mehr als 60 Filmen, 80 Fernsehspielen und verkörperte über 100 Bühnenrollen. Zeit ihres Lebens hatte sie Engagements an großen Bühnen, wie bereits zu Beginn ihrer Karriere am Schauspielhaus Bochum unter dem Intendanten Saladin Schmitt oder am Schiller Theater in Berlin. Hier spielte sie zusammen

73
Jardena
Weng
x 20.2.1980
+ 25.12.2011

mit Heinrich George. In den 30er Jahren avancierte sie zum Star in den Filmen der UFA, so in den nationalsozialistischen Filmen »Ohm Krüger« und »Die Rothschilds«.
Nach dem Krieg war sie neben Film und Bühne auch im Fernsehen zu sehen: in Filmen von Edgar Wallace, aber auch in der Serie »Traumschiff«. In »Forsthaus Falkenau« war Gunther Philipp ihr Partner. Für ihre Rolle als Mutter in »Die Ehre der Maria Braun« von Rainer Maria Fassbinder bekam sie 1979 den Bundesfilmpreis in Gold.

75 Philipp-Placheta, Gunther 1918–2003

Weg D, zwischen Weg V und Weg W

Dass Gunther Philipp ein viel beschäftigter Schauspieler war, ist bekannt. Seine Filme mit Hans Moser und Peter Alexander machten ihn zu einem Liebling des Publikums. Er war Autor von vier Revuen, von etwa 100 Hörfunksendungen und mehr als 20 Filmdrehbüchern. Mit dem Niedergang des Unterhaltungsfilms der alten Prägung widmete er sich dem Fernsehen und dem Boulevard-Theater.

Gunther Philipp hatte aber auch noch andere Seiten: In Wien wuchs er auf, ging dort zur Schule. Seine Leidenschaft war das Schwimmen. 14 Jahre lang hielt er den österreichischen Rekord über 100-Meter-Brustschwimmen. 1936 wurde er in die Olympische Nationalmannschaft berufen, jedoch nicht nominiert, da er dem von den Nationalsozialisten dominierten Ersten Wiener Amateur Sport Club nicht beitreten wollte. Er schwamm trotzdem weiterhin Rekorde.

Philosophie, Psychologie und Medizin studierte Gunther Philipp. Nebenbei absolvierte er am Max Reinhardt Seminar in Wien eine Ausbildung zum Schauspieler. Als Arzt absolvierte er seinen Kriegsdienst in einem Feldlazarett, nach der Promotion in einer Herzambulanz. Er hatte die Aufgabe, die Kriegstauglichkeit von jungen Rekruten festzustellen, was er nicht immer im Sinn der Wehrmacht tat, wohl aber zum Wohle der Patienten. In Oberösterreich betrieb er nach dem Krieg eine Praxis und war gleichzeitig an der Wiener Universitätsklinik für Neurologie und Psychiatrie tätig. 1949 gab er seinen bürgerlichen Beruf auf und widmete sich fortan der Schauspielerei.

Gunther Philipp war ein ausgesprochener Autofan. Er wurde in einem Ferrari-roten Sarg bestattet. Auf seinem Grab konnte man nach seiner Beerdigung einen großen roten Kranz des Ferrari Club Deutschland bewundern. In den 50er Jahren hatte er einen eigenen Rennstall für Fahrzeuge der Gran-Turismo-Klasse gegründet. Er war mehrmals österreichischer Staatsmeister geworden. Mit dem legendären Jochen Rindt moderierte er die ORF-Sendung »Motorama«.

76 Deltgen, René 1909–1979

Weg D, zwischen Weg V und Weg W

Wer ihn einmal gesehen oder gehört hat, behält seine markante Stimme im Ohr. In den 50er Jahren war er der Detektiv Paul Tempel in den von Francis Durbridge geschriebenen Hörspielen. Elf Produktionen faszinierten die Hörer. In den TV-Straßenfegern »Der Hexer« (1964) und »Neues vom Hexer« (1965) spielte er die Hauptrolle. Ab 1978 war er als Alpöhi in der 26-teiligen Fernsehserie »Heidi« im Fernsehen zu sehen.

René Deltgen stammte aus Esch in Luxemburg. Seine Karriere begann, wie die von Willy Birgel, an der Schauspielschule in Köln. Nach einigen Bühnenengagements in Köln, Frankfurt und Berlin kam er 1935 zum Film. In den 30er-Jahre-Actionfilmen verkörperte er den Typ des Abenteurers. In dieser Rolle standen er und Willy Birgel 1939 im Film »Kongo-Express« vor der Kamera. Im gleichen Jahr wurde Deltgen mit dem Titel »Staatsschauspieler« ausgezeichnet, eine Ehrung, auf die seine Landsleute im besetzten Luxemburg allerdings nicht stolz waren. Die Folge nach dem Krieg: Auftrittsverbot.

1949 rief ihn die Branche zurück: »Der Tiger von Eschnapur« und »Das Indische Grabmal« waren zwei seiner Erfolgsfilme. Trotz dieser Leinwanderfolge blieb er Zeit seines Lebens der Bühne treu.

77 Birgel, Willy 1891–1973

Weg D, zwischen Weg V und W

Eigentlich sollte er Goldschmied werden, aber die Bretter, die die Welt bedeuten, waren sein Leben. Nach seiner Ausbildung an der Kölner Schauspielschule begann 1913 am Staatstheater Bonn seine Karriere. Erst mit 43 Jahren zog es Willy Birgel ins Filmgeschäft. Bekam er anfangs lediglich Nebenrollen, avancierte er schon bald zum Liebling des Massenpublikums. Vom zwielichtigen Charakter bis zum Grandseigneur – er spielte mit Stil. Größen wie Heinrich George, Gustav Gründgens, Willy Fritsch, Lilian Harvey und Zarah Leander waren seine Partner und Partnerinnen. Er wirkte in Propagandafilmen mit. Sein bekanntester und von der nationalsozialistischen Filmprüfstelle mit dem Prädikat »staatspolitisch besonders wertvoll« versehen, war der Film »– reitet für Deutschland«. Ein im Krieg schwer verletzter Rittmeister schafft es, hart gegen sich selbst und trotz einer Behinderung, den »Großen Preis von Europa« zu gewinnen. Birgel wurde für diese Rolle mit dem fragwürdigen Titel »Staatsschauspieler« geehrt. Nach dem Krieg wurden ihm diese Filme von den Alliierten vorgehalten. Die Folge: zeitweiliges Auftrittsverbot.

In den 50er Jahren wurde er einer der meistbeschäftigten Schauspieler Deutschlands. Die Rolle des gereiften Herrn, des Charmeurs der alten Schule, die Vaterfigur passten altersmäßig hervorragend zu ihm. Dem Theater blieb er stets treu. 1959 gastierte er im Schauspielhaus Zürich, ab 1964 am Bayerischen Staatsschauspiel in München. 1973 starb er an Herzversagen.

78 Bayer, Josef 1867–1936

Weg V, zwischen Weg C und Weg D

Arzt und Schriftsteller, Vorsitzender und Ehrenvorsitzender des Heimatvereins »Alt-Köln«; sammelte Totenzettel und Zeitungsausschnitte. Diese hervorragenden Zeugnisse einer Epoche sind einzusehen im Historischen Archiv der Stadt Köln.

79 Thelen, Eduard 1904–1975

Weg V, zwischen Weg C und Weg D

Sein Hobby war das Sammeln von Plaketten mit Darstellungen der Heiligen Drei Könige.

80 Köhler, Ingomar 1936–1999

Flur 34

Schöne Basaltsäule; eine Bank daneben lädt zum Verweilen ein.

81 Schwanck, August 1838–1916

Weg W, zwischen Weg C und Weg D

Subdirektor der Versicherungsgesellschaft »Nordstern« und Berufsgenossenschafts-Geschäftsführer.

82 Wiemer, Herbert 1957–1994

Flur 34

Grabstein gestaltet in Anlehnung an eine Skulptur des 1957 (!) verstorbenen französischen Bildhauers Constantin Brancusi: »Der Kuss«. Der Stein ist von beiden Seiten gestaltet!

83 Gaa Howard, Christa 1937–1992

Flur 39

Sehr sehenswerte Frauenbüste. – Christa Gaa Howard war eine aus Hamburg stammende Malerin, verheiratet mit dem englischen Maler Ken Howard.

84 Hopmann, Familie

Weg C, gegenüber Flur 39

Auf der Rückseite befinden sich zwei Grabplatten vom alten Katholischen Friedhof Wuppertal Elberfeld sowie der in Flur R1 ehemals bestatteten Familienmitglieder.

85 Calleen, Heribert 1924–2017

Weg C, gegenüber Flur 39

Am Anfang der Mittelachse des Friedhofs, befindet sich auf der rechten Seite das Denkmal für die beiden evangelischen Märtyrer Adolf Clarenbach und Peter Fliesteden. Ein Werk von Heribert Calleen.

Calleen war ein Kölner Bildhauer und Medaillenschneider. Ausgebildet wurde er in der Kölner Dombauhütte zum Steinmetz. Anschließend studierte er Bildhauerei an den Kölner Werkschulen als Meisterschüler von Ludwig Gies (Flur 44). 1954 eröffnete er nicht nur ein eigenes Atelier, bis 1987 arbeitete er bei der Friedhofsverwaltung der Stadt Köln als Grabmalberater. Sein Grab befindet sich wohl auch aus diesem Grund ganz in der Nähe zur Mauer von Bauhof und Friedhofsverwaltung, seiner alten Arbeitsstätte.

In Köln begegnen wir Werken von Heribert Calleen am Rathausturm. Er fertigte die Figuren Agrippina der Jüngeren, von Moses Herr und Gustav Mevissen, wie auch den Börsenplatzbrunnen (»Schaschlikbrunnen«) vor der IHK. Auf Melaten schuf er gemeinsam mit seinem Schwiegervater, dem Glasmaler Georg Meistermann, den Grabstein für diesen und dessen Familie. (A45)

86 Band, Karl 1900–1995

Weg C, zwischen Weg V und Weg W an der Mauer

Er war intensiv am Wiederaufbau Kölns nach dem Zweiten Weltkrieg beteiligt. Besonders hervorzuheben sind die Arbeiten an den großen romanischen Kirchen: St. Andreas, St. Cäcilien, St. Kunibert, St. Maria Lyskirchen, St. Severin und St. Ursula; ebenso die Elendskirche, St. Nikolaus in Dünnwald, Schloss Arff und den Fronhof in Worringen. Karl Band stammt aus einer Architektenfamilie. Seine Familie ist auf dem Grabstein des Nachbargrabs verzeichnet.

87 Welter, Michael 1808–1892

Weg C, zwischen Weg V und Weg W an der Mauer

Historien- und Kirchenmaler. Er arbeitete zum Beispiel am Gürzenich, in St. Kunibert und auf der Wartburg.

88 Pütz, Wilhelm 1806–1877

Weg C, zwischen Weg V und Weg W

Patenschaftsgrab. Die Tafel vorn ist leer; auf der Rückseite sind Namen und Daten zu erkennen: Professor, Oberlehrer am katholischen Gymnasium an Marzellen in Coeln.

Oskar-Jäger-Straße
62
63
63a
57
58
59
53
54
55
52
50
51
49
48b
40
41
42
43
39
38
32
33
37
36
34
31
29
30
35
10
11
9
8
7
6
5
4
3
2
0
25
50
75
100m

Plan E

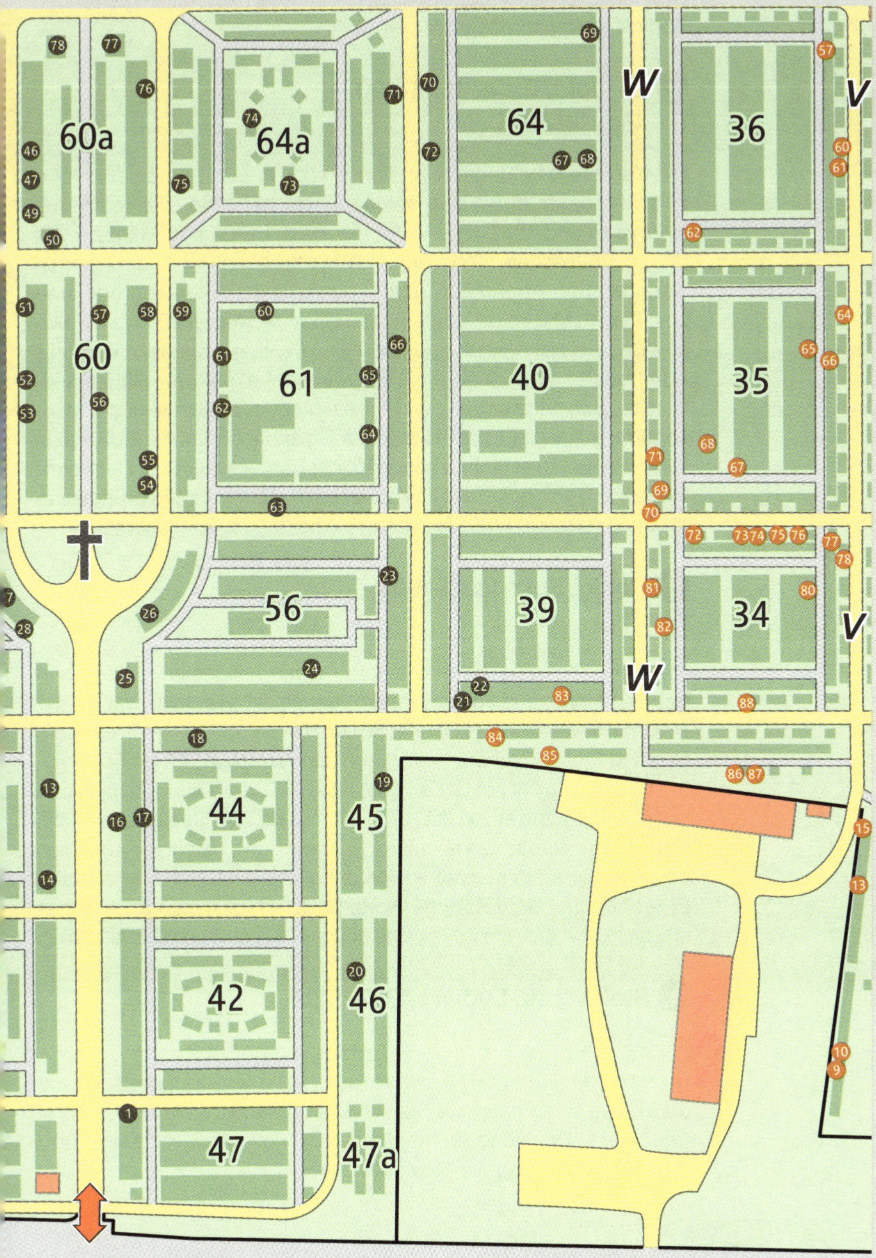

1 Wynne, George ?–1890 (85 Jahre)

Flur 47

Laut Ibach ist das Kreuz auf diesem Grabmal nach »altem keltischen Original in England angefertigt«.

2 Leybold, Ernst 1824–1907

Flur 48b

Die Karriere des jungen Handlungsgehilfen Ernst Leybold in Köln begann, als er die Witwe seines Chefs heiratete, dessen Firma übernahm und 1850 diese in »E. Leybold, Fabrik und Magazin von pharmaceutischen, chemischen, physikalischen und technischen Geräthen und Apparaten« umbenannte. Nach 20 Jahren erfolgreicher Geschäftszeit verkaufte er das Unternehmen 1870 an zwei Mitarbeiter, um sich selbst ein Leben als »Rentner«, wie es in Greven's Adreßbuch steht, zu gönnen. Es war wohl ein aktiver Ruhestand. Bereits 1866 hatte er den 500 Morgen großen Gutshof »Auf der Marienburg« gekauft. Er parzellierte das Gelände, errichtete großzügige Villen. So lockte er wohlhabende Kölner Bürger ins Grüne. Der Vorort Marienburg war geboren. Zum Zwecke der Vermarktung gründete er die Firma Leybold und Cie., später Kölner Immobiliengesellschaft.

3 Hönig, Fritz 1833–1903

Flur 49

Hier liegt der vierte Prinz in einem Kölner Dreigestirn, und diesen hat Fritz Hönig aus vollem Herzen dargestellt. Bis 1870 war es der Held Karneval, der das Regiment der Narren übernahm. Nach dem Deutsch-Französischen Krieg wurde dann aus dem Helden der Prinz.

Hönig war nicht nur im Karneval aktiv. Von Beruf Fabrikant für Feuerlöschgeräte wurde er von der Kölner Feuerwehr zum Ehrenchef ernannt. Er organisierte das Dombaufest 1880 und den damit verbundenen Festzug. Vor allem machte er sich um die Kölsche Sprache verdient: Er schrieb das erste Kölsche Wörterbuch, das in mehreren Auflagen erschien. Er war zu seiner Zeit eine der gesellschaftlichen Größen Kölns.

4 Stollwerck, Ludwig 1857–1922

Flur 49

Teilhaber der Firma Gebrüder Stollwerck. Ludwig Stollwerck erfand die Verkaufsautomaten für Schokolade und andere Waren. Er führte als Erster in Deutschland »laufende Bilder« öffentlich vor. Mehr dazu in der Beschreibung der Grabstätte F43.

5 Kolvenbach, Peter Joseph 1837–1898

Flur 52

Hier sitzen die beiden schönsten Genien auf Melaten, auch wenn an ihnen der Zahn der Zeit nagt.

Der rechte Genius hält die verlöschende Fackel im Schoß, der linke das Kreuz – dem der Querbalken fehlt. Gut, dass es gegenüber eine Bank zum Verweilen gibt.

6 Pieper, Rena 1952–2016

Flur 52

Rena Pieper war 15 Jahre lang Wellenchefin von WDR 4, bis zu ihrer Pensionierung. Unter ihrer Leitung verlieh sie WDR 4 ein unverwechselbares Profil und machte die Welle zum bundesweit erfolgreichsten Melody-Programm.

Als ausgebildete Schauspielerin begann sie ihre Karriere im WDR als Sprecherin in den WDR-Studios Bielefeld und Köln. Ab 1988 war sie festangestellte »Sprecherin mit künstlerischen Aufgaben«, ab 1994 Chefsprecherin. Sie leitete die Abteilung Präsentation Hörfunk.

8

❼ Schmitz-Imhoff, Käthe 1893–1985

Flur 52

Leider ist dieses Grab sehr stark zugewuchert! Käthe Schmitz-Imhoff stammt aus der Künstler- und Dombildhauerfamilie Imhoff. Sie war zunächst Zeichen- und Handarbeitslehrerin an der Ursulinen-Schule, studierte in Berlin an einer privaten Malschule; von 1933 bis 1943 hatte sie einen Lehrauftrag am Sozialpädagogischen Institut der Stadt Köln, in dem sie Kindergärtnerinnen und Jugendleiterinnen ausbildete. Bei dem »1000 Bomberangriff« auf Köln am 30./31. Mai 1942 wurde ihr gesamtes Werk zerstört. Nach dem Krieg: freie Malerin, Studienreisen und Ausstellungen; ihre Themen: Mythologie, Bibel und Gegenwartsprobleme.

❽ Dreschner, Isa 1879–1907

Flur 52

Hypnos, der Gott des Schlafes, der Bruder des Todes, des Thanatos, als hübscher Jüngling dargestellt schüttet sein Füllhorn über dem Grab aus. Was mag wohl darin sein? Der ewige Traum? – Mit Flügeln an den Schläfen erinnert er an Hermes den Götterboten, den Wegegott, der die Seelen der Verstorbenen bis zum Eingang in die Unterwelt begleitet.

❾ Päffgen, Hermann 1850–1908

Flur 52

Schade, dass man auf dem Friedhof kein Kölsch trinken darf. Das wäre pietätlos gegenüber den Toten, die ja nicht mehr mittrinken können. Hier liegen drei Braumeistergenerationen mit dem Namen Hermann Päffgen und ihre Angehörigen begraben. Drei Generationen, die trotz aller geschichtlicher Wirren seit 1883 ihre Brauerei und das Brauhaus in der Friesenstraße 64–66, nahe der Ringe, geführt haben und für die Qualität und den gute, vollmundigen Geschmack von Päffgen-Kölsch sorgten.

❿ a) Familie Kreuser und Coenen ❿ b) Keens, Walter 1925–2019

Flur 53

Zwei von der Anlage aufeinander abgestimmte sehr schlichte Gräber, die sich spiegeln. Die beiden dicht beieinanderstehenden schlichten Sandsteinquader sind wohl proportioniert und strukturieren die Grabfläche. Fein gestaltete Denkmale.

⓫ Knour, Theodor 1818–1894

Flur 55

Das Grabmal an sich ist schon beachtenswert: der aus Mosaiksteinen gelegte Kopf Jesu in der Kreuzmitte, die Grabumrandung, der persönliche Spruch am Fuße der Stele. Die Grabbepflanzung zieht sich über die Umrandung weiter und um den Baumstamm herum, auf ›öffentliches‹ Gebiet und wird zu einem Blumengarten.

⓬ Streifler, Katharina 1818–1863

Flur 55

Todesgenius mit Kreuz, aber nicht so qualitätvoll wie der Genius von Caspar Hamm (A2).

⓭ Bauwens, Peco (Peter Joseph) 1886–1963

Flur 43

Erfolgreicher Bauunternehmer (zum Beispiel: Fordwerke, Autobahn Köln-Bonn, Eifeltalsperre Schwammenauel); Leiter der Fraktion der Unabhängigen in der ersten Kölner Stadtverordnetenversammlung; von 1946 bis 1947 als Nachfolger von Robert Pferdmenges als

Präsident der Industrie- und Handelskammer von der britischen Militärregierung eingesetzt. Als Schiedsrichter genoss er in Fußballkreisen internationales Ansehen.

⑭ Nay, Ernst Wilhelm 1902–1968

Flur 43

International renommierter Maler; Werke von ihm werden im Museum Ludwig ausgestellt.

⑭ Nay-Scheibler, Elisabeth 1927–2020

Flur 43

Geprägt durch ihr Elternhaus kam Elisabeth Nay-Scheibler schon in jungen Jahren in Berührung mit bildender Kunst. Im Hinterzimmer der Galerie Franke in München lernte sie Bilder von Malern kennen, die von den Nazis als ›entartet‹ tituliert wurden. Hier lernte sie auch als Volontärin den Maler Ernst Wilhelm Nay kennen, den sie 1949 heiratete. »Sie wurde zu einer privilegierten Zeitzeugin, die den kulturellen Aufbruch der Bundesrepublik in der unmittelbaren Nachkriegszeit miterlebte und, was Nay betraf, mitgestaltete.« Nach dem Tod ihres Mannes wurde sie zur engagierten Vermittlerin seines Werkes. Die von ihr gegründete »Ernst Wilhelm Nay Stiftung« zeugt von ihrem Engagement.

⑮ Zehn unbekannte Fliegeropfer

Flur 41

Ein kleines Mahnmal gegen den Krieg im Gedenken an die Opfer.

⑯ Moest, Josef 1873–1914

Flur 44

Der Bildhauer vertrat in seinem Metier den Jugendstil in Köln.
Diese wunderschöne, ruhige Pieta ist nach seinem Entwurf 1956 entstanden. Eine Pieta ist ein Andachtsbild, das Maria mit dem vom Kreuz abgenommenen Jesus im Schoß darstellt.

⑰ Geiecke, Dr. Eberhard 1950–1998

Flur 44

Khalil Gibrans Weisheit gibt Trost und macht Mut. Es ist interessant, die ersten Zeilen in die Internet-Suchmaschine zu tippen. »Wenn dir jemand erzählt, daß die Seele mit dem Körper zusammen vergeht …«

⑱ Blankenburg, Elke Mascha 1943–2013

Flur 44

»Elke Mascha Blankenburg war eine der ersten bekannteren Dirigentinnen in Deutschland und eine leidenschaftliche Musikerin. Mit großem Engagement widmete sie sich der Sichtbarmachung von Frauen in der Musik und gründete zusammen mit anderen Musikerinnen, Komponistinnen und Musikinteressierten 1979 den Internationalen Arbeitskreis Frau und Musik (IAK).« So lautet die Einleitung zum Nachruf auf Elke Mascha Blankenburg im Digitalen Deutschen

Frauenarchiv, das eine Frucht dieses Arbeitskreises ist. Von 1970 bis 1990 war sie als Kantorin an der Christuskirche in Köln-Dellbrück tätig. Neben ihren Aufgaben als Kirchenmusikerin gründete sie mehrere Orchester und Ensembles für Musikerinnen, wie auch als Chor die »Kölner Kurrende«. Sie war Mitbegründerin des ersten Komponistinnen-Festivals in Köln und Bonn (1980). Anlässlich dieses Festivals führte sie die älteste bekannte Oper aus der Hand einer Frau auf: »La liberazione di Ruggiero« von Francesca Caccini aus dem Jahr 1625. Eine Welt-Uraufführung gelang ihr 1984 mit dem »Oratorium nach Bildern der Bibel« von Fanny Hensel, deren Werk sie sich im Besonderen widmete.

Ab 2002 arbeitete Elke Mascha Blankenburg vor allem als freie Autorin, Referentin und Musikjournalistin.

1999 wurde ihr für ihre künstlerische Leistung und musikwissenschaftliche Forschungsarbeit das Bundesverdienstkreuz am Bande durch den Bundespräsidenten Roman Herzog verliehen. Im Dezember 2017 wurde ihr posthum die Ehrenbürgerschaft der Stadt Köln verliehen.

19 Rüdell, Carl 1855–1939

Flur 45

Architekt und Maler; erbaute von 1896 bis 1902 die Kirche St. Agnes in der nördlichen Vorstadt, vom Innenraum her die zweitgrößte Kirche Kölns.

20 Braungart, MA 1932–2007

Flur 46

Am 22. Februar 1968, Weiberfastnacht, wurde das »George Sand« im Marsilstein 9 von einer kleinen Gruppe Frauen eröffnet. Eine von ihnen war MA Braungart.

»Es war DAS Lokal in Köln. Sie war DIE Frau in Köln, eine Augenweide, eine, nach der man – nein: frau – sich umsah. Gewand, Frisur, Stirnschmuck, Ohrringe, Wallawalla-Gewänder, Hüte, der Roller! Die Menschen blieben stehen und staunten. Jeder kannte sie. Wenn sie in einem Lokal saß (meistens draußen, damit man sie sah!), dann fotografierten die Leute sie. Und MA genoss es. Sie war eine Königin, eine Herrscherin, eine Göttin.

Ihr Lokal – ›George Sand‹ – war erst einmal im ›Verruf‹, eine Lesbenkneipe zu sein. Damals – in den Sechzigern – konnten Frauen noch nicht ohne Begleitung in eine Gaststätte gehen; da bot sich dieses Lokal an. Natürlich kam schnell der Verdacht auf, dass dort nicht alles mit (ordnungsamtlich) rechten Dingen zuging; lag nahe und

so schien es auch. Viele (bekannte) Kölner hatten dort ihre Stelldichein mit ihren ›Fisternöllchen‹. Das Lokal bot sich für Zärtlichkeiten an: kleine Ecken und gemütliche Tische.

Am Eingang stand: ›Männer in Frauenbegleitung willkommen‹ und MA entschied nach ›Augen‹-Blick, wen sie hereinließ und wen nicht. Und man hatte sich zu benehmen, d.h. ordentlich gekleidet und Mäntel und Jacken bitte an die Garderobe!!! Keine Diskussion bitte!

Aber war man/frau mit ihr bekannt, wurde sie zu einer Wundertüte des Lebens, gefüllt mit Klugheiten, Weisheiten, Wissen.

Ihr ›Puff‹ – so nannte sie es selber – wurde zum Kunsttempel, Vorbild war für sie der französische Salon. Das Ambiente einmalig, Spiegel über Spiegel, überall Frauenskulpturen mit weiblichen Formen. Große Fotos an den Wänden (sie als Tänzerin, bildschön, mit wunderschönem Dekolleté und langem dicken Zopf). Sie war einfach überdimensional, eine schillernde Persönlichkeit. Künstler der Oper, des Schauspiels kamen nach dem Theater zu ihr, Politiker, Polizei, Beamte, schon um ›nach dem Rechten zu sehen‹. So konnte der Gast oft Kunst hautnah erleben. Mehrmals die Woche hatte sie Veranstaltungen. Immer stellte sie persönlich die Einladungen her, bemalte diese. Mehrere Ordner davon lagern im Historischen Museum in Köln, Gott sei Dank, nicht beim Einsturz vernichtet.« (Weiß)

Bestattet wurde MA Braungart in dem Grab ihrer Freundin und Weggefährtin Ruth Herberg – »Puppe« genannt – oder »Schnecke«. Sie arbeitete im George Sand hinter dem Tresen und in der Küche des Georg Sand und machte die beste Zwiebelsuppe Kölns. Während die kulinarische Spezialität von MA Braungart die verschiedenen Variationen von Spiegeleiern war. In der Szene waren es »die schönsten Spiegeleier der Welt«, aus Knickeiern vom Apostelmarkt.

21 Schultze, Bernard 1915–2005

Flur 39

Bernard Schultze war ein Künstler von Weltrang. Mit seinen seit Beginn der 1950er Jahre entstandenen Arbeiten zählte Bernard Schultze zu den Pionieren des »Informel« in Deutschland. Dem Prinzip der »ecriture automatique« folgend, fand er zu seinem eigenen Stil, in dem sich Farbe und Form nie zu Flächen zusammenschlossen und sich traditionellen Kompositionen verweigerten. Stattdessen vertraute er dem schöpferischen Zufall: »sich treiben lassen, wohin das Bild will.«

Mit seinen »Migofs« (ein von ihm selbst erfundenes Kunstwort), die er als neue Kategorie von Wesen zwischen Mensch, Tier und Pflanze betrachtete, schuf er eine völlig eigene Objektform aus Malerei, Relief und Skulptur.

Wie man bei Wikipedia erfährt, hängen einige seiner Werke im Speisezimmer der Villa Hammerschmidt.

21 Schultze-Bluhm, Ursula 1921–1999

Flur 39

Ursula Schultze-Bluhm ist eine Künstlerin, die sich nicht auf ein oder zwei Kunstrichtungen oder in Kategorien eingrenzen lässt, sondern die grenzüberschreitend experimentierte und frei ihren künstlerischen Einfällen folgte.

Schon früh begann sie mit dem Schreiben von Prosatexten und Sprachstudien. Sie schrieb Gedichte und begann 1950 zu malen. Seit einem Aufenthalt in Paris verwendet sie den Künstlernamen URSULA, so verzeichnet im Mitgliederverzeichnis des Deutschen Künstlerbundes. »Großformatige Schrein-Objekte und Pelz-Öl-Assemblagen zeigen eindrücklich das immer wieder Grenzen überschreitende Denken dieser unverwechselbaren Künstlerinnenposition. Bis zu ihrem Tod 1999 in Köln stellte sie regelmäßig in internationalen Museen und Galerien aus, darunter 1977 auf der documenta 6.« Ihre Werke befinden sich in vielen namhaften Museen und Kunstsammlungen.

Das Museum Ludwig in Köln beherbergt einen Großteil des künstlerischen Nachlasses des Künstlerehepaares. Um die Verbundenheit des Museums mit Ursula Schultze-Bluhm und Bernard Schultze auszudrücken, wird alle zwei Jahre unter dem Titel »Schultze Projects« eine Künstlerin oder ein Künstler eingeladen, ein Werk für die prominente Stirnwand im Treppenhaus des Museums anzufertigen.

㉒ Schultze-Berger, Doris 1938–2015

Flur 39

Hinter dem Grabmal von Bernard Schultze und Ursula Schultze-Bluhm befindet sich die Grabstelle von Bernard Schultzes zweiter Ehefrau Doris Schultze-Berger.
Der Spruch auf ihrem Grabstein »Ein Würfelwurf niemals tilgt er den Zufall« stammt von dem französischen Schriftsteller Stéphane Mallarmé (1842–1898).

㉓ Rademacher, Karl 1859–1935

Flur 56

Karl Rademacher war von 1918 bis 1931 Direktor des Museums für Vor- und Frühgeschichte.

㉔ Ulrich, Alfred 1941–2001

Flur 56

Metall und Stein in interessanter Harmonie.

㉕ Hahn, Siegbert; Guckel, Peter 1929–2018

Flur 56

»Wir gestalten unseren gemeinsamen Grabstein!« – Eigentlich wollten die beiden Männer ein Patenschaftsgrab übernehmen, fanden aber keines, das ihnen zusagte. Dr. Beines, Stadtkonservator, brachte sie auf die Idee, über einen modernen Grabstein nachzudenken. Da Siegbert Hahn Künstler ist, lag es nahe, die Motive aus seiner Bildwelt zu wählen. Und so entstand »Der Vogel mit dem Stein«. Man darf um den Stein herumgehen, ihn von allen Seiten betrachten. Auf die Frage: »Darf man das auch, wenn einer von Ihnen dort liegt?«, sagte Dr. Guckel, er habe damit kein Problem.

㉖ Leuffen, Franz 1821–1900

Flur 56

Sanitätsrath und Stadtphysikus. Hier mischt sich christliches mit mythischem Gedankengut. Das griechische Wort für Erkenntnis, Gnosis, ist hier zu lesen; das Auge Gottes, Schlange, Zweig, ganz unten am Sockel eine Sphinx mit Zirkel. Es heißt, dass die Gestaltung des Grabmals freimaurerische Vorstellungen widerspiegelt. Die wahre Bedeutung werden die Eingeweihten erkennen.

㉗ Rüttgers, Friedrich 1879–1938

Flur 55

»Edel sei der Mensch, hilfreich & gut«. Eines der wenigen Gräber aus der Zeit zwischen 1933 und 1945; für Geburtstag und Sterbedatum wurden Runen verwendet.

㉘ Helbig, Familie

Flur 55

Ursprünglich die Grabstätte von Elise Freifräulein von Zandt (1811–1896).

㉙ Hense, Josefine 1904–1991

Flur 55

Eine Halbedelsteindruse schmückt diesen schlichten Stein.

㉚ Hövel, Manfred 1960–2018

Flur 55

Für mich eines der schönsten modernen Gräber auf Melaten.

31 Billy Jenkins 1885–1954

Flur 55

Billy Jenkins, mit bürgerlichem Namen Erich Rudolph Otto Rosenthal, war der moderne ›Bruder‹ von Karl May. Nicht nur, dass seine Wildwestgeschichten noch nach seinem Tode in hoher Auflage gedruckt wurden, auch seine Begegnung mit Buffalo Bill und seine Weltreisen sind reine Fiktion und dienten der bewussten Entstehung eines Mythos. Er faszinierte jedoch als Vollblutartist mit seinen Auftritten als Kunstschütze; seine Lassonummern und vor allem seine Greifvogeldressur waren legendär. Er war Mitglied im ersten Berliner Western-Verein und besuchte als Bleichgesicht gern seine roten Brüder im Radebeuler Indianerverein. Auf seiner Beerdigung schossen ihm »Cowboys« und »Indianer« einen Ehrensalut.

32 Gesse, Adolf 1837–1893

Flur 59

Ein pietistisch-romantisches Grabmal. Gläubig schaut der Beter zum Kreuz auf, von dem er sein Heil erwartet. Dieses Grabmal befindet sich in der Patenschaft der »Wilhelm D. Pickartz-Stiftung«.

33 Kracht, Jean 1893–1897

Flur 59

Junge kniende Frau mit Rosen auf dem Schoß, eine Blume auf das Grab werfend.

34 Greven, Hedwig 1859–1943

Flur 54

Nach dem Tode ihres Mannes und ihres Sohnes Wilhelm Robert (1882–1917) führte sie bis 1932 die Geschäfte des Verlages und der Druckerei in der durch Krieg, Inflation und Weltwirtschaftskrise geprägten Zeit.

34 Greven, Anton Carl 1850–1910

Flur 54

Ehe er 1879 einen Teil der väterlichen Firmen übernahm, war er Inhaber eines Möbel- und Lampengeschäfts. Ab 1891 widmete er sich ausschließlich dem Familienunternehmen. 1907 baute er zusammen mit Gustav Bechtold in der Weyerstraße ein neues Verlagsgebäude.

34 Greven, Sigurd 1908–1981

Flur 54

Sein Verdienst ist, dass der Greven's Adreßbuch-Verlag Köln Herausgeber der »Gelben Seiten« und des offiziellen Telefonbuchs ist. Mit der Deutschen Reichspostreklame schloss er 1936 einen Vertrag über die gemeinsame Herausgabe des dem Amtlichen Fernsprechbuch beigegebenen »Handels-, Gewerbe- und Berufsverzeichnisses für den Bezirk Köln«.

35 Eckert, Christian Laurenz Maria 1874–1952

Flur 54

Dr. jur., Dr. phil.; habilitierte sich 1901 in Berlin für Staatswissenschaften, ab 1902 ordentlicher Professor an der Handelshochschule in Köln, 1907 Mitinitiator des Rheinisch-Westfälischen Wirtschaftsarchivs, ab 1912 Direktor der neuen Hochschule für kommunale und soziale Verwaltung; ab 1914 Leitung des Museums für Handel und Industrie; von 1919 bis 1920 erster Rektor der neuen Universität zu Köln, für deren Wiedereröffnung er sich stark engagierte; Ende September 1933 den Nazis wegen seiner politischen Tätigkeiten in der Zentrumspartei aus allen Ämtern entlassen; von 1945 bis 1952 ordentlicher Professor an der Wirtschafts- und Sozialwissenschaftlichen Fakultät der Universität zu Köln; von 1946 bis 1949 Oberbürgermeister von Worms.

36 Beudel, Franz 1837–1893

Flur 54

Weinwirt am Buttermarkt; auf dem Grabstein tröstet ein Engel die trauernde Witwe, die ein für die damalige Zeit elegantes, modisches Kleid trägt.

37 Wirtz, Magdalena 1848–1896

Flur 58

Auf diesem Grabstein findet man eines der wenigen Porträts einer Frau.

38 Hehn, Jacob 1820–1894

Flur 58

Skulptur einer Maria Immaculata; beachtenswert sind auch die Köpfe der beiden Putten.

39 Cramer, Oscar 1890–1914

Flur 63

Ein Grabmal für einen den ›Heldentod‹ gestorbenen jungen Mann. Schlanker Obelisk; an seinem Fuß ein großer Adler, Eichenlaub, preußische Pickelhaube, Kanonenkugeln und Schwert.

40 Baumann, Max 1812–1899

Flur 63

Man muss genau hinschauen, um die Fülle der Symbole zu erfassen. Aber das ist auch reizvoll: Der Fels, auf dem Jesus – wie er zu Petrus sagte – seine Kirche bauen will; das Buch des Lebens; das Efeu als immergrüne Pflanze, Symbol des ewigen Lebens, aber auch der Treue. Das Kreuz des Glaubens – hier aus Baumstämmen gezimmert – fest auf dem Fels stehend, die Rose der Liebe, der Anker der Hoffnung, diese Symbole erinnern an die Worte des Apostel Paulus im 1. Korintherbrief, Kapitel 13, Vers 13: »Nun aber bleiben Glaube, Hoffnung, Liebe, diese drei; aber die Liebe ist die größte unter ihnen.«

41 Bollig, Hans Willi 1936–1985

Flur 63

Drei schlanke Basaltsäulen. Inschrift: »Unser Leben führt uns mit raschen Schritten von der Geburt bis zum Tode. In dieser kurzen Zeitspanne ist es die Bestimmung des Menschen für das Wohl der Gemeinschaft, deren Mitglied er ist, zu arbeiten.«

42 Hensmann, Wilhelm 1858–1926

Flur 63a

Pflügender Bauer mit Engel als Relief. Wilhelm Hensmann war Syndikatsdirektor der Rheinischen Steinzeugwerke und Teilhaber der Firma Franz Hensmann, Steinzeugröhrenfabrik.

43 Schmitz-Schlagloth, Josef 1857–1910

Flur 63a

Im groben Fels kauernder Hauer (Bergmann) mit Hammer und Kranz.

44 Uthmann, Heinz 1895–1964

Flur 63a

»Reformgrabmal«, errichtet um 1910.

45 Peters, Carl 1868–1936

Flur 63a

Er gründete 1891 das »Kaufhaus Carl Peters« an der Breitestraße 52; 1913 erfolgte der Umzug in die neuen Gebäude Breitestraße 103–135 und Zeppelinstraße 6–16; Warenhaus und Grundstück wurden von den Erben an den Kaufhauskonzern Karstadt verkauft, der das alte Gebäude übernahm. Oktober 1963 eröffnete Karstadt seine Filiale in Köln.

46 Auer, Clemens 1894–1974

Flur 60a

Sohn von Jacob Auer. Er baute die Auer-Mühlenwerke K.G. a.A. nach der Zerstörung im Zweiten Weltkrieg zur größten deutschen Mühlengruppe aus. Bekanntestes Markenzeichen: »Aurora – mit dem Sonnenstern«.

47 von Wissmann, Hermann 1853–1905

Flur 60a

Sehenswert: Ein Jüngling kämpft gegen eine dreiköpfige Schlange. – Von Wissmann war Reichskommissar und Gouverneur von »Deutsch-Ostafrika«, heute Tansania, Ruanda, Burundi.

48 Neven DuMont, Familie

Flur 63a

Der Nachname Neven DuMont ist ein Doppelname, geschrieben ohne Bindestrich: 1856 heiratete August Libert Neven, Sohn des aus Maastricht stammenden Großhändlers in Bergwerksprodukten und Gießereibedarf Mathieu Neven, Christine DuMont, Tochter von Joseph und Enkelin von Marcus DuMont. August Libert Neven führte das Unternehmen seines Vaters nach dessen Tod erfolgreich weiter.

Mit 49 Jahren übernahm er 1880 auf Wunsch seiner Frau die Leitung des Verlagshauses seines Schwiegervaters. Ein für ihn ganz neues Metier. Ab 1882 durfte er, um die Familientradition des Verlags öffentlich zu dokumentieren, den Geburtsnamen seiner Frau seinem eigenen Nachnamen hinzufügen.

48 Neven DuMont, Alice 1877–1964

Flur 63a

Seit 1914 war Alice Neven DuMont in der Kölner Frauenbewegung aktiv. Die Damen der Kölner Oberschicht erkannten die Notwendigkeit, dass

Frauen mehr Mitverantwortung und vor allem Rechte innerhalb der Gesellschaft erlangen mussten. In Köln gab es verschiedene Gruppierungen mit unterschiedlichen Schwerpunkten und Zielen, die 1918 in einem Netzwerk gebündelt werden konnten, dem »Stadtverband der Kölner Frauenvereine«. Von 1919 bis 1933 war Alice Neven DuMont die stellvertretende Vorsitzende des Verbandes. Als Mitherausgeberin des »Kölner Stadt-Anzeigers« ermöglichte sie von 1925 bis 1933, dass das »Nachrichtenblatt des Stadtverbandes Kölner Frauenvereine« als Beilage erscheinen konnte. Die Frauen hatten so die Möglichkeit, einem großen Leserkreis ihre Ideen kundzutun, aber auch Kampagnen und Aktivitäten anzukündigen. Sie war Vorsitzende der »Deutsche Gesellschaft für Mutter- und Kindesrecht« sowie der »Gemeinschaft deutscher und österreichischer Künstlerinnenvereine aller Kunstgattungen« (GEDOK). Politisch engagierte sie sich in der Deutschen Volkspartei. Auch hier war sie im Vorstand tätig. 1930/31 war sie für die DVP Mitglied des preußischen Provinzial-Landtages. Nach der Machtübernahme der Nazis trat sie 1933 von ihren Ämtern zurück. Innerhalb der Familie setzte ihre Tochter Elisabeth das soziale Engagement der Mutter fort.

48 Neven DuMont, Elisabeth 1899–1986

Flur 63a

Elisabeth Neven DuMont übernahm 1953 als Vorsitzende die Leitung der Frauenklinik Alteburger Straße, des früheren Wöchnerinnenheims, hervorgegangen aus der Paula-Peill-Stiftung. Sie baute in enger Zusammenarbeit mit Paula Müller-Schaffrath ein modernes Schwesternwohnheim, die Klinik wurde mit einer zusätzlichen Etage aufgestockt. Heute befindet sich in den Gebäuden die »Tagesklinik Alteburger Straße«.

49 Auer, Jacob 1854–1919

Flur 60a

Sohn von Firmengründer Heinrich Auer; Teilhaber der Heinrich-Auer-Mühlen. 1908/09 wurde der Betrieb aus verkehrstechnischen Gründen an den Deutzer Hafen verlegt. Jacob Auer war Stadtverordneter und Mitglied des preußischen Provinzial-Landtags.

50 Adenauer, Konrad 1833–1906
Adenauer, Helene 1849–1919

Flur 60a

Die Eltern des Altbundeskanzlers, waren ursprünglich in diesem Grab beigesetzt. Ihr Sohn veranlasste allerdings 1948, nach dem Tod seiner zweiten Ehefrau Gussie, die auf dem Waldfriedhof in Rhöndorf beerdigt wurde, dass auch seine Eltern dorthin überführt werden sollten. Links neben dem schwarzen Grabstein steht ein Grabstein für die Eltern von Helene Adenauer, geborene Scharfenberg.

50 Suth, Willi 1881–1956

Flur 60a

Schwager von Altbundeskanzler Adenauer. Willi Suth war vom 16. März bis 4. Mai 1945 Leiter der Stadtverwaltung; vom 6. Oktober bis 20. November 1945 kommissarischer Oberbürgermeister; von 1949 bis 1953 Oberstadtdirektor von Köln.

51 Zingsem, Josef

Flur 60

Neubarockes Pfeilergrabmal

52 Leyendecker; Ernst 1854–1902

Flur 60

Der Familienname Leyendecker ist mit der Geschichte Ehrenfelds eng verbunden. 1843 gründete Wilhelm Leyendecker die Firma »W. Leyendecker & Comp., Fabriken für Bleiproducte, Bleiweiß, Mennig, Glätte, Bleiröhren etc, Bleiwalzwerk«, Sitz in Köln Klapperhof 49–51. Aus Platzmangel wurde 1869 ein Teil der Produktion nach Ehrenfeld, »Venloerstraße 139« ausgelagert. Auf dem ehemaligen Firmengelände befindet sich heute der Leo-Amann-Park, das Bürgerzentrum Ehrenfeld und der Blau-Gold-Turm, der ehemalige Wasserbehälter, erhalten auf Initiative der Karnevalsgesellschaft Bürgergarde »blau-gold«. Bis 1930 blieb der Betrieb in Familienbesitz, wurde dann von den Vereinigten Deutschen Metallfabriken (VDM) übernommen, die bis 1969 eine Zinkwalzstraße betrieb. Ernst Leyendecker war der Enkel des Firmengründers.

53 Rehe, Johann Wilhelm 1832–1892

Flur 60

Repräsentatives Grabmal. Rehe war Apotheker am Heumarkt 44.

54 Halswick, Familie

Flur 60

Ehemalige Grabstätte der Familie von Julius van der Zypen (1842–1907), Bruder von Emil van der Zypen (1843–1910); die beiden gründeten 1866 die »Räderfabrik Gebr. van der Zypen« in Deutz.

55 Balchem, Johann 1823–1900
Sünner, Christian 1882–1953

Flur 60

Das Brauhaus »Zum goldenen Bären« der Brauerei Balchem befand sich in der Severinstraße 15. Es ist das letzte in Köln erhaltene barocke Wohnhaus. Die alten Brauereigebäude kann man vom Kartäuser Wall aus gut erkennen. Christian Sünner, verheiratet mit Helma, geb. Balchem, gehört zur dritten Generation der Brauerfamilie Sünner. Er war gemeinsam mit seinen Brüdern Kommanditist der Firma »Gebr. Sünner« in Kalk. Neben der Brauerei und der Brennerei an der Kalker Hauptstraße befindet sich ein sehr schöner Biergarten.

56 Stüssgen, Cornelius 1877–1956

Flur 60

Cornelius Stüssgen ist der ›Erfinder‹ der Zentralkasse und somit des Prinzips der Selbstbedienung. Sein erstes Geschäft eröffnete er am 28. August 1897 auf der Venloer Straße 466. Bereits seit den 20er Jahren ließ er alle Lebensmittel im betriebseigenen Labor auf Zusammensetzung, Güte und Reinheit untersuchen. Quasi eine vorweggenommene »Stiftung Warentest«. Eigene Betriebsschulung des Personals war für ihn selbstverständlich. Leider ist sein Name aus der Welt der Supermärkte verschwunden. – Stüssgen liegt mit seiner Mutter Anne Marie, seiner Frau Lis und seinem Schwiegersohn Peter Neufert in einem Grab.

56 Neufert, Peter 1925–1999

Flur 60

Als erfolgreicher Architekt plante er nicht nur in Köln Wohn- und Geschäftshäuser. Gemeinsam mit der damaligen Stadtkonservatorin Hanna Adenauer (A32) führte er den denkmalschützenden Umbau des Sachsenturms an der alten Stadtmauer zu einem Wohngebäude durch. Heute residiert dort die Prinzen-Garde. Sein Grabmal ist die Nachbildung einer Plastik, die sich auf dem Familiengrundstück in Portugal befindet. Ein angenehmer Kontrast zu dem figürlichen Grabmal von Cornelius Stüssgen.

57 Becker, Julius Adalbert ?–1909 (44 Jahre)

Flur 60

Dornenbekränzter Christuskopf an schlichtem Stein. »Eines der wenigen Beispiele für spätexpressionistische Plastik.« (Abt/Vomm)

58 Brügelmann, Asta 1893–1969

Flur 60

Sie war bereits vor dem Zweiten Weltkrieg in der Friedensbewegung aktiv; ab 1930 in der Geschäftsführung der Rheinischen Sektion des Weltfriedensbundes der Mütter und Erzieherinnen; nach dem Weltkrieg ab 1945 aktiv im Deutschen Frauenring, im Arbeitskreis Kölner Frauenvereinigungen sowie bei den Quäkern und der Europaunion.

58 Brügelmann, Jan 1921–2012

Flur 60

Jan Brügelmann war als Partei- und Ratsfraktionsmitglied der FDP von 1979 bis 1984 Bürgermeister der Stadt Köln und somit einer der Stellvertreter des Oberbürgermeisters. Er stammte aus einer bergischen Textil-Unternehmerfamilie, deren Stammsitz sich in Köln in der Altstadt am nördlichen Ende des Neumarkts befand. Heute hat dort das »Peters Brauhaus« seine gastlichen Räumlichkeiten. Er engagierte sich im Kölner Karneval zum Beispiel als Mitbegründer des Kölner Karnevalmuseums und Vorsitzender des Vereins der Freunde und Förderer des Kölnischen Brauchtums. Als Mitglied der Landessynode der Evangelischen Kirche im Rheinland war er in deren Leitung tätig und gleichzeitig Mitglied der Synode der Evangelischen Kirche in Deutschland.

59 Kulenkampff, Caspar 1921–2002

Flur 61

Caspar Kulenkampff war eine der Schlüsselfiguren der Psychiatrie-Reform in den 70er Jahren, durch die in der Psychiatrie und den Kliniken ein Umdenken stattfand von der reinen Versorgung, also Unterbringung und Verwahrung, hin zur Behandlung und Wahrung der Würde der Patienten. Tages- und Nachtkliniken sind ein Ausdruck seines Wirkens. Von 1967 bis 1971 arbeitete er als Leitender Direktor des Klinikums Düsseldorf-Grafenberg.

Er war der Vorsitzende der »Psychiatrie-Enquete« des Deutschen Bundestages, die von 1971 bis 1973 die Situation in der Psychiatrie beleuchtete und Lösungsvorschläge entwickelte. 1971 übernahm er die Leitung der Gesundheitsabteilung des Landschaftsverbandes Rheinland.

59 Kulenkampff, Angela 1918–2016

Flur 61

Angela Kulenkampff war Gründerin der Vereine »elan« in Düsseldorf und der »Brücke« in Köln.

Dort war sie die erste Vorsitzende. Der Verein (»Brücke Köln e.V.«) leistet einen wichtigen Beitrag zur Kriminalprävention an der Schnittstelle von Jugendhilfe und Strafjustiz. Es geht darum, die schädlichen Folgen von Jugendarrest und Jugendstrafe zu verhindern und durch weniger belastende ambulante Maßnahmen zu ersetzen. Es ist die Aufgabe der »Brücke«, dieses Anliegen in die Praxis umzusetzen. Bereits in Düsseldorf war sie – wie ihr Mann – aktiv an der Verbesserung der Zustände in der Psychiatrie beteiligt. Aufgrund von Forderungen wie die Diskriminierung psychisch Kranker zu beenden, ihre Bürgerrechte zu sichern und soziale Gerechtigkeit und Chancengleichheit zu schaffen, gründete sich in Düsseldorf auf Initiative von Dr. Angela Kulenkampff die »Aktion Robinson«. Zur Unterstützung der Aktion Robinson wurde 1969 der Verein »elan - Gesellschaft für Psychohygiene in Düsseldorf« gegründet, der heute noch existiert. Er wollte die große Kluft zwischen der Stadt und ihrem psychiatrischen Krankenhaus überbrücken und hilft heute mit seinen vielfältigen Aktivitäten den Betroffenen während des Aufenthalts in der Klinik und beim Übergang in den Alltag.

60 Klütsch, Herbert 1922–2001

Flur 61

Schlichter, moderner Grabstein

61 Schneider, Paul 1875–1925

Flur 61

An diesem stark überwucherten Grab lohnt es sich, genau hinzusehen: Zwei besonders schöne Reliefs zeigen zum einen eine Frau mit Blumen: als Zeichen für »Güte« – und zum anderen einen Mann, einen Juristen mit Büchern: als Zeichen für »Arbeit«.

62 Bergsch, August 1864–1925

Flur 61

»Dat Häzje, datt he litt, dat es sing levve quitt.«

63 Auer, Heinrich 1825–1892

Flur 61

Er gründete 1850 die erste Auer-Mühle in Köln-Nippes. Es war die Dampf-Mehlmühle an der heutigen Auerstraße. In den folgenden Jahren kaufte er weitere Mühlen in Köln, Neuss und Siegburg hinzu und wandelte sie zu modernen Betrieben um. Nach seinem Tod übernahmen seine Söhne den Betrieb. 1909 entsteht im Deutzer Industriehafen die neue Großmühle des Familienunternehmens. Das riesige Betriebsgebäude mit mehreren Getreidesilos entsprach den modernsten Errungenschaften der Mühlentechnik.

64 Molis, Heinrich 1903–1978

Flur 60

Heinrich Molis war Hauderer, sprich Lohnkutscher, Mietsfuhrmann. Mitten in der Stadt, in der Großen Telegraphenstraße 25–27, befanden sich im Erdgeschoss auf einem 80 Quadratmeter großen Grundstück die Remise für die Kutschen, die Ställe für die vier Pferde und eine kleine Küche; im ersten Stock der Heuboden und die Wohnung. Das Kutschergeschäft lohnte sich. Besonders die Hochzeitskutsche war stets ausgebucht. Es hieß, dass auf dem Kutschbock bei Hochzeitsfahrten ein Mann mit einem Buckel sitzen müsse, da dies Glück für das Brautpaar bedeute. Diesen Aberglauben verarbeitete sein Bruder Hubert Molis in einem seiner Stücke für das Hänneschen Theater: »Dr Huhzicksbuckel«.

64 Molis, Hubert 1899–1969

Flur 60

Hubert Molis, von Beruf Architekt, war in den 30er Jahren unter Hans Vogt an der ›Sanierung‹ des Rheinviertels (Martinsviertel), der heutigen

›Altstadt‹ beteiligt. Darauf weisen die drei schmalen Häuser mit den spitzen Giebeln auf dem Metallschild hin. Nach dem Krieg war er maßgeblich am Aufbau alter Kölner Häuser beteiligt. So verdanken wir ihm unter anderem den Wiederaufbau des Hauses »Zum St. Peter« am Heumarkt, am Alter Markt das heutige »Gaffelhaus« und auch das Haus »Zum Großen Bachem«, Ecke Bachemstraße/Großer Griechenmarkt.

65 Gruber, L. Fritz 1908–2005

Flur 61

Publizist, Sammler von Fotografien, Werbefachmann; Mitbegründer der Photokina in Köln; organisierte von 1950 bis 1980 die Photokina-Bilderschauen; 1951 initiierte er die Gründung der Deutschen Gesellschaft für Photographie.

Zu dem Obelisken, der sein Grab ziert, hat L. Fritz Gruber im Frühjahr 1995 selbst mitgeteilt: »Ein Obelisk? Nun, seit ich während des Jahres 1930 – damals 22 – in London am Victoria Embarkment die 21 Meter hohe ›Cleopatra's Needle‹ und später noch weitere ägyptische Obelisken am Place de la Concorde in Paris, im Central Park zu New York und mehr in Rom gesehen habe, ist mir dieses spitz zulaufende Monument zum Symbol des Aufstrebenden zur Unsterblichkeit hin geworden.

Aber ich habe den Obelisken auch in den Bemühungen meines Berufslebens zu Ehren gebracht. Seit 1963 ist das von mir entworfene Kristall-Objekt – normalerweise 20 cm hoch, für besonders Anlässe 30 cm – von der »photokina« Weltschau der Photographie in Köln als Anerkennung kreativer Leistungen jeweils in einer anderen Färbung und mit eingraviertem Empfängernamen vergeben worden. Bei meinem Abschied 1980 war er wunschgemäß schwarz.

Da schien es mir nur natürlich, dass ich mit meiner Frau Renate auf der Suche nach einer Grab-Patenschaft auf Melaten 1989 den schönen dunklen Granit-Obelisken fand, der von der geachteten Familie Schwann um 1894 aufgestellt und längst frei geworden war. Wir bewunderten ihn unversehrt mit dichtem Efeu-Wildwuchs am Sockel. Als dieser freigelegt wurde, entdeckten wir, dass er aus edlem rotem Sandstein bestand, der sich wie Flammen um das Denkmal rankte. Wir durften ihn umwenden und auf der Vorderseite den Namen Gruber einmeißeln lassen. Im Januar 1994 wurde die Urne von Ursula Busch und im August 2002 die Urne von Dr. Wolf Robert Misgeld, Geschwister meiner Frau, dort beigesetzt.

Wir lieben diesen Ort der Vergangenheit, der Gegenwart und der Zukunft sehr. Hinter ihm, von alten Bäumen beschattet, breitet sich der Hain früh entschlafener Kinder aus. Er hat etwas sehr Anrührendes. Und als wir im Jahre 1994 anlässlich einer Nil-Reise erstmals an ihren Entstehungsstätten die Jahrtausende alten, sich verjüngenden Pfeiler

65
GRUBER
Dr. Alfred Biolek

erlebten, wurde uns bewusst, dass wir mit unserer Wahl auf Melaten ein Stück Ewigkeit beschworen hatten, das uns in eine andere Zeit hinüberträgt und uns nicht so schnell vergessen macht. Ein Obelisk? Darum!« (www.dgph.de/dgph/nachrufe/gruber.html)

65 Biolek, Alfred 1934–2021

Flur 61

»Er war ein Allroundtalent des deutschen Fernsehens.« (WDR Nachruf) In seinen Sendungen standen die Menschen im Mittelpunkt. Seine Stärke war es, interessiert auf seine Gäste zuzugehen, um ihnen Raum zu geben, sich selbst zu öffnen. Als Produzent und Talentförderer brachte er viele junge KünstlerInnen auf die Bühne, die später berühmt wurden.

66 Leyendecker, Heinz 1928–2019

Flur 61

Moderner Grabstein: Der Weg vom Leben zur Ewigkeit führt über einen Abgrund. Schöne Plastik; ähnliches Motiv: D65

67 Faust, Arno 1918–1984

Flur 64

Einer der originellsten und persönlichsten Grabsteine steht auf dem Grab von Arno Faust, der selbst ein echt kölsches Original war: Zeichner, Karikaturist, Maler und Stimmungssänger. Auftraggeber für den Grabstein war Toni Dierse, langjähriger Wirt der »Kleinen Glocke« und einer der vielen Freunde von Arno Faust.

Der mannshohe Stein zeigt symbolisch Dinge, die dem Künstler wichtig waren, die ihn charakterisieren. Die Gitarre war das Instrument, das ihn sein Leben lang begleitete. Die Hand hält eine Feder, mit der er einen ›guten Strich‹ zeichnen konnte. Darauf kam es ihm an. Sie könnte, würde nicht Papier darüber liegen, die Seiten zupfen. Eine Papierrolle, auf die er spontan zeichnete oder malte. Unter Druck arbeiten, das lag ihm nicht. Er war als Pressezeichner für die Kölner Tageszeitungen, für die Deutsche Welle, den WDR tätig, sogar der Deutsche Ärzte-Verlag veröffentlichte seine Karikaturen. Sein Lieblingstier, der Rabe, findet sich in vielen seiner Zeichnungen wieder: sein ›Schicksalsvogel‹?

Arno Fausts Gesundheit litt unter seinem intensiven Lebensstil. Ab 1977 hieß es für ihn maßhalten. Zu diesem Zeitpunkt war Arno Faust nicht nur »Der König der singenden Feder«, er war auch zum »König der Kneipen« geworden. Doch so schlecht es ihm auch ging, sein Humor und seine Lebenslust verließen ihn nie. Selbst als er im Krankenhaus lag, machte er sich eines Tages mit dem Taxi auf den Weg zur »Kleinen Glocke« und schaute nach, wie es seinen Freunden ging. Die sammelten gerade Geld für seinen Sarg. »Ich wollt nur ens sinn, wat ehr su maat.« Er trank an der Theke ein Kölsch und verschwand wieder: »Geister-Erscheinung«. »Arno gehörte zu den Menschen, die ihre Narben und Stacheln nach innen tragen, aber seine Gabe, seinen Kummer in Kunst umzusetzen, bewahrte ihn davor, am Leben zu verzweifeln.«

Oben auf dem Grabstein: Kappesblätter (Kohl). Den Lorbeer des großen Ruhmes brauchte er, auch wenn er damit immer wieder kokettierte. So erzählte er eines Abends seinen engsten Freunden, dass eine polnische Filmgesellschaft ihm eine Doppelrolle in einem surrealistischen Film angeboten hätte: »einen Narren am historischen Hof eines Königs und einen deutschen Globetrotter unter den Brücken von Paris.« Die Gage sollte 100.000 Mark betragen. Am Tag der Abreise zu den Dreharbeiten bereiteten ihm seine Freunde einen großen Abschied. Der Zug fuhr los. Aber irgendwie schien man ihn in den nächsten Tagen doch immer wieder gesehen zu haben. Und wirklich: »Da ist doch der Arno in Düsseldorf wieder ausgestiegen, sitzt da mit einem verlegenen, aber die Ohren verschlingenden Lächeln und sagt: ›War alles nur Spaß. Ich wollte euch nit die Freud verderben.‹« Manchmal befindet sich eine Peitsche auf seinem Grab. Fausts Freund Heinz Heinrich Molis (sein Vater liegt E64) war von Beruf Hauderer, also Lohnkutscher, Mietsfuhrmann. In der Großen Telegraphenstraße, mitten in der Stadt, befanden sich die Ställe und Remise. In der Großen Telegraphenstraße, genauer in der »Kupferstube«, lernten sich die beiden kennen. Hier verkehrte auch Charly Niedieck (B16), Bassist aus dem Eilemann-Trio. Heinz Molis gelobte, wenn Arno Faust einmal sterben sollte, wolle er ihn mit sechs schwarzen Lipizzanern zum Friedhof fahren. Dieses Gelöbnis konnte er nicht einhalten, da er an

Arno Fausts Todestag gerade einen schweren Unfall überlebt hatte. Einige Wochen später ging er ans Grab, um seinen guten Freund zu besuchen. In der Hand hielt er eine weiße, feingeflochtene Peitsche, die er an das Kreuz auf dem Grab band.

Wolfgang Reuter hat auf dem Melaten Friedhof nicht nur den Grabstein von Arno Faust entworfen und gefertigt. Auch die Grabsteine der Familie Kutzelnigg und deren Tochter Irmgard Gonska (A6) sowie von Karl Band (D86) sind sein Werk. Das Denkmal von Tünnes und Schäl im Brigittengäßchen an Groß Sankt Martin hat er ebenfalls geschaffen.

Arno Faust

In seinem Leben
gab es mehr als eine
gesprungene Saite.

Solange ich ihn kannte,
war er pleite,
tat trotzdem vergnügt.

Sang zur Jitarr wie einer,
der vor allen anderen
sich selbst betrügt.

Soff wie einer,
der vor allem anderen
seine eigenen Erinnerungen
ertränkt.

Zeichnete wie einer, der
sein Talent zuletzt nur noch
am Tresen verschenkt.

Als sie ihn auf Melaten
begruben, tat sich der Himmel auf,
die Wunderkerzen wollten
nicht brennen, die Trauernden
wurden klatschnass.

Da hatte der Arno nochmal
seinen Spaß.

(Dieter Höss)

68 Gaude, Barbara 1948–2006
Gaude, Christian 1947–2012

Flur 64

Das Grabmal mit dem schönsten Blau auf Melaten!

69 Schmidt, Gérard 1945–1995

Flur 64

Er war Redakteur beim »Kölner Stadt-Anzeiger« und Publizist. Er schrieb die Biografie von Trude Herr »Niemals geht man so ganz« sowie das Buch »Kölsche Stars«. Er textete die »Cöln Comics«. Von 1983 bis 1988 war er Spielleiter des Hänneschen-Theaters. Er engagierte sich für die Kölner Stiftung für psychisch Kranke und ihre

Angehörigen, deren Vorsitzender er war. Auf der rechten Seite des aufgeklappten Buches ist eine Eule zu sehen: Symbol für den Schreibenden und unermüdlich Forschenden, Zeichen der Weisheit und des Kauzes, der auch als Eulenspiegel gesehen werden kann.

70 Auerbach, Hermann 1852–1899

Flur 64

Vorsitzender des Verbands Rheinisch-Westfälischer Stenographen. Auf dem Porträtmedallion aus Bronze erkennt man den Verstorbenen. Unter Namen und Daten die Inschrift im Stenogrammstil.

71 Khatibi, Ferdoss Schamai 1913–1987

Flur 64a

Grabmal einer persischen Familie. Die Anrufungsformel **»bismi ʾllāhi ʾr-raḥmāni ʾr-raḥīmi«** – »Im Namen Gottes des Gnädigen, des Barmherzigen« leitet bis auf die 9. Sure alle 114 Suren des Koran ein. Darunter befindet sich ein Hinweis auf die Ruhestätte der Familie Khatibi; darunter wiederum: »Frau Fedross Schamai Khatibi«.

72 Schlösser, Franz Joseph 1841–1909

Flur 64

Mosaik des auferstandenen Christus auf einer Wandstele.

73 Wellershoff, Dieter 1925–2018

Flur 64a

Dieter Wellershoff schrieb Romane, Novellen, Erzählungen, Essays zu literarischen, kunst- und zeitgeschichtlichen Themen und autobiographische Bücher, hielt Vorlesungen an in- und ausländischen Universitäten. Er gehört zu den bedeutendsten Schriftstellern der Nachkriegszeit. Ausgehend von seinen Erfahrungen als junger Soldat, der den Krieg nur zufällig überlebt hat, beschreibt er das Leben als eine Versuchsstrecke. Man habe nur eine einzige Möglichkeit. Wenn man scheitert, kann man es nicht revidieren. Die Literatur ist somit eine imaginäre Probebühne, auf der wir uns alle Möglichkeiten des menschlichen Lebens vor Augen führen können, die Risiken und Gefahren durchspielen können, bis hin zu den äußersten Konsequenzen, die wir in der Praxis lieber meiden. Sein Credo: Literatur muss irritieren und gefährlich sein.

Er lebte und arbeitete in Köln und war lange Jahre Lektor bei Kiepenheuer & Witsch. Rolf Dieter Brinkmann, Günter Wallraff und Wolf Biermann holte er in den Verlag, für den er auch die Werke Heinrich Bölls betreute.

73 Wellershoff, Maria 1922–2021

Flur 64a

Maria Wellershoff, geb. von Thadden, studierte Kunstgeschichte, Archäologie und Geschichte. Sie war Autorin und Lektorin. Zusammen mit ihrem Mann Dieter Wellershoff war sie Herausgeberin der gesammelten Werke Gottfried Benns.

74 Gäb, Margit 1963–1998

Flur 64a

Verweilen und die poetischen Zeilen lesen.

75 Heidemann, Johann Nepomuk 1841–1913

Flur 64a

Geheimer Kommerzienrat, Generaldirektor der Köln-Rottweiler Pulverfabriken; seine Beerdigung war der Anlass eines Prozesses gegen Prof. Christian Eckert (E35), der für ihn eine nicht genehmigte Gedächtnisrede gehalten hatte.

76 Euskirchen, Eduard 1855–1906

Flur 60a

Gebrüder Euskirchen (Inhaber: Anton und Eduard Euskirchen), Werkzeugmaschinen und Werkzeuge aller Art für Metall- und Holzbearbeitung; Hebezeug (Flaschenzüge, Kabel- und Lokomotivwinden, Seilrollen, Ketten u.s.w.), Große Witschgasse 4–6.

77 Böckler, Hans 1875–1951

Flur 60a

Hans Böckler war Ehrenbürger der Stadt Köln. Konrad Adenauer nannte ihn »seinen persönlichen Freund, der auch den Rest seiner Gesundheit für das deutsche Volk geopfert hat«. (CzGK) Ein Kompliment für das SPD-Mitglied, den Gewerkschaftler. Nach seiner Lehre als Gold- und Silberschläger trat er mit 19 Jahren der SPD bei und wurde Mitglied der Gewerkschaft »Deutscher Metallarbeiter Verband«. Als Funktionär für die Gewerkschaft übernahm er Aufgaben in ganz Deutschland. 1918 kam er als erster Bevollmächtigter der Ortsverwaltung nach Köln. Von 1924 bis 1926 war er für die SPD im Stadtrat. Von 1928 bis 1933 vertrat er die Stadt Köln im Reichstag. Da er Kontakte zum Widerstandskreis um Wilhelm Leuschner hatte und schon mehrmals als Kopf der illegalen Gewerkschaftsbewegung in Schutzhaft genommen worden war, musste er nach dem gescheiterten Attentat auf Adolf Hitler am 20. Juli 1944 untertauchen. Nach der Kapitulation im Mai 1945 widmete er sich intensiv dem Aufbau der Gewerkschaft in der Britischen Zone, später in Nordrhein-Westfalen. 1949 wurde er der erste Vorsitzende des Deutschen Gewerkschaftsbunds. Am 4. Januar 1951 erhielt Hans Böckler gemeinsam mit Konrad Adenauer die Ehrenbürgerwürde der Stadt Köln zuerkannt; drei Wochen später erzielte er mit dem Bundeskanzler die Einigung über die Montanmitbestimmung. Die paritätische Besetzung der Aufsichtsräte mit Arbeitnehmervertretern und Arbeitgebervertretern ist sein letztes großes Werk. Am 16. Februar 1951 starb Hans Böckler in der Kölner Universitätsklinik an Herzversagen.

78 Görlinger, Robert 1888–1954

Flur 60a

Robert Görlinger war der erste SPD-Oberbürgermeister Kölns. 1905 kam er aus der Pfalz an den Rhein. 1907 trat der gelernte Elektrotechniker der SPD bei, die er von 1920 bis 1933 und von 1949 bis 1954 als Stadtverordneter im Stadtrat vertrat. Seit der ersten Bundestagswahl 1949 bis zu seinem Tod gehörte er dem Deutschen Bundestag an. Bei der Wahl des Oberbürgermeisters im Oktober 1948 kam es zu einem Kuriosum: Bei der ersten Sitzung des Stadtparlamentes erhielten die beiden Kandidaten in wiederholtem Wahlgang die gleiche Anzahl von Stimmen. Daraufhin entschied das Los. Als Gewinner geht Robert Görlinger hervor. Man einigte sich jedoch salomonisch: In den folgenden Jahren tauschten Ernst Schwering von der CDU (A21) und er die Ämter als Oberbürgermeister und Bürgermeister jeweils für ein Jahr.

0
25
50
75
100m
Fröbelstraße
Melatengürtel
13
Israelitischer Friedhof
97
93
87
81
80
76
75
74
72
72a
71
69
69a
68
76a
20
122
123
124
125
126
127
128
129
130
131
132
133

Plan F

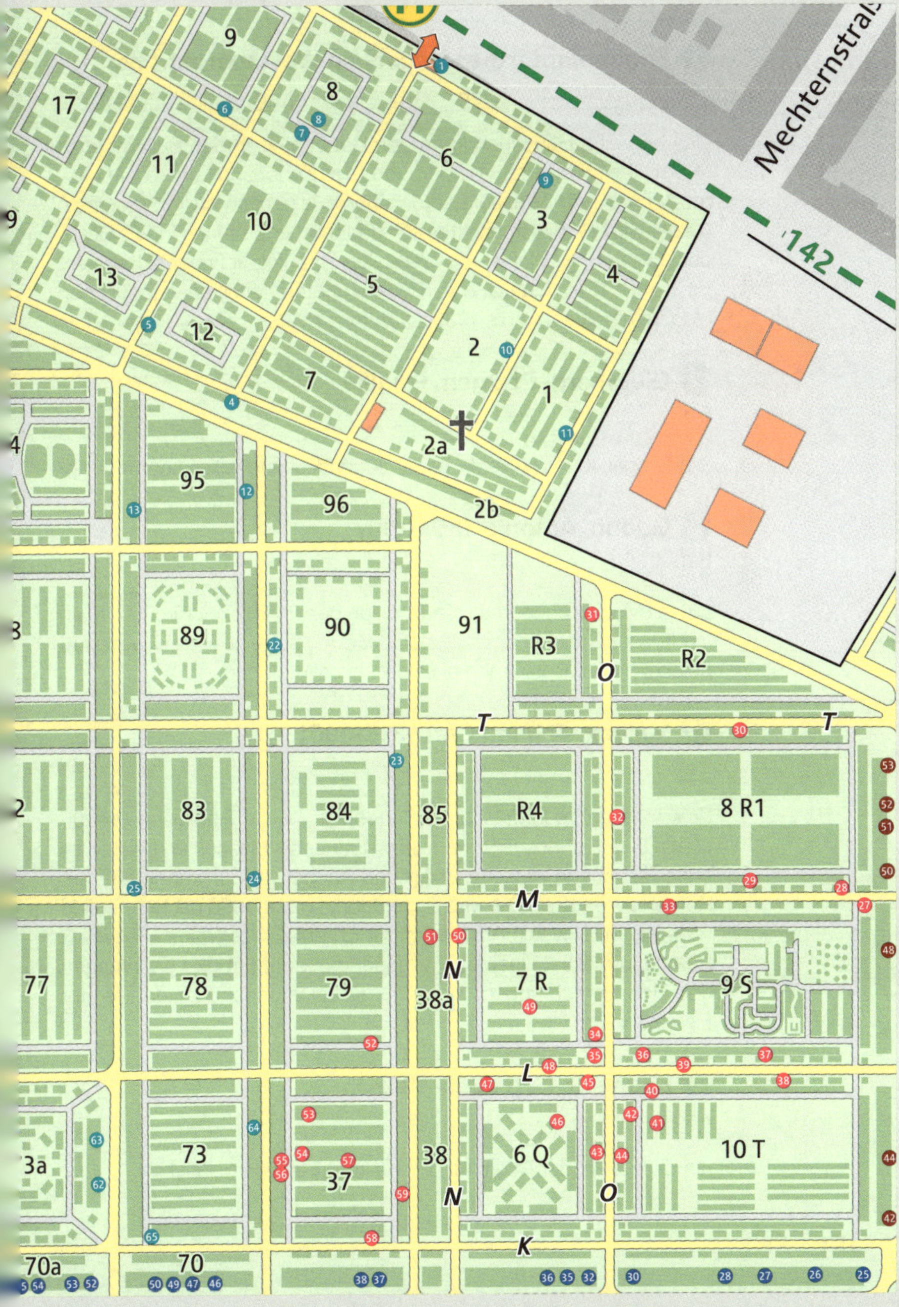

Mechternstraß
142
9
17
8
11
6
10
3
13
5
4
12
2
7
1
2a
2b
95
96
89
90
91
R3
R2
O
T
T
83
84
85
R4
8 R1
M
77
78
79
N
38a
7 R
9 S
L
73
37
38
6 Q
10 T
N
O
K
3a
70a
70

Plan F

❶ Friedhofspförtner-Häuschen Weinsbergstraße

Eingang Weinsbergstraße

Das hübsche Häuschen kann den Betrachter an den Scheinriesen »Herrn Turtur« aus dem Kinderbuch »Jim Knopf und Lukas der Lokomotivführer« von Michael Ende erinnern: Je näher man kommt, desto kleiner wird es. Ein architektonisch freundlicher Empfang für die Besucher, die von der Weinsbergstraße den Ehrenfelder Friedhof betreten. Es wurde 1914 von Hans Verbeek errichtet, Leiter des städtischen Hochbauamtes und bis 1933 Stadtkonservator.

❷ Giersberg–Pöttgen, Familie

E16

Der »Engel von Ehrenfeld«, reiner Jugendstil und voller Anmut.

❸ Gobbo, Antonio 1857–1907

E20

Dieses Mosaik erinnert an die Tradition der orthodoxen Kirchen Russlands oder Griechenlands. Antonio Gobbo soll eine Mosaikwerkstatt geleitet und dieses Grabmal selbst gestaltet haben.

❹ Pellenz, Johann Carl 1818–1901

E14

Er war 15 Jahre lang leitender Ingenieur bei der Rheinisch-Preußischen Eisenbahngesellschaft. 1841 fuhr er als Maschinenmeister die erste Eisenbahn zwischen Köln und Aachen. 1858 gründete er am Römerturm in Köln eine Maschinenfabrik, die er 1866 nach Ehrenfeld verlegte. In Greven's Adreßbuch für Ehrenfeld liest man: »Pellenz & Reauleaux, Maschinenfabr. u. Eisengießerei, Fabrik von Waagen und Hebevorrichtungen, Signal- u. Beleuchtungsgegenständen für Eisenbahnen«.

❺ Killmeier, Carl 1865–1942

E12

Ein Grabstein, der Raum für eigene Interpretationen lässt.

2

6 Schwestern vom Heiligen Franziskus

E9

Gemeinschaftsgrab

7 Richter, Albert 1912–1940

E8

Köln-Ehrenfelder Spitzensportler: Sprintradweltmeister. Er verweigerte den Hitlergruß, das Tragen des Trikots mit Hakenkreuz und hielt entgegen den damaligen Bestimmungen an seinem jüdischen Manager Ernst Berliner fest. »Ich kann nicht auf Menschen schießen, die ich liebe.« Das war sein Fazit, als er als Soldat eingezogen werden sollte. Denn er hatte durch seine Rennen viele Freundschaften im Ausland, insbesondere in Frankreich, geschlossen. Er wurde verraten, als er Geld für einen jüdischen Freund in die Schweiz bringen wollte, verhaftet und von den Nazis ermordet. Nach seinem Tod schrieb die Verbandszeitung: »Sein Name ist für alle Zeiten in unseren Reihen gelöscht.« Und in der Tat: Erst in den 80er Jahren (!) arbeiteten Dokumentarfilmer sein Leben auf. – Die Kölner Radrennbahn ist nach ihm benannt worden; an der ehemaligen Rheinlandhalle, befindet sich eine Gedenkplakette.

8 Pfarrer von St. Barbara, St. Anna, St. Mechtern

E8

Gemeinschaftsgrab

9 Salm, Helmi 1932–2003

E3

Ein buntes, sehr schön persönlich gestaltetes Grab.

10 Hensel, Uwe 1959–2003

E2

Persönlicher Grabstein; ähnlich Thomas Weigle, Flur 14 in J.

11 Schaden-Wargalla, Jürgen 1959–2018

E1

»König der Körnerstraße«, so steht es auf dem fiktiven Straßenschild auf seinem Grab. Ihm zu Ehren hängen die Wimpel zwischen den Bäumen, eine Erinnerung an die Körnerstraßenfeste, die er mit organisierte. Ein buntes, persönlich gestaltetes Grab.

ALBERT
RICHTER
RENNFAHRER
* 14.10.1912
+ 2. 1. 1940
WER DICH GEKANNT
VERGISST DICH NIE
With respects from Canada

12 Keller, Fritz 1891–1943

Flur 95

Fritz Keller war nach seiner Priesterweihe (1921) Pfarrer in Stolberg-Atsch und langjähriger Kolpingpräses in Düren. Aufgrund seiner katholischen Überzeugung und seines Widerstandes gegen die Nazis wurde er mehrfach von der Gestapo verhaftet und in Untersuchungshaft genommen. Am 15. Dezember 1941 erfolgte die Einlieferung in das KZ Dachau. Hier ›diente‹ er als Versuchsobjekt für Malariainfektionen. Januar 1943 wurde er von einem Amtsgericht freigesprochen, in der Revision von einem Landgericht zu 150 Reichsmark verurteilt und anschließend in Schutzhaft genommen. Fritz Keller verhungerte am 15. Mai 1943 in seiner Zelle im Gefängnis in Aachen.

13 Schnichels, Josef 1903–1969

Flur 95

Die Reibekuchen der Familie Schnichels vom »Strohhut-Eck« sind legendär, sie waren Kult. Ecke Venloer Straße/Melatengürtel befand sich das Lokal. In den 20er Jahren zog Josef Schnichels mit einem Eiswagen durch Ehrenfeld; sein Markenzeichen war der Strohhut.

14 Alleker, Lore 1921–1972

Flur 98

Sündenfall, Kreuzigung und Auferstehung: die Heilsgeschichte in Bildern.

15 Schauppmeyer, Fritz 1840–1906

Flur 93

Teilhaber der Firma Gebr. Schauppmeyer Architekten.
Hinter den Platten in der Wand des kleinen Raumes konnten früher Urnen beigesetzt werden. Heute ist dies nicht mehr gestattet. Es dürfen nur noch Erdbestattungen vorgenommen werden. Das Grabmal ist in Patenschaft der Familie Cremer.

16 Leinen, Anton 1845–1907

Flur 94

Architekt; Übernahme von Bauarbeiten aller Art. Projekte, Vorarbeiten, Bauleitung und Ausführung. ›Büreau‹ zur Verwaltung von Kölner Hausbesitz. Verwertung, Renovierung und Instandhaltung von Immobilien.

17 Sander, August 1876–1964

Flur 87

August Sander fotografierte Menschen: Bauernfamilien, die vielleicht noch nie eine Kamera gesehen haben, blicken in die Linse: Mütter mit Kindern, berufstätige Menschen, hochherrschaftliche Männer, die wissen, was sie darstellen (sollen), »letzte Menschen« aus dem Blindenheim in Düren. Ganz selten sieht man ein Lächeln auf den Gesichtern. Die Fotografien sind streng durchkomponiert und sehr intensiv. Aufnahmen von Köln, so wie es früher einmal war; Landschaftsaufnahmen: August Sander, der Historiker hinter der Kamera, der die Zeit festhält. Das aus Metall gearbeitete Zeichen auf dem Grabstein ist eines seiner persönlichen Logos: eine Kamera mit Linse.

17 Sander, Erich 1903–1944

Flur 87

Erich Sander war der Sohn von August Sander und wie sein Vater Fotograf. Bereits in den 1920er Jahren engagierte er sich in politisch links stehenden Organisationen und Parteien. 1933 wurde er in Köln Leiter der SAPD (Sozialistische Arbeiterpartei Deutschlands), die seit Juli 1934 von der Gestapo beobachtet wurde. Am 11. September 1934 verhaftet, wurde Erich Sander im Mai 1935 der Prozess gemacht. Anklage: Hochverrat mit 17 Genossen. Als Kopf der Gruppe wurde er zu zehn Jahren Zuchthaus verurteilt. Da Zuchthäusler im Gefängnis arbeiten müssen, setzte man ihn als Gefangenenfotografen ein. Er fertigte Fotos für die »kriminalbiologischen Forschungen«, die in der Strafanstalt Siegburg betrieben wurden. Da die Strafanstalt sich seit Kriegsbeginn um Rüstungsaufträge bewarb, produzierte Erich Sander Aufnahmen der Gebäude, der Werkstätten und sonstiger Einrichtungen. Von zahlreichen Fotos gelang es ihm, Negative oder Abzüge aus dem Gefängnis herauszuschmuggeln. Ein halbes Jahr vor seiner Entlassung starb Erich Sander am 23. März 1944 im Krankenhaus Siegburg, nachdem er tagelang seine schweren Leibschmerzen ignoriert hatte.

Das NS-Dokumentationszentrum der Stadt Köln hat 2015 ein Buch herausgegeben unter dem Titel: »August Sanders unbeugsamer Sohn«.

18 Steinhausen, William 1851–1902

Flur 87

William Steinhausen war Inhaber einer Seifen-, Parfümerie-, Kamm- und Bürstenwarenhandlung.

25

19 Teusch, Christine Maria 1888–1968

Flur 87

Christine Teusch, geboren in Köln-Ehrenfeld, war die zweite Frau im Rang einer Ministerin in Deutschland. Von Dezember 1947 bis Juli 1954 leitete sie im Kabinett von Karl Arnold das Kultusministerium in Düsseldorf. Da sie innerhalb der CDU dem linken Flügel – dem ›falschen Flügel‹ – zugeordnet wurde, intervenierte der Fraktionschef im Landtag, Konrad Adenauer, auf das Schärfste. Er behauptete, dass eine Frau der mit dem Amt verbundenen starken seelischen Belastung nicht gewachsen sei. Christine Teusch legte ihm ein ärztliches Gutachten vor, das ihr eine hervorragende Gesundheit bescheinigte. Adenauer konterte, »daß bei der gegenwärtigen Lage der Dinge es nicht wünschenswert sei, daß eine Frau das Kultusministerium führe«. (Köhler-Lutterbeck). Christine Maria Teusch setzte sich für den Wiederaufbau der Universitäten ein, neue Hochschulen wurden während ihrer Amtszeit gegründet. Die strenggläubige Katholikin führte in NRW die konfessionellen Schulen ein. Das war der große Knick in ihrer Karriere. Gemischte Schulen mussten für jede Konfession einen eigenen Eingang erhalten. Über den Schulhof wurde ein Gitterzaun gezogen. Es entstanden über 3.000 sogenannte Zwergschulen. Im dritten Kabinett von Karl Arnold, 1954, wurde sie nicht mehr berücksichtigt. Sie blieb allerdings bis 1966 Landtagsabgeordnete.

Ihre Karriere: 1913 Oberlehrerin mit Rektorenprüfung; ab 1918 Zusammenarbeit mit dem Gewerkschaftsvorsitzenden Adam Stegerwald in der Kölner Zentrale des »Gesamtverbandes der christlichen Gewerkschaften«; 1919 Teilnahme in Weimar an der Verfassungsgebenden Versammlung; von 1919 bis 1933 in Köln Mitglied des Stadtrates. Ab November 1944 fünf Monate in Schutzhaft. Nach dem Krieg war sie Stadtverordnete und Mitglied des beratenden Provinzialrates für den Bezirk Nordrhein; seit 1946 Mitglied des Landtags; von 1955 bis 1966 stellvertretende Vorsitzende des Rundfunkrates des WDR.

20 Merl, Jakob 1852–1895

Flur 87

Schönes Mosaik; Jakob Merl war Conditor am Maria-Ablaßplatz 7

21 Ruch, Familie; Purschian, Otto 1858–1904

Flur 82

Auf der Vorderseite der Name der Paten »Ruch«, auf der Rückseite leider versteckt das Profilbild von Otto Purschian. Er war Direktor der Vereinigten Stadttheater in Köln.

22 Brenner, Anton 1888–1948
Eßer, Anneliese 1927–2004

Flur 90

Man darf dieses Grab ruhig kitschig nennen, aber mit viel Herzblut hergerichtet und gepflegt.

23 Beinhauer, Werner 1896–1983

Flur 84

Ein Stillleben: Eine Geige und zwei Bücher liegen auf einem viereckigen Sockel, die Daten der Verstorbenen sind auf Bronzeplatten in den Stein eingelassen.

24 Avanzo, Domenico 1839–1905

Flur 83

Inhaber einer Kunst-, Zeichen- und Schreibmaterialienhandlung, Hohestraße 50–52.

25 Dahmann, Familie

Flur 83

Eine in sich ruhende Maria Immaculata, die auf dem Erdenrund stehend aus der überwucherten Grabfläche quasi aufsteigt.

26 Wüllner, Franz 1832–1902

Flur 82

Nach seinen Studien in Köln, Brüssel, Berlin und Leipzig sowie ausgedehnten Konzertreisen als Pianist fand er seine erste feste Anstellung in München als Musiklehrer. Es folgte die Position des Städtischen Musikdirektors in Aachen. 1877 übernahm er in Dresden die Leitung des Konservatoriums und die Aufgabe des Hofkapellmeisters. Nach einem Aufenthalt in Berlin kam er 1884 nach Köln. Hier war er bis 1902 als Nachfolger von Ferdinand von Hiller (HWG 51) städtischer Kapellmeister und Direktor des Kölner Konservatoriums.

27 Steinnus, Familie

Flur 82

Wahrzeichen des Friedhofs Melaten: der Sensenmann. Leider fehlt die Sense. Immer wieder besteigen pietätlose Menschen das Grabmal und klauen die Sense. Es gibt auch ›Scherzkekse‹, die der Figur einen

Rechen oder Stab in den Arm legen. Tröstlich an dieser leibhaftigen Darstellung des Todes ist, dass selbst am Tod der Zahn der Zeit nagt: Hüftblessur, Arthrose, Osteoporose, Karies, all das kennt der Sensenmann auch. Der weiche französische Kalkstein (Savonnier) hat im Laufe der Jahrzehnte gelitten, aber da 1983 eine Steinmetzfamilie die Patenschaft übernommen hat, wird er nicht weiter verfallen.

Traurig ist, dass mit elf Jahren der kleine Martin gestorben ist. Er wurde unter dem Sensenmann beerdigt. Sein Kosename war »Fröschchen«, deshalb der kleine Frosch, der, auf dem Rücken liegend, genüsslich seinen Bauch in die Sonne streckt.

Ehemalige Grabstätte von Johann Müllemeister, der 1902 im Alter von 51 Jahren gestorben ist. Bevor er nach Köln zog, lebte er in Münster; dort war er Besitzer einer Ziegeleifabrik. Als Baumeister und Bauunternehmer arbeitete er mit bei der Errichtung des neuen Hauptbahnhofs, der 1894 fertiggestellt wurde. Der Sensenmann wurde von dem Bildhauer Professor August Schmiemann gefertigt, der in Münster das Denkmal für den »Kiepenkerl« und in Bochum das ursprüngliche Denkmal für den »Kuhhirten« Fritz Kortebusch schuf.

28 Klein, Benedict 1840–1901

Flur 76

»Benedict Klein Margarinewerk – Amica Werke«, so lautete der Name des 1871 in Nippes gegründeten Unternehmens, das 1889 nach Ehrenfeld in die Nußbaumerstraße umzog. Der Apotheker Klein nutzte

als Erster in Deutschland die Erfindung des französischen Chemikers Mége-Mouriés, ›Kunstbutter‹ aus Rindertalg herzustellen. Die allseits bekannten Marken waren Overstolz und »die gute Botteram«. Willy Millowitsch und sein Sohn Peter machten für sie Reklame. 1980 wurde das traditionsreiche Unternehmen von der Firma Unilever gekauft.

29 Creutz, Ludwig Wilhelm 1853–1900

Flur 76

Natur-Butter und Eier-Großhandlung; mehrere goldene und silberne Medaillen; Hauptgeschäft: Lintgasse 6, Filialen: Ehrenfeld, Venloer Straße 331 und Köln, Severinstraße 72.

30 Meynen, Walter 1845–1911

Flur 76

Bankier, wohnte am Sachsenring 45.

31 Richter, Bernhard

Flur 76

Grabstätte der Eigentümerfamilie der Firma Fahnenrichter.

32 Beitz, Egid 1880–1932

Flur 76

Kunsthistoriker; tätig am Schnütgen-Museum in Köln.

33 Schneider, Jochen 1952–1994

Flur 76

Inschrift an der Seite: »Zurück. Einfach die Augen schliessen, zu spüren, zu empfinden, das Ewige, Tiefe, Erlösende. Nichts oder doch mehr? Ruhe zu schlafen, um nie mehr zu erwachen.«

34 Eßer, Adele Josefine 1845–1919

Flur 76

»Diese Dame der höchsten Gesellschaft war auf vielen ›paramilitärischen‹ und kolonialistischen Gebieten tätig. So unterstützte sie kriegshinterbliebene Offizierstöchter des Krieges von 1870 bis 1871, beteiligte sich an der Errichtung eines Erholungsheimes für Rotkreuzschwestern der Kolonien und war Mitglied im ›Frauenbund der Deutschen Kolonialgesellschaft‹ der seit 1907 existierte.« (Franken)

34 Eßer, Robert 1833–1920

Flur 76

Geheimer Justizrat; Präsident des Zentral-Dombauverein.
Adele und Robert Eßer waren die Eltern von Ferdinand Eßer (MA52).

35 Beckmann, Mathias 1850–1900

Flur 76

Weinhandlung und Weinrestaurant »Zum Treppchen«, Am Hof 38–44.

36 Voigtel, Karl Eduard Richard 1829–1902

Flur 77

Von 1861–1902 Dombaumeister. Er baute beide Türme des Domes und vollendete 1880 nach 632 Jahren Bauzeit mit dem Aufsetzen der Domkreuzblume das schönste Bauwerk der Welt.

37 Ziesel, Peter Josef 1843–1898

Flur 76

Wandgrab aus weißem Marmor, mit zwei Löwenköpfen an der Vorderseite der Mäuerchen; auf der Rückseite alte Tafeln mit Namen und Daten. Peter Josef Ziesel war Architekt, Maurermeister und Zimmermeister, wohnhaft Hohenzollernring 88. Patenschaftsgrab ohne Namen.

38 Fischer, Adolf 1856–1914

Flur 76a

Intendant des Schauspielhauses in Königsberg/Ostpreußen; 1892 und 1895 Weltreisen, speziell nach Japan; 1896 Schriftsteller und Ethnologe in Berlin; 1897/98 Hochzeitsreise mit seiner Frau Frieda nach Ostasien; 1901 Professur; 1909 Stiftung des Museums für Ostasiatische Kunst in Köln.

38 Fischer, Frieda 1874–1945

Flur 76a

Nach dem Tod ihres Mannes übernimmt sie 1914 die Leitung des Museums für Ostasiatische Kunst. Ihr zweiter Mann stammte aus einer jüdischen Familie. 1937 wurde sie von den Nazis entlassen und durfte das Museum nicht mehr betreten. Sie veröffentlichte ihre Reisetagebücher von den Reisen mit Adolf Fischer nach Japan und China. Sie starb Ende 1945 in Berlin. Ihre Urne wurde 1952 nach Köln überführt.

39 Krumbach, Lorenz 1860–1923

Flur 72

Vier kleine Holzsterne für Florian, Anna, Lukas und Christine Lakermann. Die Trauer der Eltern kann man nur erahnen.

40 Reissdorf, Heinrich 1844–1901

Flur 72

Eigentlich war Heinrich Reissdorf, geboren in Zieverich bei Bergheim, Schneidermeister, spezialisiert auf Uniformen. Er brachte es dank seines ausgezeichneten Rufes und guter Auftragslage zu Ansehen und Wohlstand. 1894 gründete Heinrich Reissdorf – auf Anraten seiner Söhne – eine Brauerei in der Severinstraße. Diese wurde von Anfang an nach modernen Gesichtspunkten geplant, sodass sie der Konkurrenz auf der südlichen Brauereimeile überlegen war. Dies gilt bis zum heutigen Tag, denn die Reissdorf Brauerei hat den höchsten Kölsch-Absatz der Kölner Brauereien. Produziert wird mittlerweile in Rodenkirchen.

41 Kassen, Alexandra 1923–2017
Kassen, Fred 1903–1972

Flur 71

»Et Hötche« – Diesen Spitznamen erwarb sich Alexandra Kassen durch die Gewohnheit, stets mit einem kleinen, farbenfrohen Hut zu erscheinen. Selbst ihre rote Urne bedeckte ein rotes Hütchen. Man darf sie wahrlich als »Prinzipalin« bezeichnen, als »Grande Dame der Kleinkunst«.

Bereits 1955 hatten Alexandra und Fred Kassen in München die Künstlerkneipe »Das Stachelschwein« gegründet, die bald zum dauerhaften Auftrittsort der Kabarettgruppe »Münchener Lach- und Schießgesellschaft« wurde, der Fred Kassen als Pianist zur Seite stand.

1959 zogen sie nach Köln und bereits im März 1959 eröffneten sie in der Pipinstraße das »Senftöpfchen«. Es war das erste Kabarett in Köln. Nach anfänglichen Schwierigkeiten als reines Kabaretttheater wandelte Fred Kassen das »Senftöpfchen« um in ein »Erotisches Theater«: »Es sollte ein kleines Theater der Aktualität sein, in dem Ironie, Satire und die scharfe Zeitkritik präsentiert werden sollten. Das war der Grund für die Namensgebung ›Senftöpfchen‹«. Travestie-Shows und auch der Auftritt der ersten nackten Damen auf einer Bühne verliehen dem »Senftöpfchen« den Ruf des Halbseidenen.

Nach Fred Kassens Tod fand ein Wandel statt: Alexandra Kassen übernahm das Zepter und schrieb sich auf die Fahne, junge talentierte Künstler zu fördern. Das »Senftöpfchen« wurde ein Kleinkunsttheater und so zur Kaderschmiede für heute prominente KabarettistInnen und KleinkünstlerInnen wie Werner Schneyder, Konrad Beikircher oder Monika Kampmann. Hervorzuheben ist Alfred Biolek (E65), der dem »Senftöpfchen« zum Beispiel durch seine Talkshow »Kölner Treff« zu bundesweiter Präsenz verhalf.

42 Meyer, Ingrid Susanne 1947–2000

Flur 122

Grabstein in der Form eines Handys.

43 Herren, Wilhelm »Willi« 1975–2021

Flur 72

Willi Herren war ein deutscher Entertainer, Schauspieler und Schlagersänger.

44 Stommelen, Rolf 1943–1983

Flur 72

Rolf Stommelen gehörte zu den erfolgreichsten deutschen Autorennfahrern. Wenn er auch in der Formel 1 keine großen Erfolge verbuchen konnte, so doch bei Tourenwagenrennen und 24-Stunden-Rennen wie Le Mans oder Daytona Beach.

Er war 39 Jahre alt, als ihm beim Abbremsen in einer Linkskurve der Heckspoiler seines Porsche 935 abbrach, der Wagen durch die Luft wirbelte und beim Aufprall in Flammen aufging. Vorher hatte er auf der Rennstrecke in Riverside bei Los Angeles einen neuen Rundenrekord gefahren. Seinen Sarg, auf dem sein rot-weißer Sturzhelm lag, begleiteten sechs Porsche-Mechaniker in traditionell weißen Kitteln. Der deutsche Motorsport hatte nach Bernd Rosemeyer († 1938) und Wolfgang Berghe von Trips († 1961) einen weiteren Weltklassefahrer verloren.

Rolf Stommelen war unfallerprobt: 1968, beim Training zum internationalen Bergpreis auf der Hohenringstraße Rossfeld in den Alpen, war er in eine Böschung gerast. Er hatte sich Arme und Hände gebrochen. Die von einem Kölner Arzt eingepflanzten künstlichen Gelenke bewahrten ihn vor dem Ende seiner Karriere. Beim Großen Preis von Spanien 1975 in Barcelona raste er, nachdem auch hier der Heckflügel seines Rennwagens abgerissen war, in die Zuschauermenge hinein. Traurige Bilanz: fünf Tote, elf Schwerverletzte. Drei Jahre später bewog ihn der tödliche Unfall seines Kollegen Ronnie Peterson, aus der Formel 1 auszusteigen.

Seinen ersten Porsche schenkte ihm sein Vater zur bestandenen Kfz-Mechaniker-Prüfung. Als 19-Jähriger fuhr er seine ersten Runden auf dem Nürburgring. Was als Hobby begann, erwies sich bald als Berufung: 1964 stieg Rolf Stommelen ins Renngeschäft ein. Der Rennfahrer lebte in einer Villa in Köln Hahnwald. Seine beiden Hunde benannte er nach Automarken: »Alfa« und »Romeo«.

45 Früh, Peter Josef 1862–1915

Flur 72a

»Der Kölner an sich verreist ungern« – diese Lettern strahlten mitten in der Eifel von großen Plakatwänden. Und der Betrachter wurde zugleich mit einem lecker gezapften Kölsch konfrontiert. Das Eifeler Pils wurde ihm bei diesem Anblick gleichgültig. Die Zunge bekam Heimweh ... »Ich möch zo Foß nohm Früh jon.« – Seit vielen Jahren sind die knallroten und intelligent gemachten Werbemotive Hingucker. In dem Buch »Wenn Blicke trinken könnten« kann man sie alle – auch die Düsseldorfer Werbung – Revue passieren lassen.

Peter Josef Früh gründete 1904 seine Brauerei in der Straße Am Hof, Nr. 12. Daher der Name: Cölner Hofbräu Früh. Sie ist bis zum heutigen Tage im Familienbesitz.

46 Wurtmann, Heinrich 1863–1917

Flur 72a

Nach langer Wanderschaft hat sich der müde Pilger hingesetzt. Ihn dürstet. »Ach, könnte ich doch jetzt bei meinem Nachbarn Peter Josef Früh ein leckeres Kölsch trinken!«

47 Konsalik, Heinz Günter 1921–1999

Flur 69a

Heinz Günter stammte aus Köln. Er wählte den Mädchennamen seiner Mutter, »Konsalik«, als Künstlernamen. Auf eigenen Wunsch ist er in dieser Grabstelle auf Melaten beerdigt worden. Er wollte in der Nähe von Willy Millowitsch liegen, mit dem ihn eine tiefe Freundschaft verband. Konsalik hatte ihn zu seiner Autobiografie überredet. Beide sind 1981 von einer Saarbrücker Karnevalsgesellschaft mit dem Titel »Dr. Humoris Causa« geehrt worden.

48 Haubrich, Josef 1889–1961 Haubrich-Millowitsch, Lucy 1915–1990

Flur 72a

Der Rechtsanwalt Josef Haubrich begann bereits um 1910 mit dem Sammeln moderner Kunst. Seit 1923 war er im Vorstand des Kölnischen Kunstvereins, von 1946 bis zu seinem Tod dessen Vorsitzender. 1946 stiftete er der Stadt seine wertvolle Kunstsammlung, vor allem Exponate der modernen Malerei und Skulpturen, die er vor dem Zugriff der Nazis retten konnte. Auf diese Weise glich er die Verluste, die die moderne Galerie des Wallraff-Richartz-Museums vor und während des Krieges erlitten hatte, fast wieder aus. In seiner Eigenschaft als Vorsitzender des Kulturausschusses förderte Haubrich intensiv den Bau eines neuen Museums am Neumarkt. 1979 erhielten die ehemalige Kunsthalle und der zugehörige Platz seinen Namen.

In der Politik war Josef Haubrich als Stadtverordneter der SPD, Stellvertreter des Oberbürgermeisters und Abgeordneter des Landschaftsverbandes aktiv.

1960 heiratete er in Caracas die Schauspielerin Lucy Millowitsch. Seine dritte Ehefrau Alice, eine Jüdin, hatte sich 1944 das Leben genommen. Sie ist ebenfalls in diesem Grab beigesetzt worden.

49 Millowitsch, Familie

Flur 72a

Um direkt eine Legende zu dementieren: Willy Millowitsch wurde nicht in Düsseldorf geboren. Peter Millowitsch, sein Vater, erblickte auf einer Tournee in einem Haus in der Düsseldorfer Altstadt – im Stockwerk über dem »Uerige« – das Licht der Welt.

Zu Lebzeiten von Willy Millowitsch durfte das nicht erwähnt werden, obwohl es jeder wusste. Erst nach Willys Tod outete sich sein Sohn Peter im Express: »Mein Großvater war ein Düsseldorfer.« Drei Generationen der Schauspielerfamilie Millowitsch sind hier in einem

Grab versammelt; wobei Emma und Käthe Millowitsch ebenfalls auf der Bühne standen. Lucy Haubrich-Millowitsch liegt zwei Gräber entfernt von ihrem Bruder in einem Grab mit ihrem Mann Josef Haubrich und dessen dritter Frau Alice.

An der Brauhausfassade des »Uerige« ist ein überaus schönes Bronzerelief angebracht, das die Familiengeschichte der Millowitschs erzählt.

50 Küpper, Karl 1905–1970

Flur 69a

KKK – Kleinkunstbühne Karl Küpper Köln. Das Emblem mit den drei K und dem Kölner Wappen ziert das Grab von Karl und Sophie Küpper.

»Et ess nit mih am räne!«, so begann seine Rede › D'r verdötschte Zaldat‹ bei seinem ersten Auftritt im September 1945. »Einer säht för mich: ›En Kölle süht et ävver us … Doll. Do kamm m'r sich ohne Führer ävver nit mih zerääch finge.‹ Ich sage: ›Häß do dann emmer noch nit de Nas voll?‹ … Ich han keiner nühdig gehatt.«

Rückblende: Die Karriere des Schriftsetzer- und Buchdruckermeisters Karl Küpper im Kölner Karneval begann 1927, in der Zeit des wirtschaftlichen Niedergangs. Er arbeitete hart, bis er sein

Markenzeichen »D'r Verdötschte« so hervorragend verkörperte, dass er zum besten und bekanntesten Büttenredner im Sitzungskarneval Kölns wurde. Seine ersten Reden waren unpolitisch. Erst seit 1931 widmete er sich vor allem aktuellen politischen Themen und der damaligen sozialen Lage. Im »Kölner Karnevals Ulk«, dem offiziellen Organ des Kölner Karneval, wurde seine Büttenrede » D'r verdötschte Zeppelinberichterstatter« auf der Titelseite abgedruckt. So wurde er deutschlandweit zu einem bekannten Vortragskünstler.

Nach der Machtübernahme der NSDAP brach der latent vorhandene nationalsozialistische Ungeist im Kölner Karneval offen aus. Die sogenannte »Narrenrevolution« verhinderte nur, dass die Karnevalisten der Organisation »Kraft durch Freude« untergeordnet wurden. Die nationalen Ansprüche erfüllten sie jedoch umgehend. Der Antisemitismus wurde offen zur Schau gestellt in den Ansprachen, den Büttenreden, den Rosenmontagsumzügen. Die Jungfrau im Dreigestirn wurde von einer Frau dargestellt, die »Funkemariechen« ebenso, bis heute! Karl Küpper blieb unangepasst, kritisch und laut. Das am Anfang einer Sitzung gebrüllte »Heil« mit erhobenem Arm persiflierte er auf seine Weise: Er sprang auf den Rand der Bütt. Schaute sich im Publikum um, er hob den rechten Arm: »Ess et am räne? … Nä, su e Wedder!« Und ballte die rechte Hand zur Faust. So mancher Arm hatte sich da bereits gehoben. Noch eine Variante mit erhobenem Arm: »Nä, nä, su huh litt bei uns dä Dreck em Keller.« Sechs verschiedene Reden verfasste er bis 1939, immer haarscharf an der Grenze. Seine Beliebtheit machte es den Nazis schwer, ihn mundtot zu machen. Bis 1939 wurde der politische Witz nach dem »Heimtückegesetz« verfolgt. Ab Kriegsbeginn kam die Strafbestimmung »Zersetzung der Wehrkraft« hinzu. Im Juli 1940 wurde er abends von einem befreundeten Gestapomann besucht, der ihm riet, sich am kommenden Morgen freiwillig bei der Wehrmacht zu melden: Man wolle ihn wegen seines Auftritts ›einen Kopf kürzer machen‹. Fast die ganze Kriegszeit wurde er bei der Luftwaffe in der Truppenbetreuung eingesetzt – trotz des über ihn im August 1939 verhängten lebenslänglichen Redeverbots.

Warum konnte Karl Küpper weiter auftreten: »Er versteckte seine Attacken gegen die Nazis oft in Nonsens-Sprüchen, hinter Blödeleien und in Wortspielen. ›Zwischen mundartlichem Nonsens kobolzt Satire, nach scheinbaren Zugeständnissen schießt er volle Breitseite gegen außenpolitische und innenpolitische Machenschaften‹, formulierte es treffend Elke Gerstenberg in einer Hörfunksendung im Februar 1987« (Bilz)

Nach Kriegsende stand er bereits im September 1945 wieder auf der Bühne. Er gründete die »Kleinkunstbühne Karl Küpper Köln«. Mit einem kleinen Ensemble, dem unter anderem die »Vier Botze«

und Trude Herr angehörten, fuhr er über Land, die Menschen zu unterhalten.

Im Karneval blieb Karl Küpper weiterhin ein politischer Büttenredner, der es als seine ureigenste Aufgabe ansah, die Herrschenden und vor allem den naiven Umgang der Kölner Karnevalisten mit der nationalsozialistischen Vergangenheit, zu kritisieren. Die alten Eliten übernahmen wieder die Deutungshoheit im Karneval. Politik war – wie im Dritten Reich – nicht gewollt: Die junge Demokratie solle nicht gefährdet werden.

Obwohl das Festkomitee ihm immer wieder versuchte, Knüppel zwischen die Beine zu werfen, waren die 50er Jahre seine produktivste Zeit. Er trat sogar als Stockpuppe im Hänneschen Theater auf. Eine Auszeichnung!

Nach seinem Rückzug als Vortragskünstler, übernahm er 1960 auf der Kalker Hauptstraße eine Kneipe mit einer 12 Meter langen Theke, die ihm bis zu seinem Tod 1970 als Bühne diente.

Wo wird in Köln an Karl Küpper erinnert:

An dem Haus Kalker Hauptstraße 215, in dem die Familie wohnte und in dem sich die Gaststätte »Küppers Karl« befand, wurde am 2. April 2011 eine Erinnerungstafel angebracht; sechs Wochen später, am 15. Mai 2011, in der Innenstadt der Karl-Küpper-Platz eingeweiht.

Das Kölner NS-Dokumentationszentrum im EL-DE-Haus zeigt in seinen Medienstationen einen Beitrag zu Karl Küpper in der NS-Zeit. Seit November 2012 zeigt auch das Kölner Karnevalsmuseum im Rahmen seiner Dauerausstellung eine Vitrine mit Erinnerungsstücken aus dem Nachlass des Büttenredners.

KKK – Kleiner Kölner Klub: Trotz Warnungen nationalsozialistischer Gruppen trat Karl Küpper 1929 in der Sitzung des 1922 gegründeten jüdischen Karnevalsvereins »Kleiner Kölner Klub« auf. Präsident Max Salomon verlieh ihm den Sessionsorden in Form des Davidsterns. Im Februar 2020 wurde dieser Orden von Karl Küppers Sohn Gerhard A. Küpper dem neuen Museum »MiQua« als Dauerleihgabe übergeben. (Übrigens: Seit 2021 ist am Salierring ein kleiner, 55 Meter kurzer Pfad, zwischen der KVB-Haltestelle Eifelstraße und dem Humboldt-Gymnasium »Kleiner-Kölner-Klub-Weg« benannt.)

Im Gürzenich wurde am 26. Mai 2020 anlässlich des 50. Todestages von Karl Küpper eine Gedenkplatte enthüllt. An diesem Tag wurde auch der Karl-Küpper-Preis vorgestellt, der an Menschen vergeben wird, die sich für den Schutz der Demokratie und gegen Rassismus, Antisemitismus und jede Form der Diskriminierung engagieren. Erste Preisträgerin wurde 2020 die Menschenrechtsaktivistin und Kapitänin Carola Rackete.

51 Breiden, Madlena Phyllis 1994–1995

Flur 72a

Ein Kindergrab mit einem kleinen, schön gestalteten Grabstein, der ein Mädchen zeigt, das an einer abgebrochenen Säule lehnt.

52 Winter, Friedrich 1843–1914

Flur 72a

Ein ›untergäriger‹ Kölsch-Brauer. Jetzt möchte manch einer zweifeln: Kölsch ist doch nicht untergärig. Kölsch ist ein obergäriges Bier! – Richtig. Aber Friedrich Winter war der erste Brauer in Köln, der sowohl obergäriges wie auch untergäriges ›bayerisches‹ Bier braute. Und das erfolgreich. Aus der Aachener Gegend stammend, kaufte er 1877 das Stammhaus seiner Brauerei in der Schildergasse 37. Hier braute er kölsches Bier. In Lindenthal erwarb er einen großen Lagerkeller. Ende des 19. Jahrhunderts gab es im Brauerhandwerk große Fortschritte: Der Franzose Louis Pasteur entdeckte die Hefepilze und stellte fest, dass sie für die Gärung verantwortlich sind. Der Däne Emil Christian Hansen züchtete den ersten reinen Bierhefestamm. Im technischen Bereich erfand Carl Linde die Kältekompressionsmaschine, mit der sich gut isolierte Räume über lange Zeit kühlen ließen. Friedrich Winter kaufte sich eigene Hefestämme und eine Kältekompressionsmaschine. Auf seinem Lindenthaler Grundstück errichtete er die neue Brauerei, eine Brauerei mit 80.000 Hektoliter Ausstoß. In der damaligen Zeit war die Norm 3.000 Hektoliter. Er braute unter anderem Winter Pilsener, Winter Doppel-Märzen, Winter Export. Dem Kölsch blieb er aber weiterhin treu. Auf einem Foto aus den 20er Jahren liest man: »Echt Kölsch«! Seine Marke Richmodis Kölsch gehört heute zur Gaffel Brauerei.

Eine Sensation gelang Friedrich Winter im Jahr 1900: Das erste Selbstbedienungsrestaurant Kölns, das »Colosseum«, wurde in der Schildergasse 99–101 eröffnet: »Automatisches Restaurant; Wein-Restaurant ›Zur Traube‹, Biertunnel, Wiener Café«, so die Werbung. 1908 fanden die Millowitschs mit ihrer plattkölnischen Volksbühne eine neue Heimat im großen Festsaal ›im Hinterterrain‹ des Colosseum. Nach der Aufführung konnten sich die Gäste in der angrenzenden Restauration erfrischen.

53 Stock, Hans Karl 1939–2015

Flur 72a

Kölner Unternehmer. Die Plastik auf seinem Grab ist eine geschwungene Skulptur, die den Aufbau des menschlichen Auges darstellen soll. Das Zitat an der vorderen Kante stammt aus dem Gedicht »Beim Schlafengehen« von Hermann Hesse.

54 Thelen, Peter Josef 1892–1913

Flur 76a

Das Unternehmen der Familie von Peter Josef Thelen widmete sich nicht nur dem Weingroßhandel. Die Familie war auch in der Bierbranche tätig: Ihr gehörte das Hauptdepot für Münchener Franziskaner Leistbräu, die Generalvertretung des Donaueschinger Fürstenbergbräu (Tafelgetränk seiner Majestät des Kaisers), die Generalvertretung des Wicküler-Küpper-Bräu, Elberfeld. Die Thelens waren Besitzer des Grand Hotel Belgischer Hof.

55 Blum, Familie

Flur 76a

Vormals: Sauer, Alfred; 1856–1907
Darstellung eines sterbenden Bergmanns: Eine der wenigen Plastiken in Köln, die einen arbeitenden Menschen darstellt. Eine weitere steht am Eingang zum Rheinauhafen, ganz in der Nähe der Drehbrücke. Es ist die 1908 geschaffene Figur »Der Tauzieher«.

Die Familie Sauer stammte aus Bochum und war dort Bergwerksbesitzer. Die Familie Blum aus Bergisch Gladbach hat die Patenschaft über Gruft und Denkmal übernommen. Es erstrahlt wieder im alten Glanz. Vergleiche: Grab E43.

56 Pauls, Theo 1890–1948

Flur 76a

Theater- und Ballettschuhmacher; Szene des Reliefs aus dem »Sterbenden Schwan«.

57 Pachl, Heinrich 1943–2012

Flur 76a

Heinrich Pachl war nicht nur einer der renommiertesten Polit-Kabarettisten, sondern auch Filmemacher, Kolumnist und Theaterregisseur und ein kritischer Teilnehmer von Aktionärs-Versammlungen. Spaß und Spott waren für ihn keine Gegensätze.

Er war der Agent für vertrauensstörende Maßnahmen. So liest man als Leitspruch auf seiner Website: »Wer nicht in der Lage ist, sich selbst zu belügen, hat auch nicht die sittliche Reife, andere zu verarschen.«

Heinrich Pachl findet man übrigens auch auf Google Maps oder im Navigationsgerät.

58 Wahlen, Hermann 1857–1946

Flur 73a

Familiengrab der Guts- und Ziegeleibesitzerfamilie Johann Adam Wahlen (1813–1887).

59 Baargeld, Johannes Theodor 1892–1927

Flur 73a

Dass Köln zur Avantgarde der Kunststädte zählt, ist klar. Die Kunstmesse Art Cologne, die große Anzahl von Galerien, die Kirchen und Museen prägen den Geist und das Bild der Stadt.

Eine der schillerndsten Figuren, die in unserer Stadt gelebt und gewirkt haben, ist der Künstler Alfred Ferdinand Gruenwald; seine Künstlernamen: Johannes Theodor Baargeld, Zentrodada.

Der junge Alfred Gruenwald wuchs im großbürgerlichen Milieu auf. 1892 in Stettin geboren, siedelte er mit der Familie nach Köln über, machte auf dem Gymnasium Kreuzgasse Abitur. Es folgte ein Studium der Jurisprudenz und Staatswissenschaften in Oxford und Bonn, das er nach dem Krieg in Köln fortsetzte. Als Kriegsfreiwilliger stieg er auf bis zum Leutnant der Reserve. 1917 kam der Bruch. Er schloss sich der pazifistischen Bewegung an, schrieb politische Texte und Lyrik. Seine ersten Gedichte verfasste er an der Kriegsfront. »Nach dem Desaster, das das Welt- und Menschenbild des

HAAKSHORST
1945 HUGO 2009
HEINRICH
1943 PACHL 2012

kriegsfreiwilligen Autors und Künstlers entscheidend gewandelt und neu geprägt hatte, gehörte er zu jenen Erneuerern, die in ihrer Lyrik Wort und Botschaft trennten, die angesichts eines Weltzustandes ohne Sinn keine Sinn-Zusammenhänge mehr ins dichterische Wort legen mochten.« (Vitt) – »Dada will nichts, Dada wächst.« Der Krieg politisierte Gruenwald. Er trat in die U.S.P.D. ein, eine Absplitterung der SPD; wurde dort Funktionär und verantwortlicher Redakteur der Parteizeitschrift.

Im Herbst 1919 gründete sich »Die Dada-Zentrale W/3« in Köln. Die Protagonisten: Max Ernst, Hans Arp, Johannes Theodor Baargeld. Die Zeitschrift »Ventilator« wird von der britischen Besatzungsmacht bereits nach der sechsten Ausgabe verboten.

Dada war international: 1915 im Cabaret Voltaire in Zürich gegründet, eroberte Dada New York, Paris, Berlin und sogar Hannover. Marcel Duchamp, Francis Picabia, Man Ray, Richard Huelsenbeck, George Grosz und John Heartfield (Helmut Herzfelde), Kurt Schwitters. Für viele Künstler war Dada eine Durchgangsphase zum Surrealismus oder zur Neuen Sachlichkeit. Dada war wegbereitend für die Pop Art.

Die spektakulärste Aktion in Köln fand unter dem Titel »Dada-Vorfrühling« im Lichthof des Brauhauses von Friedrich Winter (F52), Schildergasse 37, statt. Nach dem Motto »Macht kaputt, was Euch kaputt macht« durften bei Missfallen die dort ausgestellten Objekte von den Besuchern eigenhändig zerstört werden. Diese wurden dann von den Künstlern durch neue ersetzt. Ein wahres Happening. Ein Skandal, der mit einer eintägigen Schließung des Brauhauses durch die Polizei geahndet wurde. Richard Huelsenbeck: »DaDa ist die Sonne, DaDa ist das Ei. DaDa ist die Polizei der Polizei.« Nach dem Umzug von Max Ernst nach Paris wendete sich Alfred Gruenwald wieder dem Studium zu, schließt es ab, promovierte 1923 an der Wirtschafts- und Sozialwissenschaftlichen Fakultät der Universität zu Köln. Er wurde Beamter bei der Kölnischen Rückversicherungs-Gesellschaft. Sein Vater war dort Generaldirektor.

Bereits 1919 hatte er sein Faible für die Berge, für das Extrembergsteigen entdeckt. Kein Geringerer als Reinhold Messner zollt ihm noch heute große Achtung. Gipfelbesteigungen und Erstbegehungen schwierigster Routen, von denen eine seinen Namen trägt, prägen sein Leben. Dada und der Berg. Sich ganz hingeben, sich veräußern, an die Grenze gelangen. Am 18. August 1927 stirbt Alfred Ferdinand Gruenwald, der sich als Bergsteiger Jesaias nennt, im Montblanc-Gebiet. Es erscheinen Nachrufe über ihn – in alpinistischen Zeitschriften. Zum Namen »Baargeld« kursiert die Anekdote, dass er als Sohn begüterter Eltern nach durchzechten Nächten mit seinen Künstlerfreunden die Rechnung begleichen durfte: »Unser Bargeld zahlt.«

60 Jatho, Carl Wilhelm 1851–1913

Flur 73a

Carl Wilhelm Jatho war protestantischer Pfarrer in Bukarest, Boppard und ab 1891 Pfarrer in Köln an der Christuskirche in der Herwarthstraße. Als liberaler Theologe war er Mitbegründer des »Vereins für evangelische Freiheit«, da er sich nicht mit den Lehren der Amtskirche identifizieren mochte. Er predigte ein Evangelium, das auf die Bedürfnisse der Menschen und deren Gotteserfahrung einging sowie die sozialen Strukturen in einer sich wandelnden Welt mit einbezog. So sprach er nicht nur liberale freidenkende Kreise an. Auf diese Weise versuchte er auch die Arbeiterschaft wieder für die Kirche zurückzugewinnen. Wenn er predigte, waren die Kirchen voll. Jatho war der evangelischen Amtskirche ein Dorn im Auge. Ihm wurde vorgeworfen, sich von den christlichen Dogmen zu entfernen, er predige einen Pantheismus, der sich mit der kirchlichen Lehre nicht vereinbaren ließe. Ein Amtsenthebungsverfahren wurde eingeleitet, das am 24. Juni 1911 mit seiner Dienstentlassung einen Abschluss fand. Aber Jatho predigte weiter, jetzt in großen Sälen, unterstützt von seinen Freunden, Anhängern und vom Verein für Evangelische Freiheit, der später in der Bekennenden Kirche aufging. Erst vor wenigen Jahren wurde Jatho offiziell von der evangelischen Kirche rehabilitiert.

61 von Becker, Friedrich Wilhelm 1835–1924

Flur 73a

Friedrich Wilhelm von Becker hatte bereits eine politische Karriere hinter sich, als er 1886 in Köln in das Amt des Oberbürgermeisters berufen wurde. Bereits mit 33 Jahren wurde er Oberbürgermeister in Halberstadt, Sachsen-Anhalt. 1875 amtierte er ein Jahr in Dortmund, von 1876 bis 1886 wirkte er als Oberbürgermeister in Düsseldorf, wo er eine Neuordnung der Verwaltung und städtischen Finanzen einleitete. Das Verkehrswesen und die Kanalisation wurden der stark wachsenden Großstadt angepasst. »Auf der von ihm gelegten Grundlage konnten seine Nachfolger Düsseldorf als moderne Großstadt in das 20. Jahrhundert hineinführen.« (Weidenhaupt) Von Düsseldorf kam er nach Köln.

Meilensteine seiner Tätigkeit während seiner Amtsjahre als Kölner Oberbürgermeister von 1886 bis 1907: In seine Amtszeit fällt 1888 die Eingemeindung der linksrheinischen Gemeinden Kriel, Longerich, Müngersdorf, Nippes, Poll, Teile von Efferen und Rondorf sowie die Städte Deutz und Ehrenfeld. Die Fläche der Stadt wächst von 1.006 auf 11.133 Hektar. 1890 erfolgt der Bau des ersten Elektrizitätswerkes am Zugweg, die Stadt übernimmt die Müllabfuhr in eigener Regie. Im gleichen Jahr werden die erste Kläranlage und die Hauptfeuerwache gebaut. 1894 wird der neue Hauptbahnhof dem Verkehr übergegeben, 1898 kann die Erweiterung des Rheinauhafens für Handel und Verkehr gefeiert werden. Nach dem Kauf der Pferdebahngesellschaft durch die Stadt zum 1. Januar 1900 erfolgt der rasche Ausbau des elektrischen Straßenbahnnetzes, sodass bereits am 15. Oktober 1901 der Betrieb der ersten beiden Straßenbahnlinien, die »Rheinbahn« und die »Ringbahn«, aufgenommen werden kann. 1902 findet die feierliche Eröffnung des Opernhauses am Rudolfplatz statt. 1906 beruft Wilhelm Becker Konrad Adenauer als besoldeten Beigeordneten.

Als Nationalliberaler war Becker für die Stadt Köln Mitglied des preußischen Provinzial-Landtags und lange Jahre dessen Vorsitzender. Er war Mitglied des Preußischen Herrenhauses auf Lebenszeit. 1911 wurde er vom Kaiser in den Stand des erblichen Adels erhoben. Im Volksmund wurde er – im Gegensatz zu seinem Amtsvorgänger, dem »roten Becker« – der »schwarze Becker« oder der »lange Becker« genannt.

61 von Becker, Helene 1850–1939

Flur 73a

Sie gründete die Kölner Kinderkrippe sowie ein Wöchnerinnen-Asyl. Bereits während der Amtszeit ihres Mannes hatte sie schon solch eine Einrichtung in Düsseldorf etabliert. Im Ersten Weltkrieg leitete sie in Berlin, wohin die Familie nach der Pensionierung Wilhelm Beckers gezogen war, ein Reserve-Lazarett.

62 Heimann, Friedrich Carl 1850–1921

Flur 73a

Geheimer Baurat; ab 1891 Leiter des Hochbauamtes in Köln; Stadtkonservator.

63 Stollwerck, Familie

Flur 73a

Der Name Stollwerck gehört zu den bekanntesten Kölner Markennamen. Doch mit dem Rückzug der Nachfolgefirma aus dem Schokoladenmuseum ist er aus der Stadt beinahe verschwunden. Begonnen hat die Erfolgsgeschichte in der Blindgasse 37 (heute: Cäcilienstraße) und sie endete in Porz. Franz Stollwerck gründete dort 1839 eine Bonbonfabrik, in der Schildergasse ein Kaffeehaus mit Vaudeville-Theater.

Seine drei ältesten Söhne übernahmen die Geschäfte und gründeten die Fa. Gebr. Stollwerck. Stollwerck wurde zum Synonym für Schokolade.

Aber die Stollwercks waren nicht nur im süßen Geschäft spitze. Der vierte Sohn, Ludwig Stollwerck (E4), war ein wahrer Technikfreak. Er führte den Vorläufer des heutigen Kinos in Deutschland und auch in Amerika am Broadway (!) ein. Ebenfalls war er für die ›Automatie‹ verantwortlich. Gegen den Verkauf von Produkten durch Automaten wetterten die Geistlichkeit (Werkzeug zur Störung der Sonntagsruhe und der gottesdienstlichen Andacht) und die Pädagogen (Verleitung der Kinder zur Naschsucht und Unmoral). Aus der Zusammenarbeit mit Th. A. Edison resultierte der sogenannte »Diktierphonograph«, den die Firma Stollwerck schon seit 1895 als Büromaschine verwendete. Nicht nur Schokolade wurde per Automat vertrieben, sondern ebenfalls Seifen (Deutsche Sunlight-Gesellschaft, Mannheim) und Streichhölzer (Diamant, Deutsche Zündholz A.G.). In beiden Firmen leitete Ludwig Stollwerck den Aufsichtsrat. Weitere Gräber der Familie Stollwerck findet man HWG zwischen Lit L und Lit M; Lit K an Flur 37.

64 Goecke, Franz F. W. 1824–1903

Flur 73

Drei Sonnenblumen zieren das Kreuz. Die Sonnenblume kann als Zeichen der Unsterblichkeit gedeutet werden. Aber auch als Symbol für das Suchen des Heils, das von dem Gekreuzigten ausgeht. Sie richtet ihre Knospen und Blätter nach dem Stand der Sonne aus, um dann voll erblüht nach Osten zu schauen.

65 Sester, Hermann 1877–1932
Sester, Hermann 1909–1990

Flur 73

1805 in Widdersdorf gegründet, übernahm die Familie Sester 1917 die »Kölner Vereinsbrauerei GmbH« an der Vogelsanger Straße, baute sie kontinuierlich aus, immer nach dem Maßstab modernster Technik. So war Sester die erste Brauerei, die in Köln das Keg-System einführte, ein Verschlusssystem, mit dem die Fässer an die CO_2-Druckleitung angeschlosssen werden können. Die Brüder Hermann jun. und Gerhard (C32) übernahmen 1936 leitende Positionen innerhalb der Sester Brauerei oHG an der Vogelsangerstraße und führten gemeinsam die Geschäfte der Brauerei bis 1972.

Geschichte der Friedhöfe

Bereits zu römischer Zeit wurde außerhalb der Städte beerdigt. An den Ausfallstraßen des römischen Kölns wurden große Gräberfelder angelegt: im Süden, um die heutige Kirche St. Severin; das Gräberfeld im Norden befand sich dort, wo heute Sankt Ursula steht; über dem nordwestlichen Gräberfeld wurde Sankt Gereon errichtet. Römische Grabkammern fand man 1843 in Köln-Weiden an der Aachener Straße, 1899 in Hürth-Efferen an der Luxemburger Straße und 1928 im Grüngürtel beim Bau des Kalscheurer Weihers südlich des Südfriedhofs. Bereits zu römischer Zeit gab es Personen, die sich stattliche Grabmale bauen ließen. Das spektakulärste kann man sich im Römisch-Germanischen Museum anschauen. Das Grabmal des Veteranen der römischen Armee und wohlhabenden Kaufmanns Lucius Poblicius ist 14,6 Meter hoch! Gefunden wurde es 1964 von Amateurarchäologen unter einem Privathaus auf einem Grundstück am Chlodwigplatz.

Anfang des 4. Jahrhunderts wurde das Christentum unter Kaiser Konstantin zur Staatsreligion erhoben. Die Gräberfelder der heidnischen Römer und die Heiligtümer oder Gedenkstätten für römische Götter, die sich dort befanden, sind in den Besitz der Kirche aufgenommen worden, ebenso wie andere heidnische Heiligtümer, Gedenk- und Opfersteine. Die heidnische Verehrung wurde unterbunden, der religiöse Inhalt wurde beibehalten, christlich aufbereitet und bekam damit einen anderen, sprich christlichen Anstrich beziehungsweise Namen. Auf den Gräberfeldern wurden Friedhofskapellen errichtet. Diese wiederum sind später zu Pfarr- oder Stiftskirchen ausgebaut worden. Nach den Stadterweiterungen von 1106 und 1180 lagen sie innerhalb der Stadtmauern Kölns.

Jede Kirche wurde einem oder auch mehreren Heiligen geweiht. Die Reliquien der entsprechenden Heiligen waren innerhalb der Kirchen zu finden. Die Reliquienverehrung und legale Reliquienvermehrung hatte Konjunktur. Da das Wort der Heiligen am Tag des Jüngsten Gerichtes einen sehr hohen Stellenwert bei Gott hat, wollte man sich den Heiligen in Erinnerung rufen und ließ sich in den Kirchen beerdigen. Je näher ein Toter bei einer Reliquie lag, desto gewisser konnte er sich der intensiven Fürsprache beim Jüngsten Gericht sein.

Musée des Catacombes, Paris

Die Bevölkerung Kölns wuchs und es mussten mit der Zeit mehr Menschen bestattet werden; die Kirchengräber wurden entsprechend rar. Dieses Problem löste man auf zwei unterschiedliche Weisen: Die

OSSEMENTS DU
CIMETIERE DES
INNOCENTS
DÉPOSÉS LE
2 JUILLET 1809

Kirche nahm entweder die Reliquie eines Heiligen und errichtete eine neue Kirche. Oder eine christliche Familie bestattete den Leichnam eines Angehörigen – der von sich aus bereits als geweiht galt, da getauft – und schuf mit dem Grab einen neuen heiligen Ort. Reiche Familien konnten so, ohne Reliquien, ihre eigenen Grabkapellen errichten, die sie dann der Kirche stifteten.

Innerhalb des Kirchengebäudes gab es ein soziales Grabgefälle: Je reicher und angesehener im Leben ein Mensch war, desto privilegierter – Ort und Zeremonie betreffend – wurde er bestattet. Es bildeten sich in dieser Zeit innerhalb der Kirchen Gräber- und Gruftfelder, sowohl vertikal als auch horizontal.

Gleiches galt für die Kirchhöfe: Je näher man an der Kirchenmauer lag, desto näher war man der Reliquie, die durch ihre Heiligkeit das ganze Kirchengrundstück sozusagen kontaminierte. Die Armen lagen am weitesten entfernt an der Friedhofsmauer oder wurden in Massengräbern begraben, die zwischen 1.200 und 1.500 Leichname fassten. Es wurde damals allgemein nicht nur ein Mensch pro Grab begraben. Die Gräber wurden mehrfach belegt, weil nicht genug Platz vorhanden war. Als die Mehrfachbelegungen überhandnahmen, wurden die Überreste der Toten, gleichgültig in welchem Zustand, ausgegraben oder aus der Gruft genommen und die Gebeine in die Beinhäuser (Ossuarien) verlegt. Diese Ossuarien waren bereits ein Zeichen für einen würdevollen Umgang mit den verwesten Leichnamen, denn bis dahin waren sie ausgegraben und auf dem Kirchhof liegen gelassen worden. Um die Gebeine kümmerte sich niemand.

Exkommunizierte, zum Beispiel Verurteilte, deren Leichname von den Angehörigen nicht zurückerbeten wurden oder die der Richter nicht aushändigen wollte, »moderten ohne Bestattung auf dem freien Feld einfach mit Steinblöcken bedeckt vor sich hin – um die Nachbarschaft der anderen Toten nicht zu belästigen.« (Ariès)

Der Bereich um den Galgen war meist eingegrenzt durch einen Wall. Der innere Raum der Hinrichtungsstätte diente auch als Schindanger, der im Volksmund ›Rabenstein‹ genannt wurde, da dort die Raben die Leichen fleddern konnten. Nur im günstigsten Fall fand für die Hingerichteten eine Beisetzung statt. Die Leichen der kriminellen Straftäter hätten auch in geweihter Erde bestattet werden können; die Kirche konnte es erlauben, da Gott sein Verdammungsurteil nicht zweimal ausspricht. Der Verurteilte hatte bereits mit seinem Leben bezahlt. Diese Empfehlung blieb allerdings bis zur Zeit der Bettelmönche und der Bruderschaften reine Theorie.

Für die Leprosen galt seit 1179, dem dritten Laterankonzil, dass sie auf eigenen Friedhöfen beerdigt werden sollten. Bedenkt man, dass die Hinrichtungsstätte Kölns und das Leprosenasyl Melaten an der Aachener Straße in unmittelbarer Nachbarschaft lagen, liegt die

Annahme nahe, dass es einen gemeinsamen Friedhof gab. Durch archäologische Grabungen wird dies für den Leprosenfriedhof in Aachen bestätigt.

Kirchhöfe hatten aber nicht nur die Funktion von Bestattungsplätzen; sie waren auch Orte für die Lebenden, bewohnte Stätten, das antike Forum. Hier war der Brennpunkt des sozialen Lebens und darüber hinaus galt hier das Privileg des Asylrechtes.

Asylrecht bedeutet: »Der Schutzheilige gewährt den Lebenden, die ihn verehrten, weltlichen Schutz, wie er den Toten, die ihm ihren Leib anvertrauten, geistliche Sicherheit bot. Die Reichweite weltlicher Macht endete an der Kirche und in ihrem Atrium. Innerhalb ihrer Mauern des Kirchengrundstücks standen Lebende wie Tote im Frieden Gottes.« (Ariès)

Das Wort Friedhof, wie wir es heute verwenden, wird aus historischer Sicht betrachtet falsch benutzt. Friedhof bezeichnete früher den eingefriedeten, abgegrenzten Bezirk, den eingehegten Raum, den Hof, auf dem die lebenden Menschen ihren Frieden vor der weltlichen Obrigkeit hatten, sprich dem Gewaltrichter, der Polizei, und dem Scharfrichter, dem Henker. Flüchtlinge, die auf dem Friedhof um Asyl nachgesucht hatten, richteten sich dort dauerhaft ein und weigerten sich, ihn zu verlassen. Manche begnügten sich mit Kammern über den Beinhäusern. Andere erbauten sich dort feste Wohnstätten und verlängerten so den Akt der Inbesitznahme, den die kirchlichen Autoritäten eigentlich nur als zeitlich begrenzt hatten gelten lassen wollen. Man wohnte auf dem Friedhof, ohne sich im Geringsten vom Schauspiel der Bestattungen oder von den großen Gemeinschaftsgräbern beeindrucken zu lassen, die offen standen, bis sie schließlich gefüllt waren.

Für die unbescholtenen Menschen diente der Friedhof als Forum, als Haupt- und Spielplatz, auf dem alle Einwohner der Gemeinde sich trafen, sich versammelten und spazieren gehen konnten, »um ihre geistlichen und weltlichen Geschäfte zu erledigen und ihre Liebschaften und Belustigungen zu betreiben.« (Ariès) Der Friedhof war ein öffentlicher Ort par excellence, Zentrum des gesellschaftlichen Lebens.

Dies galt weit über das Mittelalter hinaus. Und man darf sich die Fried- bzw. Kirchhöfe nicht so vorstellen wie die Friedhöfe heutzutage; das waren keine Anlagen oder Parks; sie waren wesentlich kleiner und enger, von der Fläche etwa wie in Köln der kleine Domherren-Friedhof östlich des Doms. Bei 40.000 Einwohnern umfasste die Gesamtfläche aller Kölner Friedhöfe um das Jahr 1800 etwa 14 Hektar.

Tote Körper haben die Angewohnheit, zu verwesen. Bei der Verwesung entstehen Gase und Flüssigkeiten, die sich in den Kirchengrüften sammeln oder sich in der Erde mit dem Grundwasser mischen.

Der Geusenfriedhof in Köln-Lindenthal

Und so gab es etliche Berichte von Ohnmachtsanfällen in Kirchen, denn der Gestank kroch aus den Ritzen und Fugen der Wände und Fußböden. Zwei Begebenheiten aus Paris verdeutlichen dies sehr drastisch: »Am 20. April [des Jahres 1773] hebt man im Schiff der Kirche Saint-Saturnin in Saulieu ein Grab für eine am Faulfieber verstorbene Frau aus. (...) Die Totengräber öffneten den Sarg eines am 3. März des Vorjahres beigesetzten Leichnams. Als sie den Leichnam der Frau in die Grube hinabsenkten, öffnete sich der Sarg, wie der besagte Leichnam, und es verbreitete sich augenblicklich ein derart widerwärtiger Geruch, dass die Umstehenden gezwungen waren, die Stätte zu verlassen. Von 120 Jugendlichen beiderlei Geschlechts, die man auf die erste Kommunion vorbereitete, erkrankten 114 ernstlich, ebenso der Pfarrer und der Vikar, die Totengräber und mehr als siebzig andere Personen, von denen 18 dahingerafft wurden, darunter der Pfarrer und der Vikar, die als erste verschieden.« (Ariès)

In Paris, gegen Ende 1779, sickerte Flüssigkeit aus einem großen Gemeinschaftsgrab auf demCimetière des Innocents in die Keller von drei benachbarten Häusern. Diese Häuser hatten zwei Kellergeschosse, worauf die unteren geschlossen wurden. Das Domkapitel von Notre-Dame ließ eine Gegenmauer hochziehen, die aber keine Besserung brachte, die Arbeiter aber gefährdete. »Die ›Verpestung‹ setzte sich durch die Mauersteine hindurch fort. Da hilft gar nichts. Die angezündeten Lichter lassen sich nicht brennend erhalten. Die

Verpestung erreicht die oberen Kellerräume, dann das Erdgeschoß ...« (Ariès)

Nach der Schließung des Cimetière des Innocents brauchte es drei Jahre, bis die über zwei Millionen Leichen in den »Catacombes« von Paris untergebracht waren. Dort kann man heute die Gebeine von sechs Millionen Menschen in Galerien und Sälen schön gestapelt und ästhetisch arrangiert betrachten. Die Goldene Kammer von St. Ursula gibt eine Ahnung von dem, was sich dort in Paris in diesem unterirdischen, ehemaligen Steinbruch befindet.

Auch in Köln musste etwas unternommen werden. Gelöschter Kalk konnte nicht mehr helfen. 1780 bekam die Polizei die rechtliche Handhabe, überbelegte Friedhöfe zu schließen. Vorher waren aber bereits Bestrebungen im Gange, die Bestattungen zu reglementieren, sowohl von der Örtlichkeit des Friedhofes als auch in Bezug auf die Art der Gräber.

In einem Dekret, das Napoleon am 11. Juni 1804 erließ, wurde das Bestattungswesen endgültig geregelt. Die dort verordneten Maßnahmen gelten zum Teil bis zum heutigen Tag.

Eine der wichtigsten Maßnahmen war, dass das Bestattungsprivileg von der Kirche an die weltliche Obrigkeit abgegeben wurde. Dies war für das konservative katholische Köln ein scharfer Einschnitt. Melaten wurde der erste kommunale Friedhof Kölns.

Der Staat gab die Regeln vor, die Kommunen mussten sie umsetzen. Die Bestattung innerhalb von Kirchen und Städten wurde verboten. Von der Stadtgrenze musste ein Mindestabstand von 35 bis 40 Metern eingehalten werden. Außerörtliche Flächen wurden ausgewiesen und angelegt, Friedhofsordnungen geschaffen. Leichname mussten auf den Friedhöfen nebeneinander beerdigt werden. Es durfte nicht übereinander in einem Grab bestattet werden: eine Leiche, ein Grab. Der Abstand zwischen den Gräbern und deren Tiefe wurde reglementiert. Auch die Belegfrist wurde definiert. Es konnten Einzelgräber in einem bestimmten Format gekauft werden; es war aber ebenso möglich, Familiengräber zu erstehen. Diese Stätten wurden mit Grabsteinen oder Grabmonumenten als Besitzanzeiger gekennzeichnet. Das Grabdenkmal wird zur Regel.

Dadurch änderte sich auch der Charakter des Friedhofes an sich. War früher auf ihnen das pralle städtische Leben zu finden, besuchte man die Gräber während oder nach den Gottesdiensten, so stattete man nun den Toten einen Besuch auf dem Friedhof ab, der außerhalb der Stadt lag. Der Friedhof entwickelte sich so zu einer parkähnlichen Anlage, in der die Gräber der Verstorbenen liebevoll gepflegt wurden. Die alltägliche normale Gemeinschaft der Lebenden mit den Toten wurde somit aufgehoben. Der Tod wurde ausgebürgert, aus dem täglichen Leben verbannt.

Geschichte des Leprosenasyls Melaten

Im Jahre 1189 wird »Melaten« als Bezeichnung für ein Gebiet außerhalb der mittelalterlichen Stadtmauer zum ersten Mal urkundlich erwähnt. Der Melatenhof war das größte Leprosenasyl vor den Toren Kölns.

Am 6. Juni 1245 weihte der damalige Erzbischof Konrad von Hochstaden, der auch den Grundstein für den gotischen Kölner Dom gelegt hat, eine Kirche »in pauperum leprosum« (zu den armen Aussätzigen) der Heiligen Dreifaltigkeit, der heiligen Maria und dem heiligen Dionysius. Später kamen noch der heilige Lazarus und die heilige Maria Magdalena hinzu.

Der Standort an der verkehrsreichen Ausfallstraße nach Westen, nach Aachen, war gut gewählt, denn dort kamen Reisende, Fuhrleute, aber auch Fußgänger vorbei, die sich durch eine mildtätige Gabe für die Leprakranken einen guten Platz im Himmel sichern konnten.

Melaten war eine regelrechte Hofanlage, mit Wirtschaftshof, Ställen, Scheune, Backhaus und Brauhaus. Die Kranken wurden, so sie körperlich fähig waren, zur Arbeit herangezogen. Neben der Kirche entstanden Gebäude zur Unterbringung von Menschen, die an Lepra erkrankt waren. Bis zu 24 Leprakranke konnten aufgenommen werden. Je nach sozialer Schicht musste man sich durch unterschiedlich hohe Pfründe einkaufen. Ein Einstandsessen war obligatorisch. Das war bei den anderen Leprosenasylen Kölns nicht nötig.

Die Kranken wurden gut versorgt. Es gab eine Köchin, Aufwartefrauen (Waschmägde), den Schellenknecht, den Offermann und den Küster. Die Verwaltung oblag einem Rentmeister. Zusätzlich zur Kirche – mit eigenem Pastor – gab es noch eine weitere Kapelle, die sich direkt neben dem Wirtshaus befand, das es seit 1537 an der Aachener Straße gab. Es durfte ab 1630 als Zeichen der engen Bindung von Melaten an Köln das Kölner Wappen tragen.

Melaten hat die gleiche Wurzel wie das französische Wort »malade« (krank, Not leidend), das sich aus dem Lateinischen »male habitus« (schlechter Zustand) ableitet. Das mittelniederdeutsche Wort »malat« lebt heute noch in der kölschen Mundart fort. – Melaten zu Kölsch: »Malote«. Während sich ein Nichtkölner elend fühlt, »es et dem Kölsche malätzisch«.

Eine andere Variante der Namenserklärung: Melaten geht zurück auf die Bezeichnung »Le mal Ladre« beziehungsweise »Mal St. Lazaire« (der kranke Lazarus). Das entspricht dem Patrozinium der Kapelle. »Melaten« ist keine exklusive Bezeichnung für das Leprosenasyl vor Köln. Auch in Aachen, Duisburg oder Dinslaken gibt es »Melaten«.

Wie man auf alten Karten (zum Beispiel in »Köln und sein Umland«) erkennen kann, gab es auf dem heutigen Kölner Stadtgebiet fünf Leprosenasyle bzw. -häuser: 1. Melaten, das größte und bedeutendste Asyl; 2. ein Asyl im Norden am Rhein bei Riehl; 3. eins im Süden, vor dem Severintor am Judenbüchel (Abzweig der Brühler von der Bonner Straße); 4. ein Asyl an der Bannmeile (Schweid) zwischen Bayenthal und Rodenkirchen und 5. eins auf dem Gemeindegebiet von Junkersdorf an der »Köln-Aachener Straße«.

Leprosenasyle lagen immer abseits der Siedlungen, möglichst an Handelsstraßen, städtischen Ausfallstraßen oder in der unmittelbaren Nähe von Fluss- oder Bachläufen. In einem Bericht über das Rheinhochwasser 1497 liest man: »am 6. januar was der Rin uisgebrochen bi Roderkirchen beneden melaten.«

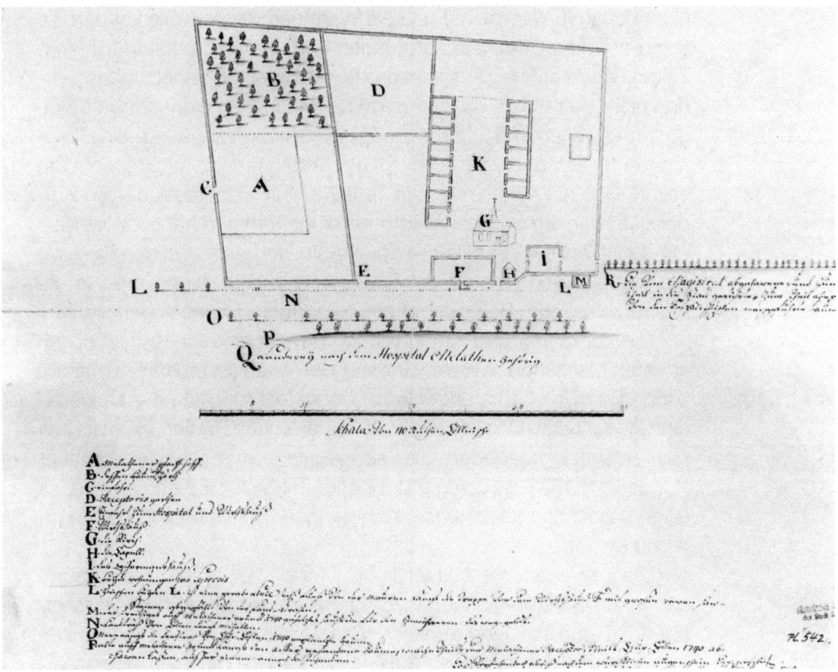

Plan des »Hospital Melathen« (1740)

Erzbistum Köln (1620)

Die Lepra war eine Krankheit, die den Menschen Angst machte. Lepra äußert sich durch Lähmungserscheinungen und Deformationen des Skeletts. Dunkle Flecken können sich auf der Haut bilden; bei dunkelhäutigen Menschen tritt eine Depigmentierung ein. Die Nervenzellen ziehen sich unter der Haut zurück. Leprakranke können nicht richtig fühlen; sie haben kein Wärmeempfinden. Sie können die Hand auf die heiße Herdplatte legen und spüren nichts. In früheren Zeiten wurde auf Hygiene kein großer Wert gelegt, Verletzungen wurden nicht behandelt, es kümmerte die Menschen nicht. Eine Wunde begann zu eitern, es folgte womöglich eine Blutvergiftung, die Gliedmaßen faulten und fielen oftmals ab, Verstümmelungen waren nicht selten. Das hat etwas mit dem Teufel zu tun, dachte man. Den Körper des Kranken mussten Dämonen eingenommen haben. Also raus mit den Kranken, vor die Tore der Städte, verbannt aus den Dörfern, ausgesetzt. Wenn man in der Bibel nachschlägt, dann waren es die Aussätzigen, zum Beispiel der arme Lazarus, die Jesus geheilt hat.

Die Lepra war und ist eine Mangelkrankheit, eine Krankheit der ärmsten Menschen. Wir, die wir genug zu essen und zu trinken haben, können nicht an Lepra erkranken. Unsere Nahrung ist viel zu mineral- und vitaminreich. Und vor allem die hygienischen Bedingungen haben sich wesentlich geändert. Der norwegische Arzt Gerhard Armauer Hansen hat 1873 die Erreger der Lepra entdeckt und erkannte, dass die Ansteckungsgefahr wesentlich geringer ist, als man früher angenommen hatte.

Die Leprosen, die Aussätzigen, wurden verstoßen; allein hatten sie keine Überlebenschance. Von daher war es ein Akt der Humanität, dass man sich ihrer annahm, ihnen Asyle errichtete: Die Kranken mussten sich unter strenge Aufsicht stellen, sie mussten sich an die

Leprosenordnung halten. Wer dagegen verstieß, konnte ausgewiesen werden, was allerdings einem Todesurteil gleichkam.

Außerhalb der Städte und Dörfer konnten sich die Leprosen frei bewegen. Sie mussten allerdings optisch und akustisch erkennbar sein, das heißt, in der Leprosentracht gekleidet sein und eine Klapper oder Schelle dabeihaben. Die Leprosentracht bestand aus einer Jacke, einer Kniehose, einem weißen Siechenmantel, der bis zu den Knien reichte, weißen Handschuhen und einem großen Hut. Die steinerne Abbildung des Leprosenmännchens am Eingang zur Kirche an der Aachener Straße oder in der Ausstellung des Kölner Stadtmuseums ist der ›modische‹ Zeitzeuge.

An genau bestimmten Tagen durften die Leprosen in der Stadt Köln betteln. Der Schellenknecht, ein gesunder Mann, ging als Erster durch das Stadttor, die Klapper oder die Schelle erklang, und die Kölner wussten: »Aha, de Lück vun Malote kumme!« Sie verbargen sich in den Häusern, um nicht angesteckt zu werden, hatten aber vorher das, was sie spenden wollten, vor die Tür gestellt, sodass die Leprosen dies mitnehmen konnten. Man gab gern und auch reichlich. Betteln war damals eine anerkannte Lebensform. Der Rat der Stadt Köln gestattete dem Schellenknecht »den täglichen Bettelgang«. Tag

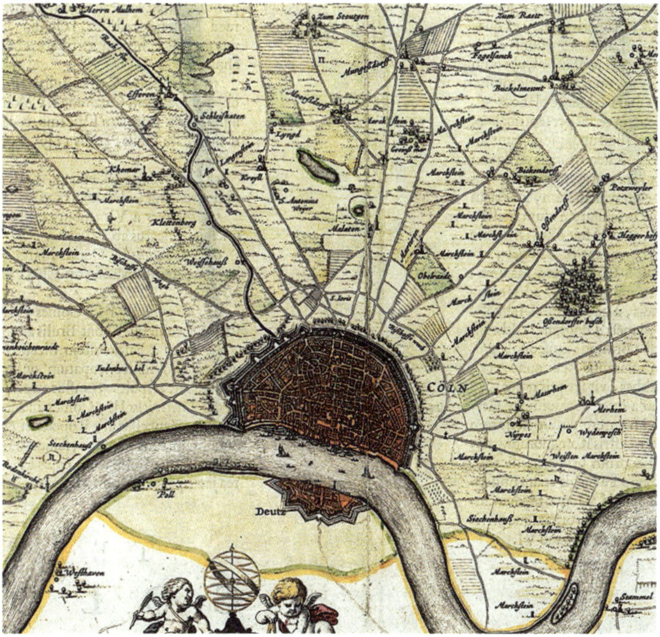

Kölner Schweidkarte (1662)

für Tag durfte er in einem anderen Stadtbezirk auf festgelegter Route für die Leprakranken sammeln. Die Hälfte des Erbettelten gehörte ihm.

Die Lepra machte den Menschen in der damaligen Zeit so große Angst, dass bis ins 16. Jahrhundert selbst Ärzte Leprakranke nicht untersuchen wollten, und wenn doch, nur gegen eine hohe Bezahlung. Deshalb wurden Leprosenkommissionen gebildet: Bereits selbst leprakranke Menschen wurden auf die Stadt oder den Ort dafür vereidigt. Sie untersuchten für die Stadt solche Menschen, die Leprasymptome aufwiesen, aber noch nicht wussten, dass sie krank sind. Oder sie verifizierten solche, die nach Melaten kamen und behaupteten, sie seien leprakrank. Da die Kranken nur höchst selten von offizieller Stelle untersucht wurden, man sich auch als Kranker relativ frei bewegen konnte und gegen Vorlage des Siechenbriefes in anderen Leprosenstätten kostenlos Kost und Logis bekam, war dem Klüngel Vorschub geleistet. 1712 kam es in Düsseldorf zu einem Prozess. Im Auftrag von Herzog Johann Wilhelm wurden im Herzogtum Jülich und Berg alle Leprosenhäuser von Ärzten untersucht. Das Ergebnis: Alle Leprosen waren gesund. Die meisten Insassen in den Asylen waren Landstreicher, die durch unrechtmäßig ausgestellte Siechenscheine Unterschlupf gefunden hatten. Auch die Kölner, die gerade in Düsseldorf zu Besuch waren, waren gesund. Diese Diagnose schickte man per ›Pferdefax‹ nach Köln, die kölschen Doctores stürmten nach Melaten, untersuchten die hiesigen Kranken. Auch hier waren alle gesund, mit Ausnahme einer Frau, die an einer leichten Grippe litt. Der Kölner Offermann hatte gegen ein gutes Honorar falsche Siechenbriefe ausgestellt.

Kurz darauf wurde Melaten als Leprosenasyl geschlossen. Es wurde umgewandelt zu einer Quarantänestation. Auch diese Anstalt wurde 1867 endgültig geschlossen. Mit den Pfründen von Melaten errichtete man ein Waisenhaus in der Wahlengasse, die am 28. September 1816 in Waisenhausgasse umbenannt wurde.

Die Leprosen wurden nur selten auf den innerstädtischen Kirchhöfen beerdigt, sondern meist in der Nähe der Leprosenasyle. Es ist anzunehmen, dass die Bestattungstradition auf dem Gelände des heutigen Melatenfriedhofs älter ist als der angelegte Friedhof selbst.

Vielen Menschen erschien das plötzliche Verschwinden der Lepra in Europa als rätselhaftes Phänomen. Die Erklärung ist aber relativ einfach: Es wurde quasi der Teufel mit dem Beelzebub ausgetrieben. Die körperlich geschwächten Leprosen fielen anderen Epidemien zum Opfer. Die Pestepidemien rafften viele Hunderttausende dahin. Für die Lepra blieben nur wenige Kranke übrig, die wiederum an Cholera, Tuberkulose oder anderen Seuchen starben. Heute ist die Gefahr, an Lepra zu erkranken, gering. Die Entdeckung des »Mycobacterium leprae« und die daraufhin einsetzende Entwicklung von Medikamenten hat der Lepra ihre Grenzen gesetzt.

Hexen

Neben dem Leprosenasyl gab es noch eine weitere Institution an der Ausfallstraße in Richtung Aachen: die Hinrichtungsstätte von Köln. Wo sie sich genau befand, kann man heute nicht mehr bestimmen. Zieht man alte Karten zu Rate, erkennt man den Galgen und das Rondell auf der südlichen Seite der Aachener Straße, neben dem Melatenhof, aber ein wenig in Richtung der heutigen Klosterstraße gelegen. Noch vor dem Zweiten Weltkrieg wurde ein Weg parallel zur Aachener Straße mit »Galgweg« bezeichnet.

Galgen und Rondell sowie »Rabenstein« standen für unterschiedliche Hinrichtungsmethoden. Auf dem Rabenstein wurden die Delinquenten mit dem Schwert oder Beil hingerichtet. Ihre Körper wurden achtlos den Raben zum Fraß vorgeworfen. Der Galgen steht für Hinrichtung mit der Kette oder dem Seil. Aber auch das Handwerk des Verbrennens, Räderns, Pfählens und Verstümmelns wurde von den Scharfrichtern, den Henkern, hier ausgeführt.

Die ersten aus religiösen Gründen hingerichteten Menschen waren zwei Männer. Am 28. September 1529 wurden die der »Lutherei« angeklagten »Ketzer« Adolf Clarenbach und Peter Fliesteden bei lebendigem Leibe verbrannt. Von ihren Glaubensbrüdern wurden sie bald als Märtyrer verehrt. Ihnen ist am östlichen Ende der Mittelachse auf Melaten ein Denkmal gesetzt worden.

Zu einem der dunkelsten Kapitel der Kirchengeschichte gehören die Hexenverbrennungen. 36 Frauen wurden bei Melaten hingerichtet, für eine so große Stadt wie Köln eine scheinbar geringe Anzahl. Allein im nahen Siegburg, das im Kartenvergleich nur ein Flecken war, wurden ebenso viele Frauen hingerichtet. Hinzu kamen noch vier weitere Menschen: zwei Frauen, die unter der Folter und in Lynchjustiz ermordet wurden; ein Mann wurde mit dem Schwert hingerichtet, ebenso 1645 ein 11-jähriger Junge, Peter von Rodenkirchen.

Köln, so kann man sagen, war die ideologische Hochburg des Hexenwahns. Hier wurde die Theorie mit der Praxis aufs Tödlichste verbunden. Hier wurde eines der krudesten Werke unter Gottes Himmel geschrieben: der »Malleus maleficarum«, der »Hexenhammer«. 1487 in Speyer veröffentlicht von dem Dominikaner Pater und Inquisitor Heinrich Institoris. Mit einer gefälschten Expertise der theologischen Fakultät der Universität zu Köln sowie mit dem Namen »Jacob Sprenger« als Koautor versehen, verbreitete sich der »Hexenhammer« in Europa schneller als der Wind.

Heinrich Institoris, aber auch Jacob Sprenger, hatten sich in Bezug auf Ketzer- und Hexenverfolgung im Rheinland und Oberdeutschland einen Namen gemacht. Mit dem dreibändigen Werk wurden nicht nur die theoretischen Grundlagen geliefert, sondern es wurde die Praxis gelehrt. Der »dritte Teil des ›Hexenhammers‹ handelt von der Bestrafung und Ausrottung der Hexen, er schilderte Anleitungen zu Verhör, Folter und Urteilsfindung – und stellte damit ein wirkliches Rüstzeug für die Praxis der Prozessführung dar.« (Irene Franken)

Auch Albertus Magnus und sein Schüler Thomas von Aquin waren nicht gerade frauenfreundlich. Beschäftigte sich der eine mit der »Zauberei«, so untersuchte der andere als Theologe den Geschlechtsverkehr mit dem Teufel. Beide förderten so den frauenfeindlichen Irrationalismus, auf dessen Boden sich dann die Hexenverfolgung ereignen konnte.

Von der Ideologie her stand die protestantische Kirche der katholischen in keiner Weise nach. In Martin Luthers Predigten finden sich ebenfalls frauenfeindliche Bilder. Mit starken Worten forderte er in seiner Hexenpredigt am 6. Mai 1526 auf, Zauberinnen zu töten: »Also sollen sie getötet werden, nicht allein weil sie schaden, sondern auch weil sie Umgang mit dem Satan haben.«

In Köln begann das Morden von Hexen 1617. »19. Dezember 1617: Margaretha von Eischen wird auf dem Scheiterhaufen als Hexe verbrannt, ihr folgen im Februar 1618 zwei weitere Frauen. Bereits einige Jahre vorher hat es auf der Straße einen Lynchmord an einer als Hexe bezichtigten Frau gegeben. Bisher hatte das Hohe Gericht es allerdings stets abgelehnt, mit der Todesstrafe gegen solcherart Angeklagte vorzugehen und sich auf Stadtverweise beschränkt. Erst jetzt scheinen die Schöffen der relativ jungen Hexenlehre aufgeschlossen gegenüberzustehen. In den Verhören geht es nicht nur, wie bisher, um konkrete Vorwürfe von schädigender Zauberei, sondern auch um das Bündnis mit dem Teufel und um die Fahrt zum Hexensabbat.« (CzGK)

»19. Mai 1627: In einem intriganten und absurden, von schweren Folterungen begleiteten Prozess, aber dennoch ohne Geständnis, wird Katharina Henoth, Kölner Posthalterin aus angesehener und wohlhabender Familie, als ›Hexe‹ zum Feuertod verurteilt und auf dem städtischen Richtplatz zu Melaten im Beisein einer großen Volksmenge vom Henker zunächst ›aus Gnade‹ erwürgt und dann ihre Leiche auf dem Scheiterhaufen verbrannt. – Dem Verfahren kommt eine besondere, für die weitere Entwicklung der stadtkölnischen Hexenverbrennung entscheidende Bedeutung zu, beweist es doch öffentlich, dass auch Angehörige der städtischen Oberschicht ›Hexen‹ sein können, nicht allein mehr nur – wie bis dahin üblich – Frauen der Unterschicht oder andere soziale Außenseiterinnen. Die Verfolgungswelle erhält damit eine Dynamik, die mehr und mehr die städtische Oberschicht bedroht.« (CzGK)

Die letzte und auch jüngste Hexe, die hingerichtet wurde, war Entgen Lenarts, ein Mädchen, das im Alter von zehn Jahren 1653 festgenommen wurde. Sie musste zwei Jahre auf ihre Hinrichtung warten, denn sie war noch nicht geschlechtsreif und Jungfrau. Sie soll am Hexensabbat teilgenommen haben, durch die Lüfte zwischen Düsseldorf und Duisburg geflogen sein und ihrem Bruder Fieber angehext haben. Am 18. Februar 1655 wurde sie enthauptet und anschließend verbrannt.

Auffällig ist, dass, obwohl Köln neutral war, die meisten Hexen während des Dreißigjährigen Krieges ermordet wurden, eine in Europa unruhige und instabile Zeit, in der die Machtverhältnisse über lange Jahre unklar waren. Gerade in dieser Zeit traf es die Frauen, die Schwächsten, an denen die Männer ihre Fantasien ausleben und die Kirche ihre Macht beweisen konnten.

Ein Grund, warum in Köln eine vergleichsweise relativ geringe Zahl von Frauen als Hexen ermordet wurde, lag in der Rivalität des Rates mit dem Erzbischof. Zwar stellte Kaiser Friedrich III. der Stadt 1475 das »Reichsstadtprivileg« aus, die hohe Gerichtsbarkeit blieb jedoch über Jahrhunderte hinweg in der Hand des Erzbischofs. Da die Kölner sich mit ihren Erzbischöfen oftmals nicht gut verstanden haben, streuten sie Sand in das Gerichtsgetriebe. Sie führten nur schleppend in entsprechenden Situationen die Anordnungen des Erzbischofs aus, da die Stadt das Vorrecht hatte zu entscheiden, ob der jeweilige Fall überhaupt in den Zuständigkeitsbereich des Erzbischofs fiel. In Bezug auf die Anklage konnte vorher geklärt werden, ob diese berechtigt oder nur üble Nachrede, Verleumdung oder ein Nachbarschaftszwist im Spiel waren. Diese Konstruktion der Voruntersuchung hatte zur Folge, dass in der Stadt Köln weniger Scheiterhaufen brannten als später in Kurköln.

Wenn ein Fall an das erzbischöfliche Gericht überwiesen wurde, dann ging es um Leben und Tod. In Köln war das erzbischöfliche Gericht gleichzeitig das Hohe weltliche Gericht, da der Erzbischof ehemaliger Stadtherr und Herrscher über Kurköln war. Dadurch wurde die Regel, dass Geistliche keine Todesstrafe verhängen durften, quasi umgangen. Er setzte geschickterweise ein Gericht ein, das nur mit Laien besetzt war. Auch wenn der Rat auf seine Unabhängigkeit vom Erzbischof Wert legte, so hat er doch oft genug mit ihm kooperiert, was die Hexenprozesse und Hinrichtungen auf Melaten beweisen.

Aus der Kirche kam die Gegenbewegung. Der Jesuitenpater Friedrich von Spee schrieb 1631 die »Cautio Criminalis«. Er kritisierte die Methodik der Hexenprozesse und sprach sich vehement gegen die Folter aus. Er musste sein Werk anonym veröffentlichen, sonst wäre er wohl selbst als »Zauberer« angeklagt worden. Fortschrittlich war sein Frauenbild jedoch nicht: Er fand, dass die Frau dem Tier ähnlich sei und doch so etwas wie eine Seele habe. Die Hexenverfolgung und die Prozesse sind ein Kapitel in der Kirchengeschichte, das noch heute dringend weiterer Aufarbeitung bedarf.

Leben auf dem Friedhof

Es gibt viele Menschen, die ein mulmiges Gefühl beschleicht, wenn sie auf einen Friedhof gehen müssen. Sei es zu einer Beerdigung. Sei es, dass ein Pflichtbesuch an einem Grab stattfinden soll. »Ohne zwingenden Grund gehe ich nicht auf den Friedhof.« – »Ich weiß gar nicht mehr, wann ich das letzte Mal auf dem Friedhof war.«

Umgekehrt gehen Menschen, die ihre Arbeitsstätte in Braunsfeld oder Ehrenfeld in der Nähe von Melaten haben, in der Mittagspause bei schönem Wetter gern über den Friedhof, um Kraft für die zweite Hälfte des Arbeitstages zu tanken.

Einige Friedhofsbesucher blicken befremdlich drein, wenn größere Gruppen über den Friedhof geführt werden und die Stadtführer in der Nähe der Aachener Straße ihre Stimme erheben. Ruhig hat es auf dem Friedhof zu sein, gemäßigt soll man sich verhalten, damit sich niemand – auch nicht die Toten – gestört fühlt.

Wie in den Zeiten, als der Kirchhof öffentliches Forum und Versammlungsplatz war, wird es heute nicht mehr zugehen. Zum Tanzen, Maggeln, Verkünden gibt es andere Plätze. Andererseits ist die düstere Friedhofsruhe, die sprichwörtliche Grabesstille, wie sie auch heute noch oftmals beschworen wird, menschenfern und auch nicht möglich. Man denke allein an die Geräuschkulisse der Aachener Straße und die Lautstärke der Laubbläser, die Geißeln der Friedhöfe und Parks, mit denen die städtischen Arbeiter und Friedhofsgärtner das Laub von den Wegen und Gräbern pusten.

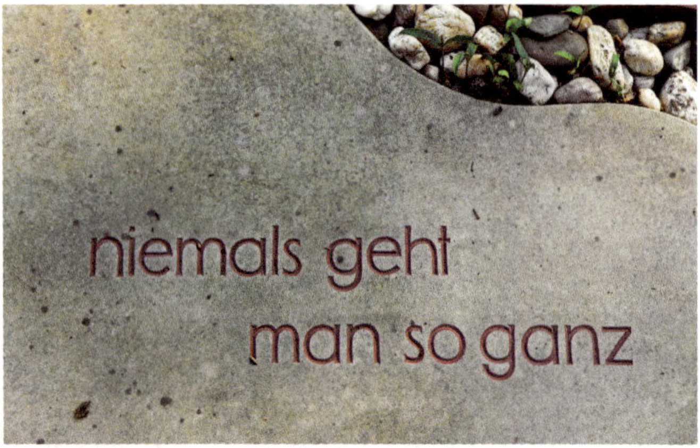

Immer mehr Menschen lassen sich über die Friedhöfe führen und bekunden so offensichtlich ihr Interesse. Hier findet ein Umdenken oder ›Umfühlen‹ statt. Auf dem Friedhof findet Kommunikation statt. Die Grabpflegenden schwatzen miteinander, tauschen sich aus. Man kennt sich. Leben kann auf heutigen Friedhöfen in Stadt und Land wieder stattfinden.

Der Melatenfriedhof ist Erinnerungsstätte, Park und Geschichtsbuch in einem. Und vor allem ist er ein Treffpunkt der Lebenden. Von daher war es ein guter Vorschlag, den der ehemalige Vorsitzende der Friedhofsgärtner-Genossenschaft Josef Terfrüchte vor einigen Jahren machte, die alte Friedhofshalle am Hauptweg könne zu einem Café für die Friedhofsbesucher ausgebaut werden. Warum sollen sich Besucher nach der Grabpflege nicht mit anderen treffen, eine Tasse Kaffee oder ein Glas Tee trinken, ein Teilchen essen? Ein Plausch mit Bekannten oder auch Unbekannten, einfach nur verweilen, bei schlechtem Wetter den Gedanken nachhängen und doch nicht allein sein, das kann die Lebensgeister wieder wecken und lässt einen nach einem Besuch am Grab zuversichtlicher nach Hause gehen. Leider kann diese schöne Idee nicht umgesetzt werden.

Persönliche Gräber

Für ein gutes Leben mit Tod und Trauer ist die persönliche Gestaltung des Grabes notwendig. Die Friedhofsgärtnereien und Steinmetzbetriebe bieten eine große Auswahl an Gestaltungsmöglichkeiten. Man kann sich ein einzigartiges Grab zusammenstellen, eine besondere Bepflanzung auswählen oder ein individuelles Grabmal. Eigene Vorstellungen und Ideen können handwerklich umgesetzt werden. Hervorragende Beispiele gibt es genügend auf Melaten.

Mit der Umschreibung ›persönlich gestaltet‹ ist gemeint, dass die Gräber von den Trauernden selbst, persönlich angelegt werden. Also Gräber, auf denen die Pflanzen selbst gesetzt werden, ein Erinnerungsstein gelegt wird. Wichtig ist, dass ein Grab so gestaltet wird, wie man es in der jeweiligen Gemütsverfassung braucht. Oder wie wir denken, dass es zu den Verstorbenen passt, ihr Leben widerspiegelt. So zum Beispiel die Gräber F11, C49, A49.

Trauer vergeht nie! Aber Trauer wandelt sich. Selbst bei alten Menschen können noch Tränen in die Augen treten, wenn sie an ein trauriges Erlebnis in ihrer Jugend denken oder sich an den Tod ihrer Großeltern erinnern, die vor Jahrzehnten gestorben sind.

Trauer muss in Fluss kommen, muss sich von beklemmender Trauer, die uns die Brust zusammenzieht, den Atem nimmt, uns lähmt und versteinern lässt, in eine Trauer verwandeln, die uns wieder erhobenen Hauptes positiv in die Zukunft schauen lässt. Das ist für ein gesundes Leben mit dem Tod unabdingbar.

Ein positiver Beginn der Trauerwandlung kann schon die Bemalung des Sarges oder die Mitgestaltung der Trauerfeier sein. Die meisten Bestatter sind dafür aufgeschlossen und unterstützen die Hinterbliebenen. Und wie kann man in der Zeit nach der Trauerfeier besser seine Trauer, seine Verzweiflung, Angst und Wut abladen als in der Gestaltung eines Grabes, wo man in der Erde graben kann, Pflanzen setzt, die grünen und blühen, und so das Leben vermitteln. Auf jeden Winter folgt der Frühling; die Jahreszeiten erleben. Zur Trauer gehört das Lachen über vergangene schöne Ereignisse, auch wenn dieses Lachen mit Tränen verbunden sein kann. Trauer braucht ihre Zeit. Bei jedem Menschen dauert sie unterschiedlich lange, und sie ist unterschiedlich intensiv.

Wer über den Melatenfriedhof geht, findet immer mehr persönlich gestaltete Gräber. Für Außenstehende kann manches Grab kitschig anmuten, ein anderes eher karg. Aber eines haben sie gemeinsam, die persönliche Handschrift der Trauernden.

Dies kann und muss nicht zur Regel werden, kann persönlich auch nicht jeder leisten. Diese Gedanken sollen jedoch Mut machen, nicht den Kopf in den Sand zu stecken, wenn man mit dem Tod eines Menschen konfrontiert wird. Suchen, was guttut, zum Grab gehen und in sich hineinhorchen, wie es einem persönlich gefallen würde, was man mitbringen könnte, um diesem eine eigene Note zu verleihen oder woran der verstorbene Mensch Freude gehabt hätte. Es wird ein Grab werden, das sich im Laufe der Zeit verändert. Und mit dem äußerlichen Verändern des Grabes, geht auch nach und nach in uns eine Veränderung vor.

Eine neue Form des Totengedenkens ist die Aufnahme von QR-Codes in die Grabgestaltung. Mithilfe von Smartphones kann dieser Code ausgelesen werden. In der Handlungsempfehlung des Deutschen Städtetages heißt es: »Der Grabnutzungsberechtigte oder der Gewerbetreibende bleibt für die Inhalte verantwortlich.« QR-Codes finden sich auf dem Friedhof Melaten zur Zeit auf den Gräbern von Heinz Kunert (D40), auf einem Stein auf der Grabfläche, und Marie-Luise Nikuta (A37), auf der Umrandung des Grabes.

Symbole auf den Gräbern

Die **Amphore** diente als Speicher und Transportgefäß für Wein und Öl. Sinnbildlich kann sie gedeutet werden als zerbrechliches irdenes Gefäß, in das der Heilige Geist einfließt, als Symbol der Gnade und als Hinweis auf die Vergänglichkeit des Menschen.

Im frühen Christentum wurde der **Anker** mit einem Querbalken als heimliches Kreuzsymbol verwendet. Er gibt dem Schiff den einzigen Halt bei Sturm. Der Anker ist ein Zeichen für Hoffnung, aber auch Beständigkeit und Treue.

Das **Baumkreuz** ist ein Symbol dafür, dass Leben aus dem Tode erwachsen kann.

Da die **Biene** – wie man früher dachte – im Winter stirbt und im Frühjahr wiederkommt, wurde sie als ein Sinnbild für Tod und Auferstehung angesehen. Für Bernhard von Clairvaux war sie Symbol des Heiligen Geistes; der Heilige Ambrosius verglich die Kirche mit einem Bienenkorb, die frommen Gemeindeglieder mit den Bienen.

Der **Blumenkranz** bildet eine Krone der Gerechtigkeit und des Lebens.

Im offenen **Buch** des Lebens sind die Taten der Menschen verzeichnet. Gott liest in ihm am Tag des Jüngsten Gerichts. Die Bibel ist das Buch, aus der wir die frohe Botschaft für unser Leben empfangen.

In China steht die **Distel** für Standhaftigkeit und langes Leben. In der christlichen Symbolik ist sie Sinnbild für die Leiden der Märtyrer und die Passion Jesu.

Dies kommt der Bedeutung der **Dornenkrone** gleich, ebenfalls ein Zeichen der Passion. Die kranzförmige Tonsur der Mönche nimmt symbolisch darauf Bezug.

Das **Dreieck** ist das Symbol der Trinität, der Dreifaltigkeit Gottes: Vater, Sohn und Heiliger Geist. Es kann ergänzt werden mit dem Auge Gottes.

Der **Efeu** ist eine immergrüne Pflanze. Dies legt Gedanken an die Unsterblichkeit, an das ewige Leben nahe. Ebenso an Freundschaft und treue Liebe, die nicht vergehen.

Die **Eiche**, auf Grabsteinen dargestellt durch einen Zweig mit **Eichenlaub** und **Eicheln**, mit ihrem harten, im Mittelalter als unverweslich angesehenen Holz, stellt die Hoffnung auf Dauerhaftigkeit und Unsterblichkeit dar.

Jesus spricht: »Du bist Petrus, auf diesen **Felsen** will ich meine Gemeinde bauen.« (Mt. 16,18) Sowohl Felsen als auch Steinblöcke sind wegen ihrer Dauerhaftigkeit Symbole für das Feste, Bleibende, Unverrückbare.

Bereits der römische Mithraskult kennt seit dem 1. Jahrhundert nach Christus die **Fackel** als Symbol. Dem Sonnengott Mithras stehen zwei **Genien** zur Seite, mit jeweils einer Fackel in den Händen. Zeigt die Fackel mit der Flamme nach oben, steht sie für das Licht, das Leben; die Fackel mit der Flamme nach unten bedeutet Dunkelheit und Tod. Der **Genius** ist ein geflügeltes überirdisches Wesen, das den Menschen als persönlicher Schutzgeist von der Geburt bis zum Tode begleitet. Das Christentum machte sie zu Engeln.

Die **Grabkapelle**, auch in der Form eines Tempels, stellt die letzte Wohnstatt des Menschen dar.

Auf Grabsteinen von Eheleuten zeigen ineinandergelegte **Hände** die Hoffnung auf ein Wiedersehen im Jenseits, miteinander verwobene **Ringe** sind Zeichen für die Treue über den Tod hinaus.

Der Apostel Paulus schreibt an die Gemeinde in Korinth: »Nun aber bleiben Glaube, Hoffnung, Liebe, diese drei; aber die Liebe ist die größte unter ihnen.« (1. Kor. 13,13) Der Glaube wird durch das **Kreuz** dargestellt, die Hoffnung durch den **Anker**, die Liebe durch das **Herz**. Durch den Kreuzestod Jesu erhielt das **Kreuz** im Christentum die Bedeutung als Sinnbild des Leidens, aber auch des Triumphes über den Tod. Es wurde so das wichtigste Symbol für das Christentum überhaupt.

Als kreisförmiges Gebilde ist der **Kranz** ein Zeichen für Dauerhaftigkeit, in der Antike das Zeichen der Gottgeweihten. Auf Grabplatten versinnbildlicht er das durch Jesus für die Menschen errungene Heil, den Sieg über den Tod. Er ist im Himmel der Lohn für das fromme Leben des gläubigen Menschen.

Wegen seiner Duldsamkeit und Einfalt, wegen seiner weißen Farbe ist das **Lamm** das Symbol für Unschuld, Reinheit und Sanftmut. »Christe, du Lamm Gottes, der du trägst die Sünden der Welt«, heißt es in der Liturgie.

Die **Lilie** erinnert an Jesu Worte in der Bergpredigt im Abschnitt über das Schätzesammeln und Sorgen: »Schaut die Lilien auf dem Feld an, wie sie wachsen: Sie arbeiten nicht, auch spinnen sie nicht.« (Mt. 6,28) Sich einlassen auf die Gnade Gottes, das ist für uns Menschen wichtig und tröstlich. Sie ist auch ein Symbol der Unschuld, der Reinheit, der Jungfräulichkeit.

Dank einer mittelalterlichen Legende, nach der es heißt, dass **Löwen** tot geboren werden und nach drei Tagen vom Hauch ihres Vaters zum Leben erweckt werden, wurde der Löwe zu einem Symbol für die Auferstehung Jesu und somit für die Auferweckung der Toten. Der Evangelist Markus wird durch den Löwen dargestellt.

Der **Lorbeer** ist wie alle immergrünen Pflanzen ein Symbol für Unsterblichkeit sowie des neuen Lebens durch die Erlösungstat Christi; Zeichen des Sieges, des Triumphes.

Mohn und **Mohnkapsel** stehen wegen ihrer betäubenden Wirkung für das Vergessen, Schlaf und Tod. In den Mysterien von Eleusis wurde der Demeter Mohn als Symbol der Erde geopfert.

Die christliche Symbolik sieht in der **Muschelschale** das Bild des Grabes, welches den Menschen nach dem Tod umschließt, ehe er wieder auferstehen darf. Die Pilger auf dem Jakobsweg nach Santiago de Compostela tragen als Zeichen die Jakobsmuschel.

Der **Obelisk** war im alten Ägypten dem Sonnenkult verbunden. Als monolithischer Pfeiler mit viereckigem Grundriss, der sich nach oben verjüngt und in einer Pyramide abschließt, versinnbildlicht er durch diese richtungsweisende Form auch eine Verbindung zwischen Himmel und Erde. Die Spitze war oftmals mit Metall, zum Beispiel Gold verkleidet, damit sie von den ersten Strahlen getroffen im Sonnenlicht glänzt.

Das Erste, was die Taube nach der Sintflut Noah von der trockenen Erde zur Arche brachte, war ein Blatt von einem **Ölbaum**. Seitdem gilt er – wie der Regenbogen – als Zeichen der Versöhnung mit Gott sowie des Friedens. Der **Olivenbaum** ist, da er das Öl für die Lampen lieferte, auch Symbol für die geistige Stärke und Erkenntnis.

»Die **Öllampe** aus Ton ist in verschiedener Hinsicht ein Symbol für den Menschen: sie ist aus ›Lehm‹ gemacht, sie beherbergt in Gestalt des Öls eine Art Lebenskraft; wird sie entzündet, erscheint sie als Träger des Geistes, den die Flamme symbolisiert. Die vorsorglich mit Öl gefüllte Lampe ist in dem biblischen Gleichnis von den klugen und törichten Jungfrauen ein Symbol der geistlichen Wachsamkeit und Bereitschaft.« (Math. 25,1–13) (Herder-Lexikon Symbole)

Die **Palme** ist eine immergrüne Pflanze. Das griechische Wort für Palme ist »Phoinix«. In der Mythologie steigt nach drei Tagen der »Phönix aus der Asche« zu neuem Leben empor. Nach drei Tagen ist Jesus, den man an Palmsonntag in Jerusalem mit Palmwedeln empfing, von den Toten auferstanden. Denn »Der Gerechte wird grünen, wie ein Palmbaum ...« (Ps. 92,13). **Palmzweige** sind weit verbreitete Sinnbilder für Freude, Sieg und Frieden. Bei C.G. Jung ist die Palme Symbol der Seele.

Hochmut, Eitelkeit, Überheblichkeit und Luxus werden dem **Pfau** als Symbol zugewiesen. In verschiedenen Kulturkreisen, wie auch im frühen Christentum, hat er eine positive Deutung. Als Sonnensymbol verband man mit ihm Unsterblichkeit und Freude im jenseitigen Leben. Da der Pfau seine Federn verliert, diese im Frühjahr wieder wachsen, wurde er ein Sinnbild für Auferstehung und Erneuerung.

Der **Pilger** auf der Wanderschaft zu einem höheren Ziel versinnbildlicht das Leben des Menschen auf dieser Erde, das nicht endgültig ist, sondern nur der Übergang zu einem anderen, besseren.

Nach der Offenbarung des Johannes kündigen Engel mit **Posaunen** den Beginn der Endzeit an, das Jüngste Gericht steht bevor.

Die **Putten** stammen von den antiken Eroten, kleinen Liebesgöttern, ab. Amor, der halbwüchsige Knabe, ist ihr bekanntester Vertreter, der mit Pfeil und Bogen die Herzen trifft und in ihnen die Liebe erweckt. In der christlichen Kunst sind die Putten anfänglich ein Bild der himmlischen Liebe. In der barocken Kunst wurden sie zu rundlichen Kinderengeln und stellen so die unschuldige, reine, mit unbefangenem Glauben behaftete Seele dar. Auf Grabsteinen findet man sie oft auf geflügelte Engelsköpfchen reduziert.

Die **Rose** ist ein beliebtes Symbol. Bereits in der Antike war sie Zeichen der Liebe, der Zuneigung, aber auch der Verehrung der Toten. Im frühen Christentum war sie in Verbindung mit dem Kreuz ein Symbol der Verschwiegenheit, um sich vor Verfolgungen zu schützen. Durch die Verbindung mit dem vergossenen Blut des Gekreuzigten, gilt sie als Zeichen der göttlichen Liebe.

Die **Rosette** ist als Symbol verwandt mit dem radschlagenden Pfau, dem Kreis, dem Rad, wie auch der Sonne als Christus-Symbol.

»Memento mori« – ›Gedenke, dass du sterben musst!‹ Die Zeit des Lebens verrinnt wie der Sand in der **Sanduhr**. Der Tod rückt unaufhaltsam näher.

Säulen versinnbildlichen die Verbindung zwischen Himmel und Erde. Freistehende Säulen waren – wie der Obelisk – Sonnensymbole. Mit Basis, Schaft und Kapitel erinnert die Säule an den Baum des Lebens mit Wurzel, Stamm und Laub. In der Bildersprache der Freimaurer ist die abgebrochene Säule ein Zeichen für den Tod.

Es gibt kaum ein Symbol, das so unterschiedliche Bedeutungen hat wie die **Schlange**: Im Paradies verführt sie Adam und Eva; also verkörpert sie den Teufel, das Böse schlechthin. Sie begegnet auch als Symbol der Klugheit. Die »eherne Schlange« beschützte das Volk Israel vor den von Gott gesandten fliegenden Schlangen. Der Stab Aarons verwandelt sich in eine Schlange zum Schaden Ägyptens. Die eherne Schlange galt den Juden lange Zeit als Kultgegenstand, den Christen wegen ihres Heil bringenden Charakters als symbolisches Vorausbild Christi. Die Bischofsstäbe beziehen ihre Schlangenform unter anderem auf diese beiden Aspekte sowie auf die Klugheit der Schlange. Den ewig in zyklischer Form sich erneuernden Kreislauf der Natur versinnbildlicht die sich in den Schwanz beißende Schlange.

Die Metamorphose vom Ei über die Raupe und Puppe zum fertigen **Schmetterling** ließ ihn bereits in der Antike zum Symbol für die durch den physischen Tod nicht zu zerstörende Seele werden, dementsprechend christlich zum Symbol der Auferstehung und Unsterblichkeit. Schmetterling ist im Griechischen dasselbe Wort wie Seele: Psyche.

Da die **Sonnenblume** mit ihrem Kopf dem Lauf der Sonne folgt, war sie in verschiedenen Kulturen ein Sonnen- und Hoheitssymbol. Im Christentum symbolisiert sie die Gottesliebe, ist sie ein Zeichen für die Seele, die Gedanken und Gefühle, die sich auf Gott als Zentrum des Lebens ausrichten, und ist somit ein Symbol des Gebets.

Das griechische Wort **Stele** bedeutet Grabstein, Grabsäule. Wie der Obelisk verjüngt sie sich leicht nach oben. Auf der Vorderseite finden sich Namen und Daten der Toten, aber auch Verzierungen oder in früherer Zeit Szenen aus dem Leben der Verstorbenen.

Der **Stern** ist in der Bibel als Königssymbol Hinweis auf den Messias. Der Stern von Bethlehem weist die Weisen zur Krippe im Stall. Jesus spricht: »Ich bin das Licht der Welt. Wer mir nachfolgt wird das Licht des Lebens haben.« (Joh. 8,12) Sterne am dunklen Nachthimmel sind Zeichen für das die Finsternis durchdringende, das geistige Licht.

»In der Grabsymbolik ist die **Taube** der ›Seelenvogel‹, der zum Paradies emporschwebt und dort auf dem Baum des Lebens sitzt oder Wasser des ewigen Lebens trinkt, aus dem Mund sterbender Märtyrer fliegt oder die Märtyrerkrone im Schnabel trägt.« (Knaurs Lexikon der Symbole, 437). Nicht zu vergessen, der Heilige Geist wird in der Gestalt einer Taube dargestellt.

Die **Thuja** – als Lebensbaum – und die **Trauerweide** – durch ihre Form mit herabhängenden Zweigen, Sinnbild der Trauer – findet man häufig als Zierbäume auf den Friedhöfen.

Tor, **Tür** oder **Pforte** sind Zeichen für den Eingang in eine neue unbekannte Welt, den Übergang vom Diesseits ins Jenseits.

Der **Totenschädel** ist ein Symbol der Vergänglichkeit; unter dem Kreuz Jesu dargestellt erinnert er an den alten Adam, durch dessen Ungehorsam Sünde und Tod in die Welt gekommen sind.

Die **Urne** dient der Aufnahme der Asche des Toten. Sie zeigt die Vergänglichkeit des Menschen. In der Beerdigungsliturgie heißt es: »Asche zur Asche, Staub zum Staube, in der Hoffnung der Auferstehung zum ewigen Leben durch unseren Herrn Jesus Christus.«

Das **Velum** (lat. Hülle, Segel), als Teppich oder Vorhang, wurde in altrömischen Häusern zum Bedecken der Türen benutzt, als Schutz der Säulenhallen vor der Sonne. Auf den Grabsteinen bedeckt es oft eine Urne – als Tuch der Trauer, das die Tränen auffängt.

»Ich bin der **Weinstock**, ihr seid die Reben. Wer in mir bleibt und ich in ihm, der bringt viel Frucht.« (Joh. 15,5) Wer aus dem Glauben an den Auferstandenen seine Kraft erhält, kann wahre Früchte tragen. Die **Weinrebe** bezieht sich auf die Rebe, die die Kundschafter aus dem gelobten Land Mose brachten, aus dem Land, in dem Milch und Honig fließen (4. Mose 13). Die **Weinrebe** ist ein Sinnbild für die Verheißung. Auch auf frühchristlichen Sarkophagen ist sie ein Symbol für das verheißene jenseitige Reich, in das der Verstorbene eingehen wird. – »Das Abschneiden und Keltern der Traube, bevor der Wein gemacht wird, entspricht dem irdischen Leben und Sterben und weist zugleich auf den Übergang zu einer neuen Lebensqualität hin. Der Weinstock wird oft auf den Opfertod Christi bezogen.« (Abt/Vomm)

Zirkel, **Winkelmaß**, **Lot** und **Buch** in Kombination sind Zeichen der Freimaurer.

Personen und Gräber

C

D

E

F

G

H

I

J

K

L

M

N

O

P

R

S

Literatur und Quellen

Abt, Josef; 125 Jahre Pfarrgemeinde St. Joseph in Köln-Ehrenfeld; Köln 1994
Abt, Josef /Vomm, Wolfgang; Der Kölner Friedhof Melaten; Köln 1980
Abt, Josef/Beines, Johannes Ralf/Körber-Leupold, Celia; Melaten, Köln 1997
Adams, Werner/Bauer, Joachim; Vom Botanischen Garten zum Großstadtgrün; Köln 2001
Adenauer, Konrad/Gröbe, Volker; Lindenthal; Köln 1988
Ariès, Philippe; Geschichte des Todes; München 1991
Asaria, Zvi; Die Juden in Köln; Köln 1959
Auler, Jost; Richtstätten des ausklingenden Mittelalters und der frühen Neuzeit im Fokus moderner Archäologie; 2003
Bennack, Jürgen (Hg.); Ganz unter uns; Köln 2002
Bilz, Fritz; Unangepaßt und widerborstig – Der Kölner Karnevalist Karl Küpper 1905–1970; Köln; 3/2020
Canacakis, Jorgos; Ich sehe Deine Tränen; Zürich 1987
Cornelius, Hilde/Cornelia Geiecke; Melaten, Lebendige Vergangenheit; Köln 1997
Demirci, Ayhan; Melaten, Mythos und Legenden; Köln 1996
Bodo von Dewitz/Chargesheimer; Chargesheimer 1924 - 1971, Köln 2007
Dietmar, Carl; Die Chronik Kölns; Köln 1991
Eickhoff, Beate; St. Agnes in Köln; Köln 2001
Eck, Werner; Köln in römischer Zeit; Köln 2004
Van Eyll, Klara; Alte Adressbücher erzählen...; Köln 1993
Franken, Irene/Kling-Mathey, Christiane (Hg.); Köln der Frauen; Köln 1992
Franken, Irene; Der Frauenstadtführer; Köln 1995
Franken, Irene/Hoerner, Ina; Hexen. Verfolgung in Köln; Köln 2000
Fuchs, Peter (Hg.); Chronik zur Geschichte der Stadt Köln, Band 2; Köln 1991
Fuchs, Peter, e.a.; Kölner Karneval; Köln 1997
Guckel, Peter; Der Vogel mit dem Stein; Köln 2005
Hesse, Hermann; Gesammelte Werke 1; Frankfurt 1976
Irsigler, Franz/Lassotta, Arnold; Bettler und Gaukler; München 1991
Jansen, Heiner, e.a. (Hg.); Köln, Der historische Atlas; Köln 2003
Jung, H.R./Ibach, J.; Der Friedhof zu Köln-Melaten, 1898; Köln 1985
Jung, Werner; Das neuzeitliche Köln; Köln 2004
Jung, Werner; Das moderne Köln; Köln 2006
Klersch, Joseph; Die Kölnische Fastnacht; Köln 1961
Köhler-Lutterbeck, Ursula/Siedentopf, Monika; Frauen im Rheinland; Köln 2001
Leitner, Günter; Friedhöfe in Köln; Köln 2003
Louis, Reinold; Kölner Originale; Köln 1985
Maubach, Johannes; Quer durch Ehrenfeld (Teil 1 & 2); Köln 2001 & 2002
Maubach, Johannes; Auf den Spuren der alten Ehrenfelder Industrie; Köln 2005
Müller, Klaus; Köln von der französischen zur preußischen Herrschaft; Köln 2005
Oelsner, Wolfgang; »Un deit d'r Herrjott mich ens rofe«; Köln 2000
Pracht, Elfi; Jüdisches Kulturerbe in Nordrhein-Westfalen; Köln 1997
Reuß, Hans-Jürgen; Nicolaus August Otto; Köln 1979
Ringelnatz, Joachim; Sämtliche Gedichte; Zürich 2005
Saint-Exupérie, Antoine de; Der Kleine Prinz; Düsseldorf 1980
Schmidt, Gérard; Kölsche Stars; Köln 1992
Schwank, Klaus; Peter Heinrich Merkens; Köln 1973
Schwarz, Uwe; Köln und sein Umland in alten Karten; Köln 2005
Schwering, Max-Leo; Köln: Braunsfeld–Melaten; Köln 2004
Sehrke, Jürgen; Die verbrannten Dichter; Frankfurt am Main 1982
Stankowski, Martin; Köln – Der andere Stadtführer; Köln 1989
Steimel, Robert; Kölner Köpfe; Köln 1958

Steimel, Robert; Mit Köln versippt, Bd. 1 & 2; Köln 1955
Sörries, Reiner; Ruhe sanft, Kulturgeschichte des Friedhofs; Kevelaer 2009
Uhrmacher, Martin; Leprosorien in Mittelalter und früher Neuzeit; Köln 2000
Vitt, Walter; Bagage de Baargeld; Starnberg 1985
Vogts, Hans; Der Kölner Friedhof Melaten; Köln 1937
Vogts-Werling, Marianne/Werling, Michael; Der Friedhof Melaten in Köln; Köln, 2010
Wagner, Gabriele; Memento Mori; Köln 1995
Weidenhaupt, Hugo; Kleine Geschichte der Stadt Düsseldorf; Düsseldorf 1993
Weiß, Waltraut (Hg.); Busenfreundschaften – Mit Frauen durch DICK und DÜNN, Köln, 2010
Wiktorin, Dorothea, e.a. (Hg.); Köln, Der historische und topographische Atlas; Köln 2001
Wilhelm, Jürgen; Das große Köln Lexikon; Köln 2005
Wilken, Holger; Friedhöfe und Beerdigungen in Köln 1810–1938; Hamburg 1994
Winkle, Stefan; Kulturgeschichte der Seuchen; Düsseldorf/Zürich 1997
Wolff, Gerta; Das Römisch-Germanische Köln; Köln 2000
Viele Informationen habe ich gefunden in alten Kölner Adressbüchern, bei Wikipedia, im Kölner Stadtanzeiger, Express und der Kölnischen Rundschau.
Kultur.Landschaft.Digital.: KuLaDig.de
Förderverein Melaten e.V.: Melatenfriedhof.de
Digitales Deutsches Frauenarchiv: digitales-deutsches-frauenarchiv.de
FrauenGeschichtsWiki: wiki.frauengeschichtsverein.de
Portal Rheinische Geschichte: rheinische-geschichte.lvr.de/Persoenlichkeiten

Bestattungsgärten und Ruhegarten:
www.steinmetz-genossenschaft.de
www.friedhofsgaertner-koeln.de

QR-Code/Bar-Code
www.momente-weitergeben.de
www.stein-art.de

Patenschaftsgräber
www.pickartz-stiftung.de
www.aidshilfe-koeln.de/angebote/grabstaette-melaten
www.stadt-koeln.de/bol/friedhoefe/index.html
www.stadt-koeln.de/leben-in-koeln/freizeit-natur-sport/friedhoefe/skulpturenwettbewerb?kontrast=weiss
www.daserste.de/information/wissen-kultur/w-wie-wissen/videos/QR-Steinmetz-video-100.html
www1.wdr.de/radio/wdr5/sendungen/erlebtegeschichten/mabraungart102.htm
www.roland-la-nier.de
www.oppenheim.de/de/01_unternehmen/03_geschichte/gb/01_03_01_1997 _gb.html
www.koelner-dom.de/institutionen.html
www.spiegel.de/kultur/musik/holger-czukay-ist-tot-nachruf-auf-den-can-bassisten-a-1166390.html
www.musikexpress.de/wie-hat-der-erste-mensch-auf-erden-getrommelt-743081/
www.zeit.de/kultur/musik/2017-01/can-schlagzeuger-jaki-liebezeit-tod
http://christophwagnermusic.blogspot.com/2013/07/trommelmaschinenmensch-jaki-liebezeit.html
www.musikexpress.de/can-drummer-jaki-liebezeit-ist-tot-742765/
www.welt.de/politik/article5725288/Freya-von-Moltke-Witwe-des-Widerstands.html
www.spiegel.de/kultur/kino/til-schweiger-und-elisabeth-scherer-zuerst-haben-wir-uns-furchtbar-gezankt-a-107791.html
www.spiegel.de/kultur/gesellschaft/zum-tode-des-verlegers-alfred-neven-dumont-a-1036436.html
www.spiegel.de/kultur/gesellschaft/zum-tode-des-verlegers-alfred-neven-dumont-a-1036436.html
www.ndr.de/kultur/kunst/Sigmar-Polke-Vor-zehn-Jahren-starb-der-Kuenstler,polke150.html
www.spiegel.de/spiegel/print/d-13519479.html

Herzlichen Dank

für die freundliche Unterstützung den städtischen Mitarbeitern auf dem Friedhof Melaten, insbesondere Herrn Zach als Friedhofsleiter sowie Herrn Pakendorf von der Friedhofsgärtnergenossenschaft.

Speziellen Dank für die geduldigen Auskünfte an Frau Schmitz und Frau Aust von der Friedhofsverwaltung.

Dank an Britta Schmitz für die Fotografien und Regine Spohner für die Gestaltung der Karten.

Dank an Sibylle Miller für das Lektorat, Ralf Reiche für das Layout und Ann Schroeder für die Projektbetreuung.

Besonders lieben Dank an meine Frau Theophanu Goettert, mit der es viel Spaß gemacht hat, den Friedhof neu zu entdecken!

Impressum

Bibliografische Information der Deutschen Nationalbibliothek. Die Deutsche Nationalbibliothek verzeichnet diese Publikation in der Deutschen Nationalbibliografie; detaillierte bibliografische Daten sind im Internet über http://dnb.d-nb.de abrufbar.

Fotografien: Britta Schmitz
Kartographie: Regine Spohner
Gestaltung: Weusthoff & Reiche Design,
Ralf Reiche, www.wundrdesign.de

Druck und Bindung:
BALTO Print, Litauen
Printed 2021
ISBN: 978-3-7408-1378-9

FSC
www.fsc.org
MIX
Papier aus verantwortungsvollen Quellen
FSC® C107574